守望歌乐山

王维玲／著

中国青年出版社

（京）新登字083号

图书在版编目（CIP）数据

守望歌乐山/王维玲著. —北京：中国青年出版社，2012.6
ISBN 978-7-5153-0801-2

Ⅰ.①守… Ⅱ.①王… Ⅲ.①回忆录-作品集-中国-当代 Ⅳ.①I251

中国版本图书馆CIP数据核字（2012）第107666号

责任编辑：彭迎

*

中国青年出版社 出版 发行
社址：北京东四12条21号 邮政编码：100708
网址：www. cyp. com. cn
编辑部电话：(010)57350511 门市部电话：(010)57350370
三河市华润印刷有限公司印刷 新华书店经销

*

700×1000 1/16 19.75印张 2插页 249千字
2012年7月北京第1版 2012年7月河北第1次印刷
定价：35.00元

目　录

话说《红岩》

杨益言—— 一生播种红岩情

编后余录

附录(一)

附录(二)

话说《红岩》

建国五十年大庆那年，在全国范围内举行群众性的评选“感动共和国的五十本书”的活动中，长篇小说《红岩》以它的高票率，排名在《钢铁是怎样炼成的》《鲁迅全集》之后的第三位，可见《红岩》在中国读者心目中的地位和影响。

在千禧年到来的时候，为全面展示百年来中国文学图书的风貌，北京有影响的五家单位推选出“百种优秀中国文学图书展”，《红岩》又一次榜上有名。

在进入 21 世纪以后，《红岩》又成为中央和各省市向未成年人进行思想素质教育的热门读物。至今《红岩》已经印刷了八十多次，突破了千万册。我不敢说这数字是绝后的，但作为当代革命历史题材的长篇小说，却是空前的！值得注意的是，《红岩》至今在图

《红岩》封面

书市场上还是长销不衰，一直是书市上的订货热点！

到2011年，《红岩》出版已经五十年了。经过近半个世纪的检验，说明这部一直有卖点的长篇小说，得到了社会的认可，赢得了读者的欢迎，它的影响和价值，说明《红岩》和它的作者罗广斌、杨益言成功了。讲到“成功”这两个字，我就想起已故著名作家柳青说过的一段话。他说：“成名和成功不完全是一回事，成名不一定成功，成功一定成名。现在成名极容易，只要写出几篇像样的东西，杂志很多，印刷方便，一下就成名了。然而对艺术来说，成名并没有多大好处，老老实实下苦功，这才是艺术规律。”柳青说的这段话寓意深刻。对于《红岩》这部长留人间的成功之作，回忆它的诞生和写作，无疑是读者感兴趣的话题，在这里读者不仅可以从中了解一部有影响的文学作品的诞生，是多么的艰难和不简单，而且还可以清楚地看到罗广斌、杨益言在创作中是怎样的下苦功夫、下大功夫，怎样按照艺术规律走上文学创作的道路的。在那条艰苦的道路上，他们迈出的每一步，取得的每一点成就，都是在付出了巨大的心血和精力之后取得的。我想这些不仅广大的文学爱好者感兴趣，就是对读过《红岩》的广大读者来说，在了解小说《红岩》的写作历程之后，更会加深对《红岩》的认识，会让我们深切地感受到一部优秀的长篇小说的诞生，是多么的艰难和不容易，同时还会让我们更加崇敬为新中国诞生而英勇牺牲的革命先烈们！

由于我自始至今一直连续不断地参加《红岩》的编辑工作和出书后的社会活动，又与作者结下了半个世纪真挚而深厚的友谊，而且这种友谊几十年如一日，一直保持到今天！这就让我感触万千，觉得有责任、有义务把我知道的这一切写出来，留给读者、留给历史。无疑罗广斌、杨益言在创作出了他们的成名之作——《红岩》的同时，他们自己也成名了，而且通过《红岩》这块艺术丰碑，他们的名字越来越广为人知，但他们在行进的道路上，确实有很多很多深刻感人，同时又让人激动不已的故事，现在就让我慢慢地讲来。

慧眼识珠的沙汀

话，要从五十年前说起。1958年10月，那年我二十六岁，刚刚从社长总编办公室的秘书岗位上调到文学编辑室当编辑，可能因为我工作调动的时间不长，当时团中央常委、中国青年出版社社长兼总编辑朱语今要赴四川、云南搞调查研究，便指名要我随他同行，一是给他做秘书工作，二是也沿途给文学编辑室约约稿子。到成都后，四川团省委书记李培根把我们安排在团省委大院内一座古旧的两层小楼内住宿办公。据说这庭院原是四川一位军阀的公馆，院内有参天古树，曲径回廊，草坪镜池，花木盆景，在绿色葱葱的花草树木之中，有巍巍的瓦房和中西合璧的小楼，庭院很大，显得幽深神秘。但由于团省委在这里办公，朝气蓬勃的年轻人，给这座死气沉沉的大院带来了无尽的生机和活力。在成都十多天，白天，由团省委的工作人员陪着我们在市内参观访问，开会座谈，了解共青团的工作情况。晚上，我把一天的工作整理成文字材料，准备进一步讨论研究。在调查研究的同时，我还抽空往省作协跑跑，熟悉四川的作家，了解创作的线索，这时我知道省作协主席沙汀住在成都，便把这个情况向朱语今汇报了。

朱语今20世纪三四十年代在重庆中共中央南方局工作，他与沙汀虽不相识，但对他有一定的了解。我们便在一个金秋的傍晚，到西门外沙汀的家中拜访他。当时沙汀还不到六十岁，一双有神的眼睛，深邃明亮，他有浓重的四川乡音，谈吐风趣幽默，一见面就给人一种热情洋溢的感觉。

沙汀见到我们这些远方来的客人，显得格外高兴。在他的住房前面，有一个十分宽敞的凉台，凉台上摆了几把藤椅，我们就在这儿坐下来。朱语今和沙汀虽是第一次见面，但很投缘，两人回忆起抗日战争时期大后方的许多往事，谈到了许多熟人和朋友，谈得开心，谈得热闹，沙汀还特意要他的夫人拿些水果、麻糖和四川的小点心款待我们。当朱语今谈到希望沙汀今后在扶持和培养青年作者上多做些工作时，沙汀怀着极大的热情，把重庆市文联刚刚寄给他的庆祝建国十周年的献礼计划拿出来，指着署名罗广斌、刘德彬、杨益言三人名字的反映"中美合作所"狱中斗争的长篇文稿线索，兴致勃勃地对我们说："这可是个大题材哟！不仅在重庆、在四川、在全中国，就是在全世界，'中美合作所'也是出了名的！搞成了会是一部很有价值的书！"他要朱语今亲自挂帅把这部书完成。朱语今深知这个题材的分量，他诚恳地要求沙汀出面来抓。沙汀高兴地说："好，你也抓，我也抓，我们一起抓！"我告诉沙汀我们就要去重庆，一定去找罗广斌他们。沙汀高兴地说了声："好！"

这件事已经过去五十多年了，沙汀和语今都已仙逝，但二老的音容笑貌，言谈举止，那情那景，如在眼前，在我回忆起这一切时，心情是很不平静的。当沙汀向我们推荐这个线索时，中篇回忆录《在烈火中永生》还没有出版，1956 年罗广斌、刘德彬、杨益言三人写的长篇纪实作品《锢禁的世界》正在重庆市文联打印中；沙汀就凭重庆市文联报上来的这份计划中的这条线索，做出果断而正确的判断！正是由于沙汀的推荐，才引起了我们对《红岩》这部书稿的关心和重视。人微言轻，古今皆然，好作品有时还得名家推荐。如果《红岩》最初这个线索，没有引起沙汀的重视，在他和我们相会时，也没有如此热情的推荐，《红岩》这个线索，也可能不会引起我们如此大的兴趣，所以我对沙汀一直充满了感激之情。一个慧眼识佳作的老作家，他对繁荣文学创作、建设新文学的事业所起的作用，是难以估量的！沙汀最早向我们推荐《红岩》这个线索时，不就是这样吗！当时谁能估计到这会是一部出版了半个世纪，还始终不衰的长篇小说呢！我想，如果要在中国当代文学史上记录《红岩》这部长篇小说诞生的过程的话，应该首先给沙汀写上一笔！

朱语今果断拍板

1958 年 11 月，我们从成都来到山城重庆，恰巧接待我们的就是当时担任团市委办公室主任的杨益言。从这时开始，我与杨益言相识，此后的五十多年，我俩一直保持着联系。从杨益言处我知道他们的稿子正在市文联打字，于是我赶到市文联，受到市文联领导曾克的热情接待，市文联办公室主任肖湘甫立刻把已经打印出来的还散发着浓郁的油墨气味的稿子(以下简称“油印稿”)给了我一份。当他知道我还要随朱语今去云南时，他说：“还有很少的一部分，没有打出来，你从云南回来时，就都打完了，那时再把后面的给你。”回到团市委招待所，朱语今要我尽快审读，拿出个意见来。我连夜审读，很快就把已经印出的这部分“油印稿”看完了。严格地说，当时它还不能算是草稿，而只是把他们积累的素材和他们听到、看到、经历到的、感受到的一些片段，如实地写了出来，就“油印稿”本身来说，是由一批散篇组成、全是真名真姓真人真事的叙述，人与人、事与事之间很少有有机的联系，谈不上结构，每篇都是独立的片段，可以随便抽出其中一篇，而不影响全稿上下左右的联系。当时“油印稿”没印书名，没有统一的结构，没有

1958 年 10 月朱语今在重庆红岩村留影

重点章节，整个是散的，就连捧在我手中的这一大沓“油印稿”也是散的，从形式到内容是由几十个散篇组成的一部稿子。但就是这样，“油印稿”依然有自己的光彩，就像是刚刚开采出来的矿石，虽然粗糙，却是稀有的、闪光的。特别是稿子里蕴藏的丰富感人的生活内容和作者在字里行间表露出来的对革命烈士的深厚感情，强烈地震撼着我的心，使我在读完全稿之后，难以平静。当时，我很自然地联想到，古今中外的名篇名作，之所以人人爱读，广泛流传，成为千古名篇，最重要的一点，就是作品具有真情实感，它是以自己最真实的感受和新鲜的内容赢得读者的！“油印稿”的可贵之处，就在这里！它表露出来的是真情实感，不是为文造情！它写出的是发自内心的真实感受，不是无病呻吟！就这样，我被“油印稿”吸引住了。

但我也清醒地认识到，“油印稿”还很粗糙、零乱，还看不出一个完整的概貌，以这个水平是谈不上出版的。但我同时也想到，如若把这些散落的生活片段有机地组织起来，给这些人和事注入新的意境，用一条紧密相连的链条，组成一个完整的形象体系，那样给人的感觉就完全不同了，这就要求他们彻底改变现在的写法，按照小说的结构和运用小说的艺术手法，进行充实丰富、集中概括，想象生发，重新组织，重新创作，经过艺术典型化，写成长篇小说，那样将会是一部题材重大、内容少见、意义深远，具有很强的感染力和感召力的作品。这是“油印稿”唯一的，也是最好的出路。

1958年10月朱语今（右一）在重庆与杨益言（左二）和重庆团市委常委王竹（右二）合影

我把我对这部稿子的评价、想法和建议，向朱语今汇报了，朱语今听着，思考着，然后果断拍板，同意我的判断和想法，决定约他们写长篇小说。

长寿湖之夜一锤定音

我找到杨益言，提出约他们写长篇小说的想法，杨益言不敢答应，他说："我们从不曾写过小说，也没有写小说的想法。这事我做不了主，要和老罗、老刘他们商量。"当时罗广斌、刘德彬都在市委机关的劳动基地长寿县狮子滩长寿湖农场劳动锻炼，于是我们约上杨益言，一起来到了长寿湖农场，在一个小岛上，我们和罗广斌、刘德彬见面了。

老罗一身灰布衣裤，裤褪高高挽起，赤着脚。老刘一手拿着草帽，一手拿着锄头。他们两人的脸色都是黑红黑红的，特别是老罗那双闪亮的眼睛，显得机敏、聪明、热情、喜人。大家寒暄一阵，我们便说明来意。他们又高兴，又有些局促不安……傍晚，我们同乘一条船，泛游在平静的长寿湖上。瑟瑟秋风伴着涟漪闪动的湖水，面对着一轮当空的皓月，我们都陶醉在这深秋的夜色之中了。

这时，我们要他们谈谈写"油印稿"时的想法，杨益言和刘德彬都要罗广斌先谈。老罗是个开朗爽快的人，他沉思了一会儿，用一口四川腔，开始了谈话："1949 年 12 月重庆解放后，我们三个人参加筹备牺牲在'中美合作所'集中营里的烈士追悼会和编辑《如此中美特种技术合作所》一书，我们因此记录下了许多烈士在狱中的生活和斗争事迹，整理出了三百多个烈士小传，这些材料，比我们自己经历过的斗争生活要复杂得多、曲折得多，也丰富得多。我们被捕时，还是学生，狱中许多老同志的革命历史比我们长，有传奇式的革命经历，有丰富的斗争经验，他们坚定、勇敢、机智、策略，这在当时就给我们留下了难以忘怀的印象。很多老同志对我们说,你们年轻,万一活着出去,一定要把这里的斗争生活告诉后代,让他们知道,当年他们的父辈们,为了共产主义事业,为了无产阶级的解放,为了新中国的诞生,在这座人间魔窟里是怎样与美蒋反动派斗争的!当时,我们三人不过二十二三岁,在难友中最年轻,先烈们就把希望寄托在我们的身上,把自己在狱中的所见所闻和亲身经历都告诉了我们……现在我们出来了,烈士们的音容笑貌,那段难忘的狱中对敌斗争生活,留给我们的印象太深刻了。我们是幸存者,有责任完成先烈们的嘱托,完不成,就总觉得革命责任感没有尽到,心里不安。可巧,解放后,我们都分配在团市委工作,为了向青少年进行革命传统教育,组织上指定我们在重庆和四川各地做了几百次报告,我们讲了烈士们狱中斗争的事迹,受到青年的热烈欢迎。但我们也发现,有些我们讲得很多的东西,青年同志不一定注意,有些讲得并不多的,甚至是我们比较忽视的东西,却得到了强烈的反应。这就迫使我们去了解青年同志的要求,研究他们的接受能力。特别使我们感动的是,许多老同志、烈士生前的战友和亲属主动找到我们的住处,热情地介绍烈士的思想品格、斗争事迹,提醒我们要着重讲什么。一些热情的青年同志,有的给我们写信,有的就走上讲台,紧握着我们的手说:‘你们还应当拿起笔来,把这些事迹写出来!’我们说:‘不会写哟!’青年们说:‘怎么讲,就怎么写。’我们说:‘缺乏写作经验。’青年们说:‘为什么不能向高玉宝学习?’这些话对我们鼓舞很大,刺激也很大。恰在这时,杨益言的哥哥杨本泉当时在《重庆日报》编副刊,经常参加市文联的会议和活动,他在参加市文联的一次会议后,将会议的内容告诉了杨益言。大意是:‘最近刘少奇同志有这样的讲话,应该给那些有斗争经历的同志一些时间,让他们去写。市文联正在酝酿给一些人请创作假,报社准备给我三个月创作假。’杨益言立即把这些话告诉了我和老刘,我们研究后,便由我出面找杨本泉。我对他说:‘我们在重庆和四川各地向青少年做报告时,许多人要求我们把报告的内容变成文字，以便更大范围地发挥作用，我们期望值不高，只要求如实记录下狱中的见闻，给今后以此题材进行创作的作家提供一些有用的素材，让先烈的崇高品质和牺牲精神流芳千古，就于愿已足了。'我还对杨本泉说，'你什么时候请创作假，我们也什么时候请写作假。杨益言是你的弟弟，刘德彬是你中学的同班同学，我比你小一岁，也算是你的老弟。你四十年代就开始写了，我们没有写过什么，过去你帮助我们，现在还是请你作我们写作的辅导老师，请不要推辞了。'就这样杨本泉答应做我们的'小先生'。1956年10月我们三人联名向市委写信，也申请三个月写作假，市委批准了，这样我们四个人便于这年的10月离开各自的工作岗位，到南温泉招待所，进行了三个月的写作生活。杨本泉从我们三人的实际出发，本着'写你最熟悉的内容'的原则，规定了我们每人写作的重点和内容。我在白公馆集中营关过，就要我写这部分，还有《挺进报》和狱内外的斗争这部分；老刘有在渣滓洞集中营被囚的经历，还在下川东搞过抗捐抗丁的斗争，就写江竹筠、云雾山这部分；杨益言集中写渣滓洞集中营里的斗争，包括追悼会、春节联欢、许建业、龙光章等事迹和人物，还有华蓥山双枪老太婆的武装斗争。这几个板块分工定下来后，我们便分头进行写作，和上班时一样，每天八小时写作，其他时间用来交流讨论，写成后交给杨本泉，由他加工润色，最后由他按着时间和事件发生的顺序编号，由杨益言拿到市文联去打印。这一稿有四十万字，在热心的杨本泉推荐下，我写的《小萝卜头》《挺进报》，刘德彬写的《江竹筠》《云雾山》，杨益言写的《许建业》等在不同的报上发表了，这便是你们现在看到的'油印稿'的写作由来和情况。"

罗广斌这席话，抒发了他们三人对囚禁在"中美合作所"这座人间魔窟之中的先烈们的崇敬、爱戴和怀念之情，也表达了他们要歌颂先烈的强烈愿望。听完老罗的介绍，我深深地感到：狱中这一段对敌斗争的生活，已成了他们意识中的大事，成了他们生活中不可分割的一部分，成了他们工作与生活、学习与写作，甚至喜怒哀乐的一部分,我想起了“血性文章血写成”这句话。我对他们说:“生活是创作的源泉,你们有这样不同寻常的经历,又受先烈的嘱托,无论是从实现先烈的遗训来考虑,还是从革命的需要来考虑,都应该写!”我们此行的任务,就是针对他们没有写过长篇小说、不敢接受写长篇小说任务的畏惧心理,肯定他们有能力把这个题材写成长篇小说,从而打消他们的重重顾虑和畏难情绪。为了动员他们自己动手写长篇小说,把写长篇小说的任务最后敲定,朱语今也很动感情,他要他们无比珍惜这段生与死、血与火、可歌可泣的宝贵经历,下决心把它变成社会的精神财富。他说:“你们都是共产党员,都是团的干部,天天教育团员、青年要响应毛主席的号召‘破除迷信,解放思想’,你们就不能自己带头实行?!你们没写过长篇小说,为什么就不能学着写?你们写小说,目的明确,不为名,不为利,就是为了教育青年一代,为了完成烈士的嘱托,完成一个狱中的幸存者、一个革命者应尽的义务,把笔拿起来,不要犹豫了,写吧!一定要把小说写好!”就在这个难忘的夜晚,他们三个人愉快地接受了写长篇小说的任务,“写作,这是我们多年来的强烈愿望,只是我们没有写过长篇小说。现在党需要我们写,我们就写,尽力写好。”但当时罗广斌、刘德彬、杨益言都有自己的工作岗位,要脱产从事长篇小说的写作,不是他们说了算的,必须得到市委的批准。罗、刘、杨都明白这个道理,所以罗广斌说:“不过,这么大的事情,得听候市委的决定才行。”

在星光闪闪的湖面上,大家都很激动。老罗是个热情奔放、容易激动的人,一激动脸颊便涨得很红,头还不住地摇动,在这个时候,他那直率坦诚的话语,豪迈动人的神情,形象有力的手势,使人深受感染。

长寿湖之夜——五十三年前的这次接触和谈话,是不寻常的,正是我们的动员和鼓励,使他们下了决心,基本上扫除了写长篇小说的顾虑,表示要努力试一试。这里边还有一个重要因素,当时罗广斌、杨益言都是团市委常委,一个是统战部部长,一个是办公室主任。刘德彬虽在市工会工作，但早年也是团干部，而我们又是团中央的出版社，朱语今早年在抗日战争时期，就是重庆中共中央南方局青年组的成员，还兼青年组机关刊物《青年生活》主编，而今又是团中央常委、出版社的社长总编，由他出面约他们写长篇小说，从感情上说他们感到很亲切；从组织上说，实际上是上级团组织向他们下达了写长篇小说的任务。从《红岩》开始约稿，到写作、到出版，至今五十四年过去了，无论是已故的罗广斌，还是健在的杨益言，无论是在他们的讲话中，还是在他们写的文章里，对 1958 年我们的重庆之行和长寿湖之夜的相会，特别是把他们推上了长篇小说创作之舟，一直念念不忘，始终怀着感激之情。

罗广斌、杨益言登上了创作之舟

在这里，我要专门讲讲肖泽宽同志，肖泽宽解放前是川东特委书记，早在抗日战争时期，他与当时在中共中央南方局工作的朱语今就发生了工作上的联系，以后南方局通过朱语今不断向肖下达工作任务，从此两人相识，建立了密切的工作关系。但在 1946 年 5 月中共中央南方局迁至南京后，朱与肖就没有联系了。一直到1958 年 10 月，长达十二年之久，朱语今没有来过重庆。这次是全国解放以后，他第一次来重庆，重庆有不少他熟悉的地方老干部，但他们的情况，他一无所知。在我们从成都动身来重庆的时候，他想也不会想到，会在这里遇上肖泽宽，更不知道肖已是重庆市委常委、组织部部长，还主管共青团工作。到重庆后，是从接待我们的团市委办公室主任杨益言的介绍中知道肖泽宽的情况，一下唤起了朱语今的记忆。在杨益言把朱语今来重庆的事报告肖泽宽后，肖泽宽立即赶过来看望朱语今，两人无比惊喜、兴奋。当晚肖泽宽在市委小食堂为朱语今接风，餐后又把我们邀到他的办公室，两位老战友十二年没见过面，今日相见，已非昔日，两人无比高兴、感慨。他俩谈过去，讲现在，有说不完、道不尽的话语，一直到深夜，才把我们送回招待所。从此开始，朱语今与肖泽宽一直保持着联系，无论是肖泽宽后来调进北京，担任中央侨办政治部主任，还是“文革”后担任北京市一轻局党委书记，市委统战部长、组织部部长，直到朱语今1988年病逝。由于朱语今生前每次看望肖泽宽时，大都叫上我，因此我和肖泽宽也熟了，保持了四十多年交往，和他家的老人小孩也建立起了友谊。正因为朱语今与肖泽宽有这种不寻常的历史关系，和在大后方从事地下工作时结下的战斗情谊，也使他们两人关系不一般，这一切都为《红岩》的创作和出版，提供了有利的条件和基础。

在我们从长寿湖农场回到重庆市后，便向肖泽宽同志做了汇报。肖泽宽对我们提出的让罗广斌、刘德彬、杨益言写长篇小说的建议很重视，当即向市委第一书记任白戈和分管文艺工作的书记李唐彬报告了。任白戈、李唐彬也很高兴，经过考虑，任白戈表示支持。任白戈说：“要把这当作一项严肃的政治任务来考虑。”还说：“他们没有写过小说，要好好学习毛主席《在延安文艺座谈会上的讲话》(以下简称《讲话》)，要读一些中外优秀的写监狱生活的小说。”这里我要插上一段话，罗广斌、杨益言当时对任白戈的指示是非常重视的，一是任白戈是市委第一书记，二是任白戈是三十年代“左”翼作家，是内行。他俩首先认真学习了《讲话》。虽然他们以往也学习过，但与这次学习不同，这次他们是结合自己的创作，边学习，边思考，所以感到特别亲切，特受启发。后来杨益言谈创作感受时说：“学习《讲话》触动最深的，是关于生活是创作唯一源泉和文艺创作的两段话，我和罗广斌反复咀嚼那两段话，特别是‘文艺作品反映出来的生活……应当比普通的实际生活更高、更强烈，更有集中性，更典型、更理想……’那段话，让我们恍然明白，尽管我们解放前都曾有在重庆集中营被敌特囚禁的经历；五十年代，虽参加了革命传统教育的演讲活动，以后也还有不断充实丰富这方面生活的机会,但现在要完成《红岩》这么宏大的创作计划,过去的生活积累就显得很不够了,这是我们在没有接触长篇小说创作前,从不曾有过的认识和想法。”这样,罗广斌、杨益言就清醒地认识到,光是敢想敢干,有一腔热情,远远不够,还要从自己的实际出发,他们开始考虑自己最缺少的生活是什么,最需要充实的生活又是什么。二是他们过去对已经出版的描写监狱生活的中外作品看得太少,因此,在创作这方面题材的作品时,就无法深入地进行研究比较。他们开始收集和阅读中外这方面题材的作品,弥补自己的不足。三是他们发现自己太不了解解放前工人运动的情况了,于是他们一次又一次到原二十九兵工厂(现在重钢)、二十一兵工厂(现在长安厂),通过那里的老党员、老职员、老工人,给他们介绍解放前地下党在工厂内的活动和工人运动的情况。四是他们过去比较注意收集和研究革命烈士的事迹和资料,而对于敌特档案和有关的材料,并没有仔细地阅读和研究,在市委组织部的支持下,他们又一次到公安部门查看敌特档案资料,由于这次是带着写小说的任务来看敌特材料,认真精神和自觉态度都与以往不同,这就使他们发现了过去没有发现的许多重要材料,同时对他们过去已经掌握的一些敌特材料也有了新的认识,而这方面的充实和提高,对于开拓他们的思路、提高他们对敌特的认识,特别是在进行小说创作中如何运用到人物和情节中去,则起了至关重要的作用。这以后在他们创作的过程中,任白戈还有过一些重要指示。当时李唐彬指示:“谁参加小说创作合适,要组织部把关,提出建议,报市委批准。”后来市委只同意罗广斌、杨益言两人脱产出来写长篇小说,刘德彬没有获准。对于刘德彬没有参加小说《红岩》的创作,确实是很遗憾的。罗广斌、杨益言自然就不必说了,就是我,虽然仅仅在长寿湖之夜和刘德彬见过一面,但为他能够参加小说《红岩》的写作,我在1960年10月来重庆,给罗广斌、杨益言请创作假时,还为争取他也出来参加写作一事,向市委组织部提出,被雷雨田副部长婉言拒绝。1959年《红岩》的“征求意见本”排出后,罗广斌、杨益言也曾趁机擅自做主,把刘德彬的名字印在上面,想既成事实,争取刘德彬出来参加这个小集体的写作。他们这个举措,不仅没有得到市委的认可,反而遭到严厉的批评和警告。此后,罗广斌、杨益言再不敢言及此事,一直到小说《红岩》出版。今天,人们把署名问题看得很重,但在五十年前,人们的心态并不是这样,就我的感觉,罗广斌、刘德彬、杨益言三个人,从我们一开始向他们提出写长篇小说的任务后,他们就没有把这个创作任务看成是个人的事情。在罗广斌、刘德彬、杨益言看来,自己是党的队伍中的一名战士,写作是党交给的一项任务;作为共产党员,党要我写,就有责任写好,就要完成这个任务;不叫我写,也应服从,做好本职工作。这样的思维方式和价值观,是当时的历史真实和社会现象,是当时一个共产党员、一个团的干部的党性原则和做人准则!罗广斌、刘德彬、杨益言三个人,当时单纯得就像一张白纸,令人十分敬佩和崇敬。尽管刘德彬没有参加《红岩》的创作,但他一直关心这部小说的创作和出版。正因此,他们三个人在三年后,又走到一起来了。

1959 年 1 月罗广斌、杨益言先后脱离各自的工作岗位,就在团市委的宿舍里,开始了小说《红岩》艰难的创作历程。他俩白天写,晚上写,每天每人以日写万字的进度要求自己,苦苦地写了四个月。1959 年 5 月 5 日,我收到他们的第一封来信,信中有这么一段话:“目前,初稿已写出近三十万字。其中,有二十万字已可作为初稿交出,现在看来,全部写出可能在五十万字左右,大约 6 月中旬可以写完。因此,就考虑到一个新的问题。这就是,如何把初稿拿出来,请组织审查,请一些有修养的同志看看,较广泛认真地征求一些意见,以便修改、定稿。我们觉得,这个做法是必要的,不可少的。因为书中反映的内容,比我们自己设想得要复杂得多,有必要严肃地对待,认真征求意见,修改后再出版,更为合适。所以,我们希望,先将初稿打印或排印几十份。打印省一些钱,但打印五十万字,时间会拖得很久。排印,清晰,时间也快,一些工作较忙或年纪大的同志读起来方便一些,花钱虽多,但这样做可以争取时间,如果顺利,7月可望定稿。对此,不知出版社意见如何?是否同意印出来?请告知。”

文章不厌百回改,尤其是小说的修改,这是很重要的一道工序。但修改必须得法,符合作者和作品的实际,才能越改越好。一部好的作品的产生,在广泛地听取了各方面的意见之后,重要的是在于思考和决心,一旦要下手改了,就应该早已胸有成竹,这样再煞费苦心,经过一番认真修改,才能艺术常青。基于这样的考虑,对于罗广斌、杨益言的要求,只有支持同意,没有任何理由回绝。于是,我把出版社的决定通知了他们。但这年的7月31日我又收到他们的来信,信中写道:“初稿在6月就写成了,五十余万字,原打算7月就印出来,征求意见。后来,为了慎重起见,请市委宣传部、组织部看了一部分稿子,他们都提了些意见,我们考虑和讨论了这些意见以后,决定部分重写,再行排印。题材范围做了压缩,另行起草了新的提纲,于7月开始写第二稿,全稿约三十万字,根据原先安排,现已将写成的二稿开排了十五万字,8月中旬可全部发排完。印出后,即将二稿寄上,待你们看了以后,再决定如何修改,和在哪里修改。”

从1959年1月开始到8月底,罗广斌、杨益言完成了小说的初稿、二稿的写作,二稿出来后,便排印了。改这遍稿时,正赶上炎热的酷夏,重庆的夏天是不好过的,但并没有把他们难住。这三个月,他们紧闭房门,不分日夜地埋头写作,尽管他们只穿着一条小裤衩,汗水还是不停地顺着他们的身子流在桌子上、椅子上、地上……实在忍受不下去了,就跑到水龙头旁冲一冲,回过头来再继续写作。

小说二稿定名为《锢禁的世界》,取自蔡梦慰烈士遗诗《黑牢诗篇》中第一节的小标题。8月底“征求意见本”印出,他们给我寄来了五部,并附了一封信,信上说:“写了很久,但质量如何,自己没有把握。我们估计,从现有稿件质量看,如何处理有两个可能:

一是质量很差，二是可以修改出版。我们觉得，如果是前一种情况，那就该放下来，以后再行处理，因为脱产写作已好几个月了，不好意思再耽搁下去；如果是第二种情况，则希望争取一些时间，在出版社的帮助下，尽快修改。我们迫切希望出版社将审稿的意见告诉我们，以便决定今后工作。”我知道罗广斌、杨益言在半年多一点的时间里，完成小说的初稿、二稿，他们写得很苦，也很艰难，思想负担很重。一是重庆市委最初只给他们三个月创作假，后又延长三个月，他们觉得不能再延了，只能日夜兼程，拼命赶写，虽然写了两稿，但写出的作品水平如何？心中没把握，没信心。但从这封信里，我也看出，他们既没有对自己写出的作品估计过高，更没有提出要急于出版的要求。二是他们写作的时间本来就很紧，偏偏当时重庆每晚还常常停电，不得不停下笔来，这也在心理上形成压力。同时，还常常有些单位请他们去作关于“中美合作所”狱中斗争的报告，他们不能拒绝，这也加重了他们的思想负担。想到这些，我就感到要解脱他们精神上这些压力，唯一有效的办法，就是到北京来写作。

我认真地审读了二稿，二稿的质量确有提高，特别是与我一年前看到的“油印稿”相比，有了很大的变化和进展。二稿把原来互不联系的零散材料，把相近的内容，初步结构起来了，把原来目的性不明确、模糊的内容，或舍弃了，或变得清晰了。但同时我也感到，从小说的角度要求，从出版的角度要求，差距还较大，存在的问题还很多，修改的工程还很大。这里有结构上的问题，有技巧上的问题，但最主要的问题还是在内容上没有突破历史事件的局限和约束，集中概括不够，合理虚构想象不够，充分展开描写不够，所以小说的故事和情节，既拘谨放不开，又过于简单平淡，不丰富，也不深刻，这是二稿致命的硬伤。对小说创作来说，没有完整的故事怎么行？有故事才能有情节，没有故事哪有情节？！有了情节才能写出故事的复杂性、曲折性、多变性、丰富性，才能展开、发展、深刻、激化，才有起伏有看头。而小说巧妙的构思、细致的描写，人物的刻画，深刻的寓意，也只有在这种情况下，才能得到充分的发挥。从这样的要求来看，罗广斌、杨益言仅仅有了一个小说的雏形，还缺少血肉，缺少羽毛，还不够丰满。

但我也想到，在目前这种状况下，气可鼓，绝不可泄。所以我在充分肯定二稿取得成绩的同时，也明确地但又十分策略而有分寸地指出二稿存在的问题。1959 年 10 月 22 日，由我执笔拟出信稿，经编辑室主任江晓天审阅签字，以编辑室名义给罗广斌、杨益言去了一封信：

《锢禁的世界》读过了。我们觉得这是一部很有前途的作品，以现在稿子的面貌来看，已具备了比较好的基础，看来只要再下一番功夫，是可以把这部作品奋斗出来的，而且还有可能搞得很好。目前，我们感到稿子最大问题是结构上不够严谨，有的地方写的过于简单，有的地方又有些拖沓，头绪纷繁；在人物的描写上，不少人物的描写是很生动的，很出色的，但是稿子里的主要人物似乎多了一些，笔力有些分散。如果主要人物能够加以精炼，能够突破事件的约束，合理虚构，大胆想象，把人物的个性和行动加以突出描写刻画，看来成功地塑造出几个有血有肉的人物形象，是可以做到的。我们还感到，稿子里有不少情节，在文学作品里是十分珍贵的内容，如江姐、成岗、刘思扬被捕前的生活、工作、斗争等等，都是应该充分描写的，你们都轻轻地放过去了，这不仅削弱了作品的艺术感染力，也减弱了作品的光彩，是十分可惜的！经反复考虑，并请示了领导以后，希望你们来北京修改稿子，我们可以充分地交换意见，一起研究作品的故事梗概、主题思想、主要人物、结构布局的安排、修改方案的确定，等等。我们觉得，这样做起码有两个好处：第一，时间上比你们在重庆修改要经济；第二，修改好的保证比较大。依靠通信方法，很难把意见谈得具体，谈得清楚，谈得充分。因此，希望你们来京，当然越快越好。

朱语今同志看了我拟的信稿后，也提笔给重庆团市委书记廖伯康写了封信，原信如下：

伯康同志：

你好！

罗广斌、杨益言同志所写的《锢禁的世界》，编辑部同志们已经看过了，据说内容很能激动人心，对读者很有教育意义。但是，也还有一些具体问题，一是属于结构方面的，不够严整，显得零散一些；再是人物过多，如能集中一些更好。编辑部同志希望能请他们到北京来，住在这里修改方便一些，时间不需要很长，估计一个月左右就行了。你们的工作很忙，一下抽出两个骨干，当然不会没有困难。不过，如能早日把这本书修改出版，无疑将会对全国广大青年读者起重大的教育作用。因此，请你酌情考虑，能否尽可能给他们一定的假期到北京来修改。盼复。

此致

敬礼！

朱语今

一九五九年十月二十二日

半个月后，我收到杨益言的回信，才知道迫于当时的政治形势，他们有难言之苦。信中写道："来信所提到北京修改稿件的意见，已分别向市委组织部和宣传部做了汇报。《锢禁的世界》二稿寄出后，根据收集到的部分意见，曾酝酿过重写和改写的章节的意见，但由于反右倾斗争和工作任务紧，加上领导同志都很忙，没有时间审阅，就没有改写下去了。今后怎么改(来否)，何时来，待组织决定后，另行汇报。上月中旬，广斌同志已回长寿湖农场党委工作去了。"

这期间，我们在北京也在参加反右倾的整风学习。两个多月以后，编辑部在研究庆祝党诞生四十年献礼计划时，首先想到了这部作品，这样我在1960年1月19日又给罗广斌、杨益言写了一封信，告诉他们："不久前，曾克同志（当时重庆市文联的负责人）来北京开会时，我们曾向她提起了这部小说的修改问题，她很支持，并向重庆市委宣传部文艺处建议，给你们一定时间的创作假，修改这部小说。我们还是希望你们来北京修改，一方面可以具体地研究修改方案，另方面在时间上也可能比你们在重庆要经济一些。最近团中央要开全会，廖伯康同志可能来，我们准备向他提出，请他帮助解决。这部小说无论如何要争取在庆祝党成立四十年时拿出来，不可再迟。希望你们把下一步修改的方案酝酿成熟，一当到京，我们就交换意见，迅速投入小说的修改。"

不久，我收到杨益言的回信，才知道他也调动了工作，到市委《支部生活》编辑部工作，老罗仍在狮子滩长寿湖农场任场长。由于他们都走上了新的工作岗位，既要参加反右倾整风运动，又要熟悉新的工作，更重要的是他们两个人不在一起，无法充分地酝酿和研究小说的修改方案和具体构想，所以老杨在信中写道："看来，要完成这个任务，需要相当的时间，只好留待以后再说了。"这封信写于1960年2月1日，当时罗广斌、杨益言被创作中的无数难题弄得焦头烂额，根本没有可能聚在一起商谈研究。同时新的工作重担，也压得他们有点喘不过气来。就在他们准备暂时先放一放的时候，市委组织部突然下达把罗广斌、杨益言抽出来修改小说的指令，并要重庆市文联组织讨论会，邀请市委组织部、宣传部的老同志和文联的有关同志参加讨论，为小说的修改献计献策。市委的有力支持，使罗广斌、杨益言深受感动，使小说的修改进度一下提前了。

一个月以后，他们在听取了一些同志的意见之后，决心再一次重写，在给我的信中，把同志们的意见概括为四点：(1)感觉不够完整，显得零散，需要集中笔墨，用于刻画几个主要人物上，使结构更加严谨，并删去一些冗节；(2)调子过于低沉，应该进一步突破历史事件的拘束，写得更开朗一些，斗争更主动一些，使狱中的斗争步步开展，到最后以突围为中心，形成全书的高潮；(3)两个监狱或者合为一个，或者加强两处之间的联系，使之成为有机体；(4)对敌人的描写，文字上要避免客观主义和自然主义，要更深刻地揭露美国特务的现行罪恶。

肖泽宽——为党领导文学创作提供了一个成功的范例

事过之后，我才知道，罗广斌、杨益言在写《红岩》的过程中，肖泽宽是出了大力的。罗广斌、杨益言都是组织部管的干部，当肖泽宽看过“征求意见本”后，一是支持他们继续修改下去，给他们足够的创作时间，让他们安心写作；二是要他们依靠专家的指点，拜沙汀同志为师；三是提供一切有用的背景资料和有利于写作的方便条件。他还亲自主持召开了三次座谈会，邀请四川地下党的

1958 年组织领导《红岩》创作的肖泽宽

老同志参加，为作者提供了许多有用的背景材料。特别是他指出："'中美合作所'集中营的斗争，确实是非常黑暗，非常残暴，所以人们才说它是座人间魔窟。但就是在这里，共产党人用自己的热血和生命、气节和情操，写下了不朽的历史一页。你们写小说，一定要把小说中地下党的位置摆正，只能是配合解放战场。小说中的共产党员、地下工作者，不能仅仅停留在写一个，抓一个，死一个，要通过烈士的事迹，写出烈士的精神和本质，你们现在是在谱写一曲共产党人的正气歌！写《挺进报》被破坏后，就再没有出过，这是当时地下工作纪律严格规定的。但我们在创作小说时，还可以再出新的《挺进报》，在政治上不输这口气！"他的这些思想和建议，给罗广斌、杨益言很大启示。重庆市委第一书记任白戈在看过"征求意见本"后提出"小说的精神状态要翻身"，"揭露敌人，表彰先烈"应该是作品的主题。老同志们向他们介绍了解放前重庆地下斗争的许多史实、史料和当时地下党对形势的估计，以及地下工作的原则和"征求意见本"中具体描写上的问题，要他们表现高昂的革命英雄主义，不要写感伤的东西，不要拘泥于真人真事，不要直接写组织的破坏，只限制在个人被捕上，这样更有利于集中、概括，表现烈士们的事迹和精神状态，使小说塑造出来的人物更典型化。任白戈、肖泽宽和老同志们的这些建议，打开了罗广斌、杨益言的思路。比如"征求意见本"中的许云峰形象，原来只以生活中的许建业为模特儿，罗广斌、杨益言也只了解许建业狱中斗争的一些片段生活，是肖泽宽在一个凄风苦雨的深秋夜晚，饱含着悲伤和壮烈之情，热泪盈眶地向罗广斌、杨益言介绍了许建业烈士地下斗争时的感人事迹和他牺牲时的壮烈场面。肖泽宽提供的这些珍贵的第一手材料，启发了罗广斌、杨益言，他们又吸收了许晓轩烈士的事迹，为成功地塑造许云峰的形象，提供了充足和丰富的生活依据。大家还指出，罗广斌、杨益言对革命者比较熟悉，对敌特却了解不多，也了解得肤浅；他们虽然仇恨敌人，却并不很了解敌人。如何描写好敌人，是这部小说成败的一个重要方面。经老同志提议,肖泽宽考虑后,并经市委同意,准许他们提审在押的大小特务,准许他们看犯人的供词、日记和有关的文件、资料和档案。在修改过程中,要感谢党组织的大力支持,要感谢老同志们无私的帮助,使他们有限的生活素材不断地得以充实丰富。比如,《红岩》中"红旗特务"郑克昌这个人物,就是在肖泽宽主持的老同志座谈会上提供的线索。原军统渝站站长李克昌,专门搞"红旗特务"那一套,重庆解放后,很久才在黔江抓获他,后押囚在重庆。罗广斌、杨益言翻看了李克昌的全部供词记录,使他们对特务的狡猾、阴险、罪恶经历、心理变化过程有了更深刻、更具体的了解,为塑造郑克昌这个军统特务的复杂形象,提供了有效的借鉴。还有为摸清特务内部的情况和特务与特务之间的复杂关系和人际矛盾,他们一次又一次地经市委组织部介绍到重庆市公安局翻阅有关特务交代的档案。功夫不负有心人,他们终于在众多的敌特档案中发现了一整套跨度长达十五年之久的特务日记,使他们对特务内部互相倾轧、尖锐矛盾、发展变化,以及各色人物的面貌、心理特点,有了更翔实、更具体的了解,不仅使他们对已有的对敌斗争的生活素材得到进一步的提升,而且也为他们后来成功地塑造徐鹏飞、严醉、毛人凤几个军统大特务头子,创造了新的思路、新的角度、新的深度。所以我说,党的组织和众多的老同志有力的支持,热情的鼓励,给这两位年轻的作者巨大鼓舞和力量,这是罗广斌、杨益言能够写好《红岩》的必要的和重要的条件。

中共重庆市委,任白戈、肖泽宽等老同志对《红岩》写作的关心、支持、鼓励和指导,给我们树立了党领导文学创作的一个成功的范例。1960 年 2 月 16 日罗广斌、杨益言给我的信中写道:"由于市委的大力支持,大家给了我们很多的鼓励,督促我们尽力完成这次写作任务,这次讨论对我们来说,收获是很大的。特别是有些我们原来考虑不够的,启发较大,如(1)充分估计解放前夕敌溃我胜的形势,因此在描写监狱斗争时,色彩宜更加鲜明有力一些;(2)适当地反映当时地下党的坚强领导,以及狱中党的领导活动;

(3)要注意描写群众斗争的场面,通过群众斗争来反映党的领导。关于下一步怎么改,一致意见倾向于:人物和事件需要进一步概括,在历史事实的基础上,适当地加以展开和提高,使之更能感动人,因此,在形式上更应带有小说的味道。”

市委领导的热情关怀和严格要求,不仅给他们以鼓励和督促,更重要的是使他们对修改工作具有更充足的信心和力量。在这里我还要讲讲沙汀在罗广斌、杨益言写作中的重要贡献,在罗广斌、杨益言把“征求意见本”寄给沙汀的同时,在肖泽宽部长的建议下,重庆市委向沙汀发出邀请函,希望他在看完“征求意见本”后,能亲临重庆,指导罗广斌、杨益言的创作。沙汀愉快地接受了重庆市委的邀请,他在读完“征求意见本”后,便从成都来到重庆,又从重庆到长寿县长寿湖农场,和罗广斌、杨益言一起生活了好几天,在和两位年轻作者进行了充分的交流之后,沙汀对“征求意见本”给予了热情的肯定和鼓励,同时也一针见血地指出:小说稿写得过于沉闷和压抑,他很同意任白戈说的那句话:“小说的精神状态要翻身!”沙汀说,你们要以胜利者的姿态,眉飞色舞地写这段生活,不要还像关在渣滓洞、白公馆监狱里那样,戴着手铐脚镣写狱中的斗争生活,也不能只拿个小本本记录当时的材料,原封不动地写进小说里去。要打开眼界,从狱内到狱外,从城市到农村,从各方面反映那个时代的生活和斗争,要看看当时全国是怎么回事,不能只写狱中这个小圈圈、小天地,要跳出来,写出局部与整体,解放区战场和白区第二条战线的关系,把狱中斗争、重庆市地下党活动和全国的革命形势联系起来。当时解放战争胜利在望,人民精神振奋,认识了这个大背景,在描写狱中人物的精神风貌,思想感情,在安排情节、组织结构时就不同了,下一步应着重考虑的是贯穿全书的精神面貌问题!沙汀指出,人物和事件都要以此为出发点,许云峰、江姐、齐晓轩、成岗要大大发展,水的斗争、春节联欢会、突围越狱的行动还要大大地开掘。

沙汀有着丰富的创作经验,使他在指导《红岩》的创作时,一下子抓住了要害。他和白戈提出“小说的精神状态要翻身”和要“眉飞色舞地写这段生活”这两句至关重要的话，是《红岩》以后的创作和修改的重中之重的问题。我现在回忆起来，当沙汀从成都动身赴重庆时，对于《红岩》如何修改，怎么修改，从何处下手修改，已胸有成竹，所以他在和罗广斌、杨益言交谈时，语无虚发，句句讲在实处，一下就把罗广斌、杨益言的思路打开，让他俩无比惊喜，从沙汀的言谈中得到启示，受到鼓舞。对任白戈、肖泽宽、沙汀的这些意见，罗广斌、杨益言两位作者，经过一段时间的咀嚼消化，后来都一一创造性地运用到小说创作中去了。

对罗广斌、杨益言来说，“中美合作所”集中营的这段斗争生活，在他们的头脑中太深刻了；烈士们留下的最后形象，在他们的心目中太神圣了；真实的经历、事件和真实的人物、场景，死死地捆绑着他们，要他们从这牢牢的定式中解脱出来，可不是一件容易的事。但现在是在写小说，就必须从生活和思想的牢笼中冲出来。讲起这些道理他们也清楚。他们说，历史家记录下来的是真实的人的活动和经历，而小说家塑造的是他心目之中的典型化的人物。典型化的人物，是长期酝酿、想象、虚构，最后从作家的心灵深处跳出来的活生生的人物。对作家来说，最重要的是进入角色，不进入角色这活生生的人物是跳不出来的。所以在罗广斌、杨益言创作的过程中，周围的同志，花精力最大，花时间最多，反复说服、开导、启发罗广斌、杨益言的就是如何使他们俩从真人真事的束缚中，从狭小的个人经历的圈子中，从有限材料的了解中跳出来，站在时代的最高点，更大范围地充实和丰富生活素材，最大限度地对生活素材进行集中概括，从整体上动员他们解放思想，打破框框，大胆虚构，大胆想象，大胆创作，这个艰苦转变，贯穿在整个《红岩》的创作过程中。可以说对《红岩》的创作来说，最大的困难、最大的阻力，还不完全是写作能力的高低、写作技巧熟练的程度，而是如何在思想上、感情上摆脱真人真事的束缚，掌握小说的创作特征，进入小说创作的自由王国。

怎样使罗广斌、杨益言从真人真事的束缚中解放出来？怎样源于生活又高于生活？怎样使作品的精神面貌翻身呢？为什么二稿会出现这种压抑的状况呢？党组织和肖泽宽、沙汀都在考虑。原来最主要的原因，是他们太不了解全国解放前夕的革命形势，写作的时候就站得不高，看得不远，就没有勇气突破原来的束缚和框框，就不敢大胆想象和虚构。对小说创作来说，没有想象和虚构就没有艺术。还是沙汀提议，让他们到北京来参观、学习。当时北京刚刚建立的军事博物馆和革命历史博物馆，正在筹备展出，在这里可以看到1947—1949年的一些珍贵档案。同时，还可以与中国青年出版社就“征求意见本”充分地交换修改意见。

肖泽宽部长及时做出批准罗广斌、杨益言来京参观学习的决定，是关系《红岩》创作成败的一个至关重要的举措。这个决定的形成，应归功于沙汀的提议，但直接领导这一创作的市委组织部长肖泽宽的热情支持态度，也是功不可没的！没有他的支持和批准，要想实现罗广斌、杨益言进京之行，也是很难的！肖泽宽是一位有眼光、敢决断、有事业心和责任感的党的工作者，这样的同志担任组织部部长，可以说是罗广斌、杨益言的大幸，是促成小说《红岩》诞生的贤达人士。我这样说完全不过分，由于肖泽宽主管共青团工作，长期的观察和实践的经验，使他对罗广斌、杨益言两人的思想水平、工作能力、性格特点、长处短处，有着全面而又深刻的了解，所以当市委批准罗广斌、杨益言出来写作时，他在心中是踏实的，而且是满怀希望的。当罗广斌、杨益言1959年创作上遇到困难时，是肖泽宽把他们找来，从思想上、创作上进行开导和帮助。他说：“几个座谈会开下来，听了不少意见，你们还是要独立思考的，自己负责，放开思想，大胆创作。不能遇到困难就灰心，就打退堂鼓，知难而进，才能进步。在文学上你们是生手，这没什么，不懂就学嘛！搞文化工作得有知识，你们半路出家，更要在这方面下功夫补上这一课。边学边写，不要急躁，要有长期作战的思想准备，一年不行两年，三年不行五年，为党争气，为死难烈士争气，也为自己争气，一定要把小说写好。"他要他们认真地消化材料，冷静地思考问题，虚心地听取意见，下苦工夫提高自己的创作水平。《红岩》出版后，罗广斌、杨益言怀着十分激动、十分感激的心情说过："当时肖泽宽同志的这些话，既温暖了我们的心，又鼓起了我们继续创作的信心，同时也使我们对小说创作的长期性、艰巨性有了充分的准备和认识。"所以在市委组织部讨论要不要罗广斌、杨益言进京学习参观、听取意见时，肖泽宽持肯定支持的态度，他认为只有这样才有可能开拓他们的思路，扩大他们的视野，丰富他们的素材，使他们从真人真事的束缚中彻底解放出来，进入小说的最佳创作状态。

从此，我与《红岩》结下了缘

今天，回过头来看，五十年前朱语今和我的成都、重庆之行，对小说《红岩》的诞生与出版是关键性的一步棋。如果当时我们对

1958 年 10 月朱语今（左）与王维玲（右）在重庆约写长篇小说《红岩》时在北碚公园留影

沙汀的推荐重视不够或抓得不紧；如果我在审读“油印稿”时，从稿子的现状出发，持否定态度；如果我没有深入思考，没有采取积极态度，没有大胆提出让他们写长篇小说的建议；如果朱语今有所疑虑，没有果断拍板，敲定约他们写长篇小说；如果我们没有亲自去长寿湖，坚定地、反复地、耐心地说服、动员他们写长篇小说；如果不是朱语今亲自出面和市委领导直接对话；如果我们回京后抓得不紧，没有指定专人负责与他们保持经常不断的联系；如果没有以后的一系列措施……也许《红岩》至今不会诞生，或许诞生了，也不一定是今天这个样子。

关于小说《红岩》的创作历程，早在1963年4月罗广斌在全国文联委员会上的讲话中就叙述了，罗广斌的发言后来以罗广斌、杨益言名义整理成文，题为“创作的过程，学习的过程”，于1963年5月11日在《中国青年报》上发表，其中就讲到“1958年年底，共青团中央和中共重庆市委进一步要我们大胆地尝试用长篇小说的形式来表现这个题材”。1966年，杨益言同志在一次关于小说《红岩》创作过程的讲话中，也有这么一段话：

> 什么时候想起写小说的？被捕以前，我们是学生，在集中营里受到了很大的教育，但并没有想到自己要写什么东西。那时候，看到许多同志思想水平很高，又很会写。但是解放以后，和狱中出来的同志一碰面，知道许多同志都牺牲了。这时候，我们还没有想到自己要写什么。由于革命的需要，在解放初期，控诉美蒋罪行的群众运动我们参加了；由于革命的需要，组织上分配我们做青年团工作，组织上、青年同志要我们去讲烈士的斗争事迹，我们去了。同志们说，你们还应该把它写出来。我们说，不会写。青年们说，你们讲什么就写什么。我们接受了群众的意见，在1956年，写了几十万字，油印了几十份，送给作家去创作。隔了两年，群众问我们，我们再去问作家，作家回答：你们的材料写得太复杂了，文学作品

没法表现。直到这时候，我们也没有想到自己拿起笔来写。直到 1958 年，大跃进的年代，是伟大领袖毛主席号召“解放思想，破除迷信”，给了我们无穷的力量，使我们决心自己拿起笔来，自己动手写小说。

杨益言讲这话的时候，正是“文革”中“四人帮”一伙诬蔑团中央“修到家”，喊出“打倒二胡一王”口号的时候，所以他在讲话中隐去了朱语今和我赴渝约稿的内容。“文革” 后杨益言写的有关《红岩》的文章中都明确地写道：“1958 年 11 月共青团中央常委、中国青年出版社社长、总编朱语今和编辑王维玲来渝，他们第一次向我们提出运用长篇小说的形式，大胆创作，反映‘中美合作所’集中营的斗争。”事实就是这样，当我们从渝返京后，朱语今立即召集二编室的领导，大家一起研究决定，把《红岩》正式列入出版计划，指定我负责与作者联系，在中国青年出版社的书稿档案中，至今还保留着我当时写给他们三人的一封信：

广斌、德彬、益言同志：

我们已在十八日回到北京……语今同志回社之后，就召集二编室的同志，对你们这部创作做了具体安排，编辑部指定我经常与你们联系，并确定明年三四月到你们那里做这部稿件的编辑工作，这样做的目的，是为了能保证这部长篇小说明年国庆前出版。

王维玲

一九五八年十二月

从这时开始，我就与《红岩》结下了缘，一直到《红岩》出版，一直到“文革”中《红岩》被查禁、“文革”后解禁，一直到 20 世纪末 21 世纪初我应邀参加了无数次关于《红岩》的活动，使我有幸自始至今一直生活在《红岩》的故事里。

这封信只能说明长篇小说《红岩》是 1958 年 10 月朱语今、王维玲在重庆向他们三人约稿的历史事实，和中国青年出版社从这时开始，就把长篇小说《红岩》的编辑和出版工作列入计划，并指定我负责与他们联系这个重要事实。把我写的这封信作为罗广斌、刘德彬、杨益言三人“合作共创”《红岩》凭证,那是有违历史事实的。因为当时我们虽是向他们三人约的稿,但他们三人谁能参加小说《红岩》的创作,决定权不在出版社,而是在重庆市委。正如罗广斌所说:“我们说了不算数,要市委定,市委不同意,我们想写,也不成!”果然后来市委只同意罗广斌、杨益言二人脱产写《红岩》,没有同意刘德彬参加。这样小说《红岩》的创作才在 1959 年 1 月开始,直到 1961 年 12 月定稿,最终形成《红岩》罗广斌、杨益言两人署名这个历史事实。

关键时刻的重要举措

1960 年 6 月上旬罗广斌、杨益言到京,这时朱语今已调离团中央,由继任社长兼总编辑边春光主持,有编辑室主任江晓天、编辑王维玲、陈碧芳参加,围绕“征求意见本”如何进行修改和罗广斌、杨益言一起交流座谈。

当时我们除了向他们表示完全赞同重庆市委和沙汀的意见外,着重谈了以下几点意见。

一、要改变作品的压抑气氛,充分表现出全国胜利在望的形势,在这个大背景下,反映“中美合作所”集中营里的斗争。烈士们的斗争,既要有昂扬的、战斗的气氛,还应该是十分复杂、激烈、残酷的;既要有主动进攻精神,同时,又付出了重大代价;牺牲是悲壮的,令人难忘的。从这样的设想出发,小说应该分为三个大段落:敌人破坏与地下党反破坏(包括许云峰、江雪琴、成岗被捕前的一系列的活动),迫害与反迫害(主要是狱中斗争),兽性屠杀与越狱突围。通过这三个段落的描写,展示共产党人的战斗风格和战斗力量。

二、肯定了“表彰先烈，揭露敌人”的主题。要求作者集中笔墨塑造许云峰、江雪琴、成岗、齐晓轩等人物的光辉形象。在把许云峰、江雪琴作为第一重点描写的对象的同时，也不要忽略众多的“群像”，能不能把这个战斗的集体塑造成光彩夺目的艺术彩雕，关系着作品的成败。

三、反面人物（主要是敌特人员）数量过多，要突出重点和主要的，在数量上要压缩、删减。对叛徒甫志高的描写，要深挖他灵魂深处的脏东西，由隐到显，最后在关键的时刻叛党投敌，是他本性的必然。

四、精心结构，巧妙构思，要在这上面下功夫。如何把渣滓洞和白公馆两个监狱的斗争，有机地、血肉般地联系在一起，互相配合，互相支援，互相呼应，最后同时行动，果断地采取越狱突围的方式。写出这两个不同类型的监狱差异，包括环境描写、敌特人员的性格，以及革命者所采取的策略和手段、行动和部署。总之，不是把两个监狱合二而一，而是要写出它们各自不同的特征、特点和特色，这样在艺术上就站住了。

这些桌面上的意见，虽然把我们对“征求意见本”的意见都概括进去了，但最根本的一条没有明确表达出来，这就是小说不是修修补补，而是应当重写，全部重写，涉及对狱内外生活的充实和丰富，概括和提炼以及小说的整体构思。他们究竟有无能力完成这个艰巨任务，当时我真没把握，也很担心。我深深地知道，他们在初二稿的写作中，花了许多心血和精力，也累得够戗！但面对眼前的创作实体又不能不承认这样的现实，与出版者的要求，差距还很大。

罗广斌、杨益言对我们提出的四点意见表示完全同意，之后，边春光亲自出马与团中央办公厅联系，由我到团中央拿到介绍罗广斌、杨益言到中国军事博物馆和中国革命历史博物馆参观学习的公函，这样罗广斌、杨益言就开始了北京的参观学习活动。

在中国军事博物馆和中国革命历史博物馆内，他们看到

1948—1949年党中央、中央军委、毛泽东主席指挥解放战争的全部电报、批示、社论……的原件时，就仿佛看到了战火纷飞，又规模空前、瞬息万变，又节节胜利的解放战争的全貌。特别是毛泽东那些气势非凡的电报手稿，让他们读后异常兴奋和激动，受到极大的震撼、极大的启发。当时只准看，不准抄录，他俩便久久地站立在橱窗的前面，默默地背诵、思考，思考、背诵。白天，他们参观学习，凝思默想；晚上，坐在桌前，记下一天参观学习的心得体会，常常这时他们就摊开“征求意见本”，仔细推敲，记下需要充实和修改的要点。我常常见他们在书稿上画得密密麻麻的，几乎辨认不出哪些是充实丰富新增加的，哪些是要加工修改保留的。经过这段时间的参观学习，他们对解放战争的全局发展，从过去朦朦胧胧的认识中走出来。这时创作中存在的问题，一下就感觉到了；写作中长久没有解决的矛盾和疑难问题，现在也迎刃而解了；好多找不到较好答案的问题，现在豁然开朗；许多新鲜的、有创意的情节，一个接着一个地冒了出来；过去没注意的内容，这时像突然发现新大陆似的高兴，挖掘出了其中内涵，不仅理解了，而且感到那么深刻、宝贵，令人振奋。站在当时全国的形势高度，观察、分析、理解“中美合作所”集中营里的人物和事件，斗争和变化，对许多问题都有了新的理解、新的认识，这就大大地提高了罗广斌、杨益言概括生活的能力。这时，罗广斌、杨益言完全从禁锢的渣滓洞、白公馆里走出来。怎样站在全局的高度，眉飞色舞地写这里的斗争生活，他们心中有数了。

罗广斌、杨益言在北京这一段时间，一直由我陪同，我安排他们外出参观学习的日程，在参观结束之后，与他们一起交流心得、体会、收获，一起讨论小说下一步的修改方案。这时我深深地感到，罗广斌、杨益言进京参观学习，实在是一个明智的重要举措，最大的收获就是打开了眼界，打开了思路。他们在了解了大时代、大背景之后，对自己的构思便发生了根本性的变化。事情也巧了，就在这年的9月，《毛泽东选集》第四卷出版了。这一卷正是集中反映解放战争时期的内容,他们在京参观中的许多内容都包含在其中,罗广斌、杨益言认认真真地学习了一个月,边学习,边思考,边联系自己的创作实际。罗广斌、杨益言这时才真正从禁锢的圈圈中走出来,这对他俩可以说是一次飞跃,一次升华、一次心灵上的提升,一堂对他们两人今后的创作和修改十分有益的必修课。在他们的思想境界达到一个新的水平、新的阶段之后,精神面貌也完全不同了,这时他们的热情之高涨,创作欲望之强烈,改好作品的信心之足,劲头之大,就似一个摩拳擦掌、待命冲锋的战士一样,已经完全进入创作的最佳状态,这是非常喜人的现象。

进入最佳状态的好兆头

当罗广斌、杨益言的创作思路和想象的闸门统统打开了之后,这时他们对自己已经创作出的稿子就深深地感到太简单、太肤浅、太单薄了。对于他们笔下的每个人物、每个故事,包括细节的运用,都有了许多新的想法、新的构思,而且写什么,怎么写,也已到了呼之欲出的地步了。那些久久蕴藏在他们胸中的正反两个方面的生活素材,这时也都活了起来,对于如何使用,如何概括,如何发展,以及还缺少什么,需要补充什么,也有了清醒的认识、明确的目标。对于那些长期在他们创作意识中的革命先烈形象,这时也有了新的发现,新的感受。出现在"征求意见本"中的那些松散的、简单的、粗糙的、模糊不清的东西,这时像被一块磁铁吸引组合到一起似的,变成了清晰有机而又有价值的内容。特别是有些一直潜藏在他们心中,始终没有被发现、被重视的内容,这时被发掘了出来,组织到小说中去了。生活的积累和创作的想象力,开阔的视野和闪光的灵感,这时才真正地融合到一起,纳入了小说的创作轨道,对创作者来说,这是个绝好的兆头。

这时罗广斌、杨益言已经在考虑怎样眉飞色舞地写黎明前发生在“中美合作所”集中营里的这场正义与邪恶的大搏斗。怎样以胜利者的姿态写狱中的斗争，当我们在一起议论这些问题时，他们已经认识到：“中美合作所”集中营所在地——重庆，是个不同一般的地方。在抗日战争时期，是中共中央南方局所在地，是八路军重庆办事处所在地，周恩来、董必武、叶剑英、邓颖超、林伯渠、吴玉章等老一辈革命家，都曾在这里生活过、战斗过、工作过。抗日战争胜利后，毛泽东主席莅临重庆，在这里和蒋介石国民党进行谈判。中国共产党老一辈革命家的形象，鼓舞着重庆市各界民众的民主运动，而中共中央南方局播下的颗颗火种，又在重庆市燃烧、蔓延、发展。到了1948年就不同了，中国人民解放军已经在中国这块土地上扭转了蒋介石的反革命车轮，使之走向覆灭，推进了自己的革命车轮，使之走向胜利。《红岩》正是处在这个不可逆转的历史时期。《红岩》现在的开头，对重庆街头元旦景色的描写，就是在这时构思出来的。通过“一家别出心裁的商行带头，居然用一张张崭新的万元大钞结连成的长长彩带”，“从雾气弥漫的一座座高楼顶上垂悬下来”，反映出国民党统治下通货膨胀的败落惨景。接着出现了一串载着美国人、开到市政府为“盟邦”举行新年招待会的汽车，在最后一辆汽车“高翘着的屁股上”，被人贴上了一张大字标语：“美国佬滚出中国去！”这就真实、典型地反映了解放前重庆市国民党政府摇摇欲坠的社会历史面貌。

小说的开头是很重要的，高尔基说过，长篇小说的开头是最难的。开头写得好，还不仅仅是因为它能吸引读者读下去，重要的还是通过小说的开头，反映时代背景的特色，体现作品不同寻常的气势和深邃内容，为后面可开掘的内容、可发挥的想象力，打开一片开阔地。我们许多有成就的老作家，对长篇小说的开头，是反复琢磨，非常讲究、非常重视的。罗广斌、杨益言构思了这么一个有特色的开头，实在让人高兴。

在“征求意见本”出来后，有一条好心人提的意见，一直让罗广斌、杨益言放不下、拿不准，那就是："你们没有写过小说，就不要写白公馆、渣滓洞两座监狱，也不要写那么多人物，就写一座监狱，写一两个你们熟悉的人物就行了。写你们熟悉的生活，写你们力所能及的东西，监狱外边的斗争用不着多写，何苦和自己过不去呢?!"这条意见让他们犹疑了很久，特别是在创作中遇到困难、受到挫折时，还真动过心！他们在来北京之前，曾征求过肖泽宽部长的意见。肖泽宽部长对他们说："形式服从内容，如果你们能写好两个监狱的斗争，又能写出特色，为什么不可以写呢?如果没有那么多内容可写，或写不出特色，也可以不受现实生活的限制，集中写好一个监狱的斗争，也很好。总之，一切从你们的实际出发，从内容出发，形式服从内容。"但在他们参观学习之后，就不同了。他们觉得，唯有写出白公馆、渣滓洞两座不同类型的监狱，写出狱内外、城市和农村各方面广阔而深刻的斗争生活，才能把握住历史的脉搏，反映出时代的特色，才能突出表现出当年发生在"中美合作所"集中营里的这场空前尖锐、惊心动魄的敌我斗争的特点。他们坚定了自己走的创作道路，明确不能光写狱中斗争的本身，还要扩展开来，不仅要写配合解放战争的第二条战线的国民党统治区的斗争，还要写出解放战争对第二条战线的影响，把解放战争与白区的斗争，把"中美合作所"集中营里的斗争和重庆市的工运、学运，以及川东地下党领导的农运斗争结合起来。用三分之二篇幅写狱中的斗争，反映在敌人大势已去的背景下，在"中美合作所"集中营里，所进行的这场特殊的战斗。用三分之一的篇幅，写狱外的斗争和活动，反映全国敌我斗争的总形势、总面貌、总的发展趋势，把"中美合作所"集中营里的具体斗争，放到整个时代的斗争全貌中去表现。后来出现在作品中的围绕江雪琴、甫志高、华为在码头和轮船上的描写，围绕李敬原和华为对"重大"学生运动的描写，围绕成岗在兵工厂开展工人运动的描写，围绕成瑶在记者招待会上的描写，围绕双枪老太婆和华蓥山游击队的描写……都反映了敌人大势已去、我军节节胜利的这个特点。写狱中的斗争,也是这样,外面的斗争形势越好,狱中斗争的信心就越高,敌人的气焰就越低。狱中斗争的种种表现和反映,是外面斗争的晴雨表。当时,罗广斌、杨益言是这样谈自己的认识的:20 世纪 40 年代后期的斗争,与 20 年代、30 年代不同了。现在是曙光在前,胜利在望。烈士们在最后的时刻,精神那么振奋,斗志那么昂扬,斗争策略如此巧妙,作战部署如此英勇,前仆后继,不怕流血牺牲……这一切在烈士的心里不是空的,是有具体内容的,那就是不仅是胜利在望,而且是已经看到了胜利。所以《红岩》展开的应该是一幅真实生动的画面——黎明前的最后一场光明与黑暗的大搏斗,这个巨大的转折,是当时最大的特点。

一般来说,长篇小说总是要求它集中笔墨,塑造一个典型化较高、个性化较强、贯穿到底的中心人物。《红岩》究竟应该怎么安排人物呢?罗广斌、杨益言这时思想很明确:《红岩》的题材和环境决定了他们要塑造的不是一个共产党人, 而是一个战斗的集体,是一座英雄群体的彩雕,演奏的是一曲共产党人的《正气歌》。但要做到这一点,他们也认识到,首先要把处在斗争第一线的许云峰、江雪琴塑造好,这是最最重要的。与此同时也要将处在第二线、第三线的成岗、刘思扬、余新江、龙光华、丁长发等人物塑造好,使之带动全局,真正反映出共产党人的那种不怕牺牲、前仆后继、敢于斗争、敢于胜利的战斗精神。从这样的考虑出发,他们又一次重新构思,重新安排了敌我双方的斗争。以许云峰为例,许云峰入狱后,一直关在渣滓洞,不久就牺牲了。江雪琴持续的时间略长一点,但也仅仅限于狱中斗争这个狭小的天地里。这两个人物,依然都还局限在真人真事的束缚中, 没有彻底地把他们解放出来,投入到小说的世界里去,《红岩》的初稿、二稿都是这么写的。经过参观学习以后,他们进一步集中了素材,发展了素材,大大地扩展了许云峰和江雪琴的描写,特别是许云峰成为贯穿全书的主线,不仅写他在渣滓洞、白公馆的斗争,而且还安排了他在狱外各方面的一系列活动,不仅具有丰富的对敌斗争的经验,而且他比别人想得深，看得远，更了解斗争的艰苦性、曲折性、复杂性；他能预见未来的斗争需要，做出一切必要的牺牲和准备，他始终是历史的主人，斗争的中心人物，全书的灵魂，即使在最困难的环境之中，仍能立于不败之地。从书店暴露，茶园被捕，狱中受审，设宴劝降，重刑拷问，春节联欢……站立在我们面前的许云峰，始终是一个无比勇敢、无比坚强、勇于牺牲自己、对党无限忠诚的老战士的形象。许云峰入狱后的第一次受审，罗广斌、杨益言是很费了一番心思的，才设计出了现在这个场面：一开始，徐鹏飞气势汹汹，居高临下，向许云峰抛出了一大堆材料，气势凌人，不可一世。但许云峰一眼就看穿，只一句话"何必虚张声势"，就弄得徐鹏飞瞠目结舌，不知所措，半天才憋出一句话来："你请坐！"一下子就掌握了斗争的主动权，真是四两拨千斤，痛快之极！书店暴露，地下党组织面临遭到破坏的严重威胁，许云峰从容果断地处理了这一切，要陈松林立即撤离书店，要甫志高迅速离开重庆。如果甫志高听从了许云峰的布置，这一切本来都是可以避免的。许云峰被捕，不是他粗心、大意和疏忽，而是为了保护川东特委会负责人李敬原，主动自我暴露，这些都是为了表现许云峰在瞬息万变错综复杂的情势下，能迅速做出对党、对革命最有利的选择。经过一系列的较量，最后徐鹏飞不得不把许云峰囚禁在白公馆的地牢之中。原来在一稿至二稿，这里安排的是另外一个人，他在洞中挖开了一条通道，自己跑出来，在"中美合作所"集中营的外围，碰到电网上触电而死。现在把地牢之中那个人变为许云峰，把为自己挖洞，变为许云峰给为狱中被囚的战友们挖洞，这么一变，不但把许云峰这个人物串下来了，把渣滓洞和白公馆的斗争联结在一起，而且完整地表现了一个成熟的共产党员在最艰苦、最困难的环境之中，也能立于不败之地。与长期装疯的华子良接上头，这意外的一笔又把白公馆地牢内外、狱内外的斗争联结了起来。许云峰就是在这个见不到一丝阳光，呼吸不到一点新鲜空气，与世隔绝的地牢之中，找到了自己的战斗岗位，用自己的血肉双手，给战友们挖出了一条通道，留在突围越狱时使用，在完成这个重大任务，做出了这样的贡献以后，迎着黎明前的曙光，昂首坦然地大步向前，壮烈牺牲。徐鹏飞则像一只哈巴狗，在前面“带路”。这是何等气概，令人感慨万千！这个情节的设计，使许云峰的光辉形象最后完成。在这里，有情有景，借景抒情，又寓情于景之中，真正做到了情景交融，相映生辉。关于许云峰的情节上这些新的充实、新的变化、新的发展，显示了罗广斌、杨益言在创作上的飞速进步，这是《红岩》在艺术创作上的一个很重要的飞跃。我在和作家交流中，常谈到，创作中有时寻求典型情节，是很难很难的，甚至寻求得很苦很苦，往往寻求到的还不如人愿，但有时却很容易地就寻求到十分满意的典型情节。比如说，许云峰被囚禁在与世隔绝的地牢之内，人们对许云峰即将困死在这里，是深信不疑的。但是就在这“英雄无用武之地”的地牢之中，许云峰却大有作为，他挖出了一条通道，令人意想不到的是，他自己并没有从这条通道逃走，而是把它留给难友们在关键时刻使用。这个突然的转折，简直是飞来的一笔！一当作家构思出这样的情节时，作家那种愉悦的心情，简直是无法形容的。罗广斌、杨益言当时的心情和状况就是这样。记得当时我听到他们谈这个构想时，高兴得击掌叫好。我想还有什么比这更能表现共产党人的意志和性格、精神和情怀的呢?！从罗广斌、杨益言对许云峰形象塑造的发展和最后完成，让我想到，对一位作家来说，一当他的思想开了窍，那时那些迷人的、源源不断的艺术构想，就会出现以往从来没有出现过的神奇现象，绘声绘色，妙笔生花，把你带进一个绝妙的新天地，这时他们的艺术生命显得那么有活力，他们的艺术境界显得那么不同寻常。

还是那句话，源于生活，又高于生活，是文学创作的根本法则。对生活不是机械的模仿，生硬的照搬，而是站在今天去感受、去把握、去思考过去。围绕着如何为活跃在心目之中的人物进行新的、创造性的构思、描写，写出生动、丰满、感人的艺术形象，这是《红岩》和它的作者所以能成为一代名家和名作的重要经验之一。

万万不能冷却下来

罗广斌、杨益言在北京参观学习结束以后，并没有立即进入小说的修改，他们又各自回到自己的工作岗位，只能利用业余时间消化北京之行的成果和收获，考虑二稿以后的修改方案，这一放就是三个月。以《红岩》这样的规模的作品，没有一个集中完整的时间，不集中精力全力以赴地进行修改写作，是很难完成的。更重要的是罗广斌、杨益言已经进入了最佳的创作状态，是万万不能冷却下来的。为此，我在1960年10月4日又一次赴渝，一是到重庆市委组织部为罗广斌、杨益言请创作假，促他们赶快上马；二是与罗广斌、杨益言一起细致地落实二稿的修改方案，尽快进入三稿的写作。赴渝时我持中国青年出版社给重庆市委组织部的公函，内容如下：

罗广斌、杨益言同志所写的反映重庆地下党斗争的长篇小说《锢禁的世界》，在市委的关怀指导下，已完成了初稿。不久前，他们来京和我社编辑部一起研究了作品的具体修改方案，想他们回去以后，已经向您们做了汇报。

我们觉得，这部稿子具有很好的基础，同时，经过市委任书记、肖部长以及沙汀、马识途等同志的帮助指导，使作者的思想水平又有了很大的提高。目前作者的思想和视野均有较大的提高，对作品的结构安排、正面人物的描写，也有了通盘考虑，对作品进一步修改，思想酝酿比较成熟了。因此，我们迫切希望能在保证质量的前提下，力争早日定稿，在明年四五月出版，作为向建党四十周年的献礼。但因为这是一部三四十万字的大型文学作品，修改工作比较艰巨，需要一定的时间集中全部精力进行才行，因此，关于他们的创作假问题如何解决为好，现派我社王维玲同志前来请示，请予接洽。

我是乘火车去的，列车到重庆时，已是黎明时刻。天阴沉沉的，在蒙蒙的晨雾中，飘着稀稀疏疏的细雨。我走出车厢，沿着湿漉漉的站台，向出口处走去。这时杨益言看到我，他高兴地挥动着手，我们一起登上了开往上清寺的有轨电车。我又一次住进团市委招待所，我将公函交给杨益言，由他先转呈市委组织部。几天后，雷雨田副部长会见我，同意把罗广斌、杨益言抽出来修改小说，杨益言可以马上抽出来进入写作。罗广斌因为是长寿湖农场的场长，眼下正值三秋收获季节，要待秋收过后才能抽出来和杨益言一起写作。我一面对市委的支持表示感谢，一面又问及市委对他们写作有什么要求。雷雨田说："市委和组织部是支持罗广斌、杨益言写作的，一定尽力提供方便。肖泽宽部长要我转告出版社，罗广斌、杨益言都是青年作者，希望在写作上要求严一些，让他们确实写出好作品来。为了不分心，能集中精力写作，为了不降低要求，能精益求精，全力以赴，在没有定稿之前，先不要在报刊上发表。出书后，可能拿到大量稿费，也希望向他们打个招呼，不要太铺张了，还要注意艰苦朴素、艰苦奋斗的革命传统。"事过五十多年了，今天回想起这三条，我还是觉得很重要。这三条，提得及时，使罗广斌、杨益言他们在写作中和写作后，跳出了庸俗的圈子，始终从过去的血与火、生与死的战斗中，从与烈士们的深厚情谊中，从今天对广大青少年强烈的关爱之中，吸取力量，奋发向上。

在长寿湖农场这块热土上，罗广斌不知花了多少心血，流了多少汗水，他爱长寿湖，爱长寿湖的山山水水，特别是对长寿湖养鱼事业的建设和发展，一往情深，有宏大的抱负。市委组织部为了在我留渝期间，能与罗广斌、杨益言一起好好研究二稿的修改提纲，争取最后定下来，专门打电话到长寿湖农场，把罗广斌叫过来。老罗接到市委的通知，便匆匆赶来和我见面。在团市委的招待所里，我又一次见到了罗广斌。老罗穿的仍是那身灰布衣裤，只是显得更白了，袖口、领口、裤子上也多了几块补丁。一见面，老罗就紧紧地握着我的手，问我为什么不去长寿湖？这一个晚上，只听他一个人说话，说的都是长寿湖。他告诉我长寿湖种了多少水稻，养了多少鱼。讲到鱼，他眉飞色舞，说他怎么从外地买来了一些鱼苗，为了在长寿湖繁殖，为了提高成活率，他把场长办公室变成养鱼室，摆满了鱼缸，现在已有八九种鱼在长寿湖落户了！“你要是去啊，有鱼给你吃，保险你就不想走啦！”他滔滔不绝地说，说得那么有味、有趣、有劲，像一团火，让人沸腾和激动。若不是他到重庆来，我真想立刻就去长寿湖，看一看他精心布置的养鱼室兼场长室。

我笑着说：“老罗，你简直成了养鱼专家了，干脆，你就在长寿湖落户吧！”

他放声大笑起来：“老王，我早就打定主意，不出来了，建个渔场，就在那儿落户啦！”

我也笑了，说道：“不过目前不行，你还是快一点从长寿湖里跳出来，先写小说吧！”

老罗热情开朗，诙谐风趣，往往初次见面，便不拘常礼。他是一个很有事业心的人，干一行，爱一行，钻一行。这种严肃认真，吃苦耐劳，勇于进取，不甘落后的精神和风貌，一直贯穿在小说《红岩》创作的全过程之中。

罗广斌、杨益言有个习惯，在动笔修改作品之前，一定要有一个即便不很详细，也要很有条理、清晰而明确的提纲。尽管这个提纲在写作的过程中不会一成不变，甚至某些拟定的部分会全部推翻，但是这个程序是不能少的。经过一个星期的接触，我明白了，原来罗广斌、杨益言所以这么看重提纲的拟定，是因为在拟定提纲的过程中，能给他们带来无尽的好处。因为拟写提纲的过程，是又一次深入细致地反复讨论和不断酝酿的过程，是又一次对自己积累的生活进一步集中和提炼、熟悉和升华的过程。在这个过程中，他们不仅对小说的主题加深了理解和认识，而且还能在新的水平上,知道如何对素材取舍,如何把有用的素材集中概括,以及运用什么手法,采用什么角度,使用什么样的文字来描述那些内容。这样他们就把那些重要的、闪光的、难得的、有用的素材挑了出来,把那些多余的、孤立的、一时还用不上的素材舍弃掉。常常就是在这个过程中,小说中光彩的人物一个又一个浮现出来,那些不同寻常的重要的事件和场面像散落的珍珠似的,这时都收拢在一起,有机地串联起来,小说的轮廓和布局,情节和场面,人物形象和某些细节……便被勾画了出来。常常这时我从他们兴奋而冲动的言谈中,就发现浮动在他们眼前的、翻腾在他们心里的那些具体的人物形象和情节场景,是那么让他们激动,以致他们越讲越觉得有的讲,有的写,这时他们妙语如珠,创作中的灵感就像跳动的火花,一个接着一个冒了出来,原来提纲中还不够丰富、不够完整、不够深刻的内容,这时便得到了充实和丰富。《红岩》中陈松林轻信郑克昌,刘思扬假释放后险些在家中上特务的当;江姐上山突然发现亲人被害,一路上强压悲痛的感情,直到见到双枪老太婆时才失声痛哭;齐晓轩在危险关头,挺身而出,承担责任,保护胡浩;华子良在关键时刻与齐晓轩接上关系;许云峰走出地洞,手指徐鹏飞喝令前面带路,等等,都是在酝酿提纲时,从他们的心灵深处喷涌而出的情节。这时生活中的真实场景和事件,变成了小说中的典型环境;生活中的真实人物,变成了小说中的典型人物。到这时,无论是罗广斌、杨益言,还是我,已经用不着再去讨论应该添点什么,减点什么,段落上如何安排,文字上如何运用这些具体问题了,因为这时罗广斌、杨益言已经按照人物的命运,事件发展的规律,完全掌握了应该写什么,应该怎么写,完全掌握了小说的特征,进入了小说世界的自由王国。有时也会出现另一种情况,原来想得好好的内容,这时忽然意识到多余了,自然也就没有兴致再谈下去了。

我到重庆后,首先是拜访市委组织部,因为罗广斌、杨益言都是属组织部管理的干部。之后我又拜访了市委宣传部文艺处、市文联和文学界几位有影响的作家，因为他们都看了《锢禁的世界》征求意见本，我的任务就是听取他们的意见。对于下一稿如何修改，从全局来说，有三种意见。

一种意见是铺开来全面完整地反映解放前重庆市第二条战线上斗争风貌，既写监狱里的斗争，也写重庆市工运、学运、农运，包括社会各阶层的生活，把监狱斗争只作为全书的一部分。其他部分也应以适当篇幅展开描写，绘制出的是一幅大西南第二条战线复杂激烈、变幻莫测、风云滚滚的社会画卷。

另一种意见是只写监狱内部的斗争，而且不要写两个监狱，集中笔墨多侧面地写好一个监狱的复杂、激烈的斗争。通过敌我双方的较量，把人物写深写够写活，把事件渲染得浓浓的，写深写透，也就不简单了，不要铺陈太宽太大。

再一种意见是以写监狱斗争为主，也写监狱外边的地下党领导的工运、学运、农运等方面的活动，但这些都是为了烘托陪衬狱中的斗争和斗争中的共产党人的形象，要塑造一批共产党人的彩雕，唱出的是一首共产党人的正气歌。

我们三人经过认真的讨论后，一致倾向第三种方案。这是因为第一个方案罗广斌、杨益言在思想上、写作上，特别是在素材积累上还很不够，反映在实际驾驭能力上也有很大的困难。第二个方案，只写监狱中的生活，一开始就是监狱斗争，结束时是敌人大屠杀，狱中难友大突围，这样写虽容易些，但罗广斌、杨益言觉得容易受真人真事的束缚，又回到《在烈火中永生》的老路上去，而缺少创造和出新。第三个方案，写地下党的活动，也写些工运、农运、学运，但都是为烘托写好监狱内的斗争服务，以写好监狱内的斗争和塑造好烈士形象为主线，其他都是副线，这个方案比较符合罗广斌、杨益言的思路，和他们长期酝酿的创作构想比较吻合。大的方案确定以后，我们三人便围绕如何深刻感人地表现“表彰先烈，揭露敌人”的主题思想；如何站得更高，提升作品的深度和广度，表现当时的时代精神和时代特点；如何发掘更深更细更新的内容，丰富小说的情节，刻画敌我双方的人物等问题展开更深的讨论。为了研究得具体透彻，我们把作品分为三大块：狱外活动，狱中斗争，最后突围。我们一块一块地议论酝酿，交流构思。围绕着成岗和《挺进报》，陈松林和沙坪书店，华为和“重大”学运，江姐下川北等情节的构思；围绕着许云峰、江姐、李敬原、双枪老太婆的出场，举止言谈，行动对话，刻画出一个个不同个性的共产党人的形象。在讨论中，特别是围绕甫志高叛变的合理性和偶然性，做了深入的研究和讨论。从甫志高的思想到行动，从他的心态到作风，给他在那个风云巨变的时代中绘制出一条合情合理的从量变到质变的发展轨迹。对特务头子徐鹏飞、严醉、毛人凤以及红旗特务黎纪刚、郑克昌等，也要打破思想框框，不仅要敢于写他们犯下的人所共知的滔天罪行，还要敢于深挖鲜为人所知的凶残、狡诈、毒辣、险恶，以及他们心灵深处的脏东西。由于罗广斌、杨益言在前段时间提审了一批在押的犯人，使他们增加了许多感性认识，同时又因为他们看了不少敌特档案，所以在我们这次讨论时，他们讲了不少鲜为人知又十分深刻生动的事迹，其中许多细节和情节都充实丰富到小说中去了。

围绕渣滓洞监狱中许云峰、江姐被捕、劝降、受刑等一系列情节的描写，围绕水的斗争，丁长发死，开追悼会，春节大联欢等情节的展开，要着力把许云峰、江姐、余新江、丁长发、老病号等人物形象重点推出，特别是许云峰、江雪琴的形象。

围绕白公馆假释刘思扬，成岗和“诚实注射剂”，齐晓轩坐镇图书馆，华子良装疯几年如一日，许云峰从渣滓洞到白公馆……有机地把两个监狱的斗争，把许云峰、齐晓轩、华子良、成岗等人物和活动联结起来，最后两个监狱互相呼应，相互支援，烈士们以英勇献身的壮举，使部分难友突围越狱成功。

当我们三人的讨论告一段落时，我深深地感到立脚点对了，思路对了，现在的问题是摆开架势、大胆地发挥创作的积极性了，是敢想敢写敢于独创的问题了。

我在重庆整整与他们相处了一个星期，这是一个迷人的星期，是永不会忘记的一个星期。这一个星期，我们白天谈，晚上谈，大都在团市委招待所，有时也下山到江边去谈。一个星期下来，思想的闸门打开了，小说中的主要人物明确了，小说中最有代表性的事件出来了，小说中富有表现力的情节和感人的场面出现了，一些富有个性特征和内在力量的细节抓住了，展示革命先烈的心灵和人格魅力的情节和场面初步构成了。这时我们完全沉浸在小说人物命运和故事情节之中，有的人物重新设计了，有的情节重新做了安排，有的场面做了调整，对城市中的工人运动、学生运动、农村的武装斗争这些薄弱环节的构思如何加强，做了重点的讨论和研究。一个个鲜活的人物和情节，冲击着他们的心，这时他们渴望写作。在我来渝时，对罗广斌、杨益言由京返渝后，一放三个月，还很担心，怕他们高昂的情绪冷却了下来。经过一个星期的接触，我深深地感到，他们的热情一点也没有减，他们的构思一刻也没有停，而且我还发现，他们对自己经历过的生活和掌握的素材较前有了更成熟、更深刻、更富有创造性的认识和发展。在小说的艺术构思和艺术描写中，能否通过高超的艺术手段，把小说的内在力量和深刻性充分地展示出来，关系到小说能否具有强大的感染力，能否对读者产生强大的感召力，而罗广斌、杨益言在这方面的进步实在是十分喜人的。在小说二稿的修改提纲大体定下来之后，我便向他们提出，用三个月到四个月时间写完这一稿，然后到北京去，再用二个月到三个月时间定稿，之后我便起程回京。

再次赴蓉拜访沙汀

在回京的途中，我在成都下车，又一次到沙汀的家中，把罗广斌、杨益言在京参观、学习的情况和我们这次在重庆研究的修改提纲,向沙汀做了详细的汇报。他全神贯注地听我的汇报,之后,有感而发地谈了以下一些意见:1.小说以主要的篇幅写狱中的斗争生活是对的,但不要孤立地描写,要紧紧地与解放战争的总形势、总面貌、总的发展趋势结合起来,因此,也要适当地写一些监狱外边的斗争和活动。2.主要人物按现在这样设计是好的,但在描写人物的时候,特别是小说中的主要人物,不要太受具体环境的限制,要把狱外的活动和狱中的斗争生活结合起来,一方面抓住那些具有典型意义,能够展示人物的思想和性格的情节和细节进行精细的描写,另一方面也要敢于想象,注意从多方面丰富人物的精神面貌。讲到这里,他对我说,罗广斌、杨益言他们在刻画人物时,还缺乏创作经验,常常一些好的场面没有深深地开掘下去,这与他们俩的生活阅历和创作实践有关系。他说,人物的动作、语言、内在涵盖的内容,是很丰富的,它比表现出来的东西要丰富得多,就像一面镜子,有经验的作家,不仅能看到镜子里面看到的东西,而且通过镜子的正面,还能看到镜子背面的东西。他具体地说,比如写监狱里的敌我斗争,从烈士们的斗争精神、语言动作、内心活动,有经验的作家就能想象出、设计出敌特人员的反应(包括举止、行动、表现等等),会使整个的场面变得更丰富、更生动,而罗广斌、杨益言他们在这方面相对来说就差了些。他特别举出江姐到川北一节,以及这一节的一些具体描写。他说,江姐就要和丈夫见面了,和老彭一起并肩战斗,心里充满幸福感,突然在城门楼上看到老彭的人头,这情节多好!这意外的一笔,给江姐留下了多少戏,有多少东西可写,就如同上梯子一样,要一步一步地铺垫、渲染,最后达到高潮,这是一个非常好的情节,如果对这样的情节,不精心设计,不精细描写,就不容易找到能够比这个情节更好、更能表现江姐性格的情节了。他还指出,对现在小说中的一些好情节,不要到此为止,不要轻易放过,要更深地开掘和发展。听了沙汀这番话,我感到很受启示、很重要。我要求他继续关注这部有基础、有潜力、有特色的长篇小说的创作,希望他一抓到底,一直到小说出版。沙汀点头答应了我的要求，并且表示在罗广斌、杨益言写作的过程中，他还要去重庆，罗广斌、杨益言也可以来成都，他还要具体地帮助他们解决一些创作上的疑难问题。

回到北京以后，我立即写信把我在成都见到沙汀的情景和沙汀谈的这些宝贵见解和意见，告诉了罗广斌、杨益言。

从罗广斌、杨益言一系列来信看《红岩》进展

刚回到北京，便收到杨益言的来信：

维玲同志：

你走以后，我们议了两天。后来，组织部叫抽出更多时间整理修改提纲，大体搞了三十四节，有长有短，有好几万字。想全抄，一来时间不许可，二来提纲有详有略，全抄也不一定清楚。加之，想你完全了解现在结构的来龙去脉，所以采取了写要点的办法。不知这样看来，是否清楚。书名想了不少，但都不满意。《地下的烈火》《红岩破晓》《红岩巨浪》《万山红遍》等等，都觉得不行，所以，现在仍然无名。

我们很希望，在动手改写之前，能够知道您和出版社对现在这个修改提纲的意见。

杨益言

一九六〇年十一月十日

不久，他们又来了封信，告诉我，重庆市委第一书记任白戈接见了他们。很遗憾，这封重要的来信，没有归入《红岩》的书稿往来档案中，可能在传阅中传丢了。据杨益言回忆，任白戈主要谈了以下几点：第一，再一次明确小说的主题思想是“表彰先烈，揭露敌人”。第二，指出既然是写“中美合作所”，就要抓住美帝国

主义不放，不然就没有“中美合作所”的特点了，要敢于写，一定要写。第三，对“征求意见本”《锢禁的世界》，白戈认为“小说的精神状态要翻身”，要悲壮不要悲伤，要壮美不要凄凉压抑。任白戈要他们认真学习和领会《毛泽东选集》第四卷的精神，把握历史发展的脉搏，反映历史变化的面貌，以此武装自己的思想，改变小说的基调。

我立即给罗广斌、杨益言和市委组织部的肖泽宽、雷雨田两位部长写信，前一封信以我个人名义，后一封信以编辑室的名义，两封工作函经编辑室主任江晓天审阅签字后，即发出。原信内容如下：

广斌、益言同志：

您们好！我在十月底返回北京，关于《锢禁的世界》的修改意见，已向领导做了汇报。昨天又接到你们的来信，知道白戈同志接见了你们，做了许多宝贵指示，我们觉得白戈同志的这些指示，对于你们这次修改作品，是十分宝贵的。能否在作品里，正确体现《毛泽东选集》四卷精神，是成败的关键，而体现程度如何，又直接关系着作品的深度、广度和基调，白戈同志及时指出这一点是十分重要的。

不久，广斌就可能脱产写作了，希望你们抓紧时间，三稿还是力争在春节前寄些来，时间虽然比较紧，但我们相信在领导和组织的帮助下，你们一定能够很好地完成任务。

王维玲

一九六〇年十一月十一日

肖、雷部长：

您们好！

我社王维玲同志来渝工作期间，承蒙您们支持和指导，非常感谢。您们的许多宝贵指示，我们一定在今后的工作中好好贯彻。

不久前，我们接到广斌、益言的来信，知道白戈同志接见了他们，向他们做了很重要的指示。看到这封信，非常感动，从市委领导同志对他们的指导中，让我们深深体会到党对青年一代的深厚感情，无微不至的关怀和热情的希望，这对我们也是很有教育意义的。王维玲在成都工作期间，见到沙汀同志，他把这次研究的修改意见，向沙汀同志做了汇报，沙汀完全同意这些意见，并表示，在广斌、益言修改过程中，他还准备来渝做一些具体的指导，帮助他们改好作品。

不久，广斌同志就可以抽出来进行写作了，我们诚恳地希望在他们写作的过程中，您们还能够经常给予他们一些指导和帮助，以使他们把这部作品改得更好。

对您们的支持和指导，再一次致以谢意。

文学编辑室

非常令人遗憾的是杨益言寄来的《红岩》二稿修改提纲，可能也在传阅中丢失了，现在《红岩》的档案中没有这份重要的资料。如果有，二稿修改的工程之大，便一目了然了，但档案中却保留了我给罗广斌、杨益言二人写的这封回信。

广斌、益言同志：

您们好！十一月七日的来信及修改提纲要点都读到了，编辑部凡是看过这部书稿的同志，都看了这个提纲，大家都比较满意，希望你们按着这提纲，早日把作品修改出来。

我们在读提纲时，知道增加了一个美国人，这个人是不是要他正面出场，做正面描写，还可以再考虑一下。因为正面写，容易把他的作用降低，而美国人在“中美合作所”中不是只管一两件事，他们是这里的主宰，事事都加以干涉。出于这样考虑，我们觉得，假如侧面写更有力、更充分的话，还是侧面写好。

修改工作开始了吧？现在改到哪里了？编辑部十分关心作品的创作情况，希望我们之间能够经常通气。

王维玲

一九六〇年十一月三十一日

在我写这封信时，还不知道，罗广斌、杨益言这时已经写起来了。

维玲同志：

我们在十一月中旬都出来了，二十号起即按寄给你的提纲开始写作，现已写了几万字。我们估算了一下，这次新编章节约占一半，总计约四十万字左右。过去写过的现在改写起来比较快一些，完全新编的结构部分较慢一些，而且写了以后，还需要修改整理。年底可望寄出一批稿子，即一半左右。

罗广斌　杨益言

一九六〇年十一月二十八日

在叶桦写的《小说〈红岩〉创作中的故事》一书中，有一段文字绘声绘色地描述了罗广斌、杨益言在1960年冬在重庆市写《红岩》三稿时的情景：

寒冷的深夜，无处不沉浸在一片冰凉的黑暗之中，但在罗广斌、杨益言那昏黄灯光照着的桌前，却是一种热气腾腾、充满活力的气氛。笔落在纸上，发出刷刷的响声，一张稿页写完，笔又落在另一张铺开的纸上，时常不知不觉中天已大亮。有时写到得意之处，甚至忘了寒夜已深，双脚冻僵，便又开开门，去敲隔壁房间的门窗。罗广斌写完江姐上华蓥山，见过双枪老太婆那个章节的那天深夜，就兴奋不已地敲开了杨益言的门，把刚刚写出的双枪老太婆对江姐说的那些话：“在亲人的面前，你放声哭一场吧！”“剩下孤儿寡妇一样闹革命！”一句又一句

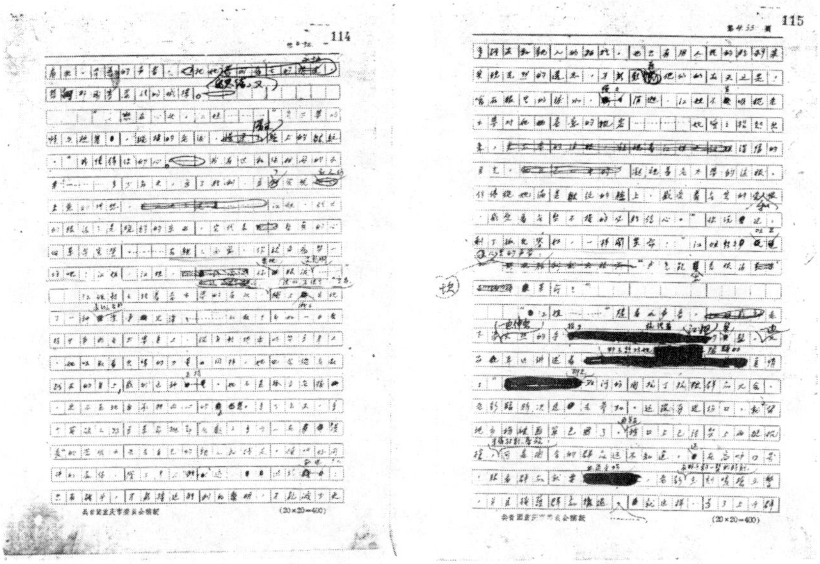

《红岩》三稿手稿 114 页、115 页

动情地朗诵给杨益言听。随着话语，嘴里一团团热气冒出，等到热情洋溢的罗广斌把那章朗诵完，他们才看见，天已破晓，已是又一天了。

在这里叶桦的描写是真实的，有声有色地写出了罗广斌直露爽快的性格，和他在写出精彩的情节和人物对话时那抑制不住的激动。这样的场面我在罗广斌、杨益言 1961 年的春天和秋冬两次来京修改定稿的日子里，也曾不止一次地亲身感受过，有时他不仅仅朗读自己写出的精彩片段，甚至还加表演。

果然到 1961 年 1 月他们分三批把修改后的三稿陆续寄来，从下面的几封信里，就可以感受到罗广斌、杨益言在这一稿中付出的艰辛劳动和表现出的精益求精的可贵精神。

维玲同志：

来信收到了。

关于修改中的情况，有几件事需要告诉你。

一、修改稿的第一部分（一章至八章），共十万字，已于十四日航挂寄上，得信时可能收到。第二部分（九章至十六章)，也是十万字，现已写完，我们想略加整理以后，于本月二十日寄给你们。第三部分，本月十七日开始动笔，下月初即可寄上。根据这个进度，如果没有其他事情耽搁，可望在春节前后将第四部分写完。这就是说，全部稿件可望在二月中旬左右改写完毕。你来重庆时与我们安排的进度和完成时间(春节前写完)基本上可按原计划完成。时间虽说紧一点，但我们也力争尽快向前赶。

二、我们对写好和已寄出的稿件，在人物、情节、描写、文字以及个别结构上，都感到还需要做很大的加工、修改。如第一章，现在仅表现了我们想写的内容，但并不满意，尚需反复修改，才能使这本书有一个较好的开头。

我们所以尽快向前赶，一来是便于出版社早些看到稿子，早些审查，早些安排和进行加工；二来是我们也想早些听到意见，以便再修改。如果最近能听到对已寄部分的意见，对我们正在写的后半截会更有帮助。

三、这次寄的稿件和以后陆续寄的稿件，市委都没有审查，肖部长说，出版以前市委再看一次，并要市文联进行讨论，以便集思广益，把任务完成得更好一些。

四、你上次告诉我们，这次改写告一段落后，要我们到北京来，一道定稿。为了把这本书改得更好，这样安排是有好处的，也是我们应尽的责任。如前所说，这次改写的工作我们将在二月中旬完成，你们看了稿子，如果认为不行，我们当然就没有来北京的必要，如果需要修改加工，我们也愿意来北京。但是，此事不能由我们决定。请你们考虑决定以后，如果要我们来，则请你们直接和市委组织部联系。没有组织的决定和指示，我们不能自己安排。如果不来北京的话，改完之后，我们就该分别回到各自的工作岗位上去了。

致以

敬礼!

罗广斌　杨益言

一九六一年一月十五日

一个星期以后,随同第二批稿子寄出,他们又来了第二封信。

维玲同志:

第二批搞(九章至十六章),十万字,已于二十一日寄上,谅已收到。看了以后,印象如何?请告诉我们。

我们现正在写第三部分,同时正在酝酿第四部分。在酝酿中,感到有一个问题,想请你帮助一下。为了更正确地反映一九四九年秋人民解放军向西南进军时的形势,需要一些背景材料,《毛泽东选集》上没有选刊这一部分,我们到市委有关部门也未查到这方面的材料,因此想请你设法找一些材料:一、中央进军西南的方针;二、人民解放军进军路线与作战部署;三、对西南形势与敌人意图的估计。如果无法找到这些材料,就算了;如能找到,希望能尽快寄给我们(抄件,或摘录均可)。

握手!

罗广斌　杨益言

一九六一年一月二十三日

喜人的大转折、大翻身的三稿

从 1958 年 11 月确定小说《红岩》的约稿关系,到二编室把《红岩》列入出版计划;从"征求意见本"《锢禁的世界》诞生,到罗广斌、杨益言第一次来京听取意见,参观学习;从我再次赴渝为他们请创作假和拟定二稿修改提纲，到三稿写出，朱语今、边春光、江晓天以及我的同事陈碧芳，在这两年多的时间里，都花了许多时间和心血，才使《红岩》三稿在1961年1月诞生。三稿是《红岩》思想、艺术大转折、大翻身的一稿，是《红岩》全书定局的关键一稿，也是罗广斌、杨益言开始走上成功之路的一稿。但从三稿开始，二编室参加《红岩》编辑工作的人员也有了很大变动。阙道隆调到二编室任主任，原五编室撤销，《红旗飘飘》丛刊、革命回忆录和人物传记等方面的图书出版划入二编室的编辑出版范围。二编室改名为文学编辑室，陈碧芳派去编《红旗飘飘》丛刊，张羽开始参加《红岩》的编辑工作。这以后，《红岩》的编辑工作，便由原江晓天、王维玲、陈碧芳三人承担，变为阙道隆、王维玲、张羽三人承担，由此新的三人小组便开始了三稿以后新一轮的攻坚战。

当时罗广斌、杨益言写成的三稿，邮寄时收信人都是直接写我的名字，收到后，我看过后，或给阙道隆，或给张羽，三人看过后议论一下，由张羽执笔拟写回信，经阙道隆审阅签字后，以编辑室的名义发出，这样的工作函有三封。

罗广斌、杨益言当时很重视出版社对三稿的反映和意见，在他们收到编辑室的信后，连续来了好几封信，这些信反映出当时他们写出三稿以后的心情。

文学编辑室并维玲同志：

二十日、二十八日两封信都收到了。我们很高兴地看到了你们对一章至八章的意见，这对我们正在写的章节很有帮助，我们还希望看到更多的意见，和你们看了九章至十六章的意见。你们的意见愈严格，对我们的帮助愈大，在出版社的指导之下，能够把这本书改得更好，就更能鲜明地反映先烈的光辉品质，就更有教育意义，我们当然也就更高兴。

第三部分，十七章到二十六章共十章，十二万字，现已写完，略加整理，即可寄上。为了让你们在春节前看到这批搞件——这是本书的主要部分,包括白公馆、渣滓洞两座监狱,地下党、敌特双方的主要人物及斗争错综复杂地展开。我们认为,这部分是全书进入高潮的章节,希望你们早点看,也希望你们早点提出意见,所以这批稿件我们将在二月五日航挂寄上。

你们收到这三批稿件以后,全书的面貌就看得出来了,也就便于你们提前研究,进一步确定修改问题。

定稿前是否散篇发表问题,市委前年对我们早有指示,未审查定稿以前,一律不发。我们一直是照市委指示办事的,过去和现在都有不少报刊等单位要稿,我们都谢绝了。最近《中国青年报》来信联系,因出版社以前曾谈过,让我们回信要他们和你们直接联系。我们希望在定稿前,出版社不介绍发表,原稿未留底稿,也希望不外传。

张羽同志来信要的照片,加印后即寄上。

敬礼!

罗广斌　杨益言

一九六一年一月三十一日

文学编辑室并维玲同志:

修改稿十七章至二十六章,共十二万字,已于今日提前一天航挂寄上,得信时当可收到,我们希望很快就能看到你们对这批稿子的意见。

有一个问题要说明一下——余新江的父亲,我们原来说他是二七罢工牺牲的,现在改为二七受伤,一九四六年才在重庆工运中牺牲,所以,余新江的身世的交代,就和前面几处提到的不同,应以二十二章的叙述为准。前两天,《中国青年》总编辑徐经武同志来过,又谈及选用问题。我们意见,还是等定稿以后再说。

截至这批稿为止,共已寄上三十二万字,占全稿百分之八十,剩下的最后一部分,很快就可以写完了。写完以后，我们要回到工作岗位，还是留下来修改，请你们尽快确定，如需我们来北京修改，也请你们尽快和市委组织部联系。

祝

春节快乐！

罗广斌　杨益言

一九六一年二月四日夜

文学编辑室并维玲同志：

三日来信收到。对第二部分（九章至十六章）所提意见，我们联系你们前次对第一部分（一章至八章）的意见，详细研究了。我们觉得，这些意见对我们的帮助、鼓舞很大，并且启发了我们对已写部分做了回顾。现在初步觉得，这次改写的稿件还有不少缺点和毛病，如果好好地纠正一番，还可以使稿件的质量更高一些。因此，我们认为，有必要对已写完的稿件，再做一次修改。这种修改最好是在编辑部的直接帮助下进行，才可能收到事半功倍的效果。

第四部分我们正在赶写，所遗章节不多，春节前后即可写完。

你们看了第三部分（十七章至二十六章），联系一二部分，已可能对全书面貌有所了解，提出的意见必然对我们帮助更大。

有一件事情，前几次信已提过，我们觉得还有必要再说一下，这就是我们今后的工作安排问题。

维玲同志去年十月来渝时，当时要求我们二月中旬改写完毕（现已照此计划进行，并可基本按时完成了）之后，即到北京和编辑室研究修改意见，并进行修改、加工。这个意见，维玲同志曾向市委组织部负责同志谈过。

现在，是否照原计划安排，我们就不知道了。因为决定是否来京修改，根本问题在于稿件的质量，如果稿件的质量不合要求，当然就不考虑来京的问题，如果需要加工，则我们有责任继续完成未完的任务，这点，希望你们尽快确定。

因为第四部分写完，我们就没事了。如果你们在看完第三部分尚不能决定下一步的工作，而要等到第四部分寄到，看了，再提意见，那时我们就可能各自返回工作岗位上去了。我们之所以再一次提起这个问题，完全是从工作出发，希望集中精力早日完成任务，我们才好回到工作岗位。

致以

敬礼！

附上张羽同志要的照片两张。

罗广斌　杨益言

一九六一年二月八日

文学编辑室并维玲同志：

来信及电报，均已收到。

在收到信电之前，组织部正在考虑我们的工作，肖部长见到我们时说过，在春节左右写完以后，即去参加农村整社工作。所以你们来信及电报时，组织部正重新考虑中，我们不便及时回复。后来组织部通知我们，同意来京，我们才先用电报答复。

第四部分已经写了一部分，但后来，听了一些同志的好意见，我们反复考虑后，修改了原计划的写作提纲，因此，第四部分现需重写，字数较前减少了一些，预计本月二十五日左右可写好寄出，之后，我们即起程来京。这次修改第四部分的出发点，是企图使书中已经开展的斗争维持到全书的结束，使几个主要英雄人物得到进一步的反映，而将敌人的篇幅尽量集中、减少，这样一来，书中前已写到的一个人物的处理需要先说明一下。这个人,就是带有传奇色彩的方晓初的描写,原来准备在第四部分充分发挥作用,使他在敌我斗争中有必要出现,而现在则改为,活动保留,人物不出场;他在前几章出场之处,以后应做修改。我们想,这样做有两个好处:第一,减少了前稿带有过多传奇色彩的东西;第二,减少人物、字数,反而增加了地下党活动的丰富内容。

我们动身时,当另函奉告。

致以

敬礼!

罗广斌　杨益言

一九六一年二月十八日

文学编辑室并维玲同志:

第四部分稿(共五章,由二十七章至三十一章),共五万字,现已写好,于二十八日航挂寄上。这部分稿件,如上次信中所说,写时较原来提纲上做了较大的改动,涉及到以前章节需要变动的,除方晓初改为不出场外,渣滓洞联系方法也做了改变,用一个"看守员"代替了原写的矿工活动。这部分稿,我们觉得不满意,先寄给你们看了再说。

我们已决定乘船到汉口,再由汉口乘车来京。已购三月一日船票,预计三月三日晚上到汉口,赓即买火车票来京,四五日可到。在汉口买了车票,我们再给你们发个电报。

二十二日来的电报收到,因为在这之前,我们已写信,谈过电报所询内容,故未回电。

我们到京后的工作,希望及早安排。

敬礼!

罗广斌　杨益言

一九六一年二月二十七日

如果说二稿“征求意见本”《锢禁的世界》仅仅把他们积累的零散的素材初步结构了起来，但是由于他们悼念死难烈士的心情过重，又过于拘泥于“中美合作所”集中营内真实生活的描写，所以调子低沉压抑，没有充分揭示出狱中斗争的深刻性和烈士们的大无畏的斗争精神，自然作品的自身价值和夺目的光辉也就没有充分地显现出来。

三稿则不同了，无论是在思想内容上，还是在艺术技巧上，都较前两稿有了明显提高，众多的正面人物形象加强了。许云峰的塑造有了很大的进展，围绕江姐和双枪老太婆的描写，既惊心动魄，又感人至深。通过江姐，将城市地下斗争和山区武装斗争，联系在一起；通过李敬原，使狱内斗争和狱外活动互相呼应；通过许云峰、成岗、刘思扬，又把渣滓洞和白公馆的斗争互为依托，乳水交融在一起……就这样，三稿把这场错综复杂的生死斗争描绘得有声势、有气魄、壮丽多彩，又动人心弦。而对敌人内部矛盾的揭露和敌特中的几个重要人物的描写，也都很有特色。看过三稿，对《红岩》的成功已充满了信心。

但罗广斌、杨益言对三稿却不满足，在他们的来信里反复强调：“还希望看到更多的意见。”“愈严格，对我们的帮助愈大，在出版社的指导之下，能够把这本书改得更好。”他们对三稿做了认真的回顾之后，感到还有不少缺点和毛病，决心要“好好地纠正一番，使稿件的质量更高一些”。为此，他们提出来京修改，认为在编辑部的直接帮助下，“可能收到事半功倍的效果”。

从三稿已经取得的成就和已达到的水平，再联系三稿中的不足之处，编辑部经过认真的讨论，一致认为三稿改得成功，改得好，是思想、艺术上大转折、大翻身的一稿，但作者还有潜力可挖，而且有能力弥补三稿中的不足，再经过一番奋斗，会使作品更上一层楼。为此，编辑部函电齐发，表示完全赞同他们来京定稿，并希望尽快起程。

回忆我在一次座谈会上的发言

罗广斌、杨益言于1961年3月7日到京，持共青团重庆市委的介绍信，内容是：

中国青年出版社：

兹介绍团市委常委罗广斌、杨益言同志前来研究修改《锢禁的世界》及有关工作，请予接洽。

共青团重庆市委

一九六一年二月二十七日

由团市委而不是市委组织部出具介绍信，标志着当时的历史烙印，那就是“组织团干部写作”和“上级团组织交下的政治任务”之意，因为这时罗广斌、杨益言虽还是团市委常委，但实际上两人都已不在共青团工作了。

中国青年出版社当时的办公处，是由十个大小不一的中国传统四合院组成的一个大宅院。我们热情地接待了罗广斌、杨益言二人，把他们安置在当时出版社最讲究的客房内，这就是坐落在我社饭厅前的一个有竹林和走廊的小巧玲珑的四合院内，他们住在东厢房，罗广斌住里面的小间，杨益言住外面的大间，房内除了陈设着写字台、转椅、书柜、单人床外，还有一套沙发，这在当时算是中国青年出版社最高档的客房了。

3月8日上午，在编辑室主任阙道隆的率领下，有我和张羽参加，来到客房和罗广斌、杨益言一起座谈。首先由编辑部发言，之后，由罗广斌、杨益言发言，最后围绕三稿存在的问题以及进一步修改的重点进行交流讨论。在中国青年出版社保存的《红岩》一书的档案里，现在仍完整地保存着五十年前这个座谈会的全部记录，尽管记录是用圆珠笔记的，笔迹已有些模糊了，但依然看得清楚，记录共十三页，都有页码编号，没有缺页。记录的第一行标明《禁锢的世界》(应为《锢禁的世界》)讨论，参加者“阙、王、张”即阙道隆、王维玲、张羽；“张记”，即张羽记录。记录是一条一条的提纲式的记法，但每个人大体讲了什么，还是记下来了，十三页的记录是按发言顺序记的，王维玲占三页，阙道隆占三页，罗广斌占三页，杨益言补充发言占一页，其余是大家零星意见的综合记录。这十三页记录是这次座谈会最翔实、最珍贵的史料，这里我只把我的发言整理出来，从中可以看出我当时的编辑思路。

座谈会开始后，我先发言，我的发言偏重在三稿的不足和下一稿的修改重点上。我说：

> 三稿整体水平，比“征求意见本”明显地提高了，特别是结构上组织起来了，线索虽然纷繁，又纵横交错，但井井有条，不繁杂，不紊乱，说明选材的目的性明确了，可有可无的内容也少多了。
>
> 在人物塑造上，正面人物明显加强了、深化了，艺术角度的选择也比较恰当和准确了。对许云峰的塑造是花了力气，对刘思扬的设计合情合理，江姐也比过去丰富多了。总体上看，正面人物都有了一定程度的提高。可以说，这一稿的修改，保存了长处，发展了长处，特别是渣滓洞、白公馆狱中斗争生活的描写，比过去深刻了，也生动了。
>
> 但三稿也还有松散脱节的地方，有的情节有游离的感觉，而没有有机地融合在总体的构思之中；有的头绪还不够清楚；个别情节和场景的描写，目的性还不明确。在人物描写上，特别是对主要人物的描写，既要注意表现人物的特征，又要注意写出环境的特点。现在对某些情节的描写，还没有和这里出现的人物血肉般地融合在一起，对许云峰、江姐、成岗的烘托、铺垫和埋下的伏笔都还显得不够，所以围绕他们性格和形象的发展，内在

的、合乎逻辑的依据就显得不那么充分,也不那么顺畅,常常让人感到他们的发展变化还不够清晰,显得突兀和生硬。所以在人物的描写上,在情节的设计上,如何写得更严密、更扎实、更深刻、更合乎事物发展的逻辑和规律,还有进一步充实修改的必要,也还有进一步提高的余地。

还有侧面渲染与正面描写的关系,应以正面描写为主。侧面渲染,是为正面描写服务的,渲染过多、过长,会使读者读起来感到冗长、沉闷,影响作品的感染力、可读性。反之,该渲染的地方,又渲染得不够,或根本没有渲染,也会使读者读到这里感到突兀、简单、生硬,同样也会影响小说的感染力。比如:余新江对老许过去的一些回忆和介绍,就显得冗长而平淡;围绕水展开的斗争,也显得直露、粗糙、简单了一些;要加强对龙光华的性格刻画和正面描写,他现在的面貌和活动都显得薄弱,与他在水的斗争中所处的地位、所承担的分量不相称。在组织情节上,既要注意紧凑合理,也要显示出复杂激烈的一面,要一步步地把情节推上去,要几上几下,有起有伏,这才有味道。渣滓洞的斗争,既丰富多彩,又轰轰烈烈,要细细地写,把环境和气氛写够,要写得饱满,写得深刻。但是该含蓄的地方,也要留有余地,让人们读后有回味的余地。这里的每一个情节,都很重要,不要轻易地放过去,一当进入敌我冲突时,要浓墨重染,写得淋漓尽致,现在有些章节,有点像电影剧本,穿插跳动过快,让人感到细致不够,有点粗。

人物的心理描写,无论是对人物性格的发展,还是对人物内心世界的透视,都很重要,但三稿心理分析多于心理描写。心理描写是对人物的内心世界的揭示,与情节的发展融合在一起的。作者出来对人物进行心理分析,那不是心理描写。以双枪老太婆来说,她的出现,使作品富有传奇色彩,更加引人和生色,但一定要注意在行动中塑造她的形象,揭示她的内心世界,内心起伏,丰富她的心理活动,不然就无法反映出华蓥山游击队不屈不挠、艰苦战斗、前仆后继、不怕牺牲的精神。从总体上看,这一稿,江姐的形象有很大的进展,在描写上有层次,有起伏,出感情,出效果,比过去细腻多了。但也有欠缺之处。比如,在码头上江姐批评甫志高,又直又露又那么长,缺乏个性化的语言和有性格特色的描写,同时采取平铺直叙的手法,没有交流、没有对话,既不符合所处的环境,也不生动,给人的感觉好像不是江姐在开导、批评甫志高,而是作者在训斥、批评甫志高。这地方对江姐的艺术描写的角度,和对当时江姐所处的那个敌特军警密布的环境下的心理和行动的把握上似乎都有失分寸。还有在上山途中,江姐突然见到自己的丈夫彭松涛的首级挂在城楼上,亲人的牺牲和惨状,要把她此时此刻悲痛难忍的内心世界写深、写细、写够,不能潦草,不能马虎,不能一闪而过,她如何从感情上、行动上抑制自己,从而折射出她那不可抑制的内心痛苦和悲愤。江姐当时悲痛欲绝,悲伤沉重的心情难以压抑可又不能暴发和显露出来的情景,应该把读者的心感动得透不过气来。在这里一定要把环境、气氛、情绪变化,内心世界渲染够,只有写深、写够,再转过笔来,写她如何化悲痛为力量,继承烈士遗志,挑起丈夫的重担,到老彭工作的地方继续战斗,这样才能把这个起伏和转换写好。这里的一系列情节,对江姐的性格发展和形象塑造极为重要,既表现出江姐的性格和形象,精神和情操,又为后面她在狱中的一系列感人的情节做了铺垫。有前因,才有后果,有铺垫,有呼应,人物形象的力量才会强烈和感人。对陈松林的形象也要加强，书店应该是描写他的重要环境，是他锻炼成长的阵地，在复杂激烈的敌我斗争的紧要时刻，写他的觉醒，他的变化，他的成长，要把这些写得再细致一些，再深刻一些，现在的描写有点表面化，内在的东西挖掘得不深，也表现得不够。华为和成瑶，都是在复杂的对敌斗争中成长起来的青年，从不成熟到成熟，从天真到老练，从不会做地下工作到能够独当一面独立作战，写出这个过程，人物就活了。还要写出江姐、成岗、李敬原对他们的深刻影响和潜移默化作用，这样就不仅写了华为和成瑶，也写了江姐、成岗和李敬原，现在集中表现成岗和李敬原的情节和场面少了点。对刘思扬的描写，还需要进一步推敲和深化。他的勇敢行为，坚定表现和不屈的斗争精神的内在因素，虽在字里行间有所反映，但说服力还不是那么充分。他在小说中一出现，便是一个彻底背叛反动家庭，坚决投身到反美反蒋的洪流之中的革命者的形象。他如何走上这条道路的，又如何从自发到自觉，从自卑到自信，从坚决、坚定到坚强的整个变化过程，尚缺少一些典型、充分、令人信服、能够反映他的思想发展和变化过程中的叫人信服和感动的情节。甫志高的堕落也要有说服力，要写出他关键时刻背叛革命的必然性。他贪图享受，眷恋家庭和妻子，在胜利在望的时候，患得患失，急于表现自己，追求个人的功名，以至违背秘密工作的原则，钻进了红旗特务郑克昌的圈套。我想，沿着这条线索深挖下去，到他被捕的时候，在生死面前，必然是求生怕死，怕死是核心，真正的革命者是不怕死的。死都不怕，还怕什么?! 叛徒和一切自首变节分子，他们的要害之处，就是怕死。要把这点写透，甫志高叛变投敌就不奇怪了，所以还要丰富一些这方面的情节，把他心灵深处的脏东西揭示出来，把他叛变的最本质的东西和必然性写透,这样他的丑恶灵魂和丑恶嘴脸就出来了。以后的充实和修改,要在说服力和必然性上下功夫。

许云峰是小说中的栋梁式的人物,不只是在行动上坚决果断,坚定无畏,还要注意写出他思想上的高度,注意写他对敌斗争中有分量的对话,他的一言一行,不仅反映斗争的复杂性、残酷性,而且反映他的精神、情操、气质、面貌,他说的每一句话都要精心琢磨推敲,既打在敌人的痛处,又充满智慧。现在有这样的感觉:许云峰虽然在爱憎、是非、重大原则问题上,态度鲜明,立场坚定、坚强果断,视死如归,但较生硬,较简单,不够策略,勇敢有余,谋略不深,虽有坚强骨架,但血肉不够丰满。还需要再下功夫,全面地、整体地,不放过每一个情节、每一个场面、每一个细节的描写,进行精心细致的加工,小地方见大功夫,让许云峰真正成为全书的栋梁。

老病号这个人物,篇幅不要多,但分量应该很重,也应该很有特色。现在对他的描写过于简单了一些,缺少深沉内在的东西,还应该挖掘得更深一些,在细节上下功夫,感觉上他的分量还不够。要在生死斗争中写出他丰富的对敌斗争的经验和高水平的斗争谋略, 写好了,不仅写出了狱中斗争的复杂性,还写出了复杂性格和复杂环境,会给人一种意外的惊喜、感叹和收获。

记者招待会写得简单潦草了一些。敌我矛盾、敌我冲突,在这里都应该是相当激烈,相当尖锐的,尽管没有枪炮、没有硝烟,但敌我对峙的气氛一点不比战场上差,只是眼下运用的是合法斗争的形式,以掩饰这种势不两立的搏斗。写好记者招待会,既能较广泛地反映出当时的政治形势,敌人的心态,也能反映出我党在第二条战线上, 如何与敌人进行公开合法斗争的策略和水平,通过记者有力的提问、巧妙的质询，打在敌人的痛处、怕处、要害处，让敌人急不得、恼不得，狼狈不堪，写好这个场面，就能反映出当时的时代特色，会是非常可读的。所以记者招待会，要好好构思，不要轻率地放过去，这不是个可有可无的情节，是更广阔、更丰富地反映解放前夕、重庆市的社会面貌和复杂的敌我斗争的一个生活画面，是小说中不可缺少的一个反映时代特点和时代特色的内容和场面。

对“疯老头”华子良，主要是侧写，要写得冷静，写得客观，极必要时，才正面写他。一当正面描写他时，就要叫人惊讶！惊叹！惊喜！钦佩不已！作者要进入角色，不该暴露时，就一定要把他掩护好，一当揭开这个谜底时，笔下就要充满激情，震撼人心，要把握好这个分寸。

渣滓洞最后的突围越狱斗争，要在行动前和行动中，写出先烈们面对黎明与黑暗、生与死的最后一搏，在组织上、精神上的充分准备。老病号、丁长发、余新江的形象和力量、作用和表现，要充分展示，精心描绘，虽然是一瞬间，但都要有特写的镜头，让他们的光辉形象在突围越狱中最后完成。这是全书的压轴戏，是最激动人、感动人的场面，像火山爆发一样，让先烈们的爱和恨喷吐出来。

写敌人溃退前夕，急于活命逃跑的心理状态和精神崩溃面貌，一定要放开手脚，大胆地写，要敢于打破框框，要往深层次发掘，不能只追求表面的、肤浅的描写，文字要深入到敌人的心灵中去。这时的敌人，已经不是简单的逃跑，而是精神上的崩溃；不是惶惶不安地退出重庆，而是对蒋家王朝彻底绝望。所以他们既恐慌万分，又无比仇恨，既疯狂屠杀和破坏，又急于活命逃命，要把这种疯狂中有恐惧，残暴中有惶惶然，凶恶狠毒又逃之天天……总之,把敌人当时这种矛盾心理,面貌特征,深层次、全方位地写出来，这样小说给人的感觉就不一般了。

对于狱外地下党的领导和活动,显得薄弱、松散、无力，没有显示出胜利在望这个关键时刻党的领导水平、领导力量。人物形象也欠血肉,显得单薄、概念,要设法弥补这方面的不足,在人物塑造和情节设计上,需要再发掘,再丰富。

在我把五十年前这个发言整理出来以后，便寄给了杨益言，他手边有当年这次座谈会的记录稿,可以帮助我回忆。同时,我也想听听他的意见。他告诉我,基本符合当时发言的实际,虽然当时讲的要比现在整理出来的还要细致,但主要方面、主要内容都反映出来了。

在寄给杨益言时，我在信中写道:"五十年前我在发言时,从未想到过还会把它整理出来发表，这不是一个有价值的发言,但它却反映了我当时的精神面貌和实际水平。如果说,它还有积极的一面的话,那就是它反映了五十年代,一个共产党员、一个青年编辑对编辑工作的蓬勃朝气和满怀热情，以及他对歌颂先烈、学习先烈的积极态度和强烈愿望。正因为这样,我当时对自己的发言,没有任何顾虑,也没有过多推敲,怎么想,就怎么说;想到什么,就说什么,完全是直观的、感性的、随意性的,在今天看来,虽然显得肤浅和幼稚，但在当时我在思想上有一点是很明确的,那就是从难从严要求作者,充分发挥作者的潜力,最大限度地调动作者的积极性,把作品改好。为了达到这样的目的,我从作品的实际出发,从作品的具体内容和人物描写的现状出发,我希望自己的发言对作者下一步的修改能有所启发,有所触动;在作者修改作品时，我的发言能为他们提供一点用得上的有参考价值的东西,或对他们丰富、深入自己的构思时能有所启示,这是我当时的出发点。"

我在写这本书时,之所以要把这个发言整理收录进去,还有另一个原因,那就是这次座谈,是一次难忘的交流,不仅对《红岩》走向成功起了重要的推动作用,就我本人来说,也是参加文学编辑工作以来,特别是从事长篇小说的编辑工作中最愉快、最开心、收获最大的一次。我发现在发言中(包括以前和以后与罗广斌、杨益言一起的十多次座谈中),常常产生一种即兴式的灵感,常常是我在发言前没有想到的内容,这时突然产生了一种崭新的发现,一种清新的感觉,一种昂扬的精神,一种兴奋的情绪,思路变得活跃起来,常常这时我就发现,我对人物、情节提出的一些设想,不仅在激动着我自己,也在感染着作者,常常就在这时把座谈会推向高潮。发言中这种新的发现,新的感受,新的收获,也给我自己带来无尽的快感,是从事文学编辑工作最自豪、最激动的时刻!

一对黄金搭档的精彩发言

我发言后,阙道隆、张羽也发了言,第一天的座谈就到此结束。第二天罗广斌代表他和杨益言发言,杨益言在罗广斌发言后又做了补充发言。他俩的发言,不仅是对一稿至三稿的总结,而且从中我们还可以了解到三稿写完之后,他俩是如何深入思考,从难从严要求自己的。如何进一步好上加好,精益求精的。他俩在发言中所涉及的问题,不仅在当时对《红岩》的进一步修改和提高,起了重要的作用。就我个人来看,这些问题的提出,以及他们对这些问题的分析和理解,就是在今天,我们在重读这些文字的时候,依然是很有启发,很有兴致的。

罗广斌、杨益言是从以下几个问题谈起的:

一、构思和写法。罗广斌、杨益言说:过去只读过小说,没写过小说,所以写《红岩》时,没有任何框框。在结构上,走了自己的路,写完之后,才感到与众不同,有点特别。有的同志说:“你们这样写不像小说。”“没有贯穿全书的中心事件,没有贯彻始终的主人公,没有一家人的命运。”“你们这是独出心裁……”这时我们就想,是从生活出发,还是从框框出发?还是要从生活出发。从生活出发,我们才敢于打破框框,但不能乱来,违反生活规律,违反地下工作原则。写小说,不能只写偶然性,还要写出规律性、必然性,这样才能真实地反映出生活的复杂性。“中美合作所”里的斗争是错综复杂的,在这个敌强我弱的特殊环境里所展开的敌我斗争,不是一两个人能够承担的。讲命运,首先是全体革命者的命运,不能过多地强调个人的命运。出于这样的考虑,我们在构思时,自始至终摆脱了个人的命运,突出了战斗的集体。遇到通过个人,还是通过集体,来显示党的战斗作用时,都是采用集体来显示的。但集体要通过主要人物来表现,主要人物不一定是一个。主要人物脱离了集体就成了光杆司令,要表现集体,写群像,表现众多人物的敌我斗争,集体是有机的集体;集体中有主角,有配角。这样,我们就摆脱了一些常规小说的写法,走了自己的路。有同志建议不要写两个监狱,只写一个,正是出于上述考虑,我们没有接受,肯定了自己的构思,没有变。写过去的斗争,是给今天的读者看,不能完全停留在民主革命的水平上,我们力争使自己站在社会主义时代的高度写民主革命。写胡浩留下的遗书上对新时代青年的期望和嘱托:“我多么羡慕生活在毛泽东光辉照耀下的青年和那些永远比我年轻的未来的青年啊!如果我能够冲出地狱,即使牺牲在跨出地狱的门槛上,我也要珍惜地利用看见光明的一瞬,告诉年轻的朋友:不要放下你的武器,全世界的反动派尚未消灭干净啊!”写龙光华昏迷中奋身向前,伸出激动的双手,高呼“给我一支枪”;写江姐临终时刻说:“如果需要为共产主义的理想而牺牲,我们每一个人,都应该,也可以做到——脸不变色,心不跳。”写许云峰牺牲前沉着坚毅留给我们的几句话:“看见了无产阶级在中国的胜利,我感到满足。风卷残云般的革命浪潮,证明我个人的理想和全国人民的要求完全相同,我感到无穷的力量。人生自古谁无死?可是一个人的生命和无产阶级永葆青春的革命事业联系在一起,那是无上光荣!”这都是烈士们面对死亡、面对当时历史现实的共同崇高心理的写照!同时也是烈士们的革命理想、精神、品格的写照!民主革命和社会主义革命,虽分阶段,但也有联系,烈士们在民主革命时代,都想到了社会主义。构思中也曾考虑过,这样写在艺术上允许不允许?评论家会怎么看?沙汀给我们撑了腰,我们也就坚持了自己的写法,比如,江姐上山前的描写,一路上华为向江姐介绍华蓥山,江姐的心情是欢快的,同时也包含了即将与丈夫彭松涛重逢前的兴奋和激动。之后,见人头,发现丈夫牺牲,情绪突变……有人看到这里,对我们说:“你们不懂艺术,江姐见人头前,要先有悲哀的预感,这才合乎艺术规律。你们写反了。”我们把这个意见对沙汀谈了,沙汀肯定了我们的艺术构思,指出:“不要变!”

罗广斌、杨益言有个长处,就是沉着、稳重、肯思考、有主见,他们能够做到诚心诚意地听取各种意见,但不盲从。比如,关于写一个监狱,还是写两个监狱,议论纷纷,看法不一。有的说,渣滓洞写得好;有的说,白公馆写得好。不管他们同意的,还是不同意的,都认真听取,并且一一地记下来。他们牢记肖泽宽的话:“从实际出发,形式服从内容。要独立思考,自己负责,放开思想,大胆创作”,经过一番分析比较,在认真研究思考后,最后拿出自己的方案,叫人听了觉得他们想得对头,说得有理。正因为他们持着这样一种虚怀若谷的态度,才进步很快。对于有益的意见,只要是对作品的提高有利,修改再大、再多、再艰难,也下决心改,绝不偷懒,一丝不苟。

对于他们的见解和实践,我是完全赞同的,艺术就是要不落俗套,走自己的路。我说:“你们这么写,虽独树一帜,却含意深远,气魄宏大,意境高远,新颖别致。这是经过反复思考,深思熟虑之后决定的!不是一时冲动,草率从事。能写出格式与众不同的小说,是要有一定勇气的,要敢冒失败的风险!事实证明,你们的考虑是大胆的、正确的。”

罗广斌、杨益言成名的经验，告诉了我们，只要肯下功夫，敢于创新，又能埋头苦干，走自己的路，就能在事业上取得成就，而这样的成就，是不能不令人叹服的！

二、主题和人物。罗广斌、杨益言说：《红岩》的题材，是写“中美合作所”集中营的狱中斗争。《红岩》的主题是：歌颂先烈，揭露敌人。虽然经过了三易其稿，主题思想深化了，先烈们的精神状态和思想境界也有了提高，但作品仍有不足之处。要体现好主题思想，必须用全力写好正面人物形象，特别是革命烈士的形象。这样的人物，应该是敢于斗争，善于斗争，有崇高的理想，高贵的品质，共产党人特有的战斗风格，和很高的领导水平，很强的洞察力。在许云峰、江姐、成岗几个人物中，我们偏爱江姐，因为对生活中的江姐，是很熟悉、很了解的。正因此，把江姐被捕排在最后，让她在狱外有更多的活动，充分展示她的精神面貌。被捕以后，强调她脸不变色心不跳、大无畏的精神状态。对许云峰的形象，我们也努力塑造。审问时，他与敌人针锋相对；牺牲时，强调他最后一刻的精神状态。但这个形象与江姐相比，还有距离，反映了我们对许云峰这样的人物理解得还不够充分，不如江姐写来得心应手。为了弥补这个弱点，我们走访了一些当年从事地下党领导工作的老同志，一方面丰富自己积累的生活，一方面加深对许云峰这样的人物的认识和理解。这次修改就要在许云峰的精神和气质上，对同志、对下级无比亲切的革命情谊上，以及围绕他的出场、退场、组织越狱，几个重要方面，做一些必要的调整、充实、丰富、提高。

除了对许云峰、江姐、成岗要努力塑造好外，对刘思扬、陈松林、华为以及甫志高等人物也不能轻易放过。对刘思扬的形象塑造，我们是不满意的。刘思扬不是理想人物，思想上有弱点，有小资产阶级情调，他是在斗争中经受了考验，才成为一个坚强的共产党员的。这个过程写得还不够深刻，不够清晰，今后修改时，要努力加强的。对陈松林还应该写得更朴实可爱一些，他是个品质很好的同志。华为作为革命的后代,要写他斗争中的表现,还要注意他的提高和发展。对甫志高要写出他叛变的合理性。狱中有叛徒,但是少数,不代表主流,我们在渣滓洞时,最讨厌他们,有强烈的反感。开始写《红岩》时,给他们起名叫萝卜花、半边人、刺猬等等,对他们没有兴趣。但现在是写小说,就不能潦草,简单化,感情用事,还要深挖他们的思想、灵魂和内心世界。甫志高这个典型,是在中国革命到了伟大转折的时刻,全国胜利的日子马上就要到来的时刻,他原来并不很突出的毛病,这时恶性发展,迅速暴露了出来。我们准备在下一稿上,从三个方面深化他:第一,狂热冲动。他只想到胜利,没看到黑暗和残暴;只想到自己要有所作为,胜利后有个体面的地位,光荣的形象,没有想到在这个时候,敌人更加疯狂和凶恶,稍一不慎,就会给革命带来难以弥补的损失。第二,为了达到这样的目的,不惜违背组织原则,违反组织纪律,投机冒险,捞取政治资本。第三,一当暴露,就惊慌失措,想的都是个人的一切,家庭、妻子……一落敌网,就贪生怕死,失节叛变,这就是甫志高的叛变三部曲。

三、关于对敌特的描写。罗广斌、杨益言说,首先要充分揭露美特,"中美合作所"是美国特务留在中国最大、最后、最现代化的集中营,美国特务在这里对中国人民进行了血腥的屠杀,在山城犯下了滔天罪行,我们掌握大量材料,这是铁的事实,是历史真实,不承认历史真实,艺术真实也是空的。在揭露"中美合作所"的罪恶中,必须揭露美蒋勾结,这不仅是必要的,而且还要写好。为了侦破地下党,敌特组织重点进攻,三次派遣"红旗特务",全是美国顾问策划的;残酷折磨先烈的各种各样的刑具和戴在先烈身上的脚镣手铐是美国制造的,对成岗施用的"诚实注射剂"是美国提供的最新发明;最后,破坏山城、屠杀革命者……也全都是在美国顾问参与策划和指挥下干的。所以在作品里,或从正面,或从侧面,要紧紧地抓住美特不放,他们是"中美合作所"的主宰。必须写出这个特点,否则这部小说就没有自己的特点了,也就失去了历史的、时代的真实。

关于徐鹏飞的塑造，有人说，你们写得太大胆了，把他写得太“全面”、太“理想”、太“强大”了。我们认为，写敌我矛盾，既要注意分寸，也要写出特点。我们写徐鹏飞时，从他出场起，就很注意对他的铺陈、渲染，诸如衣着、外貌、举止、言谈，以至性格上的细微特征，等等，我们都尽力想得周全、细致，为的是不简单化他。徐鹏飞骄傲、专横、霸道，又凶狠、毒辣，不能容人。他自命不凡，不可一世。在敌特工作上，确实是“果断干练”“辛勤卖力”的，不然就不能在同行中站稳脚跟，他肩上的那颗“金色的梅花”就不能闪闪发光。写他的时候，思想比较解放。写他在处理公文时，批阅、思考，顷刻之间，这一沓沓公文都变成命令、电波、行动……所有这些“全都是他意志的反应”，在美蒋特务的营垒之中，他是一个血债累累，盘踞显位，发号施令，主宰生杀大权的最得势、最受宠的大刽子手，大特务。

在美国顾问的精心设计和严密布置下，使“红旗特务”郑克昌接近了沙坪书店，谁也不会想到徐鹏飞竟然从老谋深算的严醉手中，十分轻易地突破了黎纪纲，异常顺手地把沙坪书店这个宝贝线索赚到手里，以至使诡计多端的美国顾问也不得不对徐鹏飞佩服得五体投地。接着沙坪书店的破坏，甫志高的叛变，《挺进报》的暴露，成岗、许云峰、江雪琴、余新江等大批革命者相继被捕……徐鹏飞立时成了“自由世界”中风云一时的“英雄”人物。

在审讯革命者时，他诡计多端，凶狠毒辣，灭绝人性。他施用人世间罕见的刑具，使革命者洒下了淋漓的鲜血，一个个英勇壮烈地死去。他一方面挥动屠刀杀革命者，另一方面他也为大势已去的蒋家王朝而感到失望空虚、惶恐不安，垂死挣扎，准备逃跑。

这样便把狱内狱外的形势交织在一起。在狱内，敌人是暂时强大的；在狱外，我们是强大的，敌人完全处于全民的包围之中。既没有把敌人简单化，也没有否定胜利在望的大好形势。

四、罗广斌、杨益言围绕敌我双方主要人物怎么出场，怎么发展，怎么退场上……决心闯出一条有自己个性化的路。比如，围绕白公馆和渣滓洞两个监狱的描写，经过反复考虑、比较，还是决定不变，问题的焦点，不在于写一个，还是写两个，而是在于能不能写出两个完全不同气氛的监狱的内在联系。罗广斌、杨益言说，我们的设计是：渣滓洞，关得人多，写渣滓洞，是为了写群众性的狱中斗争；白公馆则不同，关得人少，年代久，年纪大，入狱时间长，斗争隐蔽，巧妙，水平高。两个监狱，两种典型，表面上，白公馆阴森、沉闷，有如一潭死水，实际上这里不仅有尖锐的斗争，有党的坚强领导，而且比渣滓洞的斗争，更尖锐，更复杂，就像埋在地下的一颗地雷，一旦爆炸，敌人就将全部土崩瓦解。写两个监狱，主要是写狱中共产党员的领导水平，斗争艺术。越狱时，则着重写年轻一代的成长。

五、关于小说的结尾。罗广斌、杨益言说：重点写敌人的破坏，我们的反破坏；敌人大屠杀，我们越狱突围反屠杀。写敌人在最后时刻，挣扎、顽抗、屠杀、破坏，转入地下；写我们地下党为迎接解放大军，护厂、护校、接管，把斗争推向高潮。但不能把地下斗争写成惊险传奇之类的东西，着眼点放在写党的传统、作风、精神上……

以上是罗广斌、杨益言三稿写成之后，在与出版社座谈时的一次讲话，五十年后，当我在整理这篇讲话时，不由得想到：哲学家，习惯于合乎逻辑的、抽象的、系统的、完整的思维表达；文学家，习惯于具体的体验，心灵的感受，形象的思维。而罗广斌、杨益言他们却二者兼有，既重视思想内容，又重视形象塑造；既重视大的方面的有意义、有价值的提炼和概括，又重视细微之处的精心雕琢、精细描写。他们很注意艺术效果，但绝不是为艺术而艺术，而是要求自己的作品不仅要表达艺术，表达感情，还要表达思想；不仅要歌颂光明与正义，而且还要鞭挞黑暗与邪恶。为什么会这样呢？我想这就是因为他们在狱中与烈士们的友谊太深厚了，烈士们对他们的关心和爱、信任和希望，留在他们心灵上的烙印太深了。他们无比珍惜与烈士们相处的这一段生活，即便在我们看来,那是非常非常普通的关爱,但对他们来说,却始终深深地藏在心中,永远难以忘怀。正是这深藏在心中对先烈的爱和对敌人的不共戴天的恨,使他们在构思和写作这部小说时,最大的心愿就是塑造好烈士们的不朽形象,以表达他们对战友的深爱和对敌人的痛恨!这是他们从小说开始创作到最后完成始终坚定不移的立足点。

罗广斌、杨益言当时虽年轻,从事小说创作刚刚起步,但他们却有着丰富的阅历和过人的才气。我们在一起讨论创作中的问题时,常常围绕一个人物的塑造,一个情节的发展,一个细节的运用,卡住了。每当这个时候,差不多都是他们带头打开僵局,特别是罗广斌,他能举一反三,侃侃而谈,妙语如珠。老罗这人,乐观开朗,平时就喜欢聊天,喜欢听别人讲故事,也喜欢自己讲故事。他讲故事时,绘声绘色,有情有味,让人们很容易受到他的感染。罗广斌、杨益言两人的气质、性格不尽相同,老罗热情奔放,直率坦然,他思路之敏捷,灵感来得之迅速,常常叫我惊讶感叹!而老杨的多思和深沉,严肃和冷静,含蓄和理智更突出一些。在座谈时老杨这个特点表现尤为突出,他不轻易发言,静静地听着别人的发言,一当他说出自己的想法时,已经深思熟虑,胸有成竹。我常发现,有时老罗一个构想提出后,老杨三言五语的补充,便起到画龙点睛的作用,不仅使老罗的构思生辉增色,而且可以纳入作品之中,这样的例子在他们的创作中很多。所以我说,他俩不同的个性和气质,可概括为:老罗有一颗激情洋溢的火热的心,老杨有一个冷静严密的头脑,他俩的这种差异正好可以发挥各自的特长,又能相互弥补各自的不足,在创作上相铺相成,成为谁也离不开谁的一对非常和谐的黄金搭档。在《红岩》三年的创作过程中,罗广斌、杨益言给我的信有三十多封,这些信,包括他们的创作构想和创作进程,创作中的困难和问题,遇到的诸多情况和他们的打算等等内容。虽然信的署名全都是罗广斌、杨益言二人,但绝大部分都是老杨一个人执笔,由此也可看出他统筹全局的能力。

在追忆这段往事时，我想到，我从事文学编辑工作几十年，也结识了不少作家，但似罗广斌、杨益言这样有灵气、有才气又很有人缘的作家，还是少见的，让我不能不为之折服。在20世纪60年代初，罗广斌、杨益言是文苑中一对难得的可畏后生。当时，一切接触过他们的人，无不喜欢他们，乐意接近他们，毫无保留地和他们谈生活、谈体会、谈经历、谈感受，也给他们出主意、想办法、提建议，正是这样，罗广斌、杨益言不仅充实了自己，也充实了《红岩》。

罗广斌、杨益言重绘四稿彩图

座谈会一结束，罗广斌、杨益言便回到书桌上，进入了小说四稿的世界。这时座谈会上议论的话题，已在他们的意识里、脑海中形成了一个又一个新的画面，他们安静地坐下来，把自己的构思展现在稿纸上。写作中，他俩互相切磋，互相砥砺……每写完一章，他们都要仔细推敲，反复吟诵，看看内容上、结构上、描写上、文字运用上，有没有毛病。一旦发现不妥之处，不姑息，不迁就，马上进行修改，绝不放松对自己的要求。他们这种坚韧、坚决、坚定的创作态度，实在让我感动。

这期间，每当他们改出一部分稿子，便交给我们三人看。我们看过后，便又聚在一起，研讨议论。从三月到六月，这样的小型座谈会不下十次。每次座谈都紧紧地围绕修改后的稿子已经达到的水平和没有达到的缺欠，进行更深、更高、更完美的探索和发掘。对人物形象的丰满和深化，对情节合理的发展和变化，乃至对结构、细节、对话的推敲和调整，都从难、从严要求他们，对他们所改的文字哪怕只有一点点感觉，觉得不丰富、不深刻、不够味，都毫不掩饰地和盘托出，之后，我们一起寻找最佳的修改方案。这种真挚而坦诚的交流，对提高《红岩》的质量、提高他们的写作水平，起了良好的作用。

这十来次小型座谈会，与上面写的那个座谈会不同，这时的座谈，常常就是围绕着一个事件的发生与发展，一个情节的复杂性和曲折性，一个人物的出场、活动的环境、突发事件时的表现，更富有个性化的对话……等等具体描写展开讨论。虽都是局部的、具体的，但讨论起来，却很有兴致，特别是遇到一些大家都非常感兴趣的情节的设计和人物的发展时，那种和谐而融洽、认真而热烈的场面，给作者和编者都带来很大愉悦。有同志说，工作是美丽的！我在这里还要补充一句，工作是享受！我记得，在讨论许云峰这个人物，如何把他串下去，如何写好他的最后结局时，特别是徐鹏飞把他秘密地关进地牢之中，他孤零零一个人，如何与外面发生联系，如何传达他对形势的看法；如何表达他的思想水平和思想境界？罗广斌、杨益言通过两条线：一条线，围绕许云峰在黑暗而又隐秘的地牢中用自己的双手，挖开了一个洞口，但他不是为自己，而是准备在关键时刻为狱中难友们突围时使用；同时设计了许云峰就义时，也是他走出地牢时，与徐鹏飞的那场精彩对话。这样就从这个阴湿黑暗的地牢中，闪出了一道耀眼的光芒，展示了许云峰这个共产党人的舍生忘死、远见卓识的心灵和精神。另一条线，就是通过“疯老头”华子良，通过他给许云峰送饭，通过他在图书室与齐晓轩接上关系，通过他随同特务外出买菜，把许云峰与狱中的难友、把狱内党的活动和狱外党的接应有机地联结起来，这样就出现了我们大家期待的十分满意的情节、场面和对话，也极大地丰富了人物的形象和他们的内心世界。这样的小型座谈会，每次都有收获，都充满创造性。对编者来说，对《红岩》创作的成功越来越有信心；对罗广斌、杨益言来说，他们进入了最佳的创作状态，创作的激情始终居高不下，创作的灵感有如散落的珍珠，滚滚而来，他们完全进入了自己创作的角色中去了。就这样，一个个感人的情节，一个个出色的场面，一个个感人至深的人物出现了。当一个作家在艺术思想、艺术概括、艺术构思、艺术技巧上，突然解决了长时间没有解决的问题，或是突然发现了过去从没有发现的艺术上的欠缺，而这时又出现了以往没有的新的艺术发现、艺术创造、艺术上的满足时，这时他们的心情才谈得上真正意义上的复活和满足。罗广斌、杨益言这时就是这样，长足的进步，使他们激情勃发，才思洋溢。这也使我想到，对一个作家来说，收集生活素材并不是很难的，但理解生活，把生活融为自己的血肉，进入创作的自由王国，却是缓慢的，但是一旦他真的进入了，真的开窍了，那就真的走进了自己独有的生活宝库，这时你就会发现许多不寻常的东西，甚至过去不为自己所重视而忽略的东西，这时也发出异乎寻常的光彩。许多过去认为不突出、不清晰、不完整的东西，这时变得异乎寻常的重要。创作的灵感这时也一个接着一个冒了出来，这不是偶然的，是作家不断探索、不断寻求，长期紧张的付出取得的结果，标志着作品的胚胎已经在作者怀中获得了生命。罗广斌、杨益言的创作实践，所提供给我们的感受和启示，其价值并不比《红岩》本身小！

5 月初，任白戈书记来京开会，住北京饭店。罗广斌、杨益言赶过去看他，任白戈问了小说的写作情况，又问了书名。罗广斌、杨益言便将曾议论过的书名，如《地下长城》《红岩朝霞》《激流》《嘉陵怒涛》《地下烈火》《红岩破晓》《万山红遍》《红岩巨浪》等等告诉任白戈，任白戈说："还是叫《红岩》吧！既有时代特色，又有地方特色，一听就知道写重庆的事。"回社后，罗广斌、杨益言把任白戈的提议告诉我们，大家一致叫好，决定取名《红岩》。《红岩》的书名，就这样决定了下来。

从 5 月 10 日起，四稿分批发排，到 6 月 10 日全部发完，6 月 19 日清样送齐。罗广斌、杨益言这次用了三个月时间，完成了四稿。1961 年6 月 27 日，他们携带着还散发着油墨香气的清样离京返渝。对于这一段我们之间的合作，杨益言在 1985 年祝贺中国青年出版社成立三十五周年，写的纪念文章中有这样的记载："1961 年春，北京冰雪还没有化尽的日子，我们刚住进中国青年出版社那栋古老的王府院，社领导就告诉我们，文学编辑室将有三位同志，即阙道隆（文学编辑室主任）和王维玲、张羽经常和我们联系。从此之后的几个月，几乎每一周，我们和他们便有一次例行的讨论会。我们讲将要动笔的章节的构思，前后设想，他们就讲他们听后的感想、意见。这时候，我们才深切知道，他们不仅是详细看了我们写的这一段，认真听了我们新写的构思，可以随口讲出书稿或构思中的每一个细节和人物关系，我们还发现他们还详细地看过我们早先写过，但早已废弃不用的稿件，而且，还能替我们设想，能否从那里面挑出一些有用之材。”这是一段让人十分留恋的美好回忆。

边春光绝好的建议

罗广斌、杨益言走后，我们立即把四稿的清样给肖泽宽部长寄了一份，由张羽执笔以编辑室的名义附上一封公函。公函中写道：“稿件排出后，我们和作者一起进行了研究。我们认为，此稿现在的面貌，已达出版水平……打算 7 月下旬以前汇集审查意见，定好修改方案，争取 8 月底以前完成修改工作……”我在“已达出版水平”之后，加了一段话：“但在个别章节（如越狱时的战斗描

1979 年 2 月边春光在钓鱼台中宣部出版局办公楼前

写)仍有提高余地。某些人物(如李敬原的形象塑造,对黎纪纲、郑克昌两个特务的描写)尚需做适当的修改。我们觉得这些地方如能再做一番修改的话,会使稿子更符合生活真实,内容更加丰富,教育意义会更加强烈。”在“打算在7月下旬以前汇集审查意见”一句,我把“下”字改为“中”字,在“争取8月底前完成修改工作”一句,我把“8月底”改为“8月上旬”,阙道隆又在“上旬”两个字的后面加上“左右”二字。从这些改动也可以看出:编辑部对四稿仍没有放行,还想在听取各方面的意见后,让作者再进行一次最后的冲刺。但同时,我们也希望尽快定稿,早日出版,所以在时间上抓得很紧,想得很细,安排得很具体,也许今天看来觉得可笑,但这反映了20世纪60年代我们这一代出版人的思维方式和工作方法。

与此同时,我们把四稿清样,送给社长兼总编辑边春光终审,同时送团中央主管书记杨海波审阅。1961年7月7日边春光审读完毕之后,把我叫到他家(当时他家就住在中国青年出版社的大院内),在充分肯定四稿成就的同时,他提出了一系列重要的修改意见。我根据他的意见,给罗广斌、杨益言写了一封长信,转述了出版社对四稿的评价和进一步修改的重点和要求,这封信经阙道隆审阅签字后,盖上文学编辑室的章发出。

这是《红岩》定稿前的一封十分重要的信,实际上也是定稿前进行的最后一次修改的主要依据。信的全文如下:

广斌
益言 同志:

自从你们离京后,我们即把《红岩》校样送给春光同志审阅,同时,编辑室内几个同志也重读了一遍,上个星期春光同志召集我们研究了一次。春光同志认为:这是一部有特色的小说,有不少出色的章节,基本上把共产党员那种优美的、高尚的精神面貌、精神世界表现出来了。特别是对江姐的描写,相当深刻,相当丰富地展示了她的内心世界,她的心灵上的优美情操。对敌人的描写也有非常突出和十分见长的特点。在研究中,我们都觉得,你们经过几个月的辛勤劳动,取得了很大的成果,使《红岩》在思想上、艺术上接近了我们所共同期望的水平。

但是,我们在研究中,也提出一些问题,现综述如下,供你们修改时参考。

一、关于党的领导和甫志高的叛变问题。我们觉得党的最高领导还是放在外边为好,不要放到监狱里去。目前作品里最高领导是许云峰,许云峰可以成为党的领导,但不一定是最高领导。我们所以这样考虑,主要是从整个作品的布局和在反映党当时的领导水平和领导力量上来考虑。如做这样变动,就牵涉到对李敬原的塑造,好不好把李敬原安排更高一些,不仅在党内职务上高于许云峰,更重要的是他在某些问题的判断上,对甫志高的认识上比许云峰高一招。这对许不会有什么损害,相反某些情节反而可以加强和突出许云峰(如:许被捕的情节,以及在监狱中承认是《挺进报》的领导人等)。同时可以更加明显地告诉读者,遭受破坏的是重庆地下党的局部组织和部分同志,而不是全部组织。李敬原虽在作品里占篇幅不多,但自始至终都反映着党的领导水平和地下党的力量,因此,他在作品里起着十分重要的作用,对这一点,现在的书稿中似乎估计不足。

另外,对甫志高的发展,以及叛变,现在的处理还嫌太粗了一些。我们觉得,对甫志高的描写,一定要写出他的发展层次:由隐到显,由浅到深,由表到里的过程。但并不能因此而使读者站在暗处,要让读者站在明处,清楚地看到他如何善于伪装自己,如何狡猾地欺骗党,使读者对他的堕落、被捕、叛变有充分的思想准备。现在的稿子在这方面,还存在一些弱点:第一,缺少一些有力的、一针见血的生活细节描写；第二，对他的精神世界、思想面貌的挖掘面还不够宽广。因而使得现在的稿子，在对甫志高的透视和解剖上，在揭露他对金钱女人、名誉地位的贪婪及其肮脏的内心世界上，在表现他与党貌合神离，离心离德，暗中活动，两面手法上，都嫌太单薄了一些。甫志高在很长一段时间里欺骗了党，尽管党对他的个人主义有所察觉，但察觉的程度，并未超过信任的程度，正因为这样，许云峰才同意他作为联络站的负责人。我们觉得你们在作品里透露出了这一点，问题是怎么写得既不有损党的威信，也不有损党的领导者的形象，这就是你们在艺术上所要解决的问题了。总之，要把甫志高的发展写得自然一些，把他的罪恶加重，把许云峰、江雪琴、成岗、余新江、刘思扬等人被捕的责任，全部归咎于他，而不使读者对党产生任何误解。

二、陈松林、余新江，他们都是对党无限忠诚的共产党员，他们爱憎分明、宁死不屈的品格，是十分感人的，他们是优秀的共产党员。但是他们毕竟还很年轻，对复杂的敌我斗争形势的估计，还有简单和幼稚的一面，还缺乏对敌斗争的丰富经验，这些尽管在他们每个人的身上深浅不同，多少不一，但这些弱点是存在的，他们不可能一参加斗争，一入监狱，就十分成熟，十全十美。我们觉得，不能把他们处理得过于理想化了。这并不是说要给人物脸上抹灰，不是的，而是为了更合理地、更深刻地写出人物发展的内在逻辑，写出他们如何在斗争中把自己丰富起来，完整起来，而最后成长为一个成熟的革命者。以陈松林来说，一方面要写出他与甫志高有本质不同，但另一方面，由于单纯幼稚，由于简单片面，由于对复杂的敌我斗争认识不足，缺乏斗争经验，由于他本身具有这样的一些弱点，他才没有察觉出甫志高的错误思想。写出这点是可信的,人们是可以接受的;不写,反而感到有些勉强。

三、书店和重大的“红旗特务”活动,是有特色的,但监狱里“红旗特务”的活动却显得很一般,而且郑克昌在某些方面过于愚蠢和简单。这里的“活动”,如果突不破前两次的水平,要否存在都值得考虑。

四、在狱中斗争和突围过程中,有些描写也嫌过于简单。如,关系着生死存亡的越狱突围斗争就嫌太平稳了一些,太轻易了一些,感受不到敌人在大屠杀之前那种血淋淋的逼人气氛,看不出我们在突围过程中付出了多么昂贵的代价,经历了一场多么艰难而又残酷、复杂而又激烈的搏斗。另外,有些斗争又似乎过于锋芒毕露,有不够策略的感觉。如,在绝食斗争中提出“白绸裹尸”的要求,以及春节大联欢中某些具体描写,都有一些值得再考虑的地方。

五、《红岩》的结构整个说来是紧凑的,现在就嫌开头两章松散、拖沓了一些,典型环境的时代气氛还不够强烈。这两章头绪较多,却没有有机地、层次分明地结合在一起。对余新江的家庭、对马师母、对重庆大学自治会的选举等等描写,都还没有显示出它们存在的必要性。一部长篇小说的开头是很重要的,能不能吸引读者,小说的开头起着重要的作用,因此,怎么使《红岩》开头两章既能反映当时形势特点,又脉络清楚,繁而不乱,引人入胜,这就需要你们在现在基础上再重新结构一下。

以上意见,是我们这次讨论时提到的一些问题和想法,不一定正确,仅供参考。我们相信,在重庆市委,在白戈同志、泽宽同志、沙汀同志的指导下,再经过你们的努力下,这部作品的质量,一定会更加令人满意。

《红岩》一稿,我们计划9月付印,力争在国庆前出书,因此,焦急等待着你们的修改稿,望在时间上力争提前,不要延后,当然也还要看实际可能,希望你们朝着这个目标奋斗。

文学编辑室

一九六一年七月十二日

我之所以把这封信全文照录,除了说明当时中国青年出版社的考虑和作者在修改《红岩》一书时,为向着一个完美境界追求和攀登,除了不厌其烦地进行修改、加工、润色外,还有另外一层意思,那就是针对在“文革”中强加在作者头上的一条罪行,即利用小说《红岩》,通过李敬原,为重庆地下党市委副书记、叛徒冉益智翻案,用事实把这个“罪名”彻底推倒。因为把李敬原和许云峰换个位置的建议,把李敬原的职务由市委委员改为市委副书记,是中国青年出版社提出的,是总编辑边春光的建议,并非作者原来的设计。作者对中国青年出版社和边春光提出的这条建议所以接受,完全是从小说创作的需要出发,从政治上、组织上,乃至艺术效果上的考虑出发,才接受了下来。我记得小说改成之后,罗广斌、杨益言曾对我说过这样一句话:“这么一改,使小说里的党的领导形象增加了一倍的力量!”《红岩》出版后,从众多的评论文章和广大读者的反馈来看,对这部分的修改,也是相当满意的,给予了很高的评价。主意是中国青年出版社出的,建议是中国青年出版社提的,怎么也没有想到,这个绝好的建议,在五年后,竟成了“文革”中迫害罗广斌、杨益言的口实,那时真是一腔悲愤无处诉,满身是口也难辩。

敬业乐道使罗广斌、杨益言跨过一道道难关

7月21日文学编辑室收到罗广斌、杨益言的回信,他们对中

国青年出版社12日的信，表示出了巨大的热情和信心，信里写道："春光同志审阅了稿件，并且和你们进行了讨论，提出许多宝贵的意见，我们非常高兴，也非常感谢。我们现在正在认真考虑这些意见，力求消化，以便修改。6月29日晚上，我们到达成都，马识途同志到车站来接了我们，并和我们谈了好几次，对稿子提了许多重要意见。沙汀同志当时正在省委开会，专门请了假，赶看完了，给我们做了两次指示。他们认为，这次修改得可以，再加工一下，即可出版，不必再放了。沙汀同志说，稿子的精神状态较过去翻了身，稿子的结构组织起来了。7月7日，我们回到重庆，向肖部长、高部长、宣传部汇报了工作。肖部长看了出版社和沙汀同志给他的信，很高兴，完全同意出版社和沙汀同志的安排，并且由肖部长向白戈同志做了汇报。肖部长给我们做了以下的安排：第一，指定宣传部黄部长，宣传部文艺处王觉、冯旭，市委党校余时亮，团市委廖伯康，组织部高部长等同志看校样，并于20日左右提出意见；第二，在汇集了各方面的意见后，将主要问题向白戈同志汇报，请白戈掌个舵；第三，7月底再去成都，在沙汀同志指导下进行修改(这是沙汀同志主动提出来的)；四、修改之后，可再次到北京，在出版社的指导下，最后定稿。现在已有几位同志审阅过了，和我们谈过几次，总的认为满意，政治上可以通过。至于具体意见，以后再综合起来告诉你们。以后定稿时，是否需要我们再来北京，请来信告知，我们好早做安排。我们约于25日左右去成都，来信请寄成都四川省文联沙汀同志转。"

罗广斌、杨益言是在7月30日到成都的，8月9日给中国青年出版社文学编辑室的来信中写道："在重庆、成都听了不少意见。马识途、廖伯康同志给我们具体谈了地下党的工作方针、路线等问题；沙汀、王觉等同志反复读了稿子，出了许多好主意。现在看来，首要修改的，主要是：第一，开头两章，改写，使之成为全书的有机部分，而不是游离的人物出场和背景的介绍；第二，结尾两章修改；第三，地下党活动的加强——把李敬原写好；第四，主要人物——许云峰、江雪琴的加强；第五，叛徒部分的改写；第六，后两次“红旗特务”的改写；第七，加强全书人物之间、事件之间、章节之间的有机联系。总的来说，根据这些意见来修改，对全书的质量提高大有好处，我们受到的启发鼓舞很大。虽然，全书的结构、人物、事件都没有太大的改动，但需要动笔的地方还是不少，我们初步估计，约在十万字左右。目前，沙汀同志从8月2日起，就根据以上这些问题，和我们逐章研究，估计要到月中才能谈完。所以，到现在我们还在酝酿、消化各方面的意见，尚未动笔修改。我们原来准备在成都修改，现在考虑到，改的地方较多，有些问题跟你们多研究，并在出版社的指导之下进行修改，更稳当一些，还是准备听完意见以后，就到北京先和你们交换意见，然后留在北京改，这样会比在成都改得更顺利些，当然，我们再来北京，又会给你们增加很多麻烦，但我们觉得，对稿子质量更有把握些。来的时间约在8月中旬。”这是《红岩》成书前，作者写给文学编辑室最重要的两封信，信是杨益言写的，署名罗广斌、杨益言。

阙道隆看过这封信后，立即复电给他们：“请于9月初来京。”罗广斌、杨益言于9月中旬兴致勃勃地又一次来到北京，住进我社九号院职工宿舍内，这也是个四合院，罗广斌、杨益言的客房在院内的西南角，隔壁是张羽的宿舍，对面是边春光的宿舍，我的宿舍在西北角，我们共处一院，除了研究书稿时见面外，平时进进出出也常见面，闲暇时，彼此串门聊天更是常事。一切安顿下来，罗广斌、杨益言按照他们拟定的方案，便全身心地投入修改。他们俩有个特点，在听取意见阶段，静静地思考、消化，一当酝酿成熟，思路打开之后，便如醉如痴，伏案疾书，驰骋在想象的激流中，常常都是一鼓作气，一气呵成，把自己想好的这一部分写完，在驰上彼岸之后，才搁笔休息。

罗广斌、杨益言写《红岩》是很苦的，四稿写出就很不容易，况且赢得了好评，现在又要在四稿基础上进行大范围、大规模的修改，没有很强的社会责任感，是下不了这个决心的！罗广斌、杨益言当时确实改得很苦、很累,如果在情节安排、人物塑造、艺术构思、细节运用、文学技巧的使用上发现了问题,或发现尚有值得揣摩的地方,他们便放下笔来,认真进行思考,在有了新的、较好的构思设计之后,立即动手修改,绝不含糊、迁就,就像一个称职的铁匠,凡不合格的产品,一一都投入火炉之中,重新冶炼锻造。他们日夜写作,睡眠不足,两眼熬得通红,有时放下笔来,站都站不起身来,感到十分疲惫。但他们的精神面貌却始终是高昂的、兴奋的,常常为了调剂一下写作生活,他俩便出去走走,从十二条走出,沿着张自忠路(即现在的平安大道),一直走到北海后门,偶尔也到北海里边转转,他俩边散步,边交流。夜深人静的时候,他俩写累了,便跑到食堂打一阵子乒乓球。

罗广斌、杨益言这次来京,正赶上北京的冬季,当时出版社还没有暖气。本来我们已经安排公务员给他们生火添煤,打扫卫生,但遭到他们的拒绝。他们每天自己抬煤球、生火炉、倒煤灰,自己动手打扫房间的卫生。他们和我们一样在大食堂用餐,我们吃什么,他们吃什么,拒绝开小灶。如果说对他们有什么特殊照顾的话,那就是当时正是三年困难时期,各部门取暖用煤,都规定了定额,不能超出,而对他们用煤,不加限制。再就是吃粮,特别是米饭,每人都不能超过自己的定量,考虑到他们习惯了吃米饭,就把米饭都调剂给他们,不让他们咽窝窝头,除此再也没有什么特殊的地方了。夜深了,常常在创作的间隙,他们饿了,这时拿起火炉上烤的白薯、窝头片,吃上几口,有时再吃上几口粉肠,几粒花生米,就显得那么称心、惬意、知足了。现在我们的经济收入、生活水平都不能和那时相比了,但想起那个年代罗广斌、杨益言过的安贫乐道的写作生活,还是让人无比怀念的!

罗广斌、杨益言对生活安贫乐道与对创作精益求精的精神是一致的。正是这种敬业乐道的精神,使他们在创作中遇到重重困难时,表现出惊人的毅力,在整个创作中付出了超常劳动,收到了丰硕的成果。可以这么说,他们在创作中是最大限度地调动了生活的积累，最大范围地发挥了才华和智慧。通常作家和编辑使用的推敲琢磨，增删修改，加工润色……这些字眼已经远远不能概括他俩的写作实际了，那些只是工作的程序和工作的进程。

罗广斌、杨益言的创作态度和精神风貌，让我想到：文学创作是什么？是心灵历程的展示，是意志力量的考验，是勇士与懦夫的较量，是真情实感的写真。空泛虚假、省力简便的东西，是没有生命力的，不会产生诚实的作品，而扎实深厚感人的文学作品，一定是诚实的。

记得在一个静谧安宁的夜晚，我来到他们的客房，老罗坐在软椅上，老杨靠在木板床上。当时他俩的写作遇到了困难，这就是：对渣滓洞监狱中的老大哥，对白公馆监狱中的齐晓轩，这两个人物在和敌人斗智斗勇中，总找不到表现他们的胆识、谋略和识破敌人阴谋的切入口和细节。还有对记者招待会的环境气氛，在公开场合下进行合法斗争的描写，对成瑶的个性展示和处在当时那个场合下的分寸把握，等等，久久地没有找到最佳的描写的角度和艺术手段，为此他俩十分苦恼。老杨凝思沉默着，老罗直率地对我说："现在写得不行，结构紊乱，脉络不清，文字表达也不准确，要重起炉灶。"我说："没有那么严重，就我的艺术感觉来说，还是有许多可取之处的！"但他俩不这样认为，他们说："自己的第一感觉是最准确的。""现在的问题，还不是为什么至今没有找到反映人物的内容和手段，而是反映了自己对作品中处在第二线、第三线的人物，思想上迟钝、麻木，没有引起足够的重视。"到这时，我们讨论的问题已经不是如何充实和修改这些不够理想、不够完美的章节和人物了，而是转入四稿写成后，为什么没有及时发现这样的弱点和不足？为什么到现在还找不到改善这种局面的手段和办法？

这个晚上，我们谈得很晚，谈得很深，谈得大家都很动情。我记得，谈得深入时，老罗拿起笔来在纸上写了这么一段话：

"自己还不清楚的东西，绝不可能写得深透；因此，怎能让别人感动?!信服?!看这样的文章是一种痛苦,使人不敢相信这是小说!不,这是不知所云的、毫无逻辑的紊乱!给人以焦急不安的痛苦!”我把这张纸片推给了老杨,心潮不平地望着老罗,老罗闪动着一双动情的大眼睛,像是自言自语地问自己:“是没有掌握小说的特征和创作的规律吗?是我们太缺少文学写作的才能吗?我觉得都不是。为什么以前比这更难写的人物都能把握住本质的东西,知道应该写什么、怎么写,而现在为什么就不行了呢?还是思想上出了问题。是不是现在好话听得多了,自觉不自觉地就自视过高了?学习和钻研的精神就差了?不怕有高坡,有高坡不是坏事,就怕没有爬过高坡的勇气!”

老杨望着我,也很激动。他说:“很少有人知道,我们写得很苦、很累也很难啊!主观上想写出很高水平,客观上常常力不从心!创作中的一些关卡,跨过去有时很难、很难的!常常第一遍写出来的东西不满意,可是第二遍写出来的东西,有时还不如第一遍!有时我们两人分头同写一个场面,可是写出来的东西,两人都不满意!思想很矛盾,所以就出现了现在这样的情况,不敢写了,也不敢改了;改多了,自己下不去手;改少了,自己也通不过。”

听着他俩如此真诚叙述创作中的苦衷,如此坦诚地剖析自己,我很受教育,也很感动。我压抑着激动的心绪,平静地说:“创作上有些东西,不是一下子就能理解的、掌握的,要逐步地来,在创作实践中慢慢地体会。创作中出现暂时停滞不前的现象,一点不奇怪,问题是能否及时发现和重视这种现象,能否迅速找到解决问题的办法。你们两个,已经取得了很大的成绩,很大的进步,不正视这点也不是实事求是的态度,眼下在一些关口过不去,也是正常现象,哪一位作家在创作中都会遇到这样的问题,并不是你们才这样,问题还是我们怎么对待这样的困难。契诃夫说过,他是把自己身上的肉,一块一块地放在墨水瓶里,蘸着这样的墨水写作的。鲁迅先生说,小说创作是一种韧性的劳动。这些话都说明小说创作的艰难,你们能清醒地认识自己的不足,能有这样的自知之明，实在难得，非常好。气可鼓，不可泄，现在的问题是万万不可自卑，不能失去信心，要憋足了这口气，爬过这个高坡！”

在经历了阵痛之后，他们终于战胜了创作道路上的拦路虎，在度过了无数个苦恼和不安的日日夜夜之后，绘出了一幅又一幅久久向往而又比较满意的画幅。

阵痛虽然是短暂的，但在记忆中却是深刻的。在他们写作中也有非常顺手、写起来非常动情、非常流畅，始终处在十分冲动甚至狂喜的最佳状态，最突出的例子，就是表现在他们塑造江雪琴这个艺术形象上。

第一个写江竹筠烈士的是罗广斌！
第一个塑造江雪琴艺术形象的也是罗广斌！

小说《红岩》塑造的江雪琴形象，是以江竹筠烈士为原型的，但绝不等于江竹筠烈士本人，由于都称之为江姐，很容易就把二者混淆起来。

罗广斌、杨益言两人在渣滓洞监狱里，目睹了江竹筠烈士的表现，对她非常崇敬，特别是罗广斌。正因为这样，罗广斌、杨益言才能在小说《红岩》中无比丰富地塑造出江雪琴——江姐，这个成功的艺术形象。我说的这些话，既是历史事实，也有事实根据。从我下面介绍的史料，读者就能够理解，为什么罗广斌、杨益言能够在小说《红岩》中塑造出江雪琴——江姐，这个感人的、不朽的艺术形象。

首先第一个，也是第一次写江竹筠烈士的不是别人，就是罗广斌。罗广斌写的是《江竹筠烈士小传》，时间是 1949 年 12 月，这是在烈士追悼会筹备工作期间，罗广斌是烈士资格审查委员会的委员，他汇集了狱内及狱外江竹筠生前战友、上级领导提供的情况,汇总写出《江竹筠烈士小传》,经烈士资格审查委员会(由中共中央西南局组织部、重庆市委组织部、川东区党委组织部、西南军区党委组织部及地下党、脱险同志代表组成)审定通过的江竹筠烈士小传，江竹筠烈士被评定为烈士名录中名列最前的几位之一，从而确定了她在这一时期牺牲的烈士中的重要历史地位,以后其他人写的关于江竹筠的文字均源于此。罗广斌写的《江竹筠烈士小传》后被收进1950年2月出版的烈士追悼大会的纪念特刊《如此中美特种技术合作所》一书中,《江竹筠烈士小传》虽然不长,但它是第一次公开地、扼要地、全面地披露了江姐的家庭、成长和经历,特别是1947年她和她的丈夫彭咏梧一起到云阳、奉节一带,从事武装斗争,她担任川东地下党和重庆地下党的联络员,许多重要的文件、药品、器材,都是她巧妙地通过敌人严密的检查,冒险送到川东的事实。《江竹筠烈士小传》中还提到:“1948年1月云阳起义,彭咏梧殉难,当同志们告诉她‘老彭已经遇难而敌人还把他的首级割下在奉节示众……’的时候,她没有哭泣,只发出愤怒的吼声:‘好！我们到重庆去,向党报告老彭他们失败的经过,重新检讨一下,我们再来！”

《江竹筠烈士小传》中还记述了江竹筠烈士被捕的经过:“1948年6月14日,在万县被捕,当晚在万县警察局严刑拷问,始终没有说出任何东西,转到重庆中美合作所后,特务们一点不放松她,戴重镣,坐老虎凳,吊鸭儿浮水,夹手指……等极刑拷问中,曾经昏死过三次,但她只承认自己是个候补党员,而这个承认是经过了渣滓洞全体难友通过而请求她承认的。她在敌人面前的这种不屈不挠的精神,鼓舞了渣滓洞每一位难友,便由何雪松烈士执笔集体写了一首《灵魄颂》献给她,中间有一段是:你是丹娘的化身,你是苏菲亚的精灵。不,你就是你,你是中华儿女的革命典型。”

“1949年1月18日,是彭咏梧同志死难的周年纪念日,渣滓洞全体难友停止了娱乐,并且各室都去信安慰她,表示崇高的悼念,应化悲痛为力量！她接到信后,回答着各室的难友:‘我的丈夫,同志,战友!是被敌人打死而割下首级的,今天来纪念他,愿与大家继续努力,来完成我们的最后任务……毒刑、拷打,是太小的考验,算不了什么……’”

罗广斌在《江竹筠烈士小传》的最后写道:“在狱中,她积极领导女室难友们学习、讨论。她自己的生活很严肃,对病友的照顾很周到。11月14日,把她和李青林同志提出去枪毙,她当时还扶着病得不成样子的李同志一道走,一齐上车。当她走出渣滓洞的时候,抬头向男室楼上的难友们告别,由她出去时的表情和行动,可知她在岚垭殉难一定是镇定而英勇的。”

第二个写江竹筠烈士的仍是罗广斌，时间是1950年5月4日,罗广斌以个人署名,以《我们的丹娘江竹筠》为题,发表在1950年5月4日重庆的《新华日报》上。四十年后,也就是1991年又被北京的群众出版社收进《血手染红岩——徐远举罪行实录》一书中。这篇纪念江竹筠烈士的文章,除了《江竹筠烈士小传》中写的内容外，罗广斌还写到:“江姐向集中营里的每个战友,明确宣布了‘最后任务’。谁都知道这个任务就是指的:每个共产党员、青年团员,在必要时,应该坚定地走向刑场,视死如归。”八年后,这句话在杨益言写的《在烈火中永生》里,写到江姐遇难时,发展为“勇敢一些,坚持到最后胜利,如果需要为共产主义的理想而牺牲，每一个革命者，当他面临着最后考验的时候，都应该做到——脸不变色,心不跳!”到了1959年他和罗广斌创作小说《红岩》时,又把这句话变成江姐临终告别难友时对孙明霞的赠言,以至后来成为流传甚广的至理名言。在《我们的丹娘江竹筠》这篇文章里,罗广斌以他的心灵的感受,写下了一段感触很深又十分精彩的评价江竹筠烈士的话,在“中美合作所”集中营里,“的确,没有人能用肉体抵抗毒刑而不晕厥痛绝,但一个优秀战士的阶级仇恨和战斗意志,却应该熬过任何考验而始终不屈,江竹筠同志就是这样一个忠诚和老实的共产党员，在敌人面前表现得无比英勇！”这不仅仅是罗广斌对江竹筠烈士的评价和概括，也是他对牺牲在“中美合作所”集中营里所有的革命烈士的评价和概括。

第三个写江竹筠烈士的是杨益言，那是1951年6月，重庆市文联创办的文学刊物《大众文艺》发起纪念建党三十周年征文，征文评委会的成员、杨益言的哥哥杨本泉，要杨益言以“中美合作所”狱中斗争为题材写篇作品去应征，杨益言写成后交给哥哥，杨本泉略做修改后，加了一个充满诗意的题目“圣洁的血花”，副题是“献给九十七个永生的共产党员”，在杨益言的名字前面，署上罗广斌、刘德彬的名字，交给刊物发表了。后来这篇作品获了奖，《新华月报》全文转载，华南人民出版社出版了单行本。在这篇获奖的作品里，杨益言用文学的笔调，正面形象地记述了江竹筠在万县被捕时的从容镇定，在经受老虎凳酷刑的折磨时始终闭口不语，在转移到渣滓洞监狱后，敌人想从她的口里得到一些关于她丈夫彭咏梧的关系，她因此再次遭受酷刑的折磨，但是敌人始终没有从她的嘴里得到一点线索。在她每次受到惨无人道的酷刑折磨，昏死过去又苏醒过来时，望着连自己也认不出的被摧残的身体和凝结着仇恨的血肉，总是倔犟地抽动着说：“我是共产党员，随你们处置我的身体，但你们休想从我的嘴里得到一个线索。”如果说罗广斌在《江竹筠烈士小传》中第一次向世人勾画了烈士不朽的肖像的话，那么杨益言在《圣洁的血花》里，则是具体地、形象地描绘了江竹筠烈士从被捕到牺牲的历程。

为什么杨本泉要在杨益言写的《圣洁的血花》上署上罗广斌、刘德彬的名字呢？这是因为他们四个人有着亲密而不寻常的友谊。杨本泉和杨益言是亲兄弟，杨本泉和刘德彬是中学同班同学，杨益言、罗广斌、刘德彬又同在“中美合作所”集中营被囚过，彼此不仅相识，而且感情上也很亲近。重庆解放后，罗广斌、刘德彬、杨益言三人又同在“杨虎城将军暨一一·二七被难烈士追悼会筹委会”工作。当时中共中央西南局决定于1950年1月15日公开举行牺牲在“中美合作所”里的烈士追悼大会。从重庆解放到追悼大会的召开，只有四十多天的准备时间，这期间还包括掩埋烈士的遗体，审查烈士的历史，撰写烈士的材料，寻找被敌人秘密杀害的烈士遗体(如杨虎城一家)。因为当时解放军大部队正在向还没有解放的地区进军，需要动员群众，发动群众，而召开烈士追悼大会正是发动群众起来支前的一种最为有效的活动，所以罗广斌、刘德彬、杨益言三人在这个不寻常的日子里，昼夜加班工作。在以“追悼会”的名义，编辑出版《如此中美特种技术合作所》一书时，杨本泉也参加了进来，他们四个人从这时开始走到一起来了。书里收进的“杨虎城将军之死”“血染白公馆”是罗广斌写的，“血腥的记忆”是杨益言写的，“火烧渣滓洞”是刘德彬写的，而全书的编辑工作和“编后记”是杨本泉总其成的，这本书后来由中国革命博物馆筹备处翻印，改名为《美帝蒋匪罪行录》，于1950年在北京出版。

就是在这样的大背景下，虽然追悼会以后，他们四个人都被分配到不同的工作岗位上去，不在一起了，但仍保持着联系，所以杨益言在写出《圣洁的血花》之后，杨本泉署上罗广斌、刘德彬的名字(后告知了罗广斌、刘德彬)就不奇怪了。

第四个写江竹筠烈士的是刘德彬。就是我前面提到的，1956年10月罗广斌、刘德彬、杨益言三人在杨本泉的指导下，在南温泉招待所写出的“油印稿”，其中“江竹筠”一篇是刘德彬写的，约四千余字，分别以“江竹筠”和“江竹筠在狱中”为题，发表在1957年4月4日《重庆日报》和1957年7月7日《中国青年报》上，署名是刘德彬、罗广斌、杨益言。这篇主要是写江姐在狱中的情况，也是写江姐从万县被捕到转移“中美合作所”集中营后受审受刑的情况，如果说与罗广斌、杨益言过去写的有什么不同的话，只是在写法上大多是侧面叙述。如，江姐双手被特务钉进竹签，是通过唐虚谷的口，引出来的；江姐在万县警察局受审受刑时的表现，是黄玉珍回忆的；围绕江姐的丈夫彭咏梧被害，是通过张静芳的口讲出来的。罗广斌、杨益言、刘德彬先后写出的四篇作品，虽然角度有所不同，手法有所不同，但内容大抵相同。

1956年年底，当罗广斌、杨益言、刘德彬德彬写完油印稿《锢禁的世界》后，他们都感到，对江姐在牢房中的生活和表现，以及从容就义前前后后的情况了解太少。虽然当时他们都关在“中美合作所”渣滓洞监狱里，但男牢房的脱险者知道的毕竟有限，甚至不够准确。但他们知道，从女牢房中死里逃生出来的盛国玉在垫江，于是他们约上杨本泉一起到垫江采访盛国玉。盛国玉见到他们非常高兴，详尽地向他们介绍了江姐在女牢房中与众姐妹们相处情景和亲密关系，以及她从容就义前后的情景。盛国玉提供的材料，十分珍贵、感人，使他们难忘，这就为后来杨益言写《在烈火中永生》和罗广斌、杨益言写小说《红岩》时融入了许多新的内容。

第五个写江竹筠的是杨益言。当时中国青年出版社向罗广斌、刘德彬、杨益言三人约稿，但罗广斌在长寿湖农场当场长，刘德彬在长寿湖偏运的瓦银坳生产队劳动，只有杨益言在重庆市团市委工作。那是1958年大炼钢铁的日子，机关的全体同志都走上大炼钢铁的第一线，三天三夜不下火线。团市委书记考虑到杨益言是个肺部有毛病的病号，便安排他在机关值班室值班，和大家一样，也是三天三夜不准离开岗位。在寂静的值班室里，他无事可做，这时他想起了中国青年出版社的约稿，何不利用这千载难逢的机会完成书稿的写作任务呢？也许他太熟悉自己经历过的生活了，也许他太渴望写作了，因为此时这个题材的纪实作品，他已经写过三次稿了（即《我从集中营出来》《血腥的记忆》《锢禁的世界》），而且还做过上百次报告，于是他略加思索，便在稿纸上写下了十二个小题目：在黑色的山谷里，魔窟，考验，意志的闪光，日光，空气，水及其他，“监狱之花”的诞生，追悼会，《挺进报》，望窗外是新春，铁窗里，坚强的人，最后的时刻。只有三天三夜的时间，没有更多的推敲和思考，拿起笔便在稿纸上刷刷地写下去，他把自己的记忆和激情、烈士们的光辉形象和那些血与火、灵与肉、生与死的难忘场面有声有色、如泣如诉地记录了下来。他是个病号，一天一夜要写上一万多字，废寝忘食对他来说已经是家常便饭了。在开始的几章,由于写得过快,写到后面时,他发现前面尚有不少疏漏处,便回过头来又加以充实、修改,这部分稿子就显得格外凌乱潦草。杨益言是个处处都为别人设想的人,他深怕给编辑看稿带来困难,便决定把前面几章重新抄写一遍。正在家中休假的妻子何明杨看不下去了,主动帮助杨益言把前面几章的抄写工作承担起来,所以《在烈火中永生》原稿上,有四个人的笔迹,即杨益言和他的妻子何明杨的笔迹、罗广斌改动的笔迹和编辑加工的笔迹。为什么没有刘德斌的笔迹呢?这是因为罗广斌看过稿之后,略加改动,便将稿子寄还给杨益言,并在信中说:"刘德彬劳动的地方交通邮寄都很不便,就不给刘德彬看了,直接寄给出版社吧!"杨益言署上罗广斌、刘德彬、杨益言三个人的名字,便寄出了。这就是后来在《北京晚报》上连载的,由中国青年出版社出版的《在烈火中永生》,在社会上引起了强烈的反响,发行了三百多万册,其中江竹筠部分还被选入中、小学语文教科书内。

可以说,在《在烈火中永生》这本小册子中,写江竹筠烈士的事迹最长,有一万余字,是最完整、最充分、最生动、最流畅的一稿。我们可以拿罗广斌写的《江竹筠烈士小传》《我们的丹娘江竹筠》,对照杨益言写的《圣洁的血花》《在烈火中永生》,便可看出,罗广斌、杨益言两人在写作上的呼应、默契,他们后来成为小说《红岩》创作的一对黄金搭档便一点也不奇怪了。这里我举几个例子:罗广斌在《我们的丹娘江竹筠》中写到:"毒刑、拷打那是太小的考验!"到了杨益言写的《在烈火中永生》时则发展成"同志们太好了,我算不了什么,毒刑、拷打,那是太小的考验。竹签子是竹子做的,但是共产党员的意志是钢的"。罗广斌写江竹筠受刑后,凝望着连自己也认不出来的被摧残的身体,和凝结着仇恨的遍体血污,嘴唇倔犟地抽动着。她说:"我是共产党员,随你怎么处理!"到了杨益言写的《圣洁的血花》中则发展为:"我是共产党员,随你们处置我的身体,但你们休想从我的嘴里得到一个线索。"到了在《在烈火中永生》又发展了,增加了"上级的姓名、住址,我知道,下级的姓名、住址，我也知道，但这是我们党的秘密，不能告诉你们”。1949 年 11 月 4 日，当胜利和牺牲同时来到时，江竹筠听见特务叫她的名字，她不慌不忙地把一个未写完的学习提纲，交给另一个同志，便对着挂着墙上的破镜梳头发，从枕头下拿出那件洗得干干净净、被捕时穿的一件阴丹士林的布旗袍，脱下打着“×”号的囚服，在蓝色旗袍外面罩上一件玫瑰色的短毛线衣，她又习惯地用手拍拍衣服上的灰尘，理理旗袍上的折痕，然后弯下身子擦去皮鞋上的污泥。同志们流出眼泪，有个年轻同志哭倒在她的怀里，江姐像对自己，也像对大家，说：“勇敢一些，坚持到最后胜利。如果需要为共产主义理想而牺牲，每一个革命者，当他面临着最后考验的时候，都应该做到——脸不变色，心不跳。”让江竹筠烈士从被捕到牺牲在强敌面前，不仅显得那么坚强和无畏，而且显得无比沉静和高大。后来这些内容都用在小说《红岩》里，成为塑造江雪琴形象的至关重要的笔墨，这是从她的心灵深处涌流出来的玉振金锵、响彻云霄的声音。罗广斌、刘德彬、杨益言在小说《红岩》创作之前，他们三人都写过江竹筠烈士，在内容上有详有略，各有各的侧重，各有各的角度，各有各的特点，各有各的风格，都是他们个人辛勤劳动的结晶。如果从时间上来说，罗广斌是开创性的，他最早；如果从字数上来说，杨益言写得最多。如果说三人写的作品有什么共同之处的话，那就是他们三人写的都是纪实作品。他们都严格地忠实于历史，忠实于生活真实。他们的功夫，是花在把握、剪裁史料上，花在叙事、表达能力上。作者的史德、史识、史才，和他们的节操、情怀、见解，全都表达在以史为据、确凿准确的历史观和真实强烈的正义感上。

第六次就是罗广斌、杨益言以江竹筠烈士为原型，在小说《红岩》中塑造的江雪琴的形象了。小说中江雪琴的形象塑造，虽是罗广斌、杨益言两人共同切磋构思的，但具体执笔，主要是罗广斌完成的。

虽说江雪琴的形象塑造源于江竹筠烈士的原型，罗广斌、杨益言又不止一次地写过江竹筠烈士的事迹，但此刻他们要塑造的却是一个全新的人物。

大家都知道，小说与回忆录不同，回忆录属于纪实作品。纪实作品，贵在纪“实”，求实求真，是纪实作品的价值所在。而小说创作，虽有生活原型，但绝不是生活原型的写真和记录，而是通过艺术手段，把笔下的人物塑造成为一个历史时期、一个特定环境中的典型人物。所以我说，尽管小说和回忆录是同一题材，但是小说中完成的江雪琴与生活中的江竹筠在内容上是有很大的差异的，而且这种差异，不同简单的加法和减法，或是删删改改、修修补补就能完成的，而是一次全新的、创造性的劳动。这不是危言耸听，是生活真实和艺术真实两种完全不同作品的性质本身决定的。二者由于艺术特征不同，表现在艺术形式、艺术手法，甚至文字表达方式也是完全不同的。生活中的江竹筠烈士的事迹，无疑是十分感人的，但是要把她塑造成小说中江雪琴这样的艺术人物，对作者来说，首先就要从生活中江竹筠的真人真事的束缚中跳出来，敢于打破历史框框的限制，敢于想象虚构，充实丰富，敢于另起炉灶，重新设计，重新安排情节，在经历了这样一个煎熬磨炼的艺术创造过程后，才有可能塑造出江雪琴这个丰富的、感人的、光彩四射的、不朽的艺术形象。

面对《红岩》的创作实体，从一系列有关江雪琴的那许多脍炙人口的情节中，也会让我们深深地感受到这一点。对于江姐的形象塑造和最后完成，罗、杨不仅充实了大量新的内容，而且从江姐的出场到退场，抓准了、抓住了那些最能展示她的精神面貌、性格特征、内心世界的场面、事件、情节、细节，并且把这些有机地组合在一起，进行细致的全方位的描写，这是罗广斌、刘德彬、杨益言以往写的纪实作品中从来没有过的。

《红岩》中写了江姐在负责《挺进报》的刻写工作时，对担负印刷任务的成岗有了更多接触、更深的了解，她劝成岗“找个好媳妇”，她批评成岗不要太偏激，她告诉成岗革命和个人生活不是水火不容的对立事物。她现身说法,“我是个女同志,我有个可爱的孩子,他并没有妨碍我的工作呀!”这些新构思的情节和对话,对丰富江姐的形象无疑是十分必要的。江姐是个为革命事业能够牺牲一切的革命者,但她绝不是个苦行僧!她是个女性,有丈夫,有孩子,有家庭,女性的人性美、人情美她都有,她有恨也有爱。罗广斌、杨益言正是对江姐基于这样的理解和认识,才敢于在塑造江姐的形象时展示她的人情味儿,写出她的人性美,其艺术创造的结果,不仅没有削弱江姐的形象,反而使江姐的形象更丰满,更感人,更人性化,更让人叫好!

又比如,江姐接受组织任务,离开重庆赴川北华蓥山区从事武装斗争时,那一系列情节的展开和描写,也是罗广斌、刘德彬、杨益言过去没有写过的。这些全新的情节,特别是围绕江姐与甫志高的描写,完全是罗广斌、杨益言创造出来的。甫志高穿一身笔挺的西服,肩扛一个大箱子,赶到码头交给江姐……这个精彩细节,一笔写了两个人物,一是把甫志高好表现自己、卖弄自己的投机心理展示得淋漓尽致,二是通过江姐问甫志高:“为什么不找个脚夫担箱子?!”“你看看这码头,哪里有穿西装自己肩扛箱子的?这不是太危险了吗?”把江姐洞察事物的丰富经验和敏锐眼光,以及对同志的真诚态度和原则精神,深深地反映了出来,既为甫志高后来堕落为叛徒其思想和性格上的弱点,做了很深的揭示,也为江姐下边遇到的严峻考验,做了很好的铺垫。当叛徒甫志高带着特务来到联络站突袭抓捕江姐时,江姐在从容镇定中,抓住甫志高说:“老许同志亲自派我来送军火,余新江病了。”这句话,步步紧逼,仅几个回合,便让穷凶极恶,又外强内虚的甫志高漏洞百出,终于自己把叛徒的面貌暴露出来。在这里江雪琴给我们留下的印象,不是叛徒甫志高率领众特务来抓捕江姐,倒好像是江姐稳坐在大堂上公审甫志高,最终把甫志高的叛徒嘴脸赤裸裸地揭露出来。从甫志高送江姐上船到甫志高率特务抓捕江姐,罗广斌、杨益言运用对比的手法,由表及里,由浅到深,把甫志高的内心世界和形象特征，以及他如何一步步深陷下去，最终叛变革命，走上叛徒道路，成了敌特的鹰犬，把人们无比敬重爱戴的江姐和无比厌恶憎恨的甫志高，鲜明、强烈地展示在读者的面前，这是罗广斌、杨益言在小说《红岩》中塑造江姐形象上十分成功的一笔！在成岗和甫志高这一正一反两个人物的衬托中，江姐的形象就变得更加具体和丰富，更加深刻和感人！

小说的艺术创作，是创造人物典型的艺术，而想象和虚构是登上小说艺术殿堂不可缺少的手段。从这里所写的一些情节，便可以让我们感受到，同样的题材，由于表现手法不同，没有情节的可以变得有丰富的情节，没有形象的可以塑造出清新爽目、有血有肉的人物形象，简单的叙述可以发掘出深刻的内容、明确的主旨。但是想象和虚构却不是人人都能做到的，这里即要有细微的观察，丰富的经验，渊博的积累，还要有创造性的思维和比较娴熟的艺术技巧，方有可能插上想象的翅膀，翱翔在小说艺术的天空。为什么说小说是艺术创造，是原创作品？原因就在这里。

比如，罗广斌、杨益言在小说《红岩》的创作中，对赴川北途中的江姐做了更细腻、更丰富、更深刻的描写。虽然罗广斌、刘德彬、杨益言过去写的回忆录都接触到这个内容，但也仅仅是简单的、平面的叙述，谁也没有展开，更不要说什么情节、对话和细节描写了。而在小说中，对奔赴华蓥山游击队的江姐，所展开的一系列的描写，就完全不同了。此刻江姐既有肩负重任、参加武装斗争的兴奋和激动，又有对即将见到亲爱的丈夫彭松涛的深情和怀念。就在她心中充满了亲情和流动着爱的暖流时，突然发现丈夫的首级悬挂在城楼上。望着亲人那双死不瞑目的眼睛，瞬间的巨变，如同电击雷轰，此时此刻罗广斌、杨益言没有回避一个革命者对战友、一个妻子对丈夫应有的“内心的痛苦”，情节的大起大落，一下子让江姐从幸福和希望的顶峰跌入了震惊和悲痛的深渊，阵阵眩晕，几乎不能自已。但眼前的环境绝不允许她有一丝松懈和暴露，她强压悲痛，镇静如常，以严峻的神情，少有的克制力走上了华蓥山,直到和双枪老太婆见面时,她再也抑制不住自己,双手紧抱老太婆的肩头,失声痛哭……老太婆也老泪纵横,望着满脸热泪的江姐,痛心地说:“莫憋在心头,江姐,我懂得你的心,我们有相同的不幸……战士的眼泪不是脆弱的表现,它代表坚贞的心……在亲人面前,你放声痛哭一场吧!”是相同的遭遇、相同的命运,让这一老一少喊出了:“剩下孤儿寡母,一样闹革命!”“怎能流着眼泪革命!”江姐要求到老彭战斗过的地方去工作,她要踏着老彭的足迹,沿着老彭走过的道路,继续革命!罗广斌、杨益言在这里把双枪老太婆的身世,把江姐的遭遇,把老彭的牺牲,三者糅合在一起,既符合当时敌我斗争的残酷现实,又符合人物性格发展的自身轨迹。通过这样的艺术构思,把江姐的精神和风貌,意志和毅力,感情世界和心理活动,女性的特征和女性美,展示得淋漓尽致。罗广斌、杨益言写这一切时,花了大量时间和心血,精心设计,精细描写,几经反复,才一步一步地攀上了艺术的高峰,最后把江姐的形象完美地表现出来。所以江姐被捕后,人们绝不会担心她会经受不住敌人的诱惑和酷刑的折磨!她只会越来越坚强,越来越完美!这一切同样也是在罗广斌、刘德彬、杨益言他们过去写的作品中不曾看到的!

从江姐上山到被捕这一系列的情节,都是在一段不长的时间内发生的,小说写得紧凑、舒展,既没有一点拖泥带水的感觉,也没有平平淡淡的叙述,全都纳入了波澜起伏、变幻莫测的描写之中,这是江姐描写中最成功、最出色的地方,也是罗广斌、杨益言动笔时没有估计到的艺术效果,是在塑造江雪琴形象的过程中,在他们的创作意识中,自觉出现的这种不可逆转的思维逻辑,这时他们完全进入了角色,仿佛江姐真的就在他们的身边,向他们诉说着这一切。后来罗广斌、杨益言有感而发地说:“如果说是我们写了江姐上山这一系列情节,还不如说是江姐带着我们行进在她走过的道路上。”这就使我想起契诃夫关于想象与虚构的一段话:“如果你希望一幅绘画提供一幅景色,那么你首先应当想象你自己置身于这幅景色之中。”所以我说，对生活素材的提炼、充实、发展，是小说创作的主要特征，不仅会使作者原来掌握的生活素材变得丰富、深刻、有意义，而且还会变得新颖、新鲜、独具特色！从江姐上山到被捕这一系列情节的构成和发展，不正说明小说的艺术特征吗！

同样是写江姐在狱中，同样是写江姐受审受刑，小说《红岩》中的分量就显得重得多！这是因为江姐在狱中那一系列情节，在罗广斌、杨益言心目中占非常重要的位置，是关系到能否成功塑造出江雪琴的艺术形象的重中之重的部分，他们不是平面叙述，不是虚写、侧写，而是组织一系列情节，直接进入角色，正面展开描写和刻画，这是罗广斌、杨益言在小说《红岩》创作中最下功夫的部分：我这样说是完全有理由的。

首先罗广斌、杨益言在小说中是把江姐在狱中作为一个重中之重的情节，一个举足轻重的人物来写的。江姐在狱中，既是难友们精神上的组织者和领导者，又是敌特妄图征服、瓦解被难全体难友的中心和突破点，所以江姐承受着敌人对全体难友的重压和报复。十根竹签，钉进了她的十个指头，疼痛使她咬破嘴唇昏死过去，但没有能够扰乱了她的心；她坐过老虎凳，受过电刑，皮肉之苦是常人难以忍受的，但对她来说，一如平常，她依然是那么平静地向敌特宣布：“上级的姓名、地址，我知道；下级的姓名、地址，我知道，这些都是我们党的秘密，你们休想从我口里得到任何材料。”始终是一个坚强不屈、坚定不移、坚韧不拔的完美形象。

在渣滓洞集中营绝食斗争白热化的时候，敌人将几十个盛着白米饭和回锅肉的饭桶抬进院坝，难友们愤怒地高声痛斥敌人“无耻的诱惑”。但江姐反映不同，她笑了。余新江不解地问江姐，江姐说：“用白饭加回锅肉来引诱，说明什么呢？是敌人的态度更强硬了吗？不啊！不啊！敌人自己露出了马脚！他们已经走投无路，动摇起来了，我们设法告诉大家，顶多再坚持一两天，敌人就要投降了！”几句含意深刻的对话，把江姐丰富的对敌斗争经验透视了出来,这是一个多么耐人寻味的新的情节和新的场面啊!

当最后时刻降临到江姐的头上时,她早有精神上准备,正因此面对死亡,江姐没有恐惧,没有悲伤,依然是那么从容镇静,她梳理头发,整理衣褶,擦拭鞋灰,亲吻“监狱之花”,和同室难友一一握手告别,之后搀扶着断腿的战友,走出牢门,向各牢室的难友一一挥手,她带着胜利的、永恒的笑容走向刑场。此刻的江姐,就仿佛不是去献身就义,像是去参加一个什么盛会似的!描写不是目的,目的是追求一种鲜明、强烈、完美的艺术效果。在这里,从周围的环境气氛到具体的场景,从江姐的衣着神态到言谈举止都不是孤立的,它与江姐的精神境界、整个形象紧密地融合在一起,展示了一个女共产党员壮美与优美的心灵和形象。这是罗广斌、杨益言从自己的生活积累中,从创作的实践中,不断地探索和想象创作出来的富有特征的情节和细节。正是这一系列动人心弦的正面描写,把江姐的从容镇静的性格,亲切稳重的作风,视死如归的胆识,大无畏的精神和气概,发挥得淋漓尽致。在这里,他们把《在烈火中永生》江姐说的那句“勇敢一点,坚持到最后胜利,如果需要为共产主义的理想而牺牲,每一个革命者,当他面临着最后考验的时候,都应该做到——脸不变色,心不跳”,变成江姐临别时对孙明霞的赠言,以至后来成为流传甚广的至理名言。可以说,罗广斌、杨益言在江雪琴的形象创造中,在内容上有很大的开掘和充实,创造和发展,使江姐的形象塑造有许多新的发现、新的发展、新的提高、新的突破,这是他们以往写江竹筠的作品中从没有达到过的水平,从没有出现过的艺术效果。说罗广斌、杨益言在江雪琴的形象塑造上超水平发挥,是一点也不过分的。恐怕正因为达到这样的水准,《红岩》中的江姐形象才给人一种全新的感觉,才那么深入人心,让人始终难忘。

在《红岩》进入最后润色的阶段,正赶上赫鲁晓夫从红场的陵墓中,把斯大林的遗体抬出来,火化了。赫鲁晓夫的这一行径,激起了罗广斌、杨益言强烈的义愤,他们通过江姐对“监狱之花”的叮咛,道出了他俩要说的话:"孩子啊,你要记着,你是为保卫红旗而生,为保卫红旗而战,为保卫红旗而贡献了问心无愧的一生。""不管是狂风暴雨,不管是惊涛骇浪,你们一定要把战斗的旗帜,指向共产主义啊!"这些有感而发的铿锵之声,表达了罗广斌、杨益言对赫鲁晓夫的恶行的愤慨和抗议!在这里作家把自己鲜明而强烈的感情注入到小说中去了。作家的心灵独白,正义呼声,通过江姐的口说出来了,这些富有生命力的每一个字都白纸黑字清晰地写在稿纸上,跳动在人们的心头。

罗广斌、杨益言在小说《红岩》的创作中,用在江姐身上的篇幅最长,有五章之多;使用的文字也最多,有五万四千多字,占《红岩》全书的八分之一多。罗广斌是主要的执笔者,他贡献最大,其中一个重要的原因,就是他与江雪琴的原型江竹筠烈士有着更多的直接具体的接触,从而使他对江竹筠烈士无比崇敬,怀有很深的革命感情。解放战争期间,他从云南回到四川,是江竹筠代表地下党和他联系的。在他提出入党的申请后,又是江竹筠受组织委派,对他进行了严格的考查和全面的了解,才在一九四八年介绍他入党。罗广斌入狱后,因为他是国民党兵团司令罗广文的弟弟,曾受到难友的怀疑,又是江竹筠及时出面证明,"此人可靠,我了解他。"才使他迅速回到难友们中间。关于这一段生活,杨益言在2000年的《名家》第二期上发表的《〈红岩〉的书外故事》一文中,有这么一段记载:

> 那是一个阴天。我看到一个瘦黑青年被囚进渣滓洞集中营楼上一号牢房……谁也没有想到,那黑瘦青年被关进楼上一号牢房以后,秘密洞口传过来一张纸条,上面写着:"来人叫罗广斌,是罗广文的兄弟。"洞口立即被封闭,牢房中的气氛立时紧张起来。谁都知道:罗广文兵团是镇压华蓥山人民武装起义的元凶,渣滓洞被囚禁的许多人都是罗广文兵团押送来的,现在,他的弟弟——怎么会进到这里来了?!楼一室的战友将罗安顿在马桶

边，轮番对他进行严密监视。三天后，秘密洞口重新启用，传来的消息是："此人可靠，江姐了解他。"

对罗广斌来说，江姐在狱中的表现，鼓舞了难友们的斗志，更鼓舞了他。他在渣滓洞集中营这一段时间表现得十分突出和勇敢，最大限度地发挥了一个共产党员的战斗力。渣滓洞集中营的难友们为祝贺三大战役的胜利，迎接全国解放的到来，在狱中举行春节大联欢那个早上，是罗广斌第一个带头唱起了《国际歌》，像咆哮的怒涛从楼上传到楼下，传到院坝，传到对面的女牢，在渣滓洞集中营里引发了一片沸腾！在春节联欢会上，罗广斌脚戴重镣，手提铁链，在院坝中央，跳起了踢踏舞，那重镣击打地面发出的铿锵声音，无疑对难友们是鼓舞、是力量、是战斗的号角！而对敌特，则是最大的挑战和蔑视！正因为罗广斌在渣滓洞集中营里的能量太大了，表现太突出了，由于他的特殊身份，敌特又不敢怎么样他，所以在春节大联欢的当天夜里，就把他转移到白公馆集中营去了。现在由罗广斌执笔来塑造江雪琴的形象，他如何能不倾其全部功力啊！在小说《红岩》塑造的众多革命先烈的形象中，有两个人物罗广斌、杨益言是反复雕琢，不断地加深、加浓、加重，江姐就是其中的一个。从 1959—1961 年，花在江姐形象塑造上的讨论，不下二十次，在罗广斌、杨益言给我的信中，和我个人保存下来的有关《红岩》编辑工作的笔记本上，涉及江姐的形象塑造和情节构思，就有大量的记载。在塑造江姐的过程中，罗广斌不仅将江姐的原型江竹筠烈士的事迹加以深化发展、充实丰富，而且也把他自己的狱中经历写在江姐的身上。比如，绣五星红旗这个情节，是罗广斌在白公馆集中营为庆祝中华人民共和国的成立而冒着生命危险，在敌特眼皮底下与难友一起暗中做的一件事。而在塑造江姐时，他把这个故事移植在江雪琴的身上，不仅使江姐的形象变得突出，而且把孙明霞、李青竹的形象也推了上去。

从 1949 年 11 月重庆解放之日起，至今六十三年了，在这半个多世纪的时间里，江姐的名字，无论是在巴蜀大地，还是在中华大地，已经家喻户晓，享誉全中国，成为一代又一代青少年心目中无比景仰的不朽的革命烈士形象。写到这里，我就想到杨本泉1995年11月20日在《西南经济日报》发表的一篇文章中，对罗广斌在《红岩》小说里，为什么能够成功地塑造江雪琴的艺术形象，有一段准确而全面的概括。他写道，罗广斌“不但大量运用了他从旁人了解到的真实生活材料来表现江姐，比如和江竹筠同一女牢被囚的垫江盛国玉提供的江姐在狱中的情况，还有罗广斌在自贡做报告时巧遇江姐的亲属，向他介绍江姐家世的情况，让他在创作中加以想象、生发，使之更加丰满生动，罗广斌还采用集中概括，综合改造的艺术手法，使江姐这一形象更加典型化。例如，他把他自己在白公馆狱中绣五星红旗的情节移植到渣滓洞女牢江姐身上；把唐虚谷说的‘筷子究竟是竹做的，但我们的骨头是钢的’原话，改为江姐的‘竹签子是竹做的，共产党员的意志是钢铁’。大大加强了语言的力度，且符合江姐沉毅刚强的性格。此外，罗广斌还注意从人物关系深化江姐形象，如江姐与甫志高，与成岗，与双枪老太婆。在不同的斗争环境中，如江姐在船上，在华蓥山上，在渣滓洞狱中刻画江姐的形象，一步步地使江姐的形象立体化。罗广斌所以能成功塑造江雪琴这一形象，还不仅仅因为江姐是他的入党介绍人，他对江姐有较深了解，更重要的是他占有大量感性材料，而且善于合理想象，展现了罗广斌在艺术创作上过人的才华”。所以我说，如果要表彰对烈士江竹筠事迹的口头和文字的宣传的话，如果要表彰小说《红岩》中江雪琴的形象塑造的话，首推罗广斌，绝对当之无愧！正因此，我才在这里，用如此之多的文字，介绍从江竹筠到江雪琴的写作进程，目的就是面对历史，面对已经离世的罗广斌，必须诚实、真实地反映写作过程，还历史本来面目。

罗广斌说:“现在改出劲头来了，我真想把全书再重写一遍！”

从我上面介绍的情况,可以看出《红岩》几易其稿,总是在前稿的基础上,加以修改完善、丰富充实,每次改后给人留下的印象,都有明显的变化和出色的创造,使情节越来越动人,意蕴越来越深长,人物越来越鲜明,环境气氛越来越逼真。所以取得这样效果,关键所在便是罗广斌、杨益言对自己经历过的这段可歌可泣的生活,反复地加深认识,不断地深化、提高,从不止步,停滞不前。如果没有长期酝酿,没有艰苦的构思,没有多次反复的修改,也就没有妙思泉涌,妙笔生花,这恐怕就是人们常说的“长期积累,偶然得之”的道理。

从1961年9月中旬开始,罗广斌、杨益言便进入了最后冲刺的阶段,他们修改出来一部分便送给我们一部分,我们认可后,才算定稿。

《红岩》五易其稿,当12月10日全部定稿时,罗广斌、杨益言估计了一下,这次重写的篇幅约十万字。罗广斌说:“我现在改出劲头了。改一次提高一步,如果需要的话,我真想把全书再重写一遍。”当时我的心情也很不平静,我想到,为完成牺牲在“中美合作所”集中营里的烈士们的嘱托,为实现广大青年读者对他们的希望,为完成好长篇小说《红岩》的创作任务,他们付出了巨大劳动,无论是阴湿寒冷的隆冬,还是烈日炎炎的盛夏,每天工作十七八个小时,从初稿到定稿,重写了三次,大改了两次,苦战了三个冬春。我对他们说:“《红岩》不过四十万字,可你们一个字一个字地写下了三百多万字,所有帮助过你们的同志,没有不佩服你们的!你们是以自己独有的生活宝藏，独到的艺术角度和艺术手法,写出了这部独具特色的长篇小说,《红岩》是用你们的信仰和生命培育出来的,是用你们自己的心血和汗水创作出来的!在文学史上,似这样严肃认真、一改再改的作品,也是不多见的!这正是你们走向成功的所在!《红岩》会是传世之作,后人是不会忘记你们的!”

对于三稿以后的这一段合作,杨益言曾经写下过这样一段文字,是对我们之间这一段合作的最准确的回顾和概括:“1961 年 3 月我们到京写作,中国青年出版社将我们二人单独安排在一处极安静的房间住宿和写作。这时的出版社社长边春光同志对这一写作很关心,编辑室曾几次和我们讨论修改意见。记得,他们当时对这部书稿提出意见和审改是很严肃、很慎重的。他们提出的意见,即使明显是好的,也从不强迫我们同意。即使我们同意了,他们也从不替我们代笔,我们分批送给他们审阅的稿子,他们处理过了,都交给我们看了的。全部书稿中,只发现他们在部分章节、对个别字句有改动。他们改过的句子,我们又改了,或者涂去了,或者后来在清样上改了,编辑室都未再改过去。这稿于 1961 年 7 月排印出来,即小说出版前的送审稿。同年 9 月,我们再次从四川来京定稿,根据各方面的审阅意见,我们对小说做了不少重要的修改,但文字改动量不大,全部书稿的清样于同年底签字付印。”

1961 年 11 月 10—23 日,《中国青年报》连载《红岩》中描写许云峰的章节,同时《中国青年》也开始选发《红岩》中描写白公馆的章节,陕西省作家协会办的文学刊物《延河》则把《红岩》中描写江姐的全部章节一次刊出。

1961 年 12 月,《红岩》正式出版问世。

在《红岩》成书的整个过程中,中国青年出版社从上到下,凡参加过这本书的编辑、出版、美术设计等方方面面工作的同志与作者罗广斌、杨益言的关系都处得十分融洽。我们尊重作者,并千方百计地给他们提供方便条件, 调动他们的生活和写作的积极性,而作者对编辑部提出的任何意见、建议,哪怕是十分细小的,也都认真考虑,不厌其烦地一次又一次地进行写作和修改。正是这样,出版社和他们结下了深厚的友谊。回想这一段工作,使人怀念,使人留恋。杨益言在庆祝中国青年出版社成立三十五周年时写的纪念文章中,有一段话是对我们之间几十年的往来与合作的最好的概括,“我对中国青年出版社和它的每一个曾经为我们的写作倾注了心血和关怀之情的同志,都怀有深深的敬意和感激之情。同时,我更常常深切地感到,我和出版社的同志之间由此而建立起来的那种真正同志加战友的感情,总是使人感到温暖,感到信任,给人以前进的力量。在经过严酷的斗争风雨和长久岁月的流逝的考验之后,这种情感不是淡薄,不是减弱了,而是日益显得浓厚,增添了分量。”

文学伯乐沙汀与《红岩》

1998年8月,我应四川省绵阳市文联的邀请,赴川参加沙汀文学艺术院落成典礼和“新都市文学”研讨会,在会议的最后一天,我和与会的文友们一起赴沙汀故里安县瞻仰沙汀墓。

沙汀逝世后,安县县委、县政府为继承和发扬沙汀的精神风范,在亚洲最大的溶洞、省级风景名胜区火盘山龙泉砾宫旁修建了沙汀墓园。墓园坐北朝南,“沙汀墓”三个大字出自赵朴初老的亲笔,墓前安放着沙汀的半身铜像。墓园占地很少,但选址布局却精巧玲珑,站在沙汀墓前,环顾四周,巨石错落,竹林葱绿,火盘山显得无比壮美。往前看,墓园面对永安公路和永昌江,清山绿水,船来车往,既开阔、又繁盛,可说是一块极好的风水宝地。据县委负责同志介绍,此地已列为安县爱国主义教育基地,计划在2000年完成沙汀纪念馆系列工程,看得出因为这里孕育了蜚声当代文坛的著名作家沙汀,安县人民深感自豪和骄傲。

望着安放在壮美秀丽的沙汀墓园里的沙汀半身铜像,清瘦和

1979 年沙汀在全国第四次文代会上

蔼的面容，深沉儒雅的风度，眺望远方的安详神态，我思绪绵绵，追忆无尽……

关于沙汀，我是先知其名，继而读到他的名篇《记贺龙》，而后才和他相识的。这就是我在前面讲过的，1958 年 10 月《红岩》这个重要线索是沙汀最早提供给我们的。在"征求意见本"《锢禁的世界》写出后，沙汀又专程从成都到重庆与罗、杨两位年轻的业余作者做了长时间深入的交谈，给他们启示和帮助；而后又是沙汀，针对罗广斌、杨益言写作中存在的问题，向重庆市委领导建议他们到北京去参观学习，开阔眼界和视野；1961 年 6 月四稿清样出来后，罗广斌、杨益言在返渝途中专门在成都下车，亲自把四稿清样送给沙汀，请他审阅。沙汀当时正在省委开会，知道罗广斌、杨益言来了，他请了假，赶着把清样看完。沙汀对这一稿很满意，他认为作品改好了，精神状态完全翻过身来了，小说的结构也组织起来了，人物也较过去丰满多了，个别章节再加一下工，便可以出版，不必再放了。在罗广斌、杨益言返渝时，沙汀还把他读后的印象和想法，给重庆市委组织部长肖泽宽写了封信，要罗广斌、杨益言带去。

同年8月初，根据重庆市委的指示，罗广斌、杨益言再一次到成都，一是把重庆各方面对四稿的评价、看法、意见向沙汀汇报，请他把关；二是把他们下一步的修改打算，向沙汀汇报，请他给予指导。这次沙汀用了将近一个星期的时间与罗广斌、杨益言二人交谈，每天下午三时到五时罗广斌、杨益言来到沙汀家中，他们依然是坐在房前的凉台上，沙汀一章一章地谈他读后的感想和意见。在开始交谈时沙汀首先声明："每个人有每个人的风格，我既不会在你们的稿子上改一个字，也绝不强求你们照我的想法去写什么，改什么。我只是把直接的感受谈出来，和你们研究，你们一定要独立思考。"开始交谈时，沙汀倾向侧写的意见较多，后来察觉罗广斌、杨益言对这种写法不习惯，就谈得少了些。但罗广斌、杨益言依然是用心地去领会、去思考，后来在修改小说时，特别是在写美国特务在"中美合作所"的罪行时，他们运用了这种表现手法。当时还有个别同志看过后，认为作品里把双枪老太婆的传奇色彩写得过于浓重了，建议删去一些。罗广斌、杨益言举棋不定，便征求沙汀意见。沙汀说："也可以不听这种意见，有这方面的读者嘛！何况生活中本来就有这类传奇，作品里写得也不算多，可以不动了。"

从上述回忆可以看出，沙汀在《红岩》这部小说诞生的过程中，在几个重要时刻，起了关键性的作用。但在《红岩》出版后，沙汀在任何场合都没有谈过他在这部小说的创作中所起的重要作用。常常在别人提到他时，他反而显得局促不安。1962年1月，重庆市委组织部副部长雷雨田谈起《红岩》的创作时，说了一句，沙汀同志帮助罗广斌他们改过作品。沙汀听后感到不安，他在日记中写道："没有做什么申明，因为事实上我只提过一些建议，并未动笔……想起这件事，就感到一点歉然。"这就是沙汀严肃正派的品格和实事求是的作风！他确实没有在《红岩》清样上动过笔，可他为促成《红岩》的出版和花在"征求意见本"以及四稿清样上的时间和心血，为《红岩》的思想和艺术上的提高所起的作用，要比他动笔的意义和价值重得多！

1962年3月，沙汀来京开会，我去看他并向他表示感谢。当我谈到他为《红岩》的创作做出了突出的贡献时，沙汀立时把话题拉开，他给我讲重庆市委领导对《红岩》的创作是如何的支持和重视，讲《红岩》作者在写作中是如何的刻苦和努力。《红岩》出版后，重庆市委领导曾提出希望沙汀再看一遍，和罗广斌、杨益言再谈一次，让罗广斌、杨益言在《红岩》再版时再改一遍的想法。沙汀对重庆市委领导这个建议很欣赏，他觉得市委领导的这种严格要求的精神和认真负责的态度是很好的，但他却不同意这么做。他说："修改也要有个限度，不要要求过高，作者还很年轻，他们应该继续深入生活，写出新的作品。"对于《红岩》出版后在社会上引起的强烈反响，他说："我基本上预料到了，感到兴奋。"

罗广斌、杨益言接受了沙汀的建议，这时他们已经把时间和精力都转移到《红岩》前续的准备上去了。当沙汀知道这个情况后，非常高兴，他又及时地向罗广斌、杨益言指出："不仅要收集革命斗争资料，对于粮政兵役、人民的经济生活和当时的社会风尚，都得进行研究，这些都是土壤。而《红岩》的缺点之一，就是对这些方面的注意和表现不够。"沙汀的重要提醒，使罗广斌、杨益言立时警觉起来。

"文革"前我最后一次见到沙汀是1963年11月，那次我们谈了很久，我请他对中国青年出版社文学读物的出版工作提些意见。他说，你们应当把工作重点放在培养和发现新作者上，主要是青年作者，也包括刚刚从事写作的同志。对老同志要从实际出发，不是具有丰富的革命斗争经历的老同志都能写小说，不要强求，要实事求是，也不要小看短篇小说和散文的作者。为了引起我的重视，他还给我说了几个青年作者的名字。当我再次和沙汀同志见面时，已是十七年以后了。

那是1977年八九月间，当时杨益言正在北京修订《红岩》，一位四川诗人找到杨益言，谈到沙汀至今尚没有完全解放，虽有行动的自由，但不能离开成都。这位诗人告诉杨益言：周扬希望沙汀到北京来……杨益言立时就把这个情况告诉我，我想起了我社出版过沙汀的《记贺龙》，和南新宙研究后，便给四川省委宣传部发了个电报，大意是“我社拟再版《记贺龙》，希望沙汀来京修订”。不久我们接到沙汀来京的电报，当时北京的首都机场还很简陋，而那一年的10月又冷得早。当时去机场接沙汀的是杨益言和南新宙，由于飞机晚点，他们两人在机场冻得够戗。10月底，杨益言回重庆，行前他去看沙汀，沙汀要他回到重庆后一定去看看陈荒煤（当时陈荒煤还没有解放），并要杨益言转告陈荒煤，对“文革”中的一些问题，可以向中央写申诉材料。后来沙汀把《记贺龙》的修订本交来，南新宙编辑后交给我，我是12月9日开始看的，12日看完签字发稿，于次年出版。

1980年3月20日上午我接到沙汀约我过去的电话，当时他住在外交部街附近的社科院的一栋宿舍楼里，是一个很小的单元。见面后，他很高兴，把刚刚出版的新作中篇小说《青㭎坡》送给我一本。这天沙汀正忙着看“关于《许茂和他的女儿们》给周扬的回信”的清样，他兴致勃勃地和我谈起《许茂和他的女儿们》的成就，也谈了一些不足之处，他希望周克芹在赞扬面前，能保持清醒头脑，经受住考验，依然像过去一样，坚持在农村工作、劳动、生活、写作。他认为：《许茂和他的女儿们》还有修改余地，不要匆忙出版，改一改再出版会更好。我感到沙汀的这些话，不仅仅是对克芹的关怀和期望，同时也体现了他的一贯作风和他对创作一丝不苟的严格精神。我想到当年他指导《红岩》的创作时，就是这么要求罗广斌、杨益言的！由此我就感到他对克芹的这些建议是十分重要的，回到社里，我便给克芹打了个长途电话，把沙汀对《许茂和他的女儿们》的评价、看法和建议告诉他。克芹完全同意沙汀的意见，只是因为百花文艺出版社已发稿，很快就要出书，没法改了。

放下电话，我仍觉得没有把沙汀的意见表达清楚，便又给克芹写了封信，大意是：“既然第一部已经无法改了，现在最重要的是把第二部写好，自己不满意不要拿出去出版，要有这样的决心。第二部要比第一部好，许多长篇小说第一部打响了，第二部就沉闷了，这种情况为数不少。”

克芹大概也觉得电话中言犹未尽，所以在接到我的信后，便写了回信，信中说：“沙汀同志的意见是正确的，这个稿子发表得太快了些。本来《红岩》杂志拿去发表之前，就没有进行修改，加之全书的计划，不是在这里结束。以现在看，结构上就有不少毛病，人物处理上也有些轻重不一、不完整的感觉。关于第二部，明眼人一看便知，从现在这十章的故事、人物安排等等也猜得出还有第二部，现在的问题是我的精力、水平，是否能使第二部不比第一部差，下半年才能见分晓。我的打算是，写完之后，自己觉得差一些，就不拿出去了。不要凑热闹，给人一种‘拉长’印象，所以《红岩》杂志发表时，第十章草草收场，不告诉读者还有第二部。按我的计划，还有十章，但我不愿意在没有写出来之前就告诉别人，这样的空头支票还是不开为好，我很明白自己各方面都不行，得一步一个脚印地走。”

克芹的《许茂和他的女儿们》出版后，赢得了社会的好评，读者的认可，他的知名度也因此提高了。但克芹依然是克芹，他铭记沙汀对他的期望，依然和过去一样，一心一意地在简阳县红塔区工作、生活，白天和社区干部一样在生产队里工作、劳动，晚上写作。他在给我的信里说：“写得很慢，写得不多，总是考虑斟酌再三才下笔，不敢草率从事。约稿颇多，均不敢从命，婉言谢绝，自知绝非‘多产’的料子。”

克芹本来可以写出更多的作品，就因为反复斟酌，不敢草率从事，许多可以完成的没有如愿脱稿。我想，这只能怪罪老天爷给予他的生命旅程太短了。但同时也让我对克芹钦佩至极，这就是他的扎实作风和严谨严格的创作精神，而这正是沙汀对他的要求。

克芹对沙汀不仅是敬重，而且怀有深深的感激之情。1980年下半年，沙汀在成都期间，曾两次约克芹长谈，克芹在给我的信里谈到这件事时，他说："这使我很受教益，看来在谈话之前，沙汀同志对我过去的一些短篇做了细致的研究，指出了不少缺点，提出了中肯批评。"尊师敬老，不忘沙汀对他的殷切希望和谆谆教导，是克芹的一大长处。1982 年 12 月《许茂和他的女儿们》荣获首届茅盾文学奖，克芹来京领奖时，先到沙府拜见老师，这种不声不响的举动，完全是发自内心的自觉行动，不是做给别人看的！1983 年我到成都出差，在一间又小又黑的房子里找到克芹，房子里面更是简陋，连个多余的小凳子都没有，他让我坐在他用来写作的唯一一张椅子上，他自己坐在床上，当时克芹因为家庭问题，夫妻闹矛盾，有关部门又发了"内参"，搞得风风雨雨，克芹感到精神上的压力太大了，黯黑的脸色变得更加暗淡，心情悲愤之极，情绪坏到极点。当时我很同情他的处境，想详细了解一下情况，回京后向有关部门反映一下。但克芹谢绝了，他觉得夫妻之间的事沉默是最好的回答，还是让时间和事实去说话吧！1988 年 11 月我再次到成都时，克芹到招待所来看我，邀我到他家去做客，笑着说："如今与你上次来不同了。"作协分给他一套三室一厅的房子，他们夫妻一间，孩子一间，另一间是他的书房。我到他家时，克芹执意留我吃饭，并拿出钱来，让他的夫人去准备。看到克芹和谐的家庭生活，我又一次想到了 1983 年克芹的境遇和他对我说的那些话，克芹是对的，时间和事实说明了一切。让我更感动的是 1994 年我在《新文学史料》第二期上，看到沙汀生前写给高缨的信和高缨写的注释。原来早在 1984 年 1 月，沙汀在给高缨的信中就写道："对于克芹，您应予多为关怀、鼓励，努力潜心创作，一切外来物议，择善而从，其他不必介怀，尽力避免自讨苦吃，而埋头写作，就是避免苦恼的不二法门。其实，我感觉有些在他的私人生活方面的反映，需深入调查研究，不能轻易相信，更不宜轻易做出判断，因为事物是复杂的……"高缨把这封信拿给克芹看了，克芹感动得哭了。我想沙汀这封信，对当时深为苦闷的克芹来说，可能是非常重要的一根精神支柱，使濒临于绝望边缘的克芹，从悲愤苦闷之中走了出来。

还有一件事也让我难忘，1981年杨益言正在写长篇小说《大后方》时，沙汀知道了，便写信给杨益言，他在信中说道："您们终于迈出第一步了，单这一点也就令人欣喜！单看作品的题目，就可看出您们写这部作品的难度。但事怕有心人，只要真能埋头干下去，终能够全部完成您们的为自己提出的任务。我曾不止一次向熟人提到，先印一批'征求意见本'，是中国青年出版社一个好的传统，他们自己有印刷厂，做起来并不难，不料竟也不兴这一套了，当然能有一个变通办法也不错。"杨益言把沙汀的信转寄给我，对于沙汀的建议我是很重视的，当即给益言写信同意排印"征求意见本"，为节省时间，我建议在重庆排印，由我社承担全部费用。排印前，益言又进行了一次较大的修改，大约有十章几乎是重写的。"征求意见本"印出来之后，先给沙汀寄去一本，他看过后说："可以了，大后方的生活写得很好。"他还建议送给邓颖超一本，请邓大姐提提意见。但我们考虑，邓大姐年事已高，又国务繁忙，而我们安排出版的时间又很紧，就没送去听取意见。杨益言在一一听取了当年在南方局和在《新华日报》工作的一些老同志的意见后，在"征求意见本"的基础上，又进行了一年多的增补和修改，才在1983年出版。

《大后方》出版后，沙汀托人捎话给我，让我给他找一套当年《红岩》的"征求意见本"《锢禁的世界》，我知道他要这个本子是为了写回忆录用。当时我清晰地记得，"文革"中我在清理自己藏书时，特意把这个上下两册的"征求意见本"保存了下来，所以我一口答应。但回到宿舍，翻遍了所有的书柜，也没有找到。我赶快告诉沙汀，还没找到，找到了马上送去，可是我一直没有找到。1994年搬家时，突然在顶柜里发现了这套书……现在想起来，真后悔！为什么当时就没想到在顶柜里找一找呢？如果当时找到这套书，我会亲自给沙汀送去的，我们会又一次围绕这个本子进行交流，我会又一次听到沙汀的精辟见解，而且沙汀也会从我的介绍“征求意见本”《锢禁的世界》诞生的过程中了解更多的事实和更多情况，他不是一个听不进意见的人，老人会实事求是地做出自己的判断和正确的结论，从而就有可能消除他逝世后关于《红岩》署名问题上的一些不实的传闻。因为我的粗心，失去了这个交流的机会，想起来，真遗憾！

从《红岩》到《许茂和他的女儿们》到《大后方》，从罗广斌、杨益言到周克芹，让我从另一个方面，看到沙汀为繁荣文学创作，建设文学队伍，培养文学新人，呕心沥血，尽心尽责的高贵品格和奉献精神，这就是沙汀在他的创作之外，在人们心目中树立起来的另一块文学丰碑。

《红岩》作者的挚友——马识途

1984年2月，我来到成都。二十五年前，我也来过成都，那时的蓉城，以它的古朴、幽雅吸引着我。这次来成都，还是怀着原来的心情。但蓉城的面貌变了，它给我留下的不再是以前的印象了。

首先映入眼帘的是一幢幢楼房，还有宽敞的柏油马路，加上路两边葱茏的树木，整个市容显得那么整洁、秀美。蓉城以它清新的面貌，矗立在人们的眼前。

就是旧街、小巷，也与我在1958年、1960年两次来蓉城时大不相同了，昔日的冷清景象、缓慢的节奏，全然不见了，取而代之是一片繁荣热闹生机勃勃的景象。小摊小贩，比比皆是，柑橘瓜果，新鲜蔬菜，鱼肉鸡鸭，摆满了道路的两旁。各种传统的四川风味小吃，差不多全都恢复了，而且价廉物美，常常使我在就餐之后，为其价位低而味道美而惊叹不已。今天的蓉城，是以它丰富的物资来显示它诱人的优势。

著名作家马识途

在蓉城住下后，我便去看望四川省作家协会主席马识途。这次来蓉城，是专门和马老交换他的新作《巴蜀女杰》一稿的修改意见的。马老虽将届古稀之年，但身体、精神都很好。我知道，马老十分关心青年作者的成长，特别是四川的青年作者。记得 1983 年 6 月，马老来京参加人代会期间，当时长篇历史小说《宫闱惊变》的作者吴因易、中篇小说《华子良传奇》的作者张世诚、阚孔壁等四川的作者，正住在我社修改作品。马老闻讯后，冒着酷热，来到社里，召集他们座谈，向他们祝贺、慰问、鼓劲，并一一询问他们在生活和创作上有什么问题和困难……马老的这一行动，对三位青年作者是鞭策，也是鼓励，使他们一方面无比兴奋，一方面又深感肩负的责任重大，这就促进了作品质量的提高。所以，在交谈《巴蜀女杰》之前，我先向马老介绍了《青年文学》近两年发表的几位四川青年作者的作品。我说，他们的作品，既有清新的时代气氛，又有明快的格调，气势磅礴又描写细腻，无论是壮丽场景的描写，还是瞬间心灵的刻画，都能激起人们真挚的共鸣。他们写作刻苦，读书认真，肯于思考，要求严格，是我们文学创作队伍中的一支很有战斗力的生力军。从他们已经写出的作品来看，也还有潜力可挖，如有名师及时指点，会写得更好，进步更快。

听了我的介绍，马老格外高兴。他说："我就很愿意和青年作者接触，他们有许多长处，特别是思想敏锐，有朝气，有活力，有干劲，使我们这些上了年纪的人很容易受到感染，变得年轻起来。我感到，青年作者也愿意和我们接近，这样我们就可以取长补短，互相学习。"我知道，马老解放前在白区从事学生运动的领导工作，对青年很有感情。现在他是省作协主席，对青年作者，特别是那些有成就、有潜力的青年作者，一定十分器重。就我所知，马老为他们请过创作假，给他们提供各种方便条件，让他们安心写作；马老也不止一次在关键时刻站出来，为他们解决矛盾、纠葛、误会，使他们能在创作道路上腾跃前进。这一切证明，马老不仅关心青年作者，而且常常在关键时刻保护青年作者。谈到成名成家这一问题时，马老认为：在我们这个时代，首要的条件是个人要艰苦奋斗，但同时也离不开社会和人民的支持。他举《红岩》的例子，组织上给时间，给方便条件，提供历史资料，还有许多地下党的同志热情的鼓励和帮助，乃至严格，甚至到了苛求地步的要求……没有这些，《红岩》能达到现在这样的水平吗？！马老的这席话，完全是有感而发。我想起《红岩》作者之一——罗广斌，早在昆明上中学从事学生运动的时候，他还是个热情而单纯的中学生，在极端残酷而又曲折复杂的对敌斗争的环境中，他与马老生活在一起，言传身教，使老罗后来在对敌的生死斗争中坚定、勇敢、机智、很讲策略，掌握了一套对敌斗争的本领和技巧，最后成了一名坚强的革命者。这里边就有马老的熏陶、指点和影响，正是这样，他们俩才成了忘年交。

听罗广斌、杨益言说《红岩》出版前，马老不止一次地和他们交换过意见，光我知道的就有三次。一是 1959 年 9 月，马老看过《锢禁的世界》"征求意见本"后，专门从成都来到重庆，谈他读后的感想和意见；二是 1961 年 1 月马老来重庆时，罗广斌、杨益言去看他时，他又问及了《红岩》的写作情况，并围绕近一个时期他看到的有关地下斗争的电影和小说，告诫罗广斌、杨益言，写作中一定注意不要违背地下工作原则，要符合地下工作的实际情况；三是1961年6月29日罗广斌、杨益言从北京到成都，将刚刚排出的四稿清样送给沙汀听取意见，马老亲自到车站接他们，并和罗广斌、杨益言交换了几次意见，这些接触，说明他们之间的情谊是很深的。

“文革”前，罗广斌和杨益言常谈起，在《红岩》写作中，马识途出了不少主意，但马老出了哪些主意，我不了解，只知道“文革”中因为这本书，给马老加了许多莫须有的罪名。这时我便向马老提出这件事，马老从书柜里拿出一个牛皮纸的大信封，只见信封上写下了这样几行文字：

“此是罗广斌、杨益言创作《红岩》过程中，我参加讨论时写的发言要点，以及出版后看戏时的评论，是1966年‘文化大革命’开始时被抄去，1979年落实政策，清退给我的残稿。”

望着手中这沓文稿，我想仔细地翻阅了解一下，便向马老提出，我想拿回去复印一份，马老一口应允。回到北京我复印后便将原稿迅速寄还，同时我怀着敬佩的心情，细细翻看了二十年前马老记下的这些文字。当这些材料摊在我的眼前时，我惊呆了，我粗略地计算了一下，有一万四千多字，其中大部分是马老读过征求意见本《锢禁的世界》时的印象、设想、建议和意见，这里有热情洋溢的肯定，也有尖锐中肯的批评；有严格，乃至苛刻的要求，也有精辟的建议和至今看来仍让人感到新鲜的设想……我越看越高兴。我想，《红岩》能达到今天这样的水平，作者的主观努力是很重要的，但从旁的指点，而不是指责；是鼓励，而不是泼冷水；由殷切的希望所形成的鞭策力量，也是很重要的。没想到马老为《红岩》的修改和提高花了这么多的精力，去推敲，去思考，去设想……其中有对地下工作原则的阐述，有对某些情节合理的艺术设想，有斗争手法和斗争策略的论述。他的这些细致周到的考虑，对《红岩》的作者来说太重要了。比如:对敌人的描写,马老提出:“不能只写敌人的凶残,还要写敌人的阴险毒辣,诡计多端。”在分析敌人当时的心理时,马老指出:“在覆灭的前夕,他们拼命想稳住江山,工作也有效率,但是扭不过历史,历史注定他们必然走向失败。”讲到叛徒时,马老说:“叛徒是革命队伍中最坏、最危险的敌人,只写出他们卑鄙、阴险、贪生怕死是不够的,还要写出他们投机面目和自我解嘲的复杂心理状态。”讲到如何写好革命烈士的光辉形象时,马老作了精辟的阐述:“写革命者慷慨就义,从容赴死是比较容易的,但是要写出他们为什么能够这样,就难。所以一定要发掘革命者的内心世界, 烈士们有充塞天地之间的伟大灵魂,都应是正气的化身,完全彻悟的哲人!”“‘中美合作所’集中营虽是人间魔窟,但对这样的共产党人来说,这里只能是与恶势力作斗争的战场,而不是任敌人随意宰割的屠场!”“革命者身在牢笼之中,无所畏惧,既敢于斗争,又敢于胜利!而敌人,表面上气势汹汹,似乎主宰一切,掌握生杀大权,实际上处处紧张,事事被动,提心吊胆,坐卧不安。这是因为全国战争形势迅猛发展,直接影响狱中的情绪、斗争。”关于如何写出地下工作的气氛和地下工作者的特点时,马老认为:“地下工作的特点,是严肃、庄重、谨慎、认真,一点也来不得浪漫,任何一点不实事求是的做法,任何一点冒险活动、浪漫的幻想,都会掉头的。这是地下工作的大忌,写出这点,才有地下斗争的气氛,才能让人感到真实可信。”

这里摘录的只是马老记录中的点滴,但就这点滴之见,有多中肯、有多深刻啊! 翻看《红岩》,才知道马老的意见,不少被作者采纳了。也许在这里边还有其他老同志相同的见解,但就马老这部分来说,对《红岩》的思想和艺术的提高,有多重要啊!从任白戈到肖泽宽,从沙汀到马识途,从朱语今到边春光,到许许多多关心《红岩》写作的老同志、老作家,他们毫无保留地把自己的意见和建议、体会和经验、生活积累和艺术构想,提供给《红岩》的作者,使《红岩》的整体布局和艺术效果大为改观,使《红岩》迅速诞生,作者茁壮成长。我想,罗广斌、杨益言在写作中,得到了这么多无私而又好心的老同志、老作家的扶持和指点,使他们在创作实践中,不仅少走了许多弯路,而且在思想上、艺术上,乃至文字运用上都得到了迅速的提高,为他们写好、改好《红岩》,为他们后来从事专业文学创作,打下了基础,所以,我说罗广斌、杨益言是十分幸运的。

通过《红岩》的诞生和罗广斌、杨益言的成名,我悟出这样一个道理:任何优秀作家、优秀作品的诞生,都不完全是个人奋斗的结果,或是任何个人扶持培养出来的,而是我们的时代、我们的人民,我们的社会制度本身造就出来的!马识途说的那句话是对的,“离开了社会和人民,完全靠个人奋斗,要想走向成功之路是困难的!”《红岩》的诞生,和今天许许多多青年作者的成长、成名都说明这样一个道理,那就是我们的前辈,我们的党,我们的社会制度,有多好!

回到北京以后,我对我的蓉城行感到很满意,也很冲动,在无比感慨和兴奋之中,我觉得应该把马老在《红岩》成书过程中的贡献和“文革”中的遭遇写出来告诉后人,于是我提笔写了一篇散文,题为“辛勤无私的园丁”,发表在1985年3月天津的《散文》杂志上。

柳青谈《红岩》及其他

柳青虽然长期生活在农村,但他对新出版的长篇小说,特别是评论界关注的,大多找来看看,以使自己了解当前创作的状况。“文化大革命”前他在看过一些平铺直叙的长篇小说之后,很不安地写信给我:“古典之林的小说,哪有平铺直叙的!平铺直叙,人物站不起来,更不要说能动人了。人物是平面叙述,场景描写肯定是

著名作家柳青

静物罗列，平铺直叙的东西再好，也是公园里的假山，不是崇山峻岭。”但他在读过《林海雪原》《三家巷》《红岩》之后，却无比的兴奋和激动，他预言《林海雪原》会是“传世之作”！他说：“这样题材的小说，曲波还可以写五部！”他看过《三家巷》之后，对欧阳山的艺术技巧之精湛和独到是很称赞的，他说：“似这样追求艺术技巧的作品，是十分难得的！”而对《红岩》他讲得就更多了。1961年年底《红岩》出版后，我给柳青寄去一本，不久，便收到他的热情来信，信中写道：“在读《红岩》，有一些想法，很感兴趣，觉得这是很大的成就。这两个同志的第一本小说，达到这样水平，的确是令人鼓舞的。1960年你来皇甫的时候，谈到的就是这本书吧！他们采取了近代手法，这证明生活赋予作家发挥才能的基础，可惜在一些最困难的章节里，作者没有坚持这种手法调动和安排众多的同场人物，显出了低洼地带。我想这样要求第一次写长篇小说的人，也许是不合情理的。”柳青这里指的“低洼”地带，是说作家对自己描写的对象应该有一个统一的视角，这个视角，就是人物的眼睛。写两个人物以上的场面，不能时而从这个人的角度，时而又从另一个人的角度,看待周围的事物,而应该自始至终在这个章节里,用一个人的眼睛去观察看待周边的人和事,当你在写一句话、一个场景的时候,应该明确是谁在说,谁在看,一切都从你笔下的这个人物的视觉和直观出发,就好像你是通过他的眼睛在看一切,通过他的嘴在说一切,你处在他那种心情之中,这样出现在你笔下的人和事,环境和事物便都有了个性,变得活生生的了。这时人物会沿着自身发展的规律顺畅地、自然地向前发展,而作家这时也进入了创作的最高境界,支配作家身心的、占据作家的思想和感情的是艺术的角色和灵感,而不是其他。从作家笔下流出来的那一系列的人物和对话、情节和场面,都是个性化的,这样的作品,就进入了一个独有的、崭新的艺术王国,艺术的感染力就完全不同了。柳青讲这段话,是针对徐鹏飞、毛人凤设宴诱降许云峰一章和围绕假释放刘思扬的一些章节说的。柳青认为:罗广斌、杨益言对小说《红岩》的构思是十分巧妙的,非常喜人的,自始至终从人物描写着手,大多数章节都注意了艺术角度,只是在个别章节忽视了这个问题,形成艺术手法上不够统一,出现了某些不够协调一致的地方,对一部基本成功的长篇小说来说,这是很可惜的。柳青对《红岩》有很高的评价,在肯定这部作品时,他还特别强调《红岩》在艺术上也比当今出版的一些长篇小说强,生活充实,情节构思好,文字流畅,特别是描写角度处理得很好。

但柳青也不是一味肯定,在谈到《红岩》的不足和缺陷时,他非常认真地从思想方面谈了一个问题,要求我们转告作者,这就是对刘思扬这个人物的把握和描写。柳青认为,从作品里看,刘思扬这个人物是不真实的。柳青说,刘思扬是一个大官僚、大资产阶级家庭出身的知识分子,他为什么参加革命,而在参加革命后,又为什么那样的坚决,从作品里看不出有什么根据。他读了哪些马列主义的书,经历过哪些革命斗争的考验,在他的身世遭遇中有哪些事物刺激了他,使他感到不坚决革命就不能活下去……这一切在作品里都没有交代。马克思、恩格斯成为伟大的革命导师并非偶然,他们都深刻地研究了历史和社会,对阶级剥削、阶级压迫有深刻的认识。毛泽东所以成为伟大领袖也非偶然,他从青年时期起就研究中国历史和中国社会,对帝国主义、封建主义、官僚资本主义有深刻的认识。我们许多老同志他们走上革命道路,也是经历了长期的战争考验和残酷的革命斗争的锻炼。而刘思扬这个年轻的知识分子,在他被捕之前,他经受过什么样的考验,他是在什么样的背景下,经历了什么样的历程,使他背叛家庭,走上了一条与他父兄完全相反的推翻三座大山的革命道路,使他在被捕之后,成为一个非常坚定的革命战士。存在决定意识,这样的描写既不符合人物成长历史的、社会的逻辑,也没有提供足以说明符合人物的思想、心理、情绪形成与发展的内在依据。柳情说,我不是唯成分论者,也不是机械唯物论者,更不是说刘思扬这个人物不可以写,或者说现在写的根本要不得,而只是要求作者写出这个人物的行动表现的根据来,不能取其一点(只讲他坚定勇敢的一面),不及其余(不讲他为什么能够如此坚定勇敢的一面),现实主义的作品,不能只写是什么,还要写为什么,要把人物行动表现的社会的和心理的基础写出来。说社会基础,是指客观环境对他的影响;说心理基础,是指客观环境对他发生影响之后,在他的思想、情绪、心理上所引起的一些变化。现在刘思扬就缺少这种社会的和心理的基础,也许在作者的心里,这个人物是有根据的,但在作品里没有写出来,读者也许没有感觉到,但这是个遗憾。提出这个问题,不是文人相轻。对这部作品,我是充分肯定的。但作为一个严肃的作家、一个党员作家,我应当提出这个问题。对于那些围绕刘思扬这个人物,大写吹捧文章的人,作者一定要保持清醒头脑,万不可飘飘然。为了这个问题,完全可以写一篇文章,但现在写这样一篇文章,对整个作品就会有严重影响,读者也会产生误解,联想到其他一些问题。如何处理好这个问题,需要研究,作者占有的生活材料很充实,也许不费什么力就能解决。但如果不解决,始终是个问题,这问题即使现在不提出来,迟早也会提出来的。

柳青说，只写人物的活动表现，而不注意写他活动表现的根据，这个问题在《红岩》里其他一些人物的身上也存在，不过不像刘思扬那么突出，而且其他人物也不像刘思扬这个大官僚、大资产阶级家庭出身的知识分子那么敏感。关于这个问题，我考虑得比较多，意见比较肯定，请你们和作者认真研究。在谈这个问题时，柳青还向我们反映，有个别党的负责同志也向他表示过，刘思扬这个人物不真实，不自然，作品里写他见别人戴铐自己戴不上铐感到委屈，见别人受刑自己没受刑感到难过……使人读了感到做作，如果真是个坚定的革命者，为什么会感到委屈、难过？不戴铐、不受刑岂不更好？正可以利用这个方便在牢中多做些工作，至少可以为难友端碗送水，为难友们尽些力量。对他的这些看法，后来在柳青来京时，我向他做了解释。我告诉他，罗广斌、杨益言所以这么写，意在说明，刘思扬与狱中那些有着丰富斗争经验的老党员相比，还是有很大差距的。他还幼稚，还不成熟，说明在刘思扬的身上，不时还有小资产阶级的意识表现出来，作者还是为了表现刘思扬身上这样的弱点才这么写的。假释刘思扬以后，刘思扬急于和党接上关系，险些上特务的当等情节，这在稍有地下斗争经验的党员身上是不会发生的，但在刘思扬的身上发生了，说明刘思扬还需要在斗争中不断磨炼提高，不断地总结经验教训，才能走向成熟。听了我们的介绍，柳青表现出一种少有的兴奋。

柳青对《红岩》的评价和意见，我是十分重视的。很快，我就给罗广斌、杨益言写去了一封信，把这一切详细地告诉了他们。后来，他们在武汉相遇，柳青高兴地祝贺他们，同时也十分坦率地把他的这些看法和罗广斌、杨益言二人进行了交流。他们做了长时间的交谈，双方都留下了深刻印象。1964 年罗广斌、杨益言来京见到我时，还谈起这次会面。罗广斌、杨益言很有感触地说："在我们接触的作家中，柳青给我们留下了最深的印象，他不仅艺术上造诣很深，而且理论水平也很高。他和我们的谈话，很深刻，有见解,对我们的启发帮助很大。"当时我和罗广斌、杨益言还议论到这样一个问题:《红岩》出版后,赢得广泛好评,作者和编者都很振奋,还没有来得及冷静地、全面地对小说表现的生活深刻性和艺术技巧的运用进行回顾和总结,是柳青的及时指点和概括,使我们感到不仅要对《红岩》的写作和出版进行总结,还应该对《红岩》的思想、生活、艺术、技巧的发挥和艺术效果的反映也进行总结,为以后的创作提供有益的经验和教训。

一次柳青和我谈起长篇小说的出版时,联系他看过的一些作品,深有感触地对我说:"粗糙零乱的构思,冗繁内容和平铺直叙的描写,刻画不讲究角度,场景描写不通过人物的眼睛,而是客观罗列,意义不大的人物过多,增加了许多不必要的细节……读这样的作品,不是一种美的享受,心灵的共鸣,而是一种沉重的负担,让人感到厌倦……你们不要出版这样的作品,出版这样的作品,不仅有损出版社的声誉,也把读者的胃口搞坏了……"

他在和我的另一次谈话中还讲到:"文学源于生活,重要的在于艺术实践,而完成艺术实践的是技巧。为什么有些作品读起来让人感到轻飘飘的?原因就是不是源于生活。虚构、编造的东西,从来都是没有生命力的。文学这个东西,是弄不得假的。好比一个驴子驮得动的东西,就不要用大骡子、大马来驮;同样,是个驴子,也不要把它写成个起重机。"源于生活,不断实践,讲究技巧,以质取胜,这是柳青三十多年前说的话,然而却实实在在地道出了长篇小说创作和出版的真谛!

从业余到专业,罗广斌、杨益言最终走进文学圈

在《红岩》创作的过程中,在罗广斌、杨益言写给出版社的信里,多次提到中共重庆市委任白戈书记和肖泽宽部长。特别是肖

泽宽，他在扶持罗广斌、杨益言二人上马创作长篇小说《红岩》，促使《红岩》诞生，并走上成功之路，可说是十分关键的人物。而在《红岩》出版后，又是肖泽宽及时提醒他们，要他们正确对待荣誉，正确对待批评，严格要求自己，认真总结经验，进一步提高自己的素养和创作水平，准备为党继续做贡献。在罗广斌、杨益言 1962 年 3 月 29 日给我的信中有明确的表述："肖部长给了我们一些指示，主要精神是：一条，冷静下来，倾听意见，反复思考，暂不发言。这个指示对我们有很大的保护作用。二条，摆脱《红岩》的具体内容，站在更高的角度来进一步认识当时的斗争，以此来检查《红岩》已达到的和尚未达到的要求。三条，最后的目的，是为了总结写作中的经验教训，在政治上艺术上提高一步，以便今后更好前进。"

实际上《红岩》一出版，肖泽宽就在观察、了解社会上对《红岩》的反映和研究考虑罗广斌、杨益言今后的发展方向和工作走向。1962 年 1 月 27 日中央在北京人民大会堂召开七千人的扩大中央工作会议，任白戈、肖泽宽都来了。在会议期间肖部长约我到他们的住处——前门饭店，见面后，肖泽宽把我带到任白戈的房间里，详细地向我了解罗广斌、杨益言创作《红岩》时的一些情况。

任白戈、肖泽宽回到重庆不久，就决定让罗广斌、杨益言走进文学圈，把他俩调到市文联，专门从事文学创作。1962 年 4 月 25 日罗广斌、杨益言给我的信里写道："我们的工作，尚未最后确定，但已有了眉目。市委组织部征求了我们的意见，准备调我们去市文联，意思是专业化了。我们的意见是，罗广斌先去，杨益言暂不去，仍留组织部。大概不久以后，即可最后确定了。也许这消息你们听了，还有点兴趣。"

这期间罗广斌的心情是十分舒畅的，有许多新的想法，这从他 5 月 14 日写给张羽和我的联名信中可以看出："我已到文联报到，即将迁居文联。不负任何行政责任，算是完全脱产了。这件事又好又不好，好处是：第一，时间属于自己；第二，行动完全自由；

第三,和文艺界接近,便于提高。不好的地方是'脱离'了'生活'。这一点,我决心想尽办法来克服。我有一种浅薄的看法:神仙下凡式地'参观'生活,'接触'生活,是很不够的,必须亲身参加,在实践过程中,才会产生直接的喜、怒、哀、乐。要有了具体、鲜明的立场,才会有特定的观点、思想,直到写作的要求,否则是写不出思想力量比较深远的作品来的。我想多到基层去做些具体、实际的工作,先把写作任务放在一边,干好工作,想透了问题,然后再写。即使十年八年,不交作品也应该沉住气。"后来罗广斌、杨益言他俩都调到市文联,这时他俩又联名向市委提出,希望把刘德彬也调过来,组成一个三人创作集体。市委接受了他俩的建议,就在1963年的夏秋之际,刘德彬终于和他们会合了,在中国的文学界开创了一个没有过的先例——一个三人创作集体诞生了。现在想想, 这也算是20世纪60年代发生在中国文学界的一件思想解放,敢想敢干的新事物!

面对《红岩》热,罗广斌、杨益言在想什么?

20世纪60年代初,《红岩》出版后,很快,便在社会上流传开了,特别是在青少年读者中,受到了热烈的欢迎。就在社会上形成《红岩》热的时候,《红岩》的作者罗广斌、杨益言在想什么?这些作品之外的内容,常常不为人们所注意,容易被忽略了,但在了解这些情况之后,就会对作家和作品,特别是作者的品格素质、精神面貌、写作态度、为人作风有更具体的了解,而这些所给予人们的启示,常常又能使读者更深地理解作品和作家本人。

《红岩》出版后,在很短的时间里,中央和各省市的报刊就陆续开始发表评论文章,而来自读者方面的反映就更为强烈了。罗广斌、杨益言在这一段时间,最关心的是广大读者的反映。当然对于理论界、文学界的评论，他们也很重视。根据肖泽宽部长的指示，他们谢绝了对外联系，闭门研究各方面的反映，认真思考《红岩》创作的得失成败经验，同时考虑下一步的工作安排和创作走向。从1962年1月20日到1962年5月14日，罗广斌、杨益言用了三个多月的时间，收集研究社会上对小说《红岩》的反映和意见，从下面罗广斌、杨益言写给我的五封信，也可以从一个侧面了解到罗广斌、杨益言当时愉快的心情和谨慎的态度。

1月20日他们在信中告诉我："《重庆日报》连载了江姐的有关章节和插图大部，还准备发评论文章。《成都晚报》从12月下旬开始连载，收到许多读者的信，《晚报》来信说：反映很好，读者感谢《晚报》给他们组织了好的读物。重庆人民广播电台也已开始连播，《四川文艺》也在准备搞评论。沙汀在渝时，给白戈同志讲了，确定由席明真(时任四川省川剧院院长)改编话剧剧本，席说要一年才搞得出来。另，市歌舞团和市川剧院均准备稿江姐的剧本。"

3月5日的信中，他们提出："各方面对《红岩》的反映，包括读者(青年)，报刊评论，文艺界的看法，特别是领导同志的意见，我们都希望知道得更多一些，渴望继续来信告知。另，也请代为订一份有关对《红岩》评论的剪报(听说北京有剪报可订)。"

收到这封信后，我便将北京《文艺报》组织的"《红岩》五人谈"(罗荪、李希凡、侯金镜、王子野、王朝闻)和《文学评论》《人民日报》《工人日报》《解放军报》等报刊上发表的评论和主要论点，以及评论文章中对《红岩》的时代精神、人物刻画、艺术特色、艺术手法的评价论述和围绕"中心人物"问题，受"真人真事"束缚问题展开的不同看法，较详细地介绍给他们。同时我还告诉他们，北京的一些学校、机关、部队的团组织，有的找到团中央，有的找到中国青年出版社，邀请他们和团员、青年见面、做报告，还有不少报刊编辑部约他们写文章，我们都一一暂时为他们婉言推掉了。罗广斌、杨益言在3月29日的回信中写道："26日来信收到，非常感谢你告诉了我们许多重要情况。到出版社找我们做报告、写文章的单位,你们采取了挡驾的办法,我们非常拥护,并且衷心地感谢,今后希望对这种情况仍然采取这种态度。目前重庆找我们的人也很多,你在信上提出的'暂时先关一下门为好'的主张,我们完全接受。到目前为止,我们一未做报告,二未写文章,三未参加文艺界活动,仍然是老办法——闭门造车。《人民文学》《四川文学》《四川日报》《重庆日报》等都来过人,我们什么也未答应。《中国青年》来了宋文郁,已住两周,我们仍未答应给他写文章(宋正在渝组织稿件,准备在刊物上连续讨论《红岩》),连刘德彬同志也和我们一样,都暂时关了门。看样子,我们以'不变应万变'的态度是主动的,特别在政治上。但是,我们仍然衷心感谢你同志式的提醒,一定尽力招架住……有关情况,希望继续告诉我们,这对我们总结工作很有帮助。"

这以后在 4 月 12 日的信里,也表述了同样的内容:"《重庆日报》讨论了一次《红岩》,市政协也座谈了一次,我们均未去参加。明天,市文联讨论,我们打算去听听。团市委最近还要讨论一次,重庆电台播完以后,即开始重播,要拍电影、话剧的单位也很多。《人民日报》《文艺报》约写文章,我们不想写……北京听到的意见,包括老张(指张羽)和其他同志在各地听到的意见,均请整理寄给我们。因为最近我们不愿去京抛头露面,这就要麻烦你们了。"

对于报刊上发表的近三十篇评论《红岩》的文章,他们很少很少发表意见,只是认真地读、认真地思考,无论是应该总结的经验,还是应该吸取的教训,无论是优点、长处,还是缺点、不足,他们都默默地分析研究,消化理解,然后融入到自己的心中,在今后的创作中或发扬或改进。但独独有一篇评论例外,这在他们 4 月 25 日给我的信里提到了:"《四川文学》4 月号,发了一篇陶晓卒的文章《寄语阅读〈红岩〉的兄弟》。我们觉得,这是我们读到的评介文章中,一篇比较突出的。文章虽未谈缺点,但有些论点比较鲜明、准确。作者李累,是省文联副秘书长,地下党的,前不久来看过我们,我们原叫他不要写文章,因为他与我们较熟,但是他写了,现在看来,写得不错。他的文章发表前,我们未看过,观点也没有讨论、交换过意见,完全是他自己的看法。《中国青年报》和《中国青年》要我们写文章,未写,看到了这篇文章,就想尚适合青年读者的需要。正因为我们不是外人,所以毫不避讳地推荐给你,看是否可以交给他们转载。此事请你周详地考虑,如果不合适不方便,或我们考虑不当,便作罢。”

但在半年后,在他们听取了各方面的读者的反映之后,在看过了大量评论文章之后,在《红岩》创作总结大体上已完成的时候,在他们已调到市文联、专门从事文学创作以后,才对已发表的评论文章,发表了他们认为不能不谈的意见,这在 1962 年 6 月 26 日罗广斌写给阙道隆、张羽、王维玲三人的信中直率地谈了出来:“从已有的评论看,我们感到有一点似乎谈到的人少了些:美帝国主义是中国人民的死敌。去年我们修改时,已经注意到这点,并和你们交换过意见。过去的稿子上,美帝只是‘历史反革命’,后来才改成‘现行反革命’,这一点应该说是比较重要的。惜乎评论者很少言及,原因也许是美帝未完全出场,但是评论也多从‘形象’出发,谈敌人只注意到毛人凤、徐鹏飞诸人,而忽视了他们背后的指使、牵线人。其实,若非表现美帝,我们又何必写那么多敌人的内部矛盾呢?只要稍加分析,便可看出,敌人之间的钩心斗角,无非表象,现象后面,却是美帝及其代表人物的活动与野心。这一点,我们是有感受的,过去未和你们谈起,目前看来,似有一谈的必要。我们的看法,不知你们是否同意?”

“要抓住蒋介石的后台——美帝国主义这个大老板不放,如果这部作品放弃了这个内容,就没有‘中美合作所’这个特点了。”“可以不正面描写,可以虚写、侧写,但这条线不能断,要贯串全书,而且要把美帝国主义当成现行反革命来写,因为他们在‘中美合作所’主宰一切,是集中营的主子、太上皇。集中营里所有折磨革命志士的现代化的刑具,以及杀害革命烈士的武器全都是美帝国主义提供的。《红岩》的主题是:表彰先烈,揭露敌人。这敌人,就包括美帝国主义和蒋介石集团，要把他们这种主子和奴才的关系，把他们在'中美合作所'犯下的累累罪行，充分地、深刻地写出来，暴露在光天化日之下。"这是任白戈、肖泽宽和其他一些老同志在罗广斌、杨益言写《红岩》时提的建议，罗广斌、杨益言是完全同意的。在创作中，美帝国主义占的篇幅虽然不多，但他们构思的时间却很长，花的精力也很大，而且一改再改，不断地加深、加重。但《红岩》出版后，众多的评论却很少提及，他们感到纳闷，感到遗憾，所以在给我们三人的信中发泄了一下。

还有关于《红岩》改编电影问题，面对大江南北众多电影制片厂或主动交涉，或函电联系，罗广斌、杨益言都没有明确表态。最后他们在听取了一些老作家和中国青年出版社的意见后，确认北影拍摄，水华导演，这在当时是最佳选择。但关于电影剧本的改编问题，却徘徊了许久。北影和水华最早提出，由罗广斌、杨益言改编或由北影与他们联手改编。后来罗广斌、杨益言经过反复考虑，又听了肖泽宽、沙汀、陈荒煤的意见后，他们明确表示，不参加改编，由北影组织力量改编，如果需要他们可以当参谋，协助北影把剧本写好，把电影拍好。面对名厂家、名导演、名演员的巨大诱惑，他们果断退居幕后，这对刚刚步入文坛的罗广斌、杨益言来说，是很不简单的，但这就是罗广斌、杨益言的本色！

一次自觉的小整风

1961年12月《红岩》出版时，中国青年出版社与罗广斌、杨益言签订的出版合同中规定基本稿酬为每千字十五元，这在当时算是最高标准，与《红日》《红旗谱》《创业史》同一个标准，由此可见中国青年出版社对《红岩》的重视。

《红岩》四十万字，初版稿酬为：六千元。

当时重庆团市委来电要杨益言先行返渝，这样杨益言提前一周离京，所以出版合同是罗广斌签的字。罗广斌返渝后，便把签订合同的事告诉杨益言，并说：他与杨益言在写作过程中，因生活和工作的需要已经预支了四千元，现在剩下的两千元，都带回来了。他俩商量后，决定全部交党费。

杨益言带着二千元稿费去见市委组织部肖泽宽部长，肖泽宽听了杨益言的汇报后，对他说："为写《红岩》，你们熬更守夜，辛苦了几年，现在又是困难时期，这钱就不要交党费了，拿回去，补助一下生活，照顾一下孩子吧！"

肖泽宽的这番话，入情入理，温暖着罗广斌、杨益言的心，也体现了党组织对他们的关心体贴。但罗广斌、杨益言研究后，还是决定要交党费，但也不能辜负肖泽宽的一番心意。他俩决定拿出一千二百元直接汇入党费的账号上去，不再向肖泽宽报告，剩下的八百元，一家留四百元，这就是《红岩》第一版第一次稿费他俩支付的情况和实际所得。

在那个年代，许多老党员、老作家拿到稿费之后，首先想到的就是交党费，之后才考虑自己的用途。吴强收到《红日》的稿费后，一次性就交了一万元党费，柳青更彻底，《创业史》第一部的稿费和即将再版的印数稿酬，还有《收获》杂志发表的全部稿费，全都直接汇给长安县皇甫村公社，投入公社所在地的公益事业的建设上。这是那个年代作家的党性原则和价值观，一直到今天在一些老作家的身上也还体现着这种奉献精神。著名的老作家姚雪垠去世后，他的家属就把《李自成》四五两卷的稿费五十万元全部捐给中华文学基金会，作为奖励创作出优秀历史小说的基金。这是我们党、我们中华民族的优良传统，只是表现在这几位老作家的身上非常突出而已。

很快，《红岩》一次又一次地开始了再版，印数急剧上升，当时的印数稿酬的标准和计算办法，要比现在高得多，所以有时一次印数稿酬，就超过了基本稿酬，罗广斌、杨益言发现这个情况后，又赶忙交了三千元党费，也没有向肖泽宽部长报告。按出版合同规定，每印刷一次，便要通知作者一次，同时支付印数稿酬，由于再版的频率特快，罗广斌、杨益言研究后，就通知中国青年出版社，不必一次次汇寄稿费，将印数稿酬存在出版社，需要时再汇寄，只是要求出版社把北京和各地印出的样书，及时寄给他们，以便了解全国印刷出版的情况就可以了。

罗广斌、杨益言对《红岩》的稿费看得很淡，他们说：钱这东西，生不带来，死不带去，过去开支用的都是国家的，今后少开销点国家的，当用就用，为创作服务。罗广斌说：他不管钱，让杨益言管。杨益言也没有怎么管。此后，稿费就存在中国青年出版社，存了多少罗广斌、杨益言都不知晓，需要时，便由杨益言来电来信通知中国青年出版社，这边便将钱汇过去。

1964 年 7 月，北京召开第三次团代会，罗广斌作为四川代表，出席了团代会。当时我作为大会联络处的工作人员住在民族饭店，罗广斌所在的四川代表团也住在这里。我们常在会议的空隙和晚上，或他到我的房间，或我到他的房间见面交谈。在团代会上邓小平、陆定一根据中央工作会议的精神，向大会做了传达和报告，向团员、青年和团的干部提出了革命化和“防修反修”的问题，强调要自觉地清除思想上的新旧资产阶级思想和影响，防止蜕化变质。罗广斌在这方面对自己的要求是非常严格的，所以他对中央领导同志提出的这些精神和号召特别重视。当时杨益言、刘德彬也在北京，住在中国青年出版社的客房内。团代会后，罗广斌也过来，他便召集杨益言、刘德彬，有时也邀请阙道隆和我参加，他们用了十余天的时间，讨论了如何革命化和防止修正主义问题，实际上他们自觉地进行了一次小整风。这时他们才了解到《红岩》稿费共支付了七万多元，已支出五万余多，只剩下二万元了。他们感到震惊，专门要出版社的财务部门给他们开列出了一份明细表，他们一笔笔地对所有的开支进行了分析。

当时，他们还写了一份整风思想小结，主要集中在以下几个问题的认识上。

一、1961年《红岩》出版以来，稿费收入不断增加，虽然思想上认为应正确对待，这些钱应主要用在工作上，作为创作《红岩》前续的开支，以减少公家的负担。同时也认为，金钱是身外之物，有就用，用完就算了，不被金钱摧残意志。由于想得简单，用钱也不算账，现在回头一看，四年竟用了五万多元，这中间有些开支，比如：用于《红岩》前续写作上的开支，接待来渝《烈火中永生》摄制组和陪同沙汀、艾芜赴川东北访问的开支；接济一些生活上有困难的同志的开支，是必要的、正常的，但也有一些开支则属于浪费。经济基础发生了变化，存在决定意识，思想感情，生活方式就不能不受到影响，艰苦朴素，勤俭节约就不注意了，必须引起高度重视。

二、《红岩》出版时，领导上给他们打过"预防针"，受到表扬时不翘尾巴，受到批评不泄气。当时他们很重视，确定了几条原则：第一，尽量少做报告；第二，能够不参加的社会活动尽量不参加；第三，不随便写文章。总之，多听批评意见，注意自己的不足，保持谦逊，防止骄傲自满。随着表扬多于批评和他们越来越受到社会上的重视，久而久之，就增加了所谓"自信"，变得不谨慎了，主观主义、自以为是的东西逐渐增加了。这种新的骄傲、自满情绪的抬头，如不注意，就会使自己变得停滞不前，故步自封起来。

三、他们都出身于非无产阶级家庭，受的是资产阶级的学校教育，思想改造是不彻底的，如果放松思想改造，个人主义很容易滋生发展，这是特别要警惕的。

以上是罗广斌、杨益言、刘德彬三人当时响应党中央革命化的号召，自觉对照检查的三点。在今天看来，或许会感到这些话已经十分陌生了，但在当时就这些话的本意和罗广斌、杨益言、刘德彬他们出发点来说，是发自内心响应党的号召，自觉地洗手洗澡，消除政治上、思想上、作风上的变质因素，从中吸取经验教训的最最真诚的表现。

首先，在这次小整风中，他们决定把剩余的二万元稿费，拿出一万七千元交党费(在这之前他们已经交了四千二百元党费),今后个人生活的开支,全都从个人工资收入中开支,恢复原来的生活水平。当时罗广斌血压高,心脏也不太好,我劝他多留点稿费,万一有些药费报销不了,也可以缓解一下开支。老罗一口拒绝,他说:"不留尾巴,不留后路。"没有一点考虑的余地,这就是罗广斌淋漓痛快的性格。

第二,为防止骄傲自满的情绪滋长和故步自封,思想僵化,他们决定每年下基层参加劳动,参加实际工作,和工农群众同吃同住同劳动一段时间,逐步实现工农化、劳动化。

第三,为防止个人主义的滋长,注意思想改造,加强党小组的组织生活,每周一次,交流思想,开展批评与自我批评。

第四,在创作集体中(指罗广斌、杨益言、刘德彬三人小集体),坚持党性原则,在政治、思想、工作、生活各方面,互相监督,互相帮助,制定一套集体工作制度,作为保证,坚持执行。

这是当时罗广斌、杨益言、刘德彬三人为实现革命化,"防修反修"进行小整风总结出来的经验教训和采取的措施。事情已经过去四十多年了,时代和环境都不同了,但在当时,他们却是无比真诚,无比执著,完全是自觉自愿,没有任何来自组织上的压力,这是20世纪60年代共产党人的坚定信念,执著追求,对党、对革命事业无比忠诚,毫无私心杂念,对自己从严从高要求的自觉的表现和真实的写照。尽管四十多年后的今天,时代已经大大向前发展了,但罗广斌、杨益言、刘德彬当时这种信念和精神,以及严以律己的态度依然值得尊敬、值得呼唤、值得学习。

噩梦突然落在他们身上

1965年11月29日,以罗广斌、杨益言、刘德彬德彬三人的名义，在给重庆市文联党组织和市委宣传部的报告中，汇报了他们1966—1968年的创作计划。报告中，首先汇报了他们从1962年开始，围绕《红岩》前续的创作和小说《红岩》的修改，做了大量的准备工作，广泛地听取了各方面的反映和意见。他们说，为创作《红岩》前续，先后搜集、阅读了两千多万字的文字资料，访问了约一百多位老同志，结合个人的经历、自传，平均每位被采访者约讲三个半天，还提审在押敌特头面人物。经过四年的准备工作，到目前为止，写作前的准备工作已经基本完成，人物、情节、结构已有了眉目，现在可以集中精力，进入写作了。第二，他们计划先写《红岩》前续，之后再充实修改《红岩》。原计划前续以十年的时间完成，1971年出书，现在决定提前，1966年集中精力写前续（约三四十万字），突击写几遍，争取年底拿出一个征求意见本来。1967年开始充实修订《红岩》，1968年同时进行这两部稿子的修订工作，1968年定稿，在建国二十周年的时候同时出版。第三，新写的《红岩》前续，时代背景放在1934—1946年，主要是针对美帝国主义。《红岩》是写美帝夹着尾巴从中国滚出去，而前续是写美帝如何钻进来，在我国横行霸道，无恶不作。同时，通过监狱斗争，着意写一些普通共产党员的成长，写他们怎样和敌人斗争，也写他们怎样和“左”右倾机会主义作斗争，加强党性锻炼，终于成为坚强的、充满正气的共产党员。第四，对小说《红岩》的修订，时代背景不变，除了注意和前续前后照应外，主要是把城市斗争（包括工运、学运），农村斗争（包括发动群众），适当地增加一些正面描写，充实丰富双枪老太婆，把《挺进报》摆在恰当地位，结尾把悲壮的突围越狱的战斗描写得更细、更深、更强烈一些，同时加强重庆面临解放的气氛渲染。

罗广斌、杨益言、刘德彬这个1966—1968年的创作计划，是经过反复的酝酿、研究、推敲，本着力争上游的精神制定出来的。但是当时的大气候、大环境已发生巨大变化，这时正是“文化大革命”的前夕，毛泽东主席的两个对文艺界的严厉批示早已下达，

1963年冬，为写《红岩》前续，王维玲(左)陪同罗广斌(右)、杨益言赴秦城监狱提审在押军统要人了解情况。此系途中杨益言拍摄的

"文艺整风"已在全国铺开。重庆不是世外桃源，自然也不例外。同时"利用小说反党是一大发明"的最高指示，使一切写革命题材的作家，胆战心惊。新的风暴，这时已经从源头掀起，扑向全国。罗广斌、杨益言、刘德彬对这一严峻形势估计不足，但他们也不是麻木不仁，一点感觉都没有，在给我的信中，就谈到："这一写作计划，很可能是放了个空炮。"

罗广斌、杨益言、刘德彬的如意算盘果然完全打错了。正当他们满怀信心准备开始写《红岩》前续的时候，正当他们计划一年写出初稿，两年修改定稿，在建国二十周年定稿出版的时候，他们谁也没有想到，一场空前的、史无前例的"文化大革命"开始了。这场风暴，不仅把他们安排得好好的写作计划全部摧毁了，令人万分痛惜的是，前续的提纲，包括全部资料、手稿、采访笔记本、摘录的档案，等等，统统都被对立面抄走了，从此再无下落，一直失落到今天，再也未见返还！这是他们三个人用了几年的时间，花了巨大的心血和汗水、人力和财力收集来的无比丰富和珍贵的史料，而今全部付之东流。接着更令人震惊和痛心的消息传来，罗广斌被迫害而死！一个正当壮年，才华横溢、热情奔放、满怀壮志、一心要干出一番事业的年轻的共产党人，永远离开了我们。文学界刚刚升起的一颗引人注目的新星，突然陨落了，永远消失了。接着《红岩》被打成大毒草，杨益言、刘德彬也被捕在押，送到边远的地方劳动审查。到此,《红岩》和它的作者都被投入到一个充满苦难和折磨的深渊,而他们那个满怀壮志和希望的美梦,则成了一个充满痛苦和折磨的漫长噩梦……

胡耀邦说:“我不说你们写了一部好书,因为用好书这两个字已经不能概括它的意义了。”

1976年粉碎“四人帮”,《红岩》得解放,罗广斌也平反了。到2011年《红岩》出版整整五十年了,总发行量超过一千万册,可以说是建国六十二年来,中国当代长篇小说中发行量最大的一部。还不仅仅如此,“文革”前后《红岩》还被改编成电影、电视剧、话剧、歌剧、京剧、川剧、评剧、评书、连环画等。在日本,有三家出版社将《红岩》翻译出版,此外,还有英、法、德、朝鲜、越南等文字的译本。“文革”中《红岩》遭禁,粉碎“四人帮”后,《红岩》得解放,一下又红遍了中国。20世纪80年代被共青团中央推荐用于党政机关、共青团、工会、妇联、少先队组织和教师、家长向青少年进行革命理想和道德情操教育的十本书之一,后来又被全国中学生评为最喜爱的读物之一。除此,这一时期还出版了《红岩》的节本、缩写本,这说明,《红岩》的生命力和它自身的价值、成就使这部不寻常的小说吸引着、影响着一代又一代千百万读者。早在1962年的中秋节,全国青联在北海公园举行联谊活动,当时罗广斌正在北京,应邀参加了联谊会,我作为中国青年出版社的代表陪同他前往。在白塔下优美秀丽的漪澜堂内,团中央第一书记胡耀邦亲切地握着罗广斌的手,动情地说:“你们写了一部《红岩》,我不说你们写了一部好书,因为用好书这两个字,已经不能概括它的意义了。在现在经济十分困难时期,你们出版的《红岩》,以出色的描写、感人的事迹,吸引了广大青年读者,以革命烈士高尚的牺牲精神,成功地进行了一场革命理想和革命气节的教育,使人们从关心自身的热量,到树立乐观的信心,保持高昂的革命精神境界,去战胜困难。《红岩》对社会的贡献,已经远远超过了一部好小说的作用。”这是耀邦四十多年前的一次讲话,至今回忆起来,还感到无比的亲切,无比的深刻!我想,这是对《红岩》这部小说当时产生的社会影响和社会效果,最实事求是,也是富有远见的概括。“文革”后,在人们的信仰一度发生动摇、发生危机之时,《红岩》以它自身的丰富内容,又一次感染和教育了青少年读者,使他们了解黑暗的旧社会,认识凶恶残暴的敌人,明白了社会主义江山得来不易,是无数革命先烈的鲜血和生命换来的!先烈们的鲜明爱憎、坚定立场、光辉形象、牺牲精神又一次发挥了坚定信念、坚定信心、树立革命的人生观、价值观、道德观的特殊作用。而在改革开放和社会主义市场经济体制建立的时候,在面对许多新情况、新矛盾、新问题,特别是腐败问题的严重和种种丑恶的社会现象发生时,人们又一次认识到,呼唤革命先烈精神再现,企盼优良传统美德回归,提倡革命传统,弘扬红岩精神,仍不失为一种有效的方法。所以小说《红岩》一次又一次地以它的巨大感召力和艺术震撼力打动着读者,连连再版,从20世纪60年代到21世纪这部以弘扬红岩精神的小说给人以感染,给人以启示,所以我说:无论是在三年经济困难时期,还是在“文革”后拨乱反正和改革开放的新时期,以及当前为建设和谐社会而奋斗的今天,《红岩》都发挥了潜移默化的作用。而且这种作用还在社会上、人群中延伸、发展,这块竖立在社会主义祖国大地上的、竖立在文学百花园中的、竖立在广大读者心目之中的艺术丰碑永远不倒,就像无数先烈用鲜血染红的五星红旗一样,永远飘扬在祖国的大地上,飘扬在我们的心中,会世世代代传下去。五十年来的历史证明,红岩精神世代相传,《红岩》小说长销不衰。《红岩》是一本团结人民、教育人民,引导广大的青少年读者爱国、爱党、爱我中华,走社会主义现代化康庄大道的最形象、最生动的教材。还说明,无论是过去,还是在现在,革命历史题材的文学作品具有很强的生命力;繁荣和创作更多、更好的革命历史题材的文学作品,艺术地再现革命先辈的光辉形象和光荣业绩,发扬和传播革命的传统美德,依然是中国当代文学和出版人不可忽视的责任和任务。

杨益言家中收藏的《红岩》版本

杨益言——一生播种红岩情

已经有九年没有见到杨益言了，还是2002年10月中旬他应中央电视台的邀请来京制作节目，从杨益言到京的第二天开始，北京地区即被一股强大的冷空气包围，以致在以后的几天中冷空气不断加强，降到同期的最低点。可以说，北京提前十多天就进入了初冬。

这样的天气，对于从重庆飞过来的七十七岁的杨益言来说，是十分不利的。他到京的当天晚上，就给我打来电话。我知道1999年5月杨益言因参与一部电视剧的策划工作，七天七夜没有走出宾馆的大门，由于过度劳累，突发心脏病，住了一个多月医院，由此开始，体质衰弱，所以我在电话中，千叮咛，万嘱咐，要他少出门，注意保暖，防止感冒。

没想到，在他离京返渝的前一天的那个晚上，突然从城西跑到城东，摸黑爬上五楼，来到我的家中。望着穿着厚厚羽绒服的杨益言，我是又惊又喜又为他担心。

杨益言一脸诚挚的神色，专注地望着我，说："不来看你，不放心啊！精神不错嘛！比我想象得要好！"2002年7月，我因糖尿病、心脏病，住院一个月，益言知道后，连连打了几次电话，了解我的

杨益言近照(2011年11月)

病情，现在他到了北京，不要说是深秋，就是数九寒冬，他也会来看我的！

我赶忙给他泡上一杯热茶，益言双手捧着茶杯，用一双闪亮的眼睛望着我，兴冲冲地告诉我："2002 年 5 月 23 日江泽民总书记在重庆视察工作时，围绕如何认识红岩精神，如何弘扬红岩精神作了重要讲话，《重庆日报》、新华社、《文艺报》都作了报道。"

一讲起弘扬红岩精神，他浑身就来了劲儿。是啊！他从 1949 年重庆一解放就宣传"红岩精神"，做了几百场报告，20 世纪的 60 年代，他与罗广斌一起写了成名作长篇小说《红岩》。80 年代，他又写了《大后方》和《红岩》前续《秘密世界》两部长篇小说，以及多部中篇、短篇集子……六十多年啊！半个多世纪过去了，他一直在坚持红岩精神，弘扬红岩精神，用红岩精神塑造自己，塑造他人！红岩精神完全融化在他的血肉情感之中，已经成了他毕生为之奋斗的事业，已经与他的昨天、今天、明天密不可分了。

益言告诉我，江泽民总书记说："抗日战争时期，以周恩来为代表的中共中央南方局在这里团结和领导人民群众同反动势力进行了不屈不挠的斗争。抗战胜利后，在中华民族处于向何处去的重要历史关头，毛泽东同志来到重庆，进行了决定中国前途和命运的重庆谈判。很多革命先烈为中国人民的解放事业献出了宝贵的生命，江姐就是中国共产党人大义凛然、坚贞不屈的典型形象，为全国人民所敬仰，一部《红岩》小说、一曲《红梅赞》教育了几代人。那段风雨如磐的革命斗争岁月，培育和形成了伟大的红岩精神。红岩精神充分体现了老一辈无产阶级革命家、共产党人和革命志士的崇高思想境界，坚定的理想信念，巨大的人格力量和浩然革命正气。所以 1991 年 4 月我考察重庆时，题写了'发扬红岩精神，沿着老一辈革命家开创的道路奋勇前进'。红岩精神同井冈山精神、长征精神、延安精神一样，都是中国共产党人和中华民族宝贵的精神财富。在新的历史条件下，全党全社会要大力弘扬红岩精神，使之成为我们在 21 世纪推进建设有中国特色的社会主义事业的强大精神力量。”讲到此，杨益言无比兴奋，他说，现在重庆市已经把弘扬红岩精神作为推动全市各项工作的动力。

望着眼前这位已经相识相交四十四年的老朋友，我心潮起伏难平，感到无比激动。虽然他的个子不高，但他的腰板始终是笔挺的；虽然他很单薄瘦弱，但他的精神气质始终是昂扬饱满的；他无疑是一位经受了严峻考验的真正的共产党员，一位对党、对革命事业无比忠诚的老战士。在国民党统治时期，他作为一名进步的大学生，在党的领导下，自觉地走上了如火如荼的学生运动第一线。在他被捕关进了人间魔窟“中美合作所”渣滓洞监狱后，他受尽了恐吓和酷刑，他经受了血与火、灵与肉的考验，始终无口供，机智巧妙地与敌特周旋，反映了他那坚如磐石的革命者的意志和品格。“文化大革命”中，他受尽了中伤、诽谤，政治上压得他喘不过气来，身心受到难以忍受的折磨，几乎命丧黄泉……对杨益言来说，无论是身处逆境，还是身处顺境，对党的信任、对革命的信念、对自己追求的事业、对他钟情的工作，总是满怀信心，充满希望，从没有动摇过。要说经历，杨益言也算见多识广了，岁月的雕琢，风雨的打磨，他尝尽了人世间的酸甜苦辣咸，见识过各种各样的真假善伪的面孔，但最终杨益言还是杨益言，从没有改变他诚实、诚恳、诚挚的本性。他也说，有时不善于察人，但他那直率坦诚，诚实待人的秉性始终未改。对战友至真至诚，对朋友从不设防，干起工作来他总是默默地付出，从不计较个人的得失名利、恩恩怨怨，他一心一意地干实事、干好事。大事他干，小事他也干；难事干，苦事也干；别人不愿意干的事他干，别人干不成的事他都去干……只要有益于他热爱的事业，有益于社会进步，他任劳任怨、踏踏实实、一丝不苟地去干，并且把事情干成、干好。就像一头老黄牛，不息地耕耘，默默地奉献。想想杨益言这六十年来的经历，他无偿地做了几百次报告，他写下的长篇、中篇、短篇加起来有二百多万字，他不时地被省、市、中央的电视台邀去做节目，他在一代又一代青少年中的影响大不大？他对精神文明、社会进步的贡献大不大?无疑这是人所共知、人人肯定的事实。他只是默默地工作,他计较过什么吗?他争过名和利吗?没有!他从不计较报酬,有报酬,他这么干;没报酬,他也是这么干。尽管他淡泊名利,无私厚道,坦诚实在,但在他的人生道路上,还是充满了荆棘、坎坷,给无私无畏、豁达开朗、乐观自信的杨益言在精神上带来无尽的烦恼。做好人难啊!做好事也难啊!难在你做了好人,做了好事还要受委屈、被误会,甚至遭受人身攻击。但杨益言终究是杨益言,他毕竟是经受过光明与黑暗、正义与邪恶、血与泪的学生运动的考验,他毕竟是挺着胸膛,从人间魔窟中走出来的钢铁战士!他是坚定的、坚强的、坚忍不拔的革命者,他始终以至诚、坦荡、博大、宽容的胸怀对待历史、对待社会、对待发生在他身边的人和事,他始终保持一个堂堂正正的共产党员和革命者的本色,这就是昨天和今天的杨益言。

同济大学一·二九学运中的杨益言

杨益言生于1925年,在他上小学、中学的时候,就赶上了1931年的九一八和1937年的七七事变,他上初中一年级的第一课就是背上长枪上军事训练课,这以后他又亲眼目睹了日寇飞机狂轰滥炸残杀无辜平民的五三、五四重庆大轰炸惨案。当时十四岁的少年杨益言义愤填膺,立志要报效祖国,抗击日寇,拯救水深火热之中的祖国和人民。他怀着一腔热血,努力学习,准备将来报考工科,走实业救国的道路。1944年高中毕业后,他如愿以偿地考入了南迁四川的上海同济大学电机工程系。次年日本投降了,抗战胜利了,同济大学于1946年迁回上海。杨益言怀着满腔热忱,满怀希望,走进了大上海,本想从此开始专心学习,实现自己的追求与理想。但他万万没有想到,他却投身到另一场艰苦卓绝的斗争中。在国民党与共产党两党政治大搏斗的漩涡之中，他自觉地站到共产党一边，成为白区第二条战线上的一名忠勇的战士。

当时上海的学生运动和全国的学生运动一样，是从反对国民党、蒋介石的暴虐统治，从反饥饿、反内战、反迫害，从反美军暴行、反美扶日、反美扶蒋、反对美国干涉中国内政等抗议活动开始的……满怀爱国心和正义感的杨益言毅然决然地走进上海大学生抗暴的行列之中。由于杨益言喜欢写作，最初他写些反映家乡生活的文章，从1946—1947年他先后在上海的《观察》《时与文》两个刊物上发表了五篇文章。由于他爱写作，写得又快，后来成为同济大学学运新闻组的重要成员、油印《快报》的总编辑。

而今杨益言讲起半个世纪前，他在同济大学求学时的这段历史时，还是很激动的。他说："当时党和我联系的白巨源同学，将重要的消息告诉我，我迅速地把它变成文字刻写在油印的蜡纸上。陪伴我的是一张刻写蜡纸的油印小桌子，时而放在游行队伍中的卡车上，时而放在集会的幕后。斗争越激烈，油印《快报》出刊的速度也就越快，一般是每隔十五分钟到二十分钟，就出一期《快报》。所以一次游行下来，要出十几期《快报》。这份简明扼要的《快报》，不仅迅速及时地传递了学运信息，更重要的是发挥了鼓舞同学、团结同学、动员同学以及促进学生运动高潮到来的战斗作用。"

1948年1月同济大学进行第三届学生自治会的改选，实际上这是一场在我地下党领导下的进步同学与国民党、三青团和特务分子组成的候选人之间的进步与反动、民主与专制的较量，最后不得人心的国民党员、三青团员和特务分子的候选人统统落选，许多进步学生进入自治会，民主选举取得完全胜利。反动的校方领导立刻露出了狰狞的面孔，首先开除领头的进步学生，想以高压的手段，把刚刚诞生的学生自治会扼杀在摇篮之中。学生自治会立即决定举行两天罢课，抗议校方的迫害，要求校方收回开除学生的成命。校方针锋相对，公开恫吓，扬言如不复课，"必要时通知治安机关维持校内秩序，"露出了镇压学生运动的刽子手面孔。上海地下党大学区委和同济大学地下党总支提出“反迫害、争民主”的政治口号,坚决反击反动校方的进攻。但反动的校方也下了决心,又开除了一批学生,处分了一批学生。矛盾迅速激化,学生自治会决定无限期罢课,校方仍不让步。学生又绝食一天,仍无结果。于是学生自治会决定 1948 年 1 月 29 日组织同学赴南京请愿,要求校长丁文渊引咎辞职。与此同时上海市学生联合会在同济大学工学院内召开了“支援同济大学争民主反迫害大会”,六十多个大中学校的一千五百多名代表,响亮地喊出了“团结起来,保卫同济民主堡垒”的口号,当场成立了“上海市学生争民主、反迫害,支援同济联合会”,还发表了“宣言”,决心与同济联合起来,迎接战斗。这就是发生在上海同济大学的一·二九事件。

这一下,可把南京国民党当局吓坏了。蒋介石亲自下令要国民党教育部长朱家骅和上海市长吴国桢“迅速解决同济学生罢课事件”,一定要阻止学生去南京请愿,甚至不惜“解散同济”。国民党上海当局也慌了手脚,1 月 29 日这一天,上海反动当局出动了全副武装的军队、警察、宪兵、特务,把同济大学工学院周围几十平方公里都封锁了起来,不准同学们迈出校门一步。但同济的学生却声东击西,机智巧妙地冲出学校。复旦等大学的同学们,又通过小街小巷,绕过国民党的军警队伍,和同济的同学们汇集到一起,然后打出旗帜,走上街头,开始请愿游行。国民党当局立即调动几千军警,组成多道防线封堵,疯狂地殴打、逮捕学生。特别是冲在前边的马队,挥舞马刀,劈砍学生,一时间大批学生倒在地上,鲜血溅满了大地。敌人妄图以血腥的武力镇压的手段,打散游行队伍,阻止学生赴京请愿。在敌强我弱的形势下,为避免遭到更大的袭击和伤害,同学们整队退入同济工学院大礼堂内。国民党的反动军警宪特立即把同济工学院团团包围起来,不准同学进出。同时提出四条无理要求:第一,交出为首闹事的学生;第二,交出已被开除的十一名学生;第三,交出殴打市长吴国桢的凶手;第四,马上复课。

同济大学学生自治会也派出学生代表，严词拒绝了当局提出的四条无理要求，并严正提出：第一，严惩殴打和残害学生的凶手；第二，马上从同济撤出军警；第三，赔偿损失；第四，收回开除学生的成命。双方针锋相对，毫无谈判基础。

被大批军警宪特围困在礼堂中的学生，义愤填膺，他们在礼堂内召开控诉大会。台前的同学们群情激昂，群情气愤。台后，杨益言迅速地把原来摆放在游行时卡车上的那张刻写蜡纸的小桌子搬到后台，他一边谛听台上台下愤怒的讨伐，一边迅速编写刻印一张张油印的《快报》。当《快报》以飞快的速度出到第十期时，台上的同学急匆匆地跑过来通知他：赶快收拾东西，特务就要冲进礼堂来了。杨益言藏好刻印工具，走过前台，走到台下的同学们中间。同学们正做应急准备，礼堂的大门被砸开了，全副武装的军警和身着便衣的特务冲进礼堂。一个自称是"市长代表"的人，走到台上，气势汹汹地发出最后"通牒"，限令在几分钟内把十一名被开除的同学交出来！把殴打市长的"凶手"交出来！台上的表演立时引起台下同学们一片怒吼声："军警队员退出学校！""释放被捕同学！"针锋相对的对峙局面出现了，一场预谋好的野蛮行动开始了，大批军警特务沿墙穿插，转眼间就把同学们分割成几大块，然后对手无寸铁的学生横冲猛打，抓住女同学的头发往礼堂外面推，扭住男同学的胳膊往外押，尽管同学们英勇抵抗，怒涛般的吼声响彻在礼堂的内外，但面对手持铁棒、皮鞭、短棍、枪柄的敌人，不少同学还是倒在血泊之中……同学们被军警赶出礼堂的大门，排成单行接受检查。在礼堂走廊的尽头，站着一排蒙面特务，依照手中捕人的黑名单，指认抓捕的对象。杨益言知道，自己早已上了黑名单，他被押出礼堂大门后，故意放慢脚步，就在这时他的鞋跟被后边的同学踩掉了，他立时弯下腰去提鞋，后面忽的一下就堵了许多人，特务怕因此跑了人，一边大声吼着："快走！快走！不准停下。"一边推搡着杨益言和后边的同学，就在这急速、混乱的行进中，杨益言巧妙地躲在一位身材高大的同学后面，躲过特务的视线,安全地闯过了这一关,但却有一百多位同学被拖上囚车押走了。1948 年 1 月 29 日是同济大学难忘的一天,同学们以自己的血和肉与国民党在上海的反动统治者进行了一场可歌可泣的大搏斗,以自己不屈的行动,写下了上海学生运动史上的光辉一页。

杨益言早已上了国民党的黑名单,随时可能被捕,但他一直坚守岗位,坚持工作,当晚他在复旦大学学生宿舍隐蔽下来。次日清晨,从收音机播出的、从报纸上看到的全都是中伤、诽谤同济爱国学生的言论,杨益言一腔热血沸腾了,满怀愤慨之情爆发了,他愤然而起,真实详尽地写了一篇万余字的与反动当局唱对台戏的文章,详细地记述了一·二九事件发生的前前后后,这篇题为《同济一·二九事件真相》的文章,连同数帧冒着危险拍下的照片,一并送给当时上海的进步周刊《国讯》。三天后,他的文章刊出来了,把事实真相披露给上海市民,立时在社会上引起了强烈的反响。但杨益言的处境也因此更加险恶起来,特务四处搜捕他。同学们要他赶快离开上海躲避一下,他就用这篇文章的稿费,买了一张去台湾的船票,到堂姐家躲了一阵子,不久又返回上海。

经受了一·二九事件的考验后,同济大学地下党支部委员白巨源同学介绍杨益言加入了地下党的外围组织——“一·二九同学会”,他们隐蔽在同济法学院的宿舍里,把他们经历过的事情写出来,在《快报》发表的材料的基础上,编写了一本名为“控诉揭露‘一·二九’事件真相”的小册子,原计划在上海出版。就在这时,一位被捕的同学从狱中带出信来,要杨益言赶快撤离上海,特务正在部署抓他,追捕行动已经开始。这样杨益言在同学们的掩护下,匆匆地告别了上海,告别了同济,于 1948 年 4 月回到重庆。

杨益言是个有心人,又是个极为细致的人,谁也不会想到就在他身处险境、恶境,随时都有可能被抓、被关进监牢之时,他也没有忘记一个正义的进步青年的责任和义务,他竟然在自身的安全都难保的危险时刻,把尚未出版的《控诉》小册子的材料和照片全部带回了重庆。在与他的中学同学、重庆大学地下党支部书记凌春波商量后，便于这年的五四那一天，在重庆大学的礼堂隆重推出“同济一·二九学运展”，又一次揭露国民党反动当局血腥镇压学运的罪行，在山城产生了强烈反响，在学界起到了振奋斗志的作用。

1998 年，在纪念同济一·二九事件五十周年的时候，七十三岁的杨益言和当年的老同学、老校友欢聚一堂，追忆往事，心潮起伏难平。当年与杨益言并肩战斗的老校友们把他誉为《同济报》的“新闻之父”，中共同济大学党委组织部对杨益言在一·二九学运中的评价是：“杨益言同志当年接受党的直接领导，完成了地下党交给的特别任务，负责学运宣传工作，担任同济大学《快报》的总编辑兼出版工作，在学运中起到了很好的宣传鼓动作用，使同济大学的学运在党的领导下顺利进行，使同济大学成为当时上海市学运中心(民主堡垒)。”而当年中共地下党同济大学工学院支部委员、地下党外围组织“一·二九同学会”干事白巨源讲得更具体了，他说：“当时我受地下党的委托负责同济大学的宣传工作，我找到杨益言同学，负责同济大学新闻宣传的主要工作，即以同济大学自治会的名义出版发行《同济大学快报》，请杨益言担任总编辑负责出版工作。从 1947 年 10 月开始，一直到 1948 年 1 月 29 日晚同济大学被八千军警包围进行大逮捕为止，我都与杨益言同学在一起，负责这一连串爱国学生运动的宣传鼓动工作，新闻发布工作。在这一段时间中，杨益言的工作是积极负责的，任劳任怨、不畏强暴、艰苦努力，较为出色地完成了地下党交给我们的任务。特别是在一·二九晚上，杨益言在大礼堂后台编辑出版《同济大学快报》时，他不顾自己的安危，表现非常镇静坚定，没有辜负地下党的委托，在工作态度与工作能力方面，也表现得非常出色。当时时间紧促，只需口头向他传达和叙述，杨益言即可在钢板上迅速拟就标题，排出版面，刻出需要及时报道和传达的短小精悍的文章。《同济大学快报》在当时学生运动中也是小有名气的，当时在复旦大学求学,后来成为音乐家的司徒汉还编过一首《同济大学快报好》的歌曲。在抗议‘九龙事件’时,地下学联代表通知我,《同济大学快报》出版快,发行及时,把《同济大学快报》改用‘上海学联’的名义出版发行,在两小时不到的时间里为上海学联(地下)发行了六七期快报。我与杨益言一起工作的这一段时间,正是解放前白区学生运动如火如荼高潮迭起的一段可歌可泣令人难忘的时期,我们赤手空拳,前仆后继,与武装的反动军警搏斗,是无所畏惧的,但有不少同学也做出了重大牺牲,为中国人民解放事业做出了不朽的贡献。杨益言同学当时不仅积极参加党领导的学生运动,出色地完成了党所交给他的任务,最后也做出了一个青年学生可能做出的最大牺牲,被同济反动校方开除学籍。”当时同济大学的地下党支部书记乔石应聚会的老同学、老校友的要求欣然题词:“同济大学一九四八年一·二九是反抗国民党暴政,争取民主的斗争,是毛泽东同志所说解放战争时期的第二条战线中的一次重要的斗争。今天,我们纪念它的五十周年,就要发扬当时那种为人民利益英勇奋斗的精神, 努力做好各项工作,为建设有中国特色的社会主义事业做出新贡献。”

当时党在上海领导学生运动的组织者之一吴学谦著文说:“同济一·二九事件,就是第二条战线深入发展中,上海学生反对国民党的暴虐统治、争取民主权利的一次大斗争,正义的学生同反动军警短兵相接,尖锐激烈,国民党上海市的头面人物为此倾巢出动,蒋介石和上海市当局互相指责,可见这一事件对反动统治的震撼是很大的。”

杨益言是一·二九事件的亲历者,讲起这段学运经历,他深情地说:“敌人的凶残吓不倒青年学生,敌人的种种限制,阻挡不了学生对正义、对民主的追求,对革命的向往,野蛮镇压只能催化青年学生更快地觉醒。我和我的许多同学,在遭到敌人的种种迫害之后,没有屈服,没有害怕,相反,丢掉幻想,更加理智,更加清醒,更加坚定,更加自觉地寻找共产党的领导,自觉接受共产党的领导。所以我说一·二九这场血与火、呐喊与马嘶、正义与非正义、民主与独裁、坚强与懦弱、争取进步光明的学生运动,对我以后感悟人生价值、认识社会变迁、理解历史进步有重要意义。特别是在从事《红岩》小说创作时,对作品中学运的描写,有了真切具体的生活感受。上海的学运经历,是我永难忘怀的一段斗争生活经历,是我人生旅途中分量很重的'同济情'啊!"

落入"人间魔窟"渣滓洞监狱的杨益言

1948年5月在重庆大学举办过"同济一·二九学运展"后,杨益言就不能再在重庆大学学生宿舍住下去了,为了隐蔽自己,他到重庆铅笔厂职工夜校代课,同时搬进这家工厂的工人宿舍里居住。在这段时间,他完全沉寂下来,安心地撰写全面反映同济一·二九事件的《一·二九通讯》。完稿后,他觉得言犹未尽,又写了几篇有关一·二九事件其他方面的文章,他把这些文章寄给上海的进步刊物。解放后,他在查阅资料时发现,这些寄出的文章,都在当时的《时与文》等进步刊物上发表了。

但隐蔽而平静的生活很快就被打破,灾难和厄运突然降临到他的头上。1948年8月4日,这是难忘的一天,杨益言正在工厂宿舍楼上看书,突然闯进四名特务,将他狠狠地按倒在地,扭过双手,就给他戴上了一副手铐。然后推出门去,推上一辆中型吉普车,押往西南长官公署二处——这是当时西南地区军统特务的首脑机关。

坐在那间阴暗潮湿又充满血腥味的牢房里,杨益言一眼看到,重庆大学地下党支部书记凌春波也在这里。此时凌春波也发现了杨益言,凌春波巧妙地避开其他人的视线,朝他摆了摆手。杨益言立刻明白了,尽管他和凌春波有过联系,在重大办过"同济一·二九学运展”,但这次被捕与他、与展览没有关系。这时杨益言心里有了底,他安定了许多。随后囚室中一位年长的、已经亮明是共产党员身份的狱友罗世德对杨益言说:“我被捕后,已经连续刑讯一个月了,没有什么了不得的,挺过一个月,特务就不会用刑具吓唬你了。”杨益言笑了,知心地朝罗世德点点头,表示对他的信任和敬佩。

当晚,杨益言被押进刑讯室。昏暗的灯光下,几名行刑特务晃来晃去,各种各样的刑具,特别是那个老虎凳,摆在一眼就可以望见的地方。

主审特务叼着烟,故做轻松地一笑,用一种狡诈的目光望着杨益言说道:“杨先生,你还是自己先说吧!”

表面上杨益言十分沉静地坐在那里,默默无言,但在他的脑海中却不停地运转着,“我为什么被捕?必须把被捕的原因弄清楚!”他稳稳地坐在那里,一言不发,双方在精神上和意志上对峙着、较量着。

特务终于忍不住了,想迅速打破这沉闷的僵局。他突然从座椅上站起来,气愤地把盖在桌上的报纸掀开,指着报纸下面的一堆东西,威胁地说:“是不是要把你重大的女朋友也请来?!别以为你不讲我们就什么都不知道。告诉你,你的一切我们早知道了:你是从香港派回重庆恢复《挺进报》的!对吧!你们的刘国定同志,现在已经是我们的中校同志了!”

聪明机敏的杨益言是绝对不会放过这个绝妙的好机会的!他睁大了眼睛,看见了他撰写的《一·二九通讯》油印稿,看到了他写给重大女友的信……瞬间,他一切都明白了,这些全都是从邮检中截获的!杨益言想到,寄《一·二九通讯》时,他没有写寄件人的地址;给女友的信,他用的是工厂的信封。想到此,他立时做出判断,敌人是经过核对笔迹,才寻找到我的地址。此刻,他担心的已经不是自己,而是他把文章寄给上海的那位地下党员和托他转交的几家进步刊物的命运,是否也会因此受到牵连。

杨益言的内心在紧张地思考着，但表面上仍一动不动地沉默着。杨益言的沉静神色，似乎对敌人所说所做完全不屑一顾。特务似遭到了羞辱，气冲冲地走到杨益言的跟前，狠狠地给了他一记耳光，然后一挥手，四名行刑特务便冲了上来，把杨益言架起，放在老虎凳上。老虎凳是一条长板凳，一头顶在墙上，让杨益言的背贴着墙，双腿平放在板凳上坐下来，然后把一块木板放在膝盖上，用绳子把木板、大腿和板凳紧紧地捆绑在一起。然后又强逼杨益言弯腰，将他的双手大拇指和两脚的大脚趾紧紧地绑在一起。此时，杨益言只感到头发晕，身发热，呼吸急促。审讯杨益言的特务手中拿着一根木棍，用力地敲打杨益言的脚胫螺丝骨，得意地问道："你说不说？还是说了吧！你是不是共产党从香港派到重庆来恢复《挺进报》的？"

这时的杨益言不仅完全沉稳了，而且心中有了底，敌人既不掌握他的真实情况，也把他的身份搞错了。此刻，杨益言十分清楚，接下来敌人要干的是什么：特务们会用棍子把他的脚后跟向上撬起，将一块砖头塞进去；然后撬起来，再将一块砖头塞进去；塞到四五块砖以后，他的膝盖骨就会粉碎……望着凶残野蛮的特务，愤怒的烈火似要在胸中爆炸开来，他本要张口怒斥特务，蓦地他想起了罗世德对他说的话，胸中的怒潮渐渐平静了下来，他用力高高地扬起头，声音不高，但字字清楚有力，吐出了两个字："不是！"

一场灵与肉，生与死的较量开始了，杨益言再没有说一句话，他晕了过去。

杨益言又一次被敌人拖上了吉普车，他的双眼被敌人蒙上了黑布。车子在颠簸的山路上走了许久，突然他听到阵阵的竹梆声，就在这时车子停下来，蒙在眼睛上的黑布也被摘了下来。只见山坡上布满了岗亭，岗亭上露出的枪口，对准了四面八方。层层的岗亭紧紧地围着一道山沟，山沟下面又用电网围着一栋栋房子……杨益言立时想到——这就是臭名远扬的人间魔窟"中美合作所"

集中营吧！

特务向杨益言宣布："你的号码是258号。"然后就把他关进了渣滓洞监狱楼上二号牢房。这间牢房囚禁着二十八个人，一个人只有"一脚半"宽的位置，每夜只能侧身躺下。杨益言在描述这段狱中生活时，曾写下这样一段话："毒刑折磨的恐怖气氛，笼罩着黑沉沉的牢房。狱中米饭的霉味，便桶的臭味，刑伤溃烂的腥味，充满了牢房狭窄的小小空间。"

在牢房里，杨益言的左边躺着工人余祖胜，他是因为《挺进报》案的牵连，被捕入狱的。小说《红岩》中塑造的余新江，就有许多余祖胜在狱中活动的影子。他也受过老虎凳等重刑的折磨，但表现坚强，宁死不屈。他从渣滓洞监狱的垃圾堆里找出来一些旧牙刷把，又找到一根铁钉，把铁钉磨尖磨利，把牙刷分割成许多小块，用这根铁钉将它分割开来，刻成许多红色的、绿色的、黄色的、白色的五角星。他做了百多颗五角星和红心，1949年年初，在渣滓洞监狱举行春节大联欢时，他作为新年的贺礼送给了狱中的难友。不要小看这小小的五角星和红心，在当时那暗无天日的黑牢之中，却给予了难友们巨大的力量、巨大的鼓舞。一次余祖胜警惕地走到风门口朝外边看了看，见左右都没有看守，回来后便拿一根竹筷，从他与杨益言躺卧的墙上钻进去，他朝杨益言点点头，杨益言立时明白，他是想试试这墙是土墙还是砖墙？一试，他就笑了，是土墙！他和杨益言一个在上边钻，一个在下边收起掉下来的墙土。从白天到黑夜，他俩轮流干，不停地往里钻，一根筷子钻进去了，再顶上一根筷子继续往里钻，终于把墙钻通了。在昏暗的狱灯下，他俩笑了，余祖胜赶快用一颗竹钉将洞口塞住。然后，挂上一件破衣服，把洞口掩饰起来。就是这个小小的洞口，后来竟成了狱中难友传递信息的秘密通道，一直到1949年11月27日余祖胜在大屠杀中壮烈牺牲，敌人也没有发现这个秘密通道。

睡在杨益言右边的是重庆市电力公司的刘德惠，由于他家有一些特殊的社会关系，有时能给刘德惠送进来一些营养品，刘德惠就将这些营养品送给狱中的病号吃。一次刘家送来一把二胡，刘德惠不会拉，就让杨益言教他。杨益言望着这把二胡，想起了他在同济大学读书时的往事。当时同济大学还没有迁回上海，就在长江上游一个偏僻的小镇上，他领头发起建立了一个“二胡研究社”，那时哪有那么多二胡？他和他的同学们就用竹筒、牛皮纸自制了二百多把二胡，还举行过数次二胡演奏会，这个灰色社团组织一直延续到上海。在上海学运风起云涌之时，他以“二胡研究社”的名义参加了社团联合会，在后来的学运中发挥了战斗作用。现在他要用刘德惠这把二胡，在这座人间魔窟中，给众多的受折磨的难友带来欢乐和愉快。杨益言的愿望不久果真实现了，那就是 1949 年辽沈、淮海、平津三大战役胜利的消息传进监狱后，狱中的难友们以春节大联欢的方式举行庆贺时，楼二室出的节目，就是杨益言的二胡独奏。

在狱中，杨益言还参加了为新四军战士龙光章被害致死的抗暴绝食等一系列的斗争活动。他在狱中结识了一批在狱外不可能结识的共产党人，他们在对敌斗争中表现出的聪明和智慧，勇敢和无畏，可贵精神和崇高气节，给二十三岁的杨益言留下了一笔毕生也使用不完的精神财富，铸造了一个革命者永不消退的宝贵本色。

1949 年的元旦，蒋介石为了使蒋家王朝缓一口气，重新调整和部署军事力量，他宣布引退，实际上是退居幕后指挥。国民党的副总统李宗仁当仁不让，立即以代总统取而代之。李宗仁上台后，当即表示愿与中共重开和平谈判的意愿。我党立即抓住这个机会，提出释放张学良、杨虎城，释放一切在押的政治犯的强烈要求。中共这个要求，赢得了全国人民和进步媒体的强烈响应。在重庆，国民党西南长官公署主任张群首当其冲，在四川父老和各界人士的重压之下，他不得不站出来表态：“只要没有证据，就放人！”1949 年的春夏之交，营救张学良、杨虎城和释放押在中美合作所集中营里的政治犯的呼声，形成了高潮，杨益言等几十位革命者就是在这样的背景下，通过社会关系被保释出狱，从虎口逃生，走出这座人间魔窟。六十年后，杨益言的哥哥杨本泉回忆这段生活时写下这样一段文字："弟弟被营救出狱时，两个耳朵洗出大量血水，这是被国民党特务施以'吊鸭儿浮水'酷刑留下的后患。"

杨本泉一锤定音，从此杨益言、罗广斌、刘德彬结下文墨之缘

出狱后的杨益言，隐蔽在重庆市北碚兼善中学校内。1949 年 11 月 30 日重庆解放，杨益言在无比欣喜之际，又惊悉国民党特务在逃离重庆之前在"中美合作所"渣滓洞监狱制造了骇人听闻的大屠杀的惨剧，杨益言无比震惊和愤怒，对敌人的仇恨和对死难烈士的深爱，让他在重庆解放后的第二天，就拿起笔来，赶写了一篇《我从集中营出来》，从 12 月 4 日起便在重庆《国民公报》上连载，此时距重庆解放不到一周。这是重庆解放后控诉"中美合作所"渣滓洞监狱残暴与黑暗，野蛮与屠杀的第一篇檄文，真实地、具体地揭开了"中美合作所"集中营的内幕，将狱中发生的一系列重大斗争史实和国民党特务的滔天罪行都暴露在光天化日之下。这篇及时的独家报道，引起了重庆市民的广泛关注，并产生重大影响，激起了人们对国民党特务更加强烈的愤怒声讨。从这篇文章，杨益言便开始了传播红岩精神和撰写红岩烈士不朽事迹的文墨生涯，整整笔耕了半个世纪，一直到他耄耋之年。

与此同时，中共中央西南局决定于 1950 年 1 月 15 日召开"杨虎城将军暨被难烈士追悼大会"。当时正是解放大军向西南广大地区进军的时候，而追悼大会的召开，正是发动群众、号召群众支前的最有力的动员令。筹委会还决定，在召开追悼大会的同时，还要编一本纪念特刊，于是从"中美合作所"渣滓洞监狱和白公馆

监狱中脱险出来的狱友，又聚集到一起，其中就有罗广斌、刘德彬、杨益言。罗广斌还是烈士资格审查委员会委员，杨益言被分配在筹委会宣传部工作。

当时杨益言二十四岁，罗广斌二十五岁，刘德彬二十七岁，三个年轻人，只是为胜利而欢呼、而喜悦、而激动，谁也没有想到，他们三个人竟会因同在筹委会工作，从此结下的文缘，延续了十几年、几十年……以至这中间有苦有乐，有喜有悲，有血有泪，有不安和苦闷，也有兴奋和遗憾……

这本特刊题名为“如此中美特种技术合作所”，副题是“美蒋特务重庆大屠杀之血录”，署名是“重庆市各界追悼杨虎城将军暨被难烈士筹备委员会编”。《特刊》要求内容全面，而且在编排印刷上也要求高，具体负责《特刊》工作的杨益言、罗广斌、刘德彬三人研究后就想到当时在《国民公报》副刊部当副主任的杨益言的哥哥杨本泉，想请他出来全面主持整个《特刊》的编辑工作，当时杨本泉已是地下党外围组织“新青社”社员，又是得到茅盾支持指导的“突兀文艺社”发起人。杨本泉爽快答应，和杨益言、罗广斌、刘德彬一起动手编《特刊》。《特刊》中包括照片、电文和演讲、烈士小传、罪行实录四个部分。在第四部分有以下几篇文章，依次是：《中美合作所真面目》（《国民公报》记者、地下党员李忠禄写），《血腥的记忆》（杨益言写），《杨虎城之死》《血染白公馆》《江竹筠烈士小传》（罗广斌写），《火烧渣滓洞》（刘德彬写），刊出时均未署名。最后是杨本泉写的《编后记》，阐述编辑意图。定稿后在《国民公报》印刷厂印刷，保证在1950年1月追悼大会召开时出版发行。后来这本纪念特刊经中国革命博物馆筹备处编辑，改名为“美帝蒋匪重庆集中营罪行实录”，由大众书店于1950年8月在北京出版。

1950年1月15日在重庆市举行过牺牲在“中美合作所”集中营的烈士追悼会后，杨益言被分配到重庆团市委工作。依据党的规定，凡曾被捕过的，必须经过党的组织严格的政治审查，并做出结论。经过一段时间的审查，杨益言的历史是清白的，其被捕、出狱的情况是清楚的，狱中的表现是好的。从 1947 年在上海同济大学，1948 年在“中美合作所”渣滓洞监狱，到 1949 年重庆解放后在“一·一五追悼大会筹委会”，一直没有时间和机会解决杨益言的入党问题，直到杨益言正式调入重庆团市委后，又一次经过组织上的严格审查之后，才在 1952 年正式入党。从组织上来说，对他的考验和锻炼的时间是长了些，但对杨益言个人来说，却是他人生旅途中最光彩、最难忘、最值得纪念的一段经历。杨益言这个政治历史结论，1959 年重庆市委决定调他出来写小说《红岩》时，又进行了一次审查，没有发现任何新的情况和问题，才批准他脱产和罗广斌一起写《红岩》。

1951 年重庆市文联主办的《大众文艺》月刊为庆祝建党三十周年举办征文评奖活动，当时杨益言的哥哥、诗人杨本泉是征文评委和组稿编辑，评委会要求评委发动广大作者应征写稿，是他要杨益言写一篇反映牺牲在“中美合作所”集中营里的共产党员事迹的报告文学去应征。两天后，杨益言把写出的作品交给了哥哥。杨本泉读后十分满意，在文字上做过润色之后，提笔起了一个含意深远又充满诗意的题目：“圣洁的血花”，然后又在正题下加了个副题“记九十七位永生的共产党员”。他因为与罗广斌、刘德彬都相识，想到杨益言、罗广斌、刘德彬都曾在“中美合作所”关押过，是同斗争、共患难的生死战友，如果这篇作品三个人联名，可能社会效果会更好。在征得罗广斌、刘德彬同意后，想到罗广斌的传奇革命经历，又是烈士资格审查委员会的委员，便将罗广斌的名字排在第一；刘德彬在越狱突围时英勇机智，又受过枪伤，是他兼善中学的同班同学，就排在第二；杨益言是自己的弟弟，当然排在第三。于是他便提笔在文章上署下罗广斌、刘德彬、杨益言三个人的名字。这是重庆解放后第一篇比较全面的写“中美合作所”集中营监狱的报告文学，也是罗广斌、刘德彬、杨益言三人第一次联名发表的作品。《圣洁的血花》发表后，赢得读者的关注和好评，荣获《大众文艺》征文奖，并被《新华日报》全文转载，广州的华南人民出版社出版了单行本，同时又在重庆市文联、团市委获奖，这是杨益言和罗广斌、刘德彬事先没有想到的。特别是杨本泉排列的罗广斌、刘德彬、杨益言顺序是他们当时无论如何也不会想到，他这一锤可就定了音，以至 1956 年在渝京两地报上发表的《江竹筠》《云雾山》《工运书记——许建业》《挺进报（白宫版）》《小萝卜头》等短篇和 1958 年在中国青年出版社出版的《在烈火中永生》单行本等作品，都沿着这个顺序署了下去。在当时署名有如符号，是不为罗广斌、刘德彬、杨益言看重的。对罗广斌、刘德彬、杨益言三个人来说，就是不署他们的名字，他们也会精心写作的，这与今天社会的发展、文化环境的变化，以及对署名的重视是完全不同的。

1949 年开始，从《我从集中营出来》到《圣洁的血花》在报刊上刊出后的强烈反响，又从 1950 年罗广斌、刘德彬、杨益言开始在四川各地做有关中美合作所事迹报告的热烈反应，到广大听众殷切地要求他们把这些事迹写出来……罗广斌、刘德彬、杨益言开始考虑广大听众的要求。机会终于来了，当他们听说杨本泉有三

诗人、小说家杨本泉

个月的创作假时,他们再也不想放过这个机会,于是罗广斌代表他们三人请杨本泉做他们的指导老师,他对杨本泉说:“请你不要推辞,这事我们已经研究过几次。第一,你比我们有写作经验,解放前你已发表过不少作品,有的作品还得了奖;第二,解放以来,我们已有过十分愉快的合作,我们信得过你;第三,我们三个人和你的关系不一般,杨益言是你亲弟弟,刘德彬是你高中同班同学,至于我,比你小一岁,你就把我当作你的一个老弟看吧!我保证,我会做一个好老弟的。为了不使广大听众失望,希望你答应我们的请求。”当时杨本泉怕自己力不胜任,十分犹疑,但想到这是一个不应被埋没的重大题材,作为一个党报的编辑,有责任协助他们把这一题材发掘出来,使之公诸于众,在这样的考虑下杨本泉答应了他们的要求,表示可以试一试。当时杨本泉有三个月创作假,罗广斌、刘德彬、杨益言也向重庆市委组织部请了三个月假。这样1956年10月几个年轻人又走到了一起了,这一年刘德彬三十四岁,杨本泉三十三岁,罗广斌三十二岁,杨益言三十一岁。在重庆南温泉一个小招待所里,杨本泉和罗广斌、刘德彬、杨益言一起围绕着“中美合作所”集中营那一段难忘的狱中生活,围绕着牺牲在这里的革命烈士们的可歌可泣的不朽事迹,用自己的笔,将留存在记忆中的那些难忘的人和事,一件件如实地记录了下来。就在那间大房子里,罗广斌、刘德彬、杨益言三个人,一人一桌一椅一床,而他们的指导老师杨本泉,独住在另外一间小房子里。

杨本泉当时在重庆文学界已颇有名气,他写了不少诗歌、散文,还出了书。他写的短篇小说《丰收》,早在1945年重庆《新华日报》主办的“茅盾文艺奖金征文”中被评为甲等奖。罗广斌、刘德彬、杨益言把他称之为“小先生”,对杨本泉的写作经验和创作成就,他们是很佩服的。杨本泉确实是有经验的,他提出三个人在狱中的所经、所历、所闻、所见不同,所以他建议以各自写自己最熟悉的生活为原则,各有侧重。于是确定:罗广斌写白公馆和《挺进报》部分,刘德彬写江竹筠烈士事迹和云雾山部分,杨益言写渣滓洞部分包括龙光章追悼会、春节大联欢、工运书记许建业等烈士的事迹和华蓥山游击队等。分工后，杨本泉便成了三人的写作中心，谁想写什么，怎么写，都先与他交换意见。写出初稿后，送他审阅，由他逐篇审读提出修改意见，再经过他们相互传阅补充修改成二稿，需要集体讨论研究时，由他召集。三个人完稿后，都交给他，由他加工润色，编排次序，组合统一。

对于他们三个人来说，南温泉三个月的写作，是三个革命的幸存者美好心灵的展示，是三个狱中难友对历史、对社会高度的责任感的发挥。他们当时只想记录下历史，让后人记住发生在重庆“中美合作所”集中营里的这场正义与邪恶的生死斗争；记住在黎明前的曙光已经照耀到山城的时候，那些永垂不朽的革命先烈是怎样满怀胜利者的喜悦，英勇献身、壮烈牺牲的！此时此刻他们三个人只想到把存留在自己心中的人和事，如实地、详细地写出来……除此之外，什么也没有想，甚至写完之后，连全稿的名字都没有想，便统统地交给了杨本泉，最后还是杨本泉总其成，给全稿起了个“锢禁的世界”的名字，这是在白公馆监狱殉难的蔡梦慰烈士《黑牢诗篇》组诗中的第一篇题目，杨本泉取作这本回忆录的暂定名。

1956年罗广斌、刘德彬、杨益言三人南温泉的写作，是纯洁的、美好的，他们对历史、对社会、对牺牲的革命烈士们，尽了他们应尽的义务，做了他们应该做的工作，所以我对他们三个人，始终充满敬慕之情。

同时也让我对辅导他们写作的那位“小先生”杨本泉肃然起敬。从罗广斌、刘德彬、杨益言开始在《特刊》写作到《圣洁的血花》发表到《锢禁的世界》的写作都是在杨本泉的策划、辅导、编辑运作下进行的。为了让罗广斌、刘德彬、杨益言三人写的《锢禁的世界》能有更多篇章在报刊上发表，在出版社出版，他运用自己长期在新闻界的工作关系，四处活动，出了大力。当时他是《重庆日报》副刊编辑，首先在《重庆日报》上发表了《江竹筠》《云雾山》。与此同时，他还向重庆《红岩》文学杂志编辑余薇野，《西南工人日报》副刊组长王诚德，重庆人民出版社文艺编辑室编辑李义方推荐，并把《锢禁的世界》寄给他的老朋友，时任《中国青年报》农村工作部部长何才海，请他向《中国青年报》和中国青年出版社推荐。说来也很有趣，至今在中国青年出版社档案里，还保留着1957年2月28日由杨益言执笔，以罗广斌、刘德彬、杨益言三个人的名义写给中国青年出版社的投稿信，委托何才海将《锢禁的世界》中记述江竹筠、陈然等烈士的初稿共十八章带给中国青年出版社的记载。这封信原文如下："中国青年出版社：兹送上《锢禁的世界》(暂定名)初稿中的一部分，共十八章。这些章主要是写江竹筠、陈然等烈士的。因为机关工作较多，现在没时间改完全部初稿，以后当陆续送上，供你们审阅。如果你们看了以后，觉得可以修改出版的话，希将意见告诉我们，我们当在进一步修改以后，再将定稿寄给你们。初稿将由《中国青年报》何才海同志分批转给你们。"但书稿有如石沉大海，始终没有收到中国青年出版社的回函。据杨本泉的回忆，后来何才海告诉他，中国青年出版社看稿人当时的反馈是："题材不错，可惜写得太差。"最后除了《重庆日报》《西南工人日报》《中国青年报》选了几个散篇发表外，其他的刊物、出版社均以粗糙、零乱、松散、缺乏文学性为理由而拒之门外。时间仅仅过了一年零八个月，《锢禁的世界》的命运就有了另一个新的境遇，与此前的情景相比，有如天壤之别，这"别"就是"别"在把《锢禁的世界》这个题材，改写成长篇小说。尽管《锢禁的世界》中的散篇在报刊上发表得很少，但对罗广斌、刘德彬、杨益言鼓舞还是很大的，更重要的是在杨本泉提出的"以我手写我口"的原则下，他们三个人将存留在心中的素材初步展示在纸面上，为以后创作长篇小说《红岩》做了有益的前期铺垫。杨本泉曾说过这样一段话："有人提出来，三个缺乏写作经验的青年凑在一起，仅仅三个月时间，就能写出一部几十万字的作品吗？这在今天看来确实是难以想象的，当时所以能够完成写作任务，三个人的非凡勤奋是不可多得的条件。正是由于他们写作经验不足，时间紧迫，又停留在‘以我手写我口’的阶段，所以《锢禁的世界》的写作质量整个说来还是比较粗糙的，最后仅在《重庆日报》《西南工人报》《中国青年报》发表了几个片段，基本上成了胎死腹中的废稿。尽管如此，对他们三个人来说南温泉三个月的写作实践，还是很有价值的。一是第一次发掘整理了有关这一题材的原始材料，为以后进一步加工创作奠定了基础；二是尽管作品是松散的、粗糙的，但却锻炼了他们。假如没有1956年的写作，或许就不会有1959年小说《红岩》的创作。虽然这是两个性质截然不同的作品，一个是回忆录，一个是小说，但它们却是在同一题材上开出来的两朵花。当然这两朵花是无法相比的，前者仅仅三个月，后者三年，花了十倍于《锢禁的世界》的时间。前者只有我一个人的指导，后者有重庆市委、团中央、中国青年出版社，还有许多老同志、老作家的帮助和指导，无论在基调上还是格局上，出现了脱胎换骨，从量变到质变的飞跃，它不仅展示了一个新的独特的世界，而且还塑造了一系列让人永难忘怀的人物形象，如江姐、许云峰、成岗、刘思扬、华子良、双枪老太婆、小萝卜头等，这是1956年回忆录《锢禁的世界》所无法比拟的。”由于1957年杨本泉被错划极右派，被迫离开重庆，发配到云南修成昆铁路，这一去就是五年，从事体力劳动，离开了笔墨生涯，在他1962年回到重庆时，小说《红岩》已经在1961年出版了。杨本泉虽没有参加长篇小说《红岩》的策划，但对于《红岩》的诞生，他在早期做出的贡献，依然是十分重要的，是不能忽视的。

到了1958年罗广斌、刘德彬、杨益言已是另一种景况了。罗广斌虽然还是重庆团市委常委，但已经离开团市委统战部部长的岗位，调到市委在长寿县筹建的一个大型干部劳动基地——长寿湖农场。刘德彬在1954年就调离了团市委，到市总工会教育工会担任副主席，1957年因犯了所谓的“工团主义”错误，被下放到长寿湖农场瓦银坳生产队——一处交通十分不便的湖中小岛上劳动锻炼，只有杨益言依然是团市委常委，担任办公室主任。

就在这时，中国青年出版社专门发表革命回忆录的《红旗飘飘》丛刊，向罗广斌、刘德彬、杨益言发出了约稿信。信转到团市委杨益言的手中，杨益言找罗广斌商量后，就把两年前他俩去江津地区做报告时，由江津团地委刘思碧、童德贵二人记录整理的讲话稿，找出来，经过一番修饰和改动，署上罗广斌、刘德彬、杨益言三个人的名字，寄给《红旗飘飘》编辑部，这就是后来发表在《红旗飘飘》第六期上的《在烈火中得到永生》一文。文章发表后，中国青年出版社又来信，希望在此文基础上，扩展开来，出版一本单行本。这封信，以及后来的催稿信，都压在杨益言的手上。在当时，无论是罗广斌，还是杨益言都十分忙碌，加上全民大炼钢铁，日夜奋战，根本无暇抽出时间写作。而刘德彬的处境，就更难以完成了。可能由于行政工作过于劳累，杨益言在"中美合作所"集中营留下的病根——肺结核病复发了。就在这时，大炼钢铁又一轮新的战役打响了，市委要求干部三天三夜不下火线，坚持战斗在炼钢的第一线上。也许是为了照顾病号，团市委书记让杨益言在机关值班，也是三天三夜不准离开岗位。杨益言留守在无人的团市委值班室内，既无电话可接，又无工作可做。闲不住的杨益言，忽然想起中国青年出版社的约稿信，何不利用这天赐的三天三夜时光呢？说干就干，他拟定了"在黑色的山谷里"、"魔窟"、"考验"、"意志的闪光"、"日光、空气、水及其他"、"监狱之花的诞生"、"追悼会"、《挺进报》、"望窗外已是新春"、"铁窗里"、"坚强的人"、"最后时刻"，十二个小题目，铺开稿纸，就写了起来。也许他对过去的生活和经历的事太熟悉了，也许周围的环境太安静了，也许写作的欲望和激情太强烈了。三天后，他居然把这部四万多字的中篇回忆录的书稿完成了。他把书稿寄给长寿湖农场的罗广斌，并要罗广斌转给刘德彬。作为当时长寿湖渔场场长的罗广斌，正一门心思地培育新鱼苗和组建"三八"女子捕鱼队。但他还是忙里偷闲，认认真真把初稿看了一遍，他没有动结构，没有增补内容，没有大的删改，只是在文字上做了一些小的改动，全部加起来只有十六处，也就二百余字，说明罗广斌对这一稿是满意的。在将原稿寄还给杨益言时，罗广斌还附上一封短信，大意是："刘德彬所在的瓦银坳生产队，地处偏僻，十天半月靠一叶小舟通信往来，唯恐稿件遗失，就不给他看了，寄出去吧！"杨益言依然与十年前他哥哥杨本泉一样，按照罗广斌、刘德彬、杨益言的顺序，署上了三个人的名字，寄给了中国青年出版社，这就是 1959 年 2 月出版的《在烈火中永生》。《在烈火中永生》的手稿，现在完完整整地、一页不缺地保存在中青社的档案室里，手稿的前几章是杨益言的爱人何明扬抄写誊清的，后面几章全都是杨益言的手迹，罗广斌修改的十六处，清清楚楚保存在原稿上。从《我从集中营出来》到《圣洁的血花》再到《在烈火中永生》也经历了十年磨炼，《在烈火中永生》是杨益言执笔写出的作品中最成功的一部。这本革命回忆录，以真实、简练、朴素、流畅为特点，在很短的时间内，就售出了三百多万册，其中有关江姐和《挺进报》的两个段落，分别被选入中、小学语文课本。

罗广斌、杨益言携手登上《红岩》的创作之舟，遗憾的是市委没有批准刘德彬参加

杨益言是很看重他与罗广斌、刘德彬的友谊的。在"中美合作所"渣滓洞监狱里时是这样，在重庆解放后筹备烈士追悼会和编《特刊》时是这样，在 20 世纪 50 年代他们联手向青少年进行革命传统教育时是这样，在 1956 年他们三人于南温泉写作时更是这样。所以在 1958 年 10 月，我陪同朱语今社长来重庆时，向杨益言提出约他们三人写长篇小说。杨益言不敢答应，他说，他们从没有想过写长篇小说，这事要与罗广斌、刘德彬他们商量。于是我们约上杨益言一起到长寿湖农场，见到了罗广斌、刘德彬。在我们表明

来意后，开始罗广斌、刘德彬和杨益言一样，他们也不敢答应。原因很简单，那就是他们从没有想过写长篇小说，现在要他们写长篇小说，他们有重重顾虑和畏难情绪，深怕完不成任务。所以当时我们的任务，就是如何消除他们写长篇小说的畏惧心理，如何增强他们的自信心，如何把他们的创作激情激发出来，让他们敢于想、敢于写，有信心自己动手写长篇小说。我现在回想起来，在长寿湖上我们一起泛舟漫游的那个夜晚，之所以能敲定他们写长篇小说，朱语今的一番话语，打动了他们的心，起了关键性的作用。朱语今说："你们要无比珍惜'中美合作所'狱中这段生与死、血与火、可歌可泣的宝贵经历，你们都是共产党员，都是团的干部，天天教育团员、青年要响应毛主席的号召，破除迷信，解放思想，你们就不能自己带头实行？你们没写过长篇小说，为什么就不能学着写，就不敢写？你们写小说目的明确，不为名，不为利，就是为了教育青年一代，为了完成烈士的嘱托，尽到一个狱中的幸存者、一个革命者应尽的义务，把笔拿起来，不要犹疑了，写吧！一定要把小说写好！"抗日战争时期，朱语今是中共中央南方局青年组成员，而今又是团中央常委，中国青年出版社社长、总编，由他亲自出面向他们约稿，这对他们是很大鼓舞，也是鞭策。经过我们一番说服、动员，他们三个人才愉快地接受了这个任务，决心上马，自己动手写长篇小说，这是使《锢禁的世界》死而复生的一个十分重要的决定和转折性的举措。但重庆市委只批准罗广斌、杨益言二人参加小说《红岩》的创作，没有批准刘德彬参加。当时罗广斌正处在泥菩萨过河、自身难保的境遇中，他在长寿湖农场当场长时，提出有四万亩水面的长寿湖农场，应该"以渔为纲"，虽然他的主张是从实际出发的，但在后来的大跃进整风运动中，却遭到了严厉批判，说他与毛泽东提出的"以粮为纲"唱对台戏，招来了铺天盖地的大字报，甚至说他是反党反社会主义分子。已调到市委组织部编党刊的杨益言，在得知这个情况后，急忙向市委组织部副部长雷雨田反映罗广斌的真实想法和客观实际情况。最后还是雷雨田出面讲话，为罗广斌解的围，罗广斌这才从那场暴风骤雨式的整风运动中逃脱出来，回到重庆参加小说《红岩》的创作。杨益言身在市委组织部，他深知1957年反右时，是市委组织部部长肖泽宽出面说话："刘德彬只是说了错话，还不是右派。"才保了刘德彬，使刘免受被划右派分子之灾，但受到留党察看的处分，被下放到长寿湖农场劳动锻炼。现在要市委组织部出面把他从劳动锻炼的逆境中调出来参加小说《红岩》的创作，无论是从当时的政治环境和周围的舆论来考虑，还是从组织部这样的部门来说，都是不现实的。所以对刘德彬不能出来和罗广斌、杨益言一起参加小说《红岩》的创作，杨益言也使不上劲。但在罗广斌、杨益言的心中，一直十分同情刘德彬的处境，所以在1959年8月小说《红岩》初稿写出后，在排印"征求意见本"时，他俩玩儿了个小花招，在扉页的三点说明文字中，有一条就是，"本书是罗广斌、刘德彬、杨益言同志合写的"十七个大字。刘德彬的名字白纸黑字，实实在在地印在"征求意见本"上，但刘德彬没有参加1959年开始的小说《红岩》的写作也是事实。罗广斌、杨益言当时的想法很简单，试图通过这样的"手段"，把生米煮成熟饭，造成既成的事实，得到市委的默认和同意，将刘德彬从困境中解救出来，同他们一起从事长篇小说《红岩》的写作。但他们这一善良的愿望不仅没有如愿以偿，反而遭到雷雨田副部长的严厉批评，因为决定罗广斌、杨益言二人参加小说《红岩》的创作，是经过市委组织部慎重研究、严格政审后提出的，又经任白戈、李唐彬两位市委书记亲自研究审定批准同意后，才定下来的。刘德彬从一开始就没被市委接受，现在罗广斌、杨益言无视组织上的决定，擅自添上刘德彬的名字，市委怎能允许！雷雨田副部长也是川东地下党的老同志，他对青年干部是很关爱的。市委为什么没让刘德彬参加小说《红岩》的创作，他是清清楚楚的，罗广斌、杨益言也是清清楚楚的，现在罗广斌、杨益言将刘的名字印在"征求意见本"上，是违反组织纪律的行动，市委是不能允许的。雷部长把罗广斌、杨益言叫到组织部，态度十分严厉，指着“征求意见本”的扉页问道：“市委没有让刘德彬出来，你们什么时候叫他出来了？他在长寿湖农场瓦银坳生产队劳动，那里距离重庆市区一百几十公里，他怎能回来写小说？”罗广斌、杨益言自知捅了个大娄子，一句话也不敢申辩，如实地把自己的真实想法向雷部长做了汇报。雷雨田以理解的心情原谅了他们，但也严厉地警告他们：“此事到此为止，以后不许再提了。”

但五十本“征求意见本”早已发出去了，收到“征求意见本”的同志都看到了，他们都以为《红岩》是罗广斌、刘德彬、杨益言三人写的，以至在《红岩》出版后，上面只有罗广斌、杨益言二人的名字，而没有刘德彬的名字，这个存疑，并没有像雷雨田副部长所说的那样“此事到此为止，以后不许再提了”就澄清了。果然在三十年后，在《红岩》署名之争的官司中，他们以自己当年亲眼所见的这个事实，证明刘德彬参加了《红岩》的写作，应该恢复他的署名权。

这件事引发出的复杂后果，是杨益言拟写这条文字时绝对没有想到的。我们现在既不能责怪好心的罗广斌、杨益言，也不能责怪那些不了解内情的老同志、老作家，这是那个时代造成的令人痛心又不可挽回的历史事实，只能作为一种历史现象和历史教训来接受。刘德彬没有参加 1959 年 2 月开始至 1961 年 12 月完成的小说《红岩》创作，这件事的本身确实是很遗憾的，但我们又不能不痛苦地面对这个事实，承认这个实事。在今天来看，刘德彬是完全应该参加小说《红岩》的创作，没让他参加虽有当时的历史原因和历史背景，但这不是罗广斌、杨益言两人能负责的。

尽管 1959 年罗广斌、杨益言因擅自在《红岩》“征求意见本”上署上刘德彬的名字遭到领导上的严厉批评，但他们始终没忘记刘德彬。《红岩》是 1961 年 12 月出版的，1962 年 1 月 20 日由杨益言执笔，以罗广斌、杨益言的名义写给我的信中，他们就提出：“北影杨金铭来渝，要我们写《红岩》电影剧本，最好到北京去写，为期半年。我们表示接受，除我们而外，还加上刘德彬，三个人来搞。”当时《红岩》出版也就一个月，这说明市委虽然没有批准刘德彬参加小说《红岩》的创作，但在罗广斌、杨益言的心里，始终没有把刘德彬放下。1962年4月市委组织部决定罗广斌、杨益言调入市文联，从事文学专业化的创作，5月罗广斌调入市文联。这时他俩对刘德彬的处境更加关切，当时正是《红岩》在社会上、在读者中走红的时候，此刻罗广斌、杨益言的声誉和影响已不同过去了，这时他俩又一次联名向重庆市委组织部提出，建议把刘德彬调进市文联，和他们一起组成一个创作小组，完成《红岩》前续等一系列作品的创作计划。为达到这个目的，他俩在京渝两地奔走游说。

为什么罗广斌、杨益言一定要把刘德彬吸收到他们这个创作集体中来呢？一是罗广斌、杨益言两人在小说《红岩》的三年艰苦创作历程中，两人合作十分和谐融洽，他俩各有所长，又能互补不足，所以《红岩》出版后，他俩就产生长期合作下去的想法。二是罗广斌、杨益言二人始终不忘刘德彬，虽然此时刘德彬已从长寿湖农场瓦银坳生产队调出来，派到钢铁厂蹲点，但生活处境依然很艰难。刘德彬年长，党龄长，又在突围越狱时受过枪伤，1959年又受了处分，而今又高血压……罗广斌、杨益言发自内心要把老战友从困境中拉出来，拉到自己身边来，加上他俩组成一个创作小组。1962年10月罗广斌曾说过这样的话："中宣部的同志很同意并鼓励我们和刘德彬长期合作，搞集体创作。还谈到苏联有三个同志，长期搞集体创作，搞了一辈子，至今也未分开，是值得我们效法的。"罗广斌这里说的中宣部的同志，就是当时中宣部副部长、主管文艺的林默涵同志，他对罗广斌、杨益言说："苏联有一种党史作家，根据党史材料，写党的历史，中国还没有这样的人，你们的条件很合适。"当时罗广斌、杨益言两人正计划写《红岩》前续，即从"一二·九"前后，北方局领导下的北平监狱内的一批共产党员的狱中斗争写起，一直写到抗日战争胜利为止。他们这个创作计划，曾征求过胡耀邦、林默涵、夏衍、袁水拍、曹禺、邵荃麟等同志的意见，大家都非常支持，鼓励他们上马。默涵上面讲的那段话，就是这时对他俩说的。在默涵之后，他俩又在周扬、沙汀、肖泽宽等同志的面前游说，说了刘许多好话。我就听罗广斌、杨益言说过“刘德彬的党龄比我们长，只是没时间写，只要写，肯定比我们强。刘德彬虽然没有参加小说《红岩》的写作，但他一直十分支持这一创作”等等。罗广斌、杨益言当时的态度是真挚的、强烈的、诚恳的。他们的目的很明确，就是要把刘德彬从困境中解脱出来，调进市文联，和他们在一起，组成一个三人创作集体。经过他俩的努力，市委组织部、市文联领导终于接受了他俩的建议，将刘德彬调进市文联。刘德彬是在1962年10月以后调进市文联的，和罗广斌、杨益言一起成了重庆市文联的一名专业作家，还被推选为四川省和重庆市的文联委员。在刘德彬加入罗广斌、杨益言的创作集体后，他们三个人都分别与我有过信件的往来，凡罗广斌写信时，署名的排列顺序是刘德彬、杨益言、罗广斌；杨益言写信时，署名的排列依然是罗广斌、刘德彬、杨益言；刘德彬写信时，署名的排列是罗广斌、杨益言、刘德彬。不同的排列顺序，说明当时他们三个人和谐和睦的团结关系。

关于罗广斌、杨益言两人合作创作《红岩》的情况，我记得1962年1月，任白戈、肖泽宽来北京参加中央召开的七千人的扩大中央工作会议时，把我叫到前门饭店，向我了解《红岩》的创作情况。让我记得最清楚的话就是，任白戈问我：罗广斌、杨益言两人在写作中是怎么合作的？两个人在小说的构思和写作中都能一致吗？如果发生了分歧和矛盾，以谁的意见为主？任白戈是“左联”时期的作家，他对小说创作是很在行的，更何况他对《红岩》的创作从一开始就十分支持、十分关心呢！看得出，他对《红岩》的创作和达到的水平是满意的。对白戈同志的提问，我根据自己的观察、感受，做了认真的回答。我说：他俩的合作之所以能如此的融洽、协调、默契，好似一对天生的搭档，不是偶然的，是革命的大目标把他们联系在一起。解放前，他们同在“中美合作所”经受狱中的生死考验；解放后，又同在共青团这条战线上并肩宣讲革命烈士的事迹，一起工作了近十年，是对敌斗争生活和革命工作把他们俩紧紧地联结在一起,使他俩不仅对对方的经历、性格、优点、长处十分了解,就是彼此的缺点、弱点、不足之处也十分熟悉。这样一种不寻常的友谊,在创作《红岩》时,就变得非常坦诚、自然、直率,不存在任何负担和顾虑,他们不仅能平等相处,互相学习,而且能够互相砥砺,互相批评;他们不仅在观点上,而且在内容上都能想到一起,做到一起。所以在写作中无论是我写你改,还是你写我改,无论是在内容上、结构上、描写上、文字运用上,都能毫无顾虑地修改、变动、加工、润色,甚至推翻重写,谁也不介意,都能接受、理解。比如说,《红岩》中关于江雪琴的构思和描写,情节的组织和细节的运用,是以罗广斌为主、杨益言为辅完成的。而对许云峰的形象刻画,又是以杨益言为主、罗广斌为辅完成的。在《红岩》的手稿中现在依然清晰地保留着这样的痕迹。创作中他俩只追求完美,从没有发生过你高我低、你强我弱、你不服我、我不服你的现象。相反,他俩倒是很习惯、很乐意彼此挑毛病,找不足,互相争论,寻求好的、彼此都满意的写作方案,他俩在创作中分工合作,各有侧重,取长补短,如此协调、融洽,在我们文学创作中实在是少见的。两个人的力量,就是比一个人的力量大,也许这是《红岩》创作取得成功的一个重要特点。我当时还说:罗广斌、杨益言过去没有写过小说,脑子没有框框,完全从生活出发,从题材本身出发,打破了小说创作的传统写法,反而给人一种新鲜别致的感觉。更可贵的是,他们在创作中自始至终怀着一种对烈士强烈的亲情、深情,这种创作激情,全都带到作品中去了,不仅增强了作品的真实性,也增强了作品的艺术感染力,感召力。当时任白戈、肖泽宽还围绕《红岩》中一些精彩的片段,精彩的对话,向我了解他们是怎么构思的,怎么写出来的。这个下午他们问了许多,我也讲了不少。任白戈、肖泽宽回到重庆不久,就决定让罗广斌、杨益言走进文学圈,调入市文联,专门从事文学创作。罗广斌、杨益言两人合作创作出的《红岩》,是建国后文学创作的一个重要成果,也是文学创作中一个创造性的新事物,其成功的经验是值得人们总结的。

杨益言在危难时刻挺身而出，仗义执言，不愧是罗广斌的战友

“文革”中大量的脏水泼在罗广斌的身上，一时间，“罗广斌是被他哥哥罗广文送进‘中美合作所’管教的！”“罗广斌是反动官僚地主的孝子贤孙！”“罗广斌入狱后就交出了中共组织关系！”“罗广斌不是突围越狱，是特务有意放出来的！”“是匪特留下的种子！”“是埋在革命队伍里的定时炸弹！”是“叛徒”、“美蒋特务”，等等，罗广斌就是在这时被劫持后，迫害死的。就在这黑云翻滚、危机四伏、险象环生、朝不保夕的时刻，杨益言挺身而出，公开亮相，旗帜鲜明地为罗广斌申冤，为罗文斌申诉，为罗广斌辩护。下面是杨益言 1967 年 4 月在北京一个群众大会上发表的一篇义正词严，鲜明有力，充满了正义感的讲话，经杨益言同意，现转录如下：

> “罗广斌是叛徒？是美蒋特务？”我们说，不是！绝对不是！这是造谣诬蔑，恶毒诽谤！
>
> 我和刘德彬认识罗广斌同志，是在十九年前。1948 年夏天，我们被囚在重庆“中美合作所”渣滓洞集中营，我被关在楼上第二号牢房，刘德彬关在楼上第五号牢房。到了 10 月，天气渐渐凉了。有一天，我们看见一个青年学生，个子不高，很瘦，被押进了集中营，关在楼上第一号牢房。楼上一号牢房的同志们说，新来的人叫罗广斌，从成都被捕来的，他出身于地主官僚家庭。集中营斗争很尖锐、复杂，新来的人，同志都要了解审查，罗广斌当然也不例外，楼上一号牢房的同志们对他更加要进行审查了解。隔了不几天，我们就听说了，女牢房里有同志带信过来（女牢房是栋平房，和男牢房不在一起），信是

江竹筠同志带过来的。江竹筠说:“罗广斌是西南学院的学生,在学校表现不错,没有问题。”那是监狱斗争的环境,她不可能讲得再多了。解放以后,我们才知道:江竹筠领导过西南学院的地下组织,她是罗广斌入党介绍人之一,这是狱中的同志们对罗广斌最初的了解。

同志们对罗广斌在狱中的情况,也是很关心的。

在同志们的记忆中,有几件事,是永远不能忘记的。第一件事,出在1949年元旦。那个时候,解放战争胜利发展的形势,使狱中同志无比振奋,都很想找一个机会广泛交换意见。但是很困难,特务监视很紧,传话、带纸条很不方便。同志们决定:一定要和敌人进行斗争,创造条件。元旦那天,同志们向集中营提出了三项要求:第一项要求,延长放风时间,放半天风。平常的时候,每天只放风十分钟,过新年要求放半天风,在胜利形势下,特务迫于形势,最后只得同意了。第二项要求,在放风时,让楼上牢房和楼下牢房的同志们出来,比赛一场篮球。过新年,打这么一场篮球,特务也被迫同意了。第三项要求,这是一项最主要的要求,让全体革命者走出牢房观看篮球比赛。特务也被迫同意了。篮球比赛一开始,同志们全都从日夜禁锢的牢房里走出来了。想找谁交换意见,就跟谁站在一起,一边看球赛,一边谈话。几百个人混在一起,特务根本没法监视,同志们可以避开特务监视,比较自由地交谈。用今天的语言,可以说这是一次“串联会”。

在篮球比赛开始的时候,同志们高兴地看到:楼上第一号牢房的同志们还拿出了五件白衬衫,发给楼上八间牢房的球队代表,罗广斌是楼上球队代表之一。大家还高兴地看见:每件白布衬衫的左胸前,还刺绣了字,刺的是英文(因为看守的小特务不懂英文)。大家一看见衬衫上刺绣的英文 Liberty，就禁不住互相转告了:“自由，解放！”在渴望解放的同志们心中引起了强烈的共鸣！

“刺绣，是谁搞的?”我们问楼上一号牢房的同志们。

“罗广斌。”对方回答。

隔了一些日子，又一位新战友来到了渣滓洞集中营。他的名字叫齐亮，是昆明原西南联大地下党支部负责人之一。罗广斌在联大附中认识齐亮，他们一同在昆明工作过，罗广斌是附中学运负责人之一，1945 年昆明“一二·一”学运后，他们曾一同转移到云南乡下。以后撤回四川，罗广斌到西南学院念书，齐亮到重庆《新华日报》工作，后来转入地下。现在，罗广斌在集中营里突然看见齐亮，心情很激动，很想把集中营的情况尽快告诉齐亮。他找齐亮谈话时，不幸被特务发现了！集中营是不允许革命同志之间互相谈话的，因此，罗广斌被戴上了重镣，一副十五斤重的铁镣。

再隔不几天，就是 1949 年渣滓洞集中营的大联欢。春节联欢那天，楼上第一号牢房的同志们的表现很突出:是他们最先带头唱革命歌曲，迎接春节大联欢！他们还表演了一个激动人心的舞蹈节目:“铁镣舞”。四个戴镣的同志，拖着沉重的铁镣，从楼上第一号牢房出来，一步一步下了楼，走到牢房前的院坝，然后，两个人一对，脚尖对着脚尖，带着铁镣，双脚离地“当啷！当啷”地对跳起来。铿锵雄壮，乐观豪放，表现了革命者大无畏的英雄气概，表现了革命者对美蒋特务极大的蔑视。同志们个个都很兴奋。大家高兴地看到:参加跳铁镣舞的，有一个年轻的同志，就是罗广斌。

当时，同志们心目中出现了一个共同的看法，罗广斌的出身虽然不好，但他背叛了他的反动家庭，参加了革命，他是我们的好同志。狱中的表现，再一次证明，罗广斌同志的革命立场是坚定的！

楼上第一号牢房的同志们，因为在春节联欢中表现很突出，受到特务注意。在这以后，特务采取了一系列的措施，坚决进行镇压。他们把罗广斌从一号牢房押走，转囚到白公馆集中营。

我们再见面的时候，已是重庆解放以后了，那是1949年12月初，先后从渣滓洞、白公馆集中营出来的同志，在“重庆一·一五被难烈士追悼会筹委会”见面了。几十个人住在一块，在党的领导下，清理、安葬烈士的遗体，了解、整理烈士的斗争事迹，同时，接受同志们和组织上的审查了解。罗广斌同志转囚到白公馆以后的情况，同志们很快就弄清楚了。我们知道，罗广斌在白公馆里，曾经和陈然、刘国志同志囚在一起。1949年7月，罗广斌的反动家庭曾经通过特务机关要保释他。他的父亲曾专门从成都赶到重庆，和特务机关的代表一道，把罗广斌押解到伪西南长官公署二处谈判过。谈判的内容非常简单，特务要罗广斌保证出狱以后，不再参加共产党活动，就可以恢复自由。罗广斌不含糊，态度鲜明地回答：“办不到！”从此，又被重新押回白公馆，直到重庆解放前夕。

1949年11月27日，美蒋特务对重庆集中营进行了血腥的大屠杀。白公馆的屠杀，是在这天下午开始的。傍晚时候，囚禁罗广斌等同志的牢门打开了，刽子手在叫：“刘国志出来，出来！”

刘国志同志是原西南联大的学生，他也是罗广斌的入党介绍人之一。刘国志在狱中参加过一系列斗争，他秘密保藏着半截铅笔。现在铅笔没有必要再保存了，他把铅笔拿了出来，回答敌人的催促，说：“别忙，我写一首诗再走！”敌人说：“不行，马上走！”刘国志同志很气愤，扔掉铅笔，大步跨出了牢门。这时，远处传来了炮声，解放军的炮声已经打响了，解放重庆的白马山战斗开始了。刘国志同志一边走一边喊道：

同志们，听吧！
像春雷爆炸的，
是人民解放军的炮声。
人民解放了，人民胜利了，
我们，没有玷污党的荣誉，
我们，死而无愧！……

狱外是枪声，烈士英勇就义的口号声，伴随着刘国志高昂的喊声。

在大屠杀中，罗广斌同志还看见，从对面牢房里，有一个同志走了出来，他就是许晓轩，上海地下党的，一个在狱中很有威望的老同志。他就要走上刑场去了，他伸出手来，和同志们一一握手告别。他走到罗广斌的牢门前，紧握着罗广斌的手，郑重地说："胜利以后，请转告党：希望我们党注意不断地整党整风，清除我们队伍里的蜕化变质分子，机会主义分子，把革命进行到底……"

几次分批屠杀之后，白公馆剩下的党员很少了。烈士们临刑前的遗嘱，使罗广斌更感到了自己的责任。他自觉地担负起组织越狱暴动的任务，选择时机，准备越狱。他把楼下牢房还剩下的十六个人组织起来，编成小组，准备用桌脚凳腿做武器。有一个姓姜的，被特务的血腥屠杀吓破了胆，向特务告饶。罗广斌斥责他："你这样没有志气，你告饶，他就不杀你了吗？"

夜里，有消息说，特务准备把罗广斌带往台湾，其他的人全部就地处决，罗广斌对大家说："要死，大家死在一起！”他继续寻找越狱时机。

渣滓洞囚禁的人多，特务发现渣滓洞有越狱暴动迹象，就决定把白公馆的看守特务抽去围攻渣滓洞屠杀。

有个叫杨钦典的看守，透露了这个消息。这个看守特务，陈然烈士曾对他做过工作。这时候，他完全清楚：美蒋特务大势已去，台湾，他去不了，跟着顽抗下去，只有死路一条。经过同志们的帮助争取，这个小特务终于把钥匙交了出来，并且约定：等到特务集中出发了，他用脚在楼上踏三下，把情况告诉牢里的人们（重庆解放后，这个杨钦典由重庆公安机关宽大处理，并出具证明，遣送回河南郭城县原籍）。

罗广斌等同志得悉特务确已出发，立即打开了牢门。他带了两个人，把楼上牢房里囚禁的两个小孩和孩子的母亲救出来，派人把小孩背上。然后，采取突然行动，打开白公馆狱墙旁边的小门，十九个人一道冲了出去！因为解放大军已经迫近重庆，敌人已经开始乱了，大部分特务已去渣滓洞，剩下的人数不多，又在夜里，所以，罗广斌领导的这批越狱者，无一伤亡，全都冲出来了！

罗广斌同志的狱中表现，出狱经过，是清清楚楚的。先后从狱中出来，认识罗广斌的，现在还有几十个人。从白公馆和他同道越狱的，除罗广斌以外，其他十八人也还健在，他们都可作证。任何造谣诽谤，都是徒劳的。

罗广斌同志为什么被捕，也是一清二楚的。他被捕不是由于别的原因，一句话，由于叛徒的出卖！叛徒就是冉益智。这是一个双手沾满了烈士鲜血的大叛徒！刘国志同志，江竹筠同志，还有好几十个同志，都是冉益智出卖的！这个家伙是当时重庆地下党的学运负责人。按照当时规定，入党要写自传，自传经过介绍人审查，还要交审批人看，看后就烧毁。冉益智审过罗广斌同志的自传，冉益智叛变后，把这一切全都给出卖了。1948 年 2 月，组织上派罗广斌和陈家俊一道去川东，在秀山县发展地下组织，建立革命据点，到了夏天，因为重庆出事，他们一同撤回重庆，以后经组织批准，又一同转移到成都。到了成都，陈家俊决定让罗广斌回家暂住几天，等候川西地下党安排工作的通知。特务化装成农民，给罗广斌送信去，包围了罗家，逮捕了罗广斌同志。

这个叛徒冉益智，是 1949 年 12 月在重庆被我们抓住的！1950 年，我们审问过这个混蛋！我们看过叛徒的口供和材料，冉益智供认，他出卖过罗广斌同志，这个叛徒的口供材料存在重庆市公安局。1951 年，案件全部查清以后，人民政府把这个血债累累的叛徒执行枪决！

罗广斌同志的被捕，同样是清清楚楚的。可是，造谣者却玩弄种种卑劣伎俩，硬要把罗广斌同志打成“叛徒”“美蒋特务”。他们利用反动的血统论和怀疑一切的反动思潮，说罗广斌同志出身不好，恶毒地诽谤他革命是假的，坐牢是假的，甚至转囚到白公馆更是“监视”革命同志的！这真是荒谬到了极点！

他们无中生有，颠倒黑白，也到了极点。他们口口声声说什么罗广斌可以在狱中“自由打篮球”“下围棋”“坐小轿车进城上馆子”，等等，这完全是造谣污蔑！被囚禁者打篮球，我们就只看见一次，就是前面讲到的 1949 年元旦那一天，他们十多个同志比赛篮球，掩护了几百人自由交换意见！我们也从未见到有什么“小轿车”进出监狱，就是当时到监狱去的特务头子乘坐的，也只是美国的小吉普车！这样还不够，造谣者竟乞灵于特务、叛徒，竟然大量使用美蒋特务推脱罪责、攻击革命同志的话，大肆攻击罗广斌同志，甚至把叛徒冉益智在国民党特务面前讲过罗广斌同志写过自传这一罪行，也公然算在罗广斌的头上。甚至把狱中出来的同志,全部打成是"和罗广斌串通一气的"!造谣者竟然造谣到如此疯狂的程度!

事实改变不了,历史不容伪造!熟悉罗广斌同志狱中情况的,从狱中出来的有几十人,了解罗广斌地下斗争情况的,更何止数十人。他们对罗广斌同志的历史情况,最有发言权,任何人要想封住他们的嘴巴,永远休想!

必须指出:对罗广斌同志的被捕和出狱,早在1950年4月,重庆市委便已做出结论,并正式恢复他的党籍。以后,经过审干等又多次审查,重庆市委对他从未提出过任何疑问。

作为共产党员,我们相信群众,我们相信党。除了向革命群众如实报告外,我们还将把我们知道的罗广斌同志的历史情况和有关证人的名单,全部报告给党,我们相信党一定会给罗广斌同志做出应有的结论!

常言道,危难时刻见真情。四十多年前杨益言处在自身难保的险恶环境之中,竟然还能如此态度鲜明地仗义执言,既让我们对他的凛然正气和忠勇高节的人格十分敬佩,也为罗广斌有这样一位至诚无畏,充满了真情和正义感的友好而感到自豪。

厄运刚过的杨益言挂念着两件大事——罗广斌的平反昭雪和小说《红岩》的解禁修订

"文革"中罗广斌被迫害而死,而一心要为罗广斌的死讨回一个真实公道说法的杨益言,也很快就遭到厄运。

长篇小说《红岩》出版后,罗广斌、杨益言不止一次地讲:"《红岩》这本书的真正作者是那些在'中美合作所'里为革命献身的许多先烈,是那些知名的和不知名的无产阶级战士。我们只是做了一些概括、叙述的工作，如果没有烈士们的斗争，这本书是不会出现的。”这是他俩发自内心的声音。事实上也确实是这样，因为“中美合作所”渣滓洞和白公馆里的血与火、灵与肉、生与死的狱中斗争，太残酷、太壮烈、太少见、太可歌可泣了。罗广斌、杨益言耳闻目睹、亲身经历了这一切，在这里，只有激情和奉献，没有颓废和自私；只有壮烈的死，没有苟且的生。先烈们前仆后继，不怕牺牲的精神，既为后人提供了一幅共产党人的浩然正气的壮美画卷，也深深地、强烈地感染着罗广斌、杨益言！没有“中美合作所”的狱中生活，没有革命先烈对敌斗争中毫不掩饰的鲜明爱憎和英勇壮烈的牺牲情景，就没有《红岩》这部小说！但就是这样一部表彰先烈的作品，竟也遭到了江青的垂涎和扼杀。

1965 年 1 月江青先后两次在人民大会堂热情约见罗广斌、杨益言，在长达八九个小时的“谈话”中，她以一副无比关心《红岩》创作的神态，给罗广斌、杨益言出主意、提要求、交任务，要罗广斌、杨益言按照她的想法对《红岩》中江姐的性格和形象进行“修改”。江青给江姐另外设计了一套情节，她说：“你们这本小说……江姐可以改得更好，你们应当把她改好，让她流传下去。”“我国民主革命经验很丰富，但在文学作品中，女共产党员的英雄形象写得太少了，地位高的更没有，韩瑛(指电影《洪湖赤卫队》)是个游击队长，工作有局限；阿庆嫂(指京剧《沙家浜》)是个联络员，社会接触面也不够。江姐不同，是政委。”“要突出写女的，地位高的。”“应当把江姐当作民主革命时期女共产党员的典型来塑造”，“她(指江姐)的性格应当是能文能武，以文为基调；文中带有几分英气……她既善于做公开合法斗争，也善于进行秘密、隐蔽、非法的斗争。”江青问罗广斌、杨益言：“江姐不死行不行？”罗广斌、杨益言告诉她，《红岩》中的江雪琴是以江竹筠烈士为原型创造出来的。江青说：“这就怪了。小说的江姐同真人真事、模特儿有什么关系？”她认为不同艺术形式，可以有不同的处理、不同的表现方法。从小说创作的特征来说，江青这个看法是有她的道理的，问题是她是想把江姐的性格、经历、特征都变成“江青的”，这就变味了。江青接着说：“江姐不牺牲、不被逮捕，许云峰可以牺牲。”“江姐的遭遇可以改变，这也是打破框框”，“要敢于集中、选择，要有特色和独到的东西。”于是她以帮助罗广斌、杨益言深入理解江姐这样人物的性格为由，把她三十年代在上海滩的生活，在北京街头的流浪，在上海监狱里的表演，以“地下经历”“革命历史”“女革命家的性格”介绍给罗广斌、杨益言，让他们把她讲的这些当作“改造”江姐形象的模式，去“改造”江姐的性格和经历。江青十分露骨的企图，立时被有着丰富狱中斗争经验，有着敏锐政治嗅觉的罗广斌、杨益言发觉味道不对！江青不是要他们如何把《红岩》改好，把江姐改好，而是别有企图，心中有“鬼”！这“鬼”就是“鬼”在一个“改”字上，她要他们把江姐的性格和经历，“改”成江青的性格和经历，为她树碑立传！江青的企图，罗广斌、杨益言在感情上是无法通过的。小说中江雪琴的原型是江竹筠烈士，罗广斌、杨益言在狱中对江姐无比敬重，与江姐有很深的革命情谊。江姐是被美蒋特务枪杀在“中美合作所”里的，江姐的音容笑貌，狱中坚强不屈的斗争精神，他们亲眼见过，至今还历历在目。江姐的历史，是血写成的历史，他们永远不会忘记，特别是罗广斌绝对接受不了的！况且小说《红岩》中江姐的情节和对话，性格和形象，大部分是他写的。现在让他们把江姐抹去，换上江青，这无理的要求，罗广斌、杨益言怎能接受?!正如杨益言说的：“小说《红岩》中的江雪琴，是以牺牲在渣滓洞集中营里的江竹筠烈士为模特的，这是人所共知的，江姐在暗无天日的监狱里的表现，我们亲眼见过，现在要突然把她变成另外一个人，从感情上说，无论怎样我们也是通不过的！更不要说，还得讲革命原则。”罗广斌、杨益言对待江青的态度，让我想起哈代在《苔丝》导言中说的一段话：“如果惹人憎恶是为了真理，那么，宁可惹人憎恶，也强似埋没真理。”罗广斌、杨益言选择了惹江青“憎恶”也要坚持真理的做法。但江青觉得以她当时的地位、权势和声威，罗广斌、杨益言一定会俯首帖耳，听从她的号令，因此她对罗广斌、杨益言一直抱有希望。但经过几次试探，她终于发现无论是死去的罗广斌，还是活着的杨益言，都无意按她的意旨改写江姐的性格和经历，于是一场对罗广斌、杨益言不可避免的迫害就开始了，江青露出了凶狠吃人的狰狞面目。1968年3月15日，江青当着周恩来的面，在“中央文革”的办公会议上不容置疑地说：“有一个戏叫我调查，我做了调查。碰见鬼啦！华蓥山根本没这么回事。罗广斌是罗广文的兄弟，有人跟他翻案，我们根本不理他。华蓥山游击队根本糟得很，叛徒、特务多得很，川东地下党没一个好的！”一下子就把当年在中共中央南方局领导下，在白色恐怖下出生入死的川东地下党和全体地下党员都判处了死刑！把牺牲在“中美合作所”里的许建业、许晓轩、江竹筠、陈然、余祖胜、刘国志、王朴等著名烈士，小说《红岩》中的生活原型，都打成了“叛徒”“特务”；《红岩》成了“叛徒文学”！就连对已被迫害而死的罗广斌她也不放过，心怀歹意地说：“罗广斌是罗广文的兄弟，有人给他翻案，我们根本不理他。”(罗广文是国民党的兵团司令，解放军入川后率部起义，后在山东省政府当厅长，1958年逝世。)对江青的歹毒用心，杨益言的心中非常清楚，这是要把他和罗广斌都打入地狱。杨益言说：“罗广斌是罗广文的兄弟”不是什么秘密，是人所共知的历史事实，从1965年1月到1968年3月以前“罗广斌是罗广文的兄弟”始终没有影响江青与罗广斌、杨益言的接触。1965年春天江青无比热情地与他们初次见面时，她不知道“罗广斌是罗广文的兄弟”吗?！后来她亲自签名送给罗广斌、杨益言《毛泽东选集》，还叫她的秘书打电话给罗广斌、杨益言说：“这是主席家里仅有的两部《毛泽东选集》。”这时她不知道“罗广斌是罗广文的兄弟”吗?！再以后她抓京剧《红岩》改编时，点名叫罗广斌、杨益言协助，还通过中宣部叫罗广斌、杨益言把来渝的四十多位演员、编剧、演奏人员带到渣滓洞牢房体验生活，那时她不知道“罗广斌是罗广文的兄弟”吗?！在罗广斌被迫害而死，杨益言和罗广斌的夫人胡蜀兴被迫来京，江青还亲自指示，要戚本禹派人去看他们，那时她不知道“罗广斌是罗广文的兄弟”吗？！关键还是杨益言和罗广斌没有按着她的旨意，动手修改《红岩》，“改造”江姐的性格和经历，为她树碑立传。杨益言一针见血地戳穿了江青扼杀《红岩》，迫害罗广斌、杨益言的要害所在。

江青的“三·一五”讲话公开后，首当其冲的就是杨益言，当时他正住在成都四川大学内，江青“三·一五”讲话一传到成都，他马上就沦为阶下囚，立时就被押进理工大楼，接着便把他押回重庆，公开宣布逮捕，被单独囚禁起来，接受市革委会军事法庭的审讯。从此开始，日夜不停的审讯和一场又一场几千人的批斗大会就开始了。经过一段时间的残酷批斗和精神折磨，当权者从杨益言的口中，什么也没有得到，于是便把杨益言押送到渝黔边界大山中的一个叫九锅箐的劳改茶场进行监督管制劳动。从这时开始，杨益言苦难的劳改生活就开始了。每天天不亮就要起床，吃过早饭挑着箩筐上山采茶，一直到天黑以后，才能挑着满筐的茶叶下山。整天劳动在雨淋淋、雾茫茫、寒气刺骨的大山之中，完成农场给劳改犯规定的采摘指标。杨益言在这里整整过了四年劳改犯的生活，恶劣的生活环境和无法承受的超负荷的体力劳动，让杨益言在“中美合作所”集中营里患上的肺结核病，再一次严重复发，以至长时间持续高烧，肺部也出现空洞。杨益言知道现在已经到了最后的生死关头，他怀着一线希望，冒着很大风险，给周恩来写了封信，没想到就是这封信起了救命作用。1972 年 10 月周恩来亲自批示，要成都军区实事求是对杨益言的问题做出处理，他这才转危为安，被允许回渝疗养治病。从 1968 年开始到 1972 年劳改生活结束，比他当年被囚在渣滓洞监狱的时间还要长。不幸中的万幸是，他以坚强的毅力，又一次闯过了生死关，从“文革”的厄运中走了出来。

重病中恢复了自由的杨益言，并没有安心住在疗养院，调养自己的身体，他心中挂念的是死去的罗广斌和小说《红岩》的命运。在他的身体和处境略有好转的时候，他便亲自奔波，为罗广斌的平反昭雪、为《红岩》的解禁与市委谈，与市文联谈，这从他当时写给我的几封来信可以证明。

从1967年年底杨益言离京返渝，到1975年年底，我与杨益言有八年时间没有联系。1975年12月14日我突然收到杨益言的来信，心中又惊又喜。他在信中写道："前几年，曾受到较严重的冲击，不过也好，经过多方面的审查，没有任何问题，仍维持1956年审干结论——即被捕、出狱的情况是清楚的，狱中表现是好的，现在组织生活已恢复。从个人来说，经过审查，有关问题弄得清楚了，这就更好了。"在信里他告诉我："川东地下党的广大党员，白公馆、渣滓洞牺牲了的同志，经过这次大冲击，也更清楚了，现在的结论和解放初期审查的情况基本一样。渣滓洞、白公馆这两处展览馆，均已恢复。经省委批准，许建业、许晓轩、江竹筠、陈然、罗世文、车耀先、叶挺、杨虎城、黄显声、龙光章、宋绮云(小萝卜头的父亲)等烈士的事迹，狱中水的斗争、追悼会、春节大联欢、越狱等事迹，均全部展出，前往参观的中外人士和青少年极多。""你可能还记得，在写小说《红岩》时，我们曾经明确议论过，这个小说凡是写狱中已牺牲的，大多是有模特儿的(如许云峰取材许建业、许晓轩烈士，江雪琴取材江竹筠烈士，成岗取材陈然烈士，余新江取材余祖胜烈士，刘思扬取材刘国志、王朴烈士……)现在可以说，小说中所描写的主要人物的模特儿和主要事件都全部解放了。"

杨益言的这封信，对我们来说是非常及时，相当重要的。"文革"中中国青年出版社被"四人帮"下令停业，1975年刚刚恢复业务，当时我们正在研究上报一批"文革"中被查禁的图书，其中就有《红岩》。杨益言的来信，证明《红岩》中所描写的人物和事件没有问题，这就增强了我们争取解禁《红岩》的信心。但不知为什么，我们送上去的报告迟迟得不到回音，一直到1977年2月，这时粉碎"四人帮"已经过去四个月了，许多被"四人帮"禁锢的电影、歌剧、话剧、音乐都解禁了，但《红岩》的解禁却没有一点动静。当杨益言知道我们在为《红岩》的解禁而努力时，他很高兴，在1977年

1月31日给我的信里写道:“看了你的这封来信,使人非常高兴。回想1958年大跃进高潮中,您们来渝组织这本小说,写作的往事,至今记忆犹新。然而,谁知这事一开始,一起一落,竟经历了这样一场惊心动魄的大变化、大斗争,时间竟也过去近二十年之久。那时候,广斌和我都只有三十多点,而今已五十有余了……和十年前不同的是老了,要戴老花眼镜才能看书了。”杨益言在信中一针见血地指出:“小说《红岩》的解禁问题,现在主要矛盾可能在重庆市委,即对老罗的结论问题。”罗广斌的结论迟迟做不出来,对此杨益言很有意见,他在信中写道:“老罗去世已经十年多了。我觉得,‘出身’问题,‘怀疑’问题,均不应当成为解放的障碍了。老罗的问题已经冲击、‘复查’了十年,不应再‘复查’下去了,按照党的一贯政策,应当实事求是地做出明确结论。”在当时,一本书的解禁,就意味着作者解放了,平反了,没有问题了。《红岩》能不能解禁,当时已不是它的内容和杨益言的问题,而是罗广斌的结论。按照当时关于书籍解禁的文件精神,在作者没有做出结论之前,他们的作品是不能解禁的,更不要说再版了。《红岩》自1961年12月出版问世后,已发行三百余万册,在国内外产生了广泛的影响,作者罗广斌、杨益言广为中外人士所知,只要讲到《红岩》,就想到它的作者罗广斌、杨益言,罗广斌、杨益言两人已经是一个不可分割的整体,他二人之中只要有一个人的问题没有解决,《红岩》就甭想解禁。《红岩》不解禁,就谈不到再版;若要再版,必须先解禁《红岩》,而解禁《红岩》,关键在于解决罗广斌的结论问题。当时我是中国青年出版社主持文学书籍解禁工作的负责人,所以我们当时的一切工作,都是围绕如何促进罗广斌问题迅速解决这个中心环节进行,对于这个事实,无论是杨益言,还是中国青年出版社都看得明明白白。双方的想法完全一致,做法也配合得十分及时有效。当杨益言来信告诉我:“四川省已经开始清理作品,但只限省内出版的,《红岩》是中央的出版社出版的,还得中国青年出版社出面。”我们在得到这个信息后,立即以中国青年出版社的名义给四川省委宣传部、重庆市委宣传部去函，除陈述解放被禁锢的《红岩》的理由外，还提出再版《红岩》的要求。由于杨益言和重庆市的许多老同志的努力，加上中国青年出版社函电交加，这就促使罗广斌的结论加快进行。经过半年的努力，罗广斌的问题终于有了结论性的意见。1977年7月17日杨益言以无比高兴的心情写信告诉我："北影的同志来渝坐等《烈火中永生》电影的意见，你们又在这时来了两次电话，市委也急了，把问题交给审干办公室限时处理，审办的同志熬了几个夜，问题就初步得到解决。宣传部的同志告诉我，给中国青年出版社的复函，已于十六日发出。这件事让我们深深感到：小说《红岩》的解禁再版，电影《烈火中永生》的解禁，只有在粉碎'四人帮'以后，在深入揭批江青的罪恶阴谋之后，才有可能解决。"果然不久就收到重庆市委宣传部的来函，这样我们便理直气壮地安排小说《红岩》的再版。《红岩》的解禁和再版，实际上是向国内外宣布罗广斌历史上没有任何问题，"文革"中强加给他的一切罪名，统统被推倒了，被江青扼杀的《红岩》翻身了，罗广斌也解放了。

1977年6月13日杨益言与我的通信中还谈到《红岩》的修订问题。他说："小说取材的背景、历史事件、素材，从总体上来说，是经得起历史的检验的。它已成为一种社会上的东西，特别是考虑到它的国外的影响，修改时更宜慎重对待。""这次修订，有一处，就是李敬原的问题。小说出版之前，根据团中央和老边(即边春光同志，'文革'前任中国青年出版社社长、总编)的审阅意见，考虑到狱外地下党领导的分量不够，将李敬原的职务由市委委员改为市委书记。但当时还有一个矛盾未解决好，就是城市里的地下党和农村地下党的关系，交代不够明白。仿佛有城市领导农村的味道，这当然不妥。现在周总理、董老(指董必武同志)都已去世，更觉得有必要把地下党和南方局的关系具体写几笔。因此，这次修订时，想进一步将李敬原改为川东特委一级的领导干部，这样对侧写南方局的领导还有利。"

1977年7月27日我给杨益言发去电报，希望他来京商谈《红岩》再版修订事宜。经重庆市委批准，杨益言于7月31日晚抵京，当晚我们在中国青年出版社的大门口迎候他，在我们相聚的那一刻，犹如打了一场大胜仗似的，大家的心情无比高兴。

杨益言在京住了一个多月，把《红岩》重新看了一遍，对全书做了一次认真的修订，特别是围绕李敬原和川东地下党的活动，增加了不少重要的内容。比如：写李敬原听到毛泽东将亲临重庆和蒋介石谈判的传达时，他的那种又担心又兴奋的心理活动，以及他在挑起保卫毛泽东的重担时的激动心情；写蒋介石把几百万大军运到内战前线，我党我军面临全面内战的危机，南方局即将撤离重庆，李敬原渴望战斗的急迫心情；增加了周恩来副主席与川东特委的同志见面的场面；写李敬原冒着滂沱大雨乘一叶扁舟，渡过洪水滔滔的嘉陵江传达南方局指示；写他要在敌人兵源、粮源、军工生产的主要基地——重庆市，开展地下斗争的决心和计划；写他贯彻南方局的指示，加强城市对农村武装斗争的支援；写他既要担负着川东地区领导责任，又要领导重庆市委工作，领导许云峰、江姐、成岗他们开展工作；进一步丰富了许云峰茶园被捕时的一系列情节：李敬原在敌特出现的一瞬间，在情势十分紧迫危险之时，凭着他多年在白色恐怖下出生入死的地下工作经

1977年8月19日杨益言在中国青年出版社修订《红岩》时留影

验，断定可以处置得当，与许云峰一起，化险为夷，顺利脱险。正当他寻找脱险的机会时，特务堵住了出口，叛徒甫志高突然出现……这是李敬原没有料到的。许云峰知道甫志高不认识李敬原，迅速交代工作，然后从容地迎着敌人，高呼甫志高，挺身而上，向特务走去，掩护李敬原脱了险……杨益言对这一系列情节，更精细地进行了雕琢、描绘、加深、加浓，使之更加有声有色，既加强了李敬原的形象，也丰富了许云峰的血肉。写李敬原与双枪老太婆最后会面时，一方面写出在全国胜利在望的时候，李敬原和双枪老太婆无比兴奋的心情，另一方面又写出了他们对党中央、南方局领导同志的深情怀念。写他们对未来无限美好的前景充满了向往，而面对眼前敌强我弱的现实，又下最大的决心，以最大的勇敢，投入营救渣滓洞、白公馆监狱里的战友的行动，以此来迎接重庆解放的到来……通过这一切，既加强了李敬原的形象描写，又丰富了他的精神和血肉，同时通过李敬原形象的完成，还从侧面反映了川东地下党和南方局的活动。江青曾诬蔑"川东地下党没有一个好人"、"华蓥山游击队根本没有这回事！"我想，杨益言在修订《红岩》时，不会不考虑江青的诬蔑和挑战，不会不考虑要真实地、公正地反映南方局和川东地下党在这个历史时期发挥的重要作用和突出贡献。在这次修订中，杨益言还吸收了一些老同志的建设性的意见，对《红岩》中原来不大符合地下工作原则的个别描写做了纠正。对没有交代清楚的地方，做了补充。凡是他考虑成熟的，并且有了具体的艺术构思的，他都吸收融化到修订本中去了。这次修订涉及十二章(全书共三十章)，可见修订面之大。就这样，杨益言怀着对江青的强烈的义愤，怀着对战友罗广斌深切的怀念和对《红岩》高度负责的态度，庄严地履行了一个著作权人的权利。我想，罗广斌如果健在的话，可以肯定他也会对《红岩》进行一次充实、修订的。早在 1965 年 11 月 29 日罗广斌、杨益言给重庆市文联党组织和市委宣传部的报告中就谈到对小说《红岩》的修订，"时代背景不变"，"主要是把城市斗争(包括工运、学运)，农村斗争(包括发动群众),适当地增加一些正面描写,充实丰富双枪老太婆,把《挺进报》的地位摆在适当地位,结尾把悲壮强烈的突围越狱的战斗描写,写得更细、更深、更强烈一些,同时加强重庆面临解放的气氛渲染。"当年的这些文字记录说明,《红岩》出版后,为使《红岩》好上加好,更加令人满意,他俩一直在考虑《红岩》的修订工作,这也是重庆市委和肖泽宽部长的想法和建议。特别是听到一些建议、意见后,他们修订《红岩》的想法更加强烈,这时他们一方面进行深入的思考、消化,重新认识和发现《红岩》存在的硬伤和不足不够的地方,已经达到要求的和尚未达到要求的地方,对需要充实、修改的地方,在内容上、艺术上进行酝酿和准备。现在罗广斌不在了,这个任务只能由他的伙伴和战友杨益言来完成了。作为《红岩》合法的著作权人,这是他应尽的义务,也是他专有的、不可侵犯的权利。杨益言于1978年出色地完成了这个任务,与"文革"前一样,署名罗广斌、杨益言的修订本《红岩》出版了,这是"文革"后的第一版,立时在大江南北掀起了阅读的热潮,至今三十多年过去了,《红岩》的影响始终不衰,据中国青年出版社统计已印刷了七十多次,加上"文革"前印的三百多万册,总印数已超过了一千万册,成为建国六十年来革命历史题材的长篇小说中发行量最大的一部。

1978年《红岩》修订本出版后,无论是杨益言在《人民日报》

1977年10月杨益言在中国青年出版社院内向来访的歌剧《江姐》编剧阎肃(右)、作曲羊鸣(左)介绍《红岩》再版修订情况

上写的文章里，还是他在接受新华社、中新社，以及众多媒体的采访中，他都围绕着揭露江青对周恩来和南方局的攻击，对川东地下党和华蓥山游击队的诬蔑，对罗广斌的迫害，以及对《红岩》的扼杀为内容，他所做的这一切，为扩大为罗广斌平反昭雪的影响和为后来举行声势浩大的罗广斌骨灰安葬仪式做了很好的舆论准备。特别是罗广斌的骨灰安葬仪式，他尽心尽力，从当时他写给我的两封信，可以感受到这一切。

1978年7月19日杨益言来信：

维玲同志：

几天前就想给你们写信，因为想等待老罗的骨灰安葬仪式最后确定一个具体日期，就这么等了好几天，等不及了，终于决定还是先写这封信。

由于中央的直接关怀，老罗的结论解决得相当好，工作进度也较快。听说，耀邦同志在胡蜀兴同志（罗广斌的夫人）的申诉信上写了批文，并转给了中央，华国锋主席也批了。这样通知下来以后，省、市都很重视，市委书记、部长亲自听汇报，直接过问，工作进展也就大大加快了。市委现在已给老罗做了两个结论：一是历史结论，一是死亡结论。历史结论说：罗广斌被捕，“是由于叛徒的出卖”；他在狱中，“表现是好的”；他出狱，是在解放前夕，“越狱脱险”。死亡结论说：“广斌同志对党的工作和党的文学事业是有贡献的”，“是被林彪、‘四人帮’的反革命修正主义路线迫害而死”，“应当举行骨灰安葬仪式，给以抚恤，给以昭雪”等等。市委拟给老罗举行骨灰安葬仪式，但具体日期，尚未定下来。请你和老阙斟酌一下，老罗在青年团工作的时间长，联系也多，老罗骨灰安葬仪式一事，是否应告诉耀邦同志，告诉团中央？还有是否应让中宣部知道？是由你们转告好，还是由市里直接电告好？很想知道你们的意见。

在罗广斌骨灰安葬仪式举行后，杨益言以满意的心情，在1978年11月18日给我的信中表述了这一切：

维玲同志：

信收到了。老阙写来的信，出版社的唁电等，均收到了。出版社及老朱、老边、刘文致等同志的花圈，均由筹备小组办了。

老罗的骨灰安放仪式，在重庆来说，是较隆重的，也是轰动一时的"新闻"。共青团中央、文化部、出版局、全国文联、全国作协、上海作协、省委组织部、宣传部等都送了花圈，《中国青年》《中国青年报》《文艺报》也送了花圈。胡耀邦、茅盾、周扬、巴金、夏衍、沙汀、张光年、严文井、林默涵等均送了花圈，加上省市负责同志、生前友好送的花圈达二百五十几个，还收到许多挽联、挽词、唁函、唁电。参加仪式的达五百人，仪式完毕后，还有许多群众拥入会场瞻仰。《重庆日报》已于十五日第一版刊登消息；新华社四川分社写了新闻，传给总社；《四川文艺》十二月将发几篇悼念老罗的文章，《重庆日报》近期也将发表几篇悼念文章。

谢谢出版社、团中央的领导和同志们的关心。老罗这件事总算恢复了历史的本来面目，一切不实之词，终于推倒了。请代向这些同志们致意。

从上面我介绍的这一切，人们可以看到。从《红岩》解禁、修订、再版，到罗广斌平反昭雪，前后经历了三年多的时间，无论是杨益言，还是中国青年出版社参与这项工作的人士，大家都严格地按照当时中央规定的政策精神、组织程序不懈地进行着工作，最终促使有关部门及时对罗广斌做出结论，《红岩》得以解禁、再版。这些工作环环相扣，缺少哪一个环节都不行，反映了那一段时间杨益言和中国青年出版社一片至诚的良苦用心。事实上无论是杨益言，还是中国青年出版社，当时我们是把这些工作当作一项清算“四人帮”罪行的战斗进行的,特别是杨益言,他怀着对江青的满腔义愤和对罗广斌的深切怀念,展示了一个有很强的党性和责任心的共产党员的精神境界。

对罗广斌,杨益言有很深的感情,他俩解放前同在“中美合作所”与美蒋特务斗争,解放后又同在重庆团市委工作,以后二人又联手创作小说《红岩》,一直到“文革”中罗广斌去世。十八年啊!他俩没有分开过,无论是在老罗生前,还是老罗死后,杨益言始终是罗广斌最可信赖的战友和伙伴,他们是一对生死患难的好友。有一件事让我特别难忘,也让我更加敬佩杨益言的至真至诚、始终如一的为人品格。1998 年,当时杨益言被《红岩》署名官司搞得心力交瘁,心情十分郁闷,是他精神上最压抑的时期。就在这时北京的《团结报》发表了一篇直指罗广斌的文章,题为“渣滓洞大屠杀唯一幸免者”,作者林先生是罗广斌的哥哥、罗广文的部下,原国民党十五兵团政二处处长,当年他是可以和军统特务机关及徐远举等人直接对话的人物,因此他文章中涉及的观点和内容就显得特别有分量。文中涉及徐远举为何承诺要“放”罗广斌,以及在重庆解放前夕,徐远举在逃亡之际如何表示要无条件地把罗广斌交给林先生,由林先生交给罗广文,以及罗广斌是“渣滓洞大屠杀中唯一幸免者”和罗广斌“在‘文革’中,难忍叛徒罪名而跳楼自杀”等等。无疑林先生文中的这些说法,有的未成为事实,有的严重失实,有的又重复了“文革”中的传言。林先生文发表两个月没有任何人站出来回应,杨益言不得不又一次挺身而出,他在 1998 年 7 月 28 日写了一篇题为“关于罗广斌从白公馆越狱脱险一事”的文章,也发表在《团结报》上,全面澄清林先生文中与历史事实不相符合的内容,重申罗广斌是从白公馆越狱脱险的,而不是渣滓洞大屠杀唯一幸免者。敌特机关几次都是要有“条件”地释放罗广斌,都被罗严词拒绝,从没有“无条件”“释放”一说。“文革”中罗广斌不是“难忍叛徒”罪名而“跳楼自杀”,是被迫害致死的。杨益言在文中指出:“‘文革’ 中流传的种种说法, 因为不存在这样的事实,不应再传播了。”

创作《大后方》——为弘扬红岩精神开创另一个新天地

杨益言获得自由后,首先关心的是罗广斌的平反昭雪,同时他也希望刘德彬快点解放,重新恢复起“文革”前他们三人建立起来的创作小组,完成老罗在世时,他们三个人商定的一系列革命历史题材的创作任务。

粉碎“四人帮”以后,杨益言已经五十一岁了,这时他只想写作,只想尽快拿起笔来,把失去的时间补回来,反映了当时杨益言的集体意识和他的价值取向。

于是刘德彬、杨本泉、杨益言三个人又聚到一起,杨益言望着刘德彬,不无凄凉地说:“老刘,现在就只剩下咱们两个人了,还是干吧!”

刘德彬点点头。

想到“文革”前他们为准备写《红岩》前续,搜集到的大量资料,全都在“文革”初期被抄走了,至今连一张纸也没有归还,继续写狱中的斗争生活,有很大困难。于是他们就想到,是不是换个口味,写狱外的生活和斗争,这样可能会上手快些。

事情就这么定了下来。

被错划了二十二年极右派的杨本泉,终于被彻底平反,又回到《重庆日报》负责编副刊,杨本泉也赞成“换口味”,三个人一致商定:写一部以反映中共中央南方局在抗日战争初期,在大后方坚持倡导建立抗日民族统一战线为题材的长篇小说。

事情的发展是那么有意思,与二十五年前一样,当杨益言在1981年将《大后方》初稿写出后,又是当年指导他们写《锢禁的世界》的“小先生”杨本泉，经编辑加工，又一次在《重庆日报》上被选载。

1977年1月31日杨益言给我的信中深情地写道：“小说《红岩》出版以后，我们这三个人(指罗广斌、杨益言、刘德彬)的创作小组刚组成，才开始准备跨上新的征途，老罗就去世了，我和老刘做了近十年的‘桃花源中人’。1972年，当我和老刘从隔离中回到一起的时候，我们约定：剩下的这个小组可能还会碰到风浪，但我们这个小组还准备继续奋斗下去，这就是我们的大体情况。我们的编制还是在市文联，还是创作员。因为老刘的结论老是拖着，自然一切受到限制。在这种情况下，我们不能不耐心地采取等待态度。”

在杨益言的结论解决之后，他便转向为刘德彬的结论和恢复组织生活等问题的解决进行活动，他这是为什么呢？就是为了要把他们在60年代初建立起来的创作小组恢复起来，坚持下去，沿着老罗在世时确定的创作目标走下去！正因为这样，在《红岩》解放、罗广斌平反昭雪这两个问题解决之后，杨益言便把注意力集中在《大后方》的创作和他的合作伙伴刘德彬的结论上了。

1977年11月8日杨益言怀着喜悦的心情来信告诉我：“老刘的结论问题，很可能较快得到解决，有关的领导同志表示，明年1月以后，就可以让老刘和我一起去补充搜集材料。”为写《大后方》，杨益言计划与老刘一起到北京采访收集材料，但老刘能否成行，他一直为此担心，此时终于有了放行征兆，他有说不出的高兴。

杨益言在信中还让我以中国青年出版社的名义给市委写封公函，明确邀请杨、刘到北京研究创作反映抗日战争时期的重庆大后方生活的长篇小说，以减少老刘出来工作时的阻力。中国青年出版社这封公函还真的起了促进作用，1977年12月28日杨益言来信问我：“我们春节后来京收集材料，住社里行吗？”

然而他们并没有按期来京，原因是《红岩》再版问世后，又一次在社会上掀起阅读高潮，杨益言也因此奔波在成渝之间，参加省里、市里组织的各种社会活动。一直到1978年5月他和刘德彬才来到北京,开始为《大后方》一书的写作收集材料,采访重要对象。他们在京工作了两个月,11月他俩又去云南收集这一时期地下党的活动资料。1979年年初他们又去了一次成都,尽管他俩四处奔波,忘我工作,但总有些事让他们心情不顺。1979年2月5日杨益言写给我的信就有点情绪:“想不到,老刘的结论拖到今天,还未能解决。老罗的平反昭雪会也开了,一些具体问题还落实不了。许多人以为我的政策落实得早得多,似乎也好得多。但迄至今日,市委1975年给我做的被捕出狱结论,在单位还未予公布。为《红岩》前续写作而收集的材料,在1966年被抄去,尽管我提出过多次,但一张纸也未发还给我,更从无人向我做过任何交代。我从云南回渝,收到了韩子栋同志(原贵阳市委书记,小说《红岩》中华子良的原型)一封来信,韩子栋在信上说,中央组织部已于去年12月给他做了结论,仍然维持过去已有的历史结论。我原以为,老韩的结论,可能拖得久一些,不料他倒先解决了,而老刘的结论呢?不知要简单多少,却依然拖着。我们被抄的材料,其中也有韩子栋的一份,我们要了多年,迄今无结果,极可能还要老韩自己去要。春节期间,市里请各界代表提意见,我在会上忍不住讲了这些,但结果呢?就难说了。”

到了4月杨益言的来信就不同了,透着松一口气的心情写道:“等了几个月,只有一点变化,老刘的结论总算签了字,过了五一我和老刘准备按原计划去成都继续收集材料。”

收到这封信后,我立即给杨益言回信,信中写道:“希望你们抓紧收集材料,到年底,不过半年时间了,明年要动笔了,争取尽快写出个初稿来,然后根据需要再跑材料。动笔之前,最好先来一次北京,谈谈你们的构思、想法,我们也可以帮你们参谋参谋。”

八天后,杨益言在回信中写道:“我们已开始着手进一步理解已收集到的有关创作材料,这对继续补充收集材料的工作会大有好处的,成都之行,到6月才行。”当时杨益言因兼个省作协副秘书长职务(重庆当时还是省辖市)经常往返成渝之间,参加的会议多,接待的客人多,只能断断续续地把《大后方》的提纲拉出来。一直到 1981 年 1 月 26 日, 他才告诉我:“我跟老刘议论了一下,大致设想如下:争取今年 3 月前,把草稿拉出来,然后放几个月,秋天去云南,一边继续搞点材料,一边考虑《大后方》初稿的修改。也就是说,今年下半年,或十月前后,把初稿交给你们研究。今年是建党六十周年,也算一片心意吧! ”

在这封信里,他告诉我,《大后方》只写 1936—1940 年这一段大后方——重庆的历史,后面一段“容后再搞”,那就是三部曲之二《大搏斗》、之三《大转折》。1981 年 3 月 31 日杨益言来信:“《大后方》究竟如何? 很难说,一切只有等将来别人去评判。现在初步结构和写出来的草稿,大体上可以说:比我前年冬在写作时,和你们面谈的要丰富、复杂、广阔一些,大体上体现了创作的主观愿望,也是一个人物众多的作品。人物、故事、情节,等等,摆脱了《红岩》的一套,尽量不和《红岩》重复,这一点设想基本上可能做到,监狱斗争等等的内容在这部作品中都避开了。极个别较熟的同志看过部分稿子,也有类似的评价。现在写出来的稿子,约有四十万字。预计在 4 月份内可以全部抄出来,之后,还想放几个月,再改一改。”

《大后方》是杨益言执笔完成的,常常由于估计不到的临时工作任务和频繁的社会活动,占去了他不少时间,所以这一稿他写得很苦。有的章节,集中几天、十几天一气呵成;有的章节却写写停停,写得很慢很累。刘德彬没有具体执笔写作,对此杨益言十分理解,充满了同情心,在给我的信中写道:“老刘近年来身体、精力一直欠佳,老生病。可以工作的年月,浪费过去了;需要工作的时候,却力不从心了,实在可惜。”

在《大后方》的初稿写出后,为促他们尽快定稿,我原计划赴渝看稿, 准备和他们一起讨论研究这部书稿的修改和出版的问题,因手边的工作一时安排不开,没能准时赴渝。还因社长朱语今对《大后方》的内容表现出极大兴趣,他原是中共中央南方局青年组的成员,《大后方》描写的这段生活,他十分熟悉,当时他正在重庆。朱语今德高望重,为人们所敬重。于是我就改变主意,动员杨益言、刘德彬带稿子来北京听意见。

杨益言欣然同意,并把这事向市委书记、宣传部长汇报了,他们都很支持。遗憾的是刘德彬没有来,杨益言于这年的6月来到北京,朱语今和我们热情地接待了他。我们认认真真地读了《大后方》初稿,又认认真真地和他交换了几次意见。

杨益言在京停留了一个月,于7月返回重庆。这年重庆的夏天特别热,再加上连续多天暴雨,发生了几十年不遇的"重庆水灾",所幸的是杨益言住的上清寺地区地势高,没受到一点儿影响,但《大后方》的修改工作却因此受到影响,进展很慢。他在信中告诉我:"只略有进展:(一)把北京讨论的情况,你们的意见,连同我的想法,都给老刘讲了,老刘全部同意。(二)小说准备重写,新写的章节、人物、故事等,我也提出了一些新的设想,和老刘交换了几次意见。看来如果没有特殊的原因,即可动手加工了,年底前把修改稿寄给你们。因为按照我们设想的方案,大约需要重写、新写八章左右,再加上还需要小修小改的若干章、工作量也不小。不过,我想尽力按我们在京安排的时间表进行为好。"

杨益言于1982年1月将《大后方》二稿寄了来,看过二稿后,我觉得仍有修改的余地,于是我便决定赴渝,和他们在定稿前再做一次交换意见。

我于1982年4月6日来到重庆,在此之前杨益言一边把我来重庆的行动告诉正在党校学习的刘德彬,一边向市委宣传部为老刘请假。

很快,刘德彬便从党校赶了过来,这是"文革"后,我与老刘第二次见面。我们三人紧紧地握手,互相问好,亲密地坐在一起,研究《大后方》的修改和定稿工作。当时刘德彬、杨益言之间的关系是和谐的、融洽的、亲近的,老刘依然是老样子,温和亲切、朴朴实实。杨益言依然是那么坦诚直率,谦恭和蔼。坐下来后,我先就《大后方》二稿表明态度,我说:自从 1981 年夏天看过第一稿,交换过修改意见以后,不到半年时间,就改出了第二稿,这一稿与前一稿相比较有了很大提高。二稿大体成形了,不少精彩的篇章,起到了深化人物性格和带动全局的作用,说明你们还是很有创作潜力的。《大后方》与《红岩》不同,有自己的特色和难度,时间跨度长,活动的地域广,矛盾错综复杂,人物众多,和《红岩》反映的生活完全不同。如何通过作品中的人物、事件,反映这一历史时期广阔的社会生活画面和各阶层代表人物的形象,使小说的艺术更典型化,更加强烈和集中,更加鲜明和完整,是我们这次修改追求的目标。接着,围绕作品的思想与生活的提炼问题,人物塑造问题,小说结构问题,以及如何捕捉有时代特色的细节和个性化的人物对话等问题,阐述了我的意见,中间老杨、老刘也穿插着谈一些看法。

对于我讲的这些,杨益言、刘德彬都表示同意,之后我们便一章一章地具体研究讨论,经过四五天的交流,杨益言、刘德彬表现出极大热情和充分信心。他们说,这次讨论,明确了下一稿应该在哪些地方下功夫,用气力,他们表示修改后的稿子肯定会比二稿提高一大步。

在这次讨论中,我们有个共同看法,那就是写好这部作品关系重大,虽然过去写出《红岩》这样的小说,但那是长期的积累和对写作技巧钻研的结果。现在写好这部小说,也要有艰苦的思想准备和足够的认识。我们还谈到,出版一本书并不难,但出版后再想改就难了,就是再下大功夫去改,也难改变第一版给人们留下的印象了。

谈到写好这部小说的价值和意义时,我记得杨益言讲了一个令我至今想起来仍感动不已的故事。他说,决定创作这部反映南方局在大后方为建立抗日民族统一战线为内容的长篇小说后,他曾到北京搜集采访党史资料,经老同志介绍,他找到一位年已 80 岁,正在住院的老同志,他曾在南方局军事组从事秘密工作。这位老同志充满传奇经历，早年留学法国，从事共青团和党的秘密工作。第二次世界大战爆发，希特勒占领法国后，他被党派遣回到重庆，由周恩来亲自与他接上关系后，留在大后方继续从事党的秘密工作。他打入到国民党军事要害部门，在非常险恶的环境里，他和他的战友，为党及时提供了大量的、十分珍贵的军事情报，做出了任何人都无法取代的重要贡献。而他始终没有暴露，一直被国民党当局重用。

当老人听到杨益言要把南方局这一段生活和斗争的历史写成文学作品时，他高兴极了。他在病房中约见杨益言，滔滔不绝地和杨益言谈了几个下午。他希望把自己知道的一切都能记录下来，供杨益言写作时参考。所以他和杨益言约定，在他病情有所好转时再详细谈，一个星期不够，就两个星期，要把周恩来当年如何领导他和他的战友，在敌人的心脏里，所进行的非凡的工作和光辉的业绩，毫无保留地讲给杨益言。老人还说，这不是为他个人树碑立传，是写南方局的战斗历程，是我们党史中很重要的一个方面。当杨益言再次来北京，准备细细地采访老人时，老人已经病逝了。杨益言十分惋惜地说，是这些久经考验的革命老前辈的革命精神和忠诚品格，辉煌业绩和不朽形象，殷切的希望和对我的信任，让我不能不下定决心，一定要把《大后方》写好。为此，杨益言提出，在他们把这一稿写成后，能否先排个“征求意见本”，还是像《红岩》那样，请当年南方局的一些老同志看看，提提意见，把把关，然后再改一遍，再交给出版社出版。对于这个建议，我是完全赞同的。

在讨论告一段落时，我还拜访了重庆市委第一书记王谦同志，向他汇报了我在重庆的工作情况。王谦同志希望我们严格要求作者，一定要高水准、高质量推出。之后，我又拜访了市委宣传部部长黄友凡同志，向他汇报了小说进度，和我们对小说的评价和看法。

在我们即将结束这次难忘的交流时，老刘问我想不想参观一下重庆市。我说，很想，几次到重庆来，朝天门码头、解放碑，都没去过，同时我还想到重庆五十一中学看看老罗的夫人胡蜀兴同志。老刘高兴地说："明天上午我陪你去参观市容、看胡蜀兴，中午到我家，给你包饺子吃。"我说："好。"第二天一早他便来到市委招待所，这个上午我们边谈边走，该去的地方都去了，该看的人也看了，玩得很尽兴。中午来到市文联大院老刘的家，他还把红岩杂志社的老编辑熊小凡请了来，我们一起喝酒吃饺子。在我离渝那天早上，我早早到民航售票处乘班车去机场登机，没想到老杨、老刘也早早地赶过来送我。我们紧紧地握手告别。这是近三十年前的事了，至今那场面还历历在目。

从重庆回到北京后，我立即给社领导写了一份报告："杨益言、刘德彬两位同志合写的长篇小说《大后方》(四十万字)，已进入二稿的修改，由于这部小说是反映南方局当年的革命活动，作者和不少曾在南方局工作过的同志，以及关心和指导过《红岩》写作的老作家、老同志，都建议像《红岩》那样，先排个'征求意见本'，有计划、有目标地送给一些老同志听取意见，以便于进一步修改，最大限度地提高作品的质量。经与作者研究，拟排印一百册，为争取明年内定稿，建议在重庆排印，虽估价略有偏高，但在排、校、印刷上有作者坐镇，时间上有保证。"

当天社领导就在这份报告上签字批准，表示同意，我也是在同一天把这个决定告诉了杨益言、刘德彬，在信中我还专门写了一段：

> 把手稿排成铅字，虽是"征求意见本"，意义也很重大，望你们不要受时间左右，还是最大限度地从提高书稿质量出发，时间服从质量，使"征求意见本"排印出来后，能令人满意，受人称赞，这尤为重要。能有这样的舆论，对将来正式出版也是十分有利的。正因此，我希望这一稿改得仔细一点，好一点，把我们研究时提出的问题，在这遍稿中基本上都能得到解决。返京后，我在参加军

事题材座谈会时，不少同志议论到一些作品的第二部不如第一部了。我们则要努力奋斗，让《大后方》与《红岩》一样，同样能够叫响。口味可以不同，但仍不失为一部有特色的作品，这对你们俩今后的创作也是十分重要的。”

1982年6月沙汀知道《大后方》的创作之后，主动给杨益言写来一封鼓劲的信：“您们终于迈出第一步了，单凭这一点，也就令人欣喜！单看作品的题目，就可看出您们写作这部作品的难度，但，事怕有心人，只要真能埋头苦干下去，终能全部完成您们为自己提出的任务。”

在《大后方》整个写作过程中，杨益言和刘德彬的合作是和谐的，彼此的关系是融洽的、和睦的。我手头就有几封信，可以说明这一点：1982年5月30日，杨益言把《大后方》最后一稿写出来后，在给我的信里写道：“这次修改，重写了十章，另外部分地改了一些，前半部的改动，都是讨论过的，后半部的改动比讨论时还要大了点……老刘昨夜去工厂做报告回来，我把改动的情况给他讲了，他表示完全同意。”《大后方》定稿前，杨益言觉得还有一些地方要充实改动，他想来京最后定稿，为此征求老刘意见。1982年9月19日给我的信中写道：“鉴于在渝杂事太多，老刘也赞成我来京改稿，他已将他的意见写在一本‘征求意见稿’上(已交我)，他就不准备来了。”就在这封信里，他告诉我，“老刘过去就表示了，他只参加写到1940年以前这一段，现在的稿子已写到这里了。这次，他又表示，今后想搞些短的，不准备继续写这样的长篇了，这样他也宜早转入其他创作准备。情况既已如此，留下未完成的事，自当由我负责到底……”接到这封他俩友好分手的信时，我感到惋惜、遗憾和理解。1982年4月我来重庆时，曾和杨益言谈过，若讲写作，老刘是很不幸的。自1956年你们三人南温泉那次合作之后，1957年反右运动中，老刘受到错误处理，被下放劳动，失去了参加小说《红岩》的创作机会。参加《红岩》的创作和没有参加《红岩》的创作是完全不同的。你和老罗为写《红岩》经历了三年的创作实践,对生活的感受和理解,对艺术技巧的钻研和运用,创作本身的起伏挫折,酸甜苦辣的体验,使你们受到锻炼,得到提高。而刘德彬没有参加三年的《红岩》的创作实践,三年啊！失去了多少学习、实践、提高的机会,这个损失是无法弥补的！直到1962年进入市文联,白白耽误了六年时间。而在他进入市文联后,又赶上当时文学界贯彻毛泽东的两个"批示"的精神,从中央到地方正紧张地开展"反修防修"的"文艺整风"运动,人人自危,方方面面都很紧张,这样的大环境,作家哪有心思去从事文学创作。不久"文化大革命"开始了,一下子又耽误了十年。对别人来说,失去的是十年,对老刘来说,失去的是二十年！这样的经历和挫折,哪还有从事文学创作的激情和心气啊！如果没有"文化大革命",1965年你们三人拟定的《红岩》前续的创作计划,或许早在1969年就得以实现出版了,如果那样,刘德彬的心气和劲头,可能完全是另一种天地了。但事与愿违,"文化大革命"把你们为之奋斗的目标和计划彻底摧毁了。二十年没摸笔,没写作,对老刘来说,这个伤害和损失太大了。讲到此,我和老杨都感叹不已,对老刘的遭遇充满了同情和理解。

"文革"后,老杨最大的心愿就是把老罗生前确定下来的罗广斌、刘德彬、杨益言三人创作集体承继下去,但有一个重要的事实,他没有考虑到。那就是"文革"中老罗被迫害去世,使他们这个创作集体大伤了元气,有罗广斌在,和没有罗广斌在,是大不相同的,这个损失是无法弥补的！"文革"后老杨只想到要把这个只剩下两个人的创作集体继续维持下去,这样的想法无疑是高尚的,但这中间会出现什么样的困难、问题……可以说老杨一点都没有去想。这正反映了老杨他们这一代人,一种对理想的追求,一种至真至诚的信念,一种美好的心愿。写到这里,我的心情是很难表达的,遗憾有,惋惜有,但更多的是感动、感慨、感叹。

关于《大后方》署名问题,据我所知,最早是杨本泉向杨益言提出来的。杨益言是很尊敬他的哥哥、作家杨本泉的,在罗广斌、刘德彬、杨益言三人关系中，杨本泉有如一根红线，紧紧地把他们三个人联系在一起。罗广斌、刘德彬、杨益言三人署名的顺序，就是杨本泉三十年前在《圣洁的血花》一文发表时排定的，一直延续到1956年的《锢禁的世界》，1958年《在烈火中永生》。在杨益言写《大后方》的时候，又是他向弟弟提出："刘德彬调到市文联二十年了，还没出过长篇，现在你写《大后方》，虽然他没有写，但你还是要把他的名字署上去。"哥哥这番话，其实是多余的。既然杨益言坚持他们两个人这个创作集体存在，刘德彬参加没参加具体写作，他都会把老刘的名字署上去的。这是杨益言的为人处世的风格和原则。所以在《大后方》即将出版前，有记者专门就这本书的写作采访他时，他开头的第一句就说："这本书是我和刘德彬合著的。"（见《花溪》1984年第三期《他在用心声说话——访作家杨益言》一文）。在今天人们是不会效仿杨益言这样的做法的，但这是杨益言啊！是他们这一代人待人处世的原则和考虑问题的思维方式，我们只能以敬慕的眼光评价这一切了。

1983年这一年，在杨益言给中国青年出版社的多封来信中，谈到《大后方》的封面设计时都一再明确：署名杨益言、刘德彬。

1984年年初《大后方》出版，第一版就印了二十万册。与此同时《中国青年》杂志选载，上海《文汇月刊》选载，首都各大报纷纷报道了《大后方》的出版消息。望着这部不寻常的长篇小说，我的心起伏难平，我想，"文革"中杨益言经受那么大的挫折，那么大的打击，那么大的损失，他没有消沉，没有悲观，以更大的决心和毅力，克服种种困难，不辞辛苦地奔波，下大力气收集资料，然后默默地构思、苦苦地写作，整整写了三年，又经过三年的修改，前后六年啊！现在终于出版了。《大后方》的出版，让我对杨益言有了更进一步的认识和了解。他有自己的生活积累和生活体验，有宽广的视野和深入的思考，所以他在自己的小说世界里，不仅能自如地纵笔驰骋，还能不断地出新创新。所以我说，杨益言能在《大后方》中，有好的发挥，绝不是偶然的，是他长期积累、不息耕耘的结果。但我想，《大后方》

的成就和意义还不仅仅在这里，而是在我们文学创作的园地中填补了大后方这段历史的空白,这是最重要的。

《大后方》是以重庆为中心,以成都和西南地区为舞台,反映1936—1940年间,中国共产党以民族大义为重,坚持倡导抗日民族统一战线的史实。在周恩来副主席和中共中央南方局的领导下,经过艰苦卓绝的工作,终于使抗日民族统一战线,在大后方初步形成,掀起了轰轰烈烈的抗日热潮！广大的青年学生和各界爱国志士同仇敌忾,发起组织抗日后援会的募捐活动,以助前线战士英勇杀敌。地方实力派、大军阀刘湘也被动员起来,率领川军出川抗日,奔赴抗日战场。大后方的抗日热潮,使日寇惶恐不安,丧心病狂、穷凶极恶地在重庆市内制造了“五三”“五四”大轰炸惨案。国民党投降派被日寇的恫吓吓破了胆,一方面派心腹人员向日寇暗送秋波,勾结讨好,丧权辱国;另一方面又对共产党和爱国民主人士狠下毒手,制造了“稻草事件”“抢米事件”,逮捕罗世文、车跃先、马寅初,企图把在大后方点燃的抗日烈焰扑灭。在这么险恶困难的形势下,我党仍旗帜鲜明地坚持抗战,坚持团结,反对投降，反对分裂，针锋相对地和国民党投降派进行面对面的斗争……《大后方》以这一切为背景,真实再现了当年大后方的生活和斗争,再现了周恩来、董必武、罗世文等历史人物的风貌,塑造了田大姐、华兴文、林家姐弟等一批共产党员的形象,刻画了张澜、刘湘、张斯可等人的形象,还活灵活现地描绘了蒋介石、戴笠和大特务、大汉奸柏森等人的形象,对于发生在这一时期的重大事件、重大活动都有生动的反映和描写。

《大后方》在写作中,得到当年在中共中央南方局工作的老同志的支持和鼓励,指导和帮助。小说出版后,我立即把样书一一送上,他们看到这本书时,那高兴的神情难以言表。当我把这个情况写信告诉杨益言后,杨益言来信表示,一定要把荣高棠、熊复、曾德林、林默函、肖泽宽、朱语今等老同志聚在一起,好好招待一番,以感谢他们对《大后方》写作的扶持。不久杨益言来京,我记得那是一个星期天的上午，这几位老同志应邀都到了。我们在王府井全聚德烤鸭店一个单间里，老同志们举杯祝贺《大后方》的出版，畅谈《大后方》出版的意义和价值。杨益言和我举杯感谢老同志对作者和出版社工作的支持！并希望对作者下面要写的《大搏斗》《大转折》两部作品继续给予支持！

这是二十多年前的事了，虽然老人们都已先后离开了我们，但当时那真挚热烈的情景，那亲切感人的场面，至今回忆起来，仿佛就在眼前，老一辈革命家的坚定信仰和信念，诚挚的为人作风，让我十分感动和怀念。

《秘密世界》的出版，让杨益言终于在二十五年后圆了《红岩》前续的梦

《红岩》出版后，罗广斌、杨益言就计划写《红岩》前续。《红岩》是写1947—1949年"中美合作所"集中营的毁灭，美国特务如何被中国人民赶出大陆的历史；前续则是写1934—1946年美国特务如何钻进中国来的，美蒋特务又是如何勾结在一起的。前续重点放在"中美合作所"集中营的前身——贵州息烽集中营，写那个带着浓浓的封建色彩的牢狱状况和野蛮的狱中生活，写一批被捕的共产党员在狱中经受的苦难折磨和不屈斗争，写他(她)们在狱中不仅要和敌人斗争，还要同党内的"左"倾机会主义路线斗争。罗广斌、杨益言二人围绕这个创作计划，先后收集、阅读了两千多万字的资料，采访了一百多位老同志，还提审了一批在押的犯人。当时我为了增加一些感性认识，曾几次陪同罗广斌、杨益言去秦城监狱，提审一些在押的重要案犯。在罗广斌、杨益言返回重庆后，公安部便把犯人写来的大本大本材料寄给我，由我转给他们。那些材料披露了许多不为人知的历史史料，比较真实地记述了那

个时期的复杂的敌我双方状况,以及各方面的代表人物和社会关系,给前续的写作提供了不少珍贵的第一手有用的素材。

1963年下半年刘德彬参加进来以后，他们三个人原计划，1965年9—12月把《红岩》前续的写作提纲弄出来,1966年动笔,由杨益言、刘德彬根据同一提纲写出初稿,各写各的,写出两个初稿。然后罗文斌根据这两个初稿,加上自己补充的内容,写出二稿。到1966年年底,或1967年上半年,拿出一个三四十万字的二稿。然后,再用上两年时间充实、修改、润色,1969年定稿,献给建国二十周年。

可他们三人怎么也没有想到,就在他们满怀信心准备动手大干一场的时候,一场空前的、史无前例的“文化大革命”开始了。当这场政治大浩劫来临的时候，谁也不会估计到，会如此迅猛、凶狠、残暴。罗广斌是在1967年2月5日被抓走的,仅仅五天,也就是2月10日,这个才华横溢、热情奔放、满怀壮志,一心要在文学创作上干一番事业,刚刚四十二岁的中年人就被迫害而死。有如一场噩梦，把他们三个人安排得好好的创作计划全部摧毁了,把他们花去大量人力和财力、心血和时间,拟定的写作提纲和收集来的全部资料、手稿、采访笔记、档案记录等等统统抄走了,从此失落,再没有下落。杨益言在写《大后方》的过程中,《红岩》前续的创作计划时时冲击着他的心,他忘不了付出的心血和汗水,人力和财力,他酝酿着、思考着。恰恰这时,也就是1983年的春节,中共重庆市委书记王谦把杨益言和他的哥哥杨本泉(时任重庆出版社副总编辑),还有另外两位作家邀请到家中。王谦亲自下厨房招待他们吃饺子,在亲热的气氛中,王谦提出:为繁荣重庆市的文学创作,要请今天光临的三位作家每人给重庆出版社写一部长篇小说。王谦提出这个要求后,用一双期待的目光望着杨益言。杨益言对市委书记如此关怀、重视重庆市的文学创作,如此热心扶持重庆市的出版事业很是感动。他立即表示,他准备写《红岩》前续,就把这部长篇小说给重庆出版社吧!

但“文革”中被抄走的资料至今没有下落，只好从头开始收集材料，杨益言把自己的苦衷和想法告诉了王谦。王谦亲笔给贵州省委负责同志写信，希望他们给杨益言提供方便。市委书记的亲笔信给杨益言极大的鼓励和支持，于是他又开始新一轮的采访。在贵阳市他看了有关息烽集中营的档案，参观了息烽集中营旧址，在南京他参观了原老虎桥陆军监狱，在上海他参观了原龙华监狱，除此他还采访了近百位曾被国民党监禁、有长期监狱斗争经历的老同志。

这部题为《秘密世界》的长篇小说，于1987年由重庆出版社出版了。杨益言终于在《红岩》出版二十五年后，圆了《红岩》前续的梦，了却了心中的一件大事。

当我看过这部小说后，我震惊了，我首先感到杨益言不愧是一位写监狱生活的强手！他不仅写得深刻，而且写得深透，深到血透纸背，深到心灵震撼！

在杨益言的笔下，这些永生不朽的共产党人的形象实在太让后人敬仰钦佩，太可歌可泣了。对他们，我们使用通常用的坚定不移、坚强不屈、坚忍不拔等字眼来形容，已经显得太一般了。同时也让我感到，对国民党在这些秘密监狱里所犯下的罪行，用“罪恶滔天”四个字，已经远远不够了。他们用在共产党人身上的酷刑，远远地超出了人们的想象。可以这么说，在这里只有残毒，只有残虐，只有兽性，而且是肆无忌惮，骇人听闻的！是集中了中外法西斯的野蛮行径！

我觉得，杨益言的重大贡献，还不是因为他写了这部文学作品，而是在于他通过自己笔下的《秘密世界》，让人们对法西斯的野蛮和兽性有了实实在在的感性认识和具体了解！

《秘密世界》是以《红岩》中的华子良为主线，写他最初在北平被捕，后转移到南京、湖南、贵州息峰等处的秘密监狱，最后才转移到了重庆“中美合作所”集中营，小说重点是写他在转移到“中美合作所”集中营之前的十年秘密监狱生活中的苦难经历和骇人听闻。

在国民党的秘密监狱里，有封建社会都很少使用的酷刑，如走平锅，七只火炉，七只平锅，要犯人赤脚走过去。但也有现代化的美式刑具，如拔牙酷刑。华子良受过枪伤，受过多种刑伤，经历多了，罪也受大了。开始时，他小看了拔牙这个酷刑。他想仿照古代英雄"打掉牙齿用血吞"的办法，把击落的牙齿，一口吞进肚子里去。他低估了美国现代化的刑具，当敌人把电动钳子伸进他的嘴里，夹住他的牙齿，一按电门，只听"嘭"的一声，牙齿便被喷射而出的鲜血，冲出口外。他根本就来不及把牙和血吞进肚子里去，一嘴好牙转瞬间就被拔掉了。这时他的两颊不是塌瘪下去，而是红肿得张不开嘴，说不出话，脸胀头晕，浑身瘫软，有如死了一般。

华子良依然无口供，敌人又叫他去站"思考室"。"思考室"可不是那么好站的，四周都是锋利的三角刀，整个身子只能一动不动地笔直站立着，稍微挪动一下，就会被刀刺进肌体。就在这个充满血腥味的空间里，华子良日日夜夜地站立着，最后站不住了，任凭刀尖刺进肌肤，鲜血一滴滴流在地上，最后完全昏厥过去。

华子良始终无口供，敌人又把他从"思考室"扔进屎成山、尿成河，污秽不堪，充满恶臭味的地牢之中……

华子良经受了前所未有的肉体和精神上的折磨。敌人自信华子良这样的共产党人最终是会屈服的！因为他们信奉的信条是：任何人的肉体在忍受毒刑拷打时，都有一个极限，到了这个极限，人的意志就一定会随着肉体的崩溃而最后崩溃。这就是美蒋特务信奉的"极限论"。他们不相信，"共产党员的意志是钢铁"！"是打不垮，熔不化的"！他们相信"极限论"，"下一次，你不哭，你不叫，我才不信"！但敌人这个信条，在华子良、罗世文、车耀先、施露萍（以张露萍烈士的事迹为基础塑造的艺术形象）等共产党员的身上统统失灵了。共产党员把生死都置之度外，还怕你什么"极限论"，在酷刑面前他们就是不哭不叫，不屈不挠，坚如石，硬如钢！

在《秘密世界》里有一段文字写得极妙！华子良在受过无数次

酷刑折磨后，慢慢体会到：昏迷时最先失去知觉的是肉体，是四肢，最后才是大脑。而在醒来时，最先恢复知觉的是大脑，而后才是肉体，才是四肢。华子良恍然醒悟，由此得出结论：人的意志，支配着人的行动。明白了这个道理，华子良笑了。他以自身的体验，把敌人的"极限论"修改为：任何人的肉体忍受毒刑拷打都有一个极限，超过了这个极限，肉体会崩溃，但人的意志却不一定会崩溃。共产党员的意志，不仅会使他们精神不死，就是肉体也会奇迹般的死而复生。眼光敏锐，心思缜密的杨益言，就像一位高明的解剖师，把《秘密世界》的幕布缓缓拉开，用他那把锐利的解剖刀，把发生在那个不寻常世界里的野蛮与文明，黑暗与光明，兽性与人性，残忍与坚强……一点一点地呈现在故事结构的层面上，贯穿在人物思想的内涵之中，既深沉凝重地写出了人们难以想象的复杂生活，又淋漓尽致地揭示了人性的善恶，写出了深邃，写出了思辨，读起来让人心激荡、血沸腾，但更多的还是让人们对华子良这样的共产党员肃然起敬。

《秘密世界》揭示了秘密监狱中的许多秘密。在这里，有秘密的党支部领导，有秘密的组织生活；传递着秘密信息和秘密的行动计划；有以生命为武器，冲击法西斯统治和恶行的骤然而起的绝食斗争、绝水斗争；还有党内"左"倾机会主义路线余毒在狱中的泛滥，使几十位不该牺牲的共产党人牺牲了生命；还有更多的始终没有暴露身份，没有口供，没有留下真实姓名的共产党人，默默地献出生命，被敌人秘密杀害。还有张学良被秘密关押在阴明洞的环境和生活，杨虎城一家被关押在悬天洞，宋绮云夫妇和他们的孩子小萝卜头，以及黄显声将军等在没有转移到重庆"中美合作所"集中营前的生活状况和被囚的情景……让我们在这里看到另一个不为人知、生死莫测的世界所发生的骇人的秘密。

华子良就是在这十年的生死磨难、险象环生，又与世隔绝的环境里，从对党提出的抗日民族统一战线的主张怀疑、惶惑、绝望，以至发展到他对曾不顾个人安危，冒着风险，长期寻找的上级领导——省委书记,而今竟在秘密监狱中相遇的罗世文都产生了怀疑、误会、敌意,甚至发展到为了保持党的队伍的纯洁性,他都有过要处决罗世文的念头和计划。但在罗世文、车耀先的启迪下,华子良终于从“左”倾思想的迷惑中走向觉醒,最终认识到建立抗日民族统一战线的战略价值和深远意义,又和罗世文走在一起。在敌人最后处决罗世文、车耀先,他陪杀场时,把仇恨深深地装在肚子里,表面上似被恐惧吓倒、吓傻,装出一副“吓疯”的假象,在敌人的魔窟中长期隐蔽下来。通过华子良坎坷曲折,又无比惊险,受尽煎熬,又无比坚强,反映了华子良这样的经过千锤百炼的共产党员的成长、成熟的历程。

杨益言运用小说形式揭开的这个《秘密世界》,是以1935—1945年中国错综复杂的政治风云变幻为背景,通过国民党反动当局建立的一个又一个秘密监狱,让我们从中看到三四十年代中国最黑暗、最反动、最恐怖、最残暴的法西斯恶行的一角,看到中国革命走过的艰辛曲折路程和付出的血的代价,看到了一批可歌可泣的、历经生死磨难,始终与法西斯恶魔进行不懈斗争的革命先烈的不朽形象!《秘密世界》是对无数牺牲在国民党秘密监狱中的共产党人的追忆和悼念,是对小说《红岩》的补充和发挥。

九年官司的巨大付出和重病之后的顽强毅力证明杨益言是一个坚强的人

当时作为中国青年出版社主管文学读物出版的负责人,我是非常关注《大后方》三部曲的写作进程的,我在给杨益言的信中写道:“我在成都《当代文坛》上看到一篇对《大后方》的评论,这篇文章一个重要论点,指出《大后方》填补了中国文学创作上的一块空白,而这块空白是中国共产党党史上很重要的一段历史,是广大读者很想了解的一段历史。这任务不是别人，而是由您完成了。您应该抓紧时间写出下面的两部作品，对作家来说，最有说服力的是作品，作品摆在那里，是实实在在的，您应该拿出百分之百的精力搞创作。"

1991年6月为纪念毛泽东《在延安文艺座谈会上的讲话》发表五十年和庆祝《红岩》出版三十年，中国青年出版社和重庆市文联在重庆联合召开座谈会。会后我留下来，用了五天的时间读完《大搏斗》初稿，又花一天时间思考，然后用三天时间与杨益言交谈，参加研讨的还有杨益言的哥哥杨本泉和《红岩》杂志的资深编辑熊小凡，他俩都看过《大搏斗》的初稿，我们在一起为杨益言下一步的修改出谋献策。《大搏斗》这部小说无论从规模上，还是从内容上，都要比《大后方》广阔、丰富、复杂。写了皖南事变发生后中共中央南方局如何面对反共高潮的到来，做各种应急的准备；如何戳穿国民党顽固势力的反共面貌，进行有理有利有节的斗争；如何团结爱国民主人士，维护抗日民族统一战线不遭到破坏；

1991年在重庆纪念《红岩》出版三十年时，阙道隆（左）、杨益言（中）、王维玲（右）合影

如何做最坏的准备,防备国民党反共高潮进一步发展恶化;如何转移进步人士,保存力量,隐蔽精干,积蓄力量……与此同时,由于太平洋战争爆发,美国对日宣战,日本军国主义捉襟见肘,日渐衰败。蒋介石深怕八路军、新四军发展壮大,加紧反共、限共活动。面对国民党的反共潮流,大后方的民主进步力量迅速组织起来,开展活动。以西南联大为重点,展开了一系列坚持团结抗战、反对国民党法西斯行径的民主活动。围绕抗日能不能坚持下去?抗日前途到底如何?民族矛盾还是不是当前的主要矛盾?联合抗日,一致对外,还是不是拯救民族危难的出路?在大后方展开了广泛的讨论。由于国民党顽固势力加强了独裁统治和残暴镇压活动,不仅激起了西南联大爱国师生的强烈不满和反抗,也加深了蒋介石与高层民主人士黄炎培、沈君儒、张澜等和地方实力派人士刘文辉、龙云的矛盾……可以说这部小说波澜起伏,斑斓壮阔,是中国现代史中不可忽视的一段非常有时代特色的历史。杨益言在这部作品中,倾注了大量心血,用心地塑造了国民党、共产党的高层人士,塑造了民主党派人士、爱国人士、地方实力派的代表人物,以及美国将军史迪威和日本大特务头子等方方面面的人物。尽管小说的初稿还有很大的开掘深化的余地,但内容的丰富性,故事的曲折复杂性,已显现出来。作为概括一段历史,一个时代,一批代表人物来说,实在是一部难得之作。对杨益言来说,完成这样一部作品,也是挺难的,是一部压手之作。我记得1999年我在鲁明同志(曾在南方局担任过董老的秘书)家中和南方局的一批老同志相聚时,大家都为至今还没有一部完整反映南方局的历史的作品而感到惋惜,于是我便谈起杨益言正在写的这部长篇小说,大家都非常高兴,让我一定把这部作品抓出来。后来杨益言来北京时,鲁明同志还专门发出邀请,在家中和他长谈了一次。我多次到鲁明家中做客,有时在座的还有他的一些老战友,一般他都在客厅接待我们。但这一次杨益言来他家,他却精心安排在书房接见,早早地就把空调打开,还准备下冰镇西瓜。两位老人围绕当年大后

1999年杨益言(左)在京拜访南方局老同志鲁明(中)时亲切交谈的情景,右为王维玲

方和南方局的历史,交谈了两个多小时。两人谈得投缘,谈得尽兴,因为当晚杨益言还有安排,只好依依不舍地告辞。分手时,鲁明又一次发出邀请:“下次来京,我们接着谈。”几天后,我收到鲁明写给我的信,信中写道:“我习惯重复思维,这次比上次全面,为了下次交谈方便,故列出了轮廓,二十个题目,请转杨益言,供他思考。”这二十个题目都是围绕红岩村的人和事:1.日寇战略轰炸;2.红岩村的崛起(领导群像);3.打退第一次反共高潮(祭平江、确山死难者);4.尼赫鲁在红岩(1939年);5.陈嘉庚在红岩(1939年);6.胡志明在红岩(1939年);7.叶挺在红岩;8.马寅初夜宿红岩(与君一夕谈,胜读十年书);9.胡乔木三上红岩;10.青年领袖会聚红岩(冯文彬、蒋南翔、胡乔木、郑代巩、李锐……);11.廖承志提张国焘;12.叶剑英舌战群儒;13.周恩来怒斥何应钦;14.周恩来祭吊张淮南;15.周恩来巧用大公报;16.沁园春之战;17.毛泽东红岩赏月(1945年);18.马歇尔、张治中、周恩来笔签和平;19.马法五换回廖承志;20. 中共代表团设宴胜利大厦。除了这二十个题目外,鲁明还提到轰动山城各界的三次演讲:1.马寅初大骂四大家族(马寅初在一园讲经济问题);2.周恩来在张家花园讲时事:“中国不会亡”;3.周恩来在星期五聚餐会上的演讲:“只有尊重事实,才能崇仰真理。”他还在信中提醒杨益言,写大后方这段历史,不要忘记桐油大王古耕虞、味精大王吴蕴初、铅笔大王吴羹梅、机电

大王胡厥文、火柴大王刘鸿生、江航运家卢作孚等工商界的代表人物的贡献和事迹。这些内容对于我们不了解大后方的历史和红岩村的革命活动的人来说,也许作用不大。但到了杨益言的手中,立时就会引起强烈的共鸣,引发出众多联想,有如拉开一出历史剧的大幕,展示在他眼前的是一场又一场活生生的历史人物和历史事件。遗憾的是这以后在杨益言几次来京时,他都是来也匆匆,去也匆匆,始终没有一个宽裕的时间,再和鲁明同志会面。在这里我所以插入鲁明与杨益言会面这一大段内容,意在说明,杨益言计划中的《大后方》三部曲,真应该写出来!这项写作任务没完成,不仅仅是他个人创作上的重大损失,也有负于这些热心关注他创作的老同志们的殷切期望。

1992 年 6 月我从重庆返京后,没多久就收到杨益言的来信:“您走以后,我对《大搏斗》做了进一步思考。我的想法,基本上两条:第一,应当把它改得更好一些,过去写东西,敢改自己的东西;现在老了,还是应当不怕改。第二,听了您和小凡、本泉的意见,完全可能再改,并前进一大步。为此,实际上再写一遍,亦必须如此。调整的设想,大体上是这样:前一大块,写皖南事变后大后方的反映,中心人物是写周恩来。第二大块,以写西南工委的工作为中心,主要人物应为田大姐。第三大块,以林、胡赴滇工作为中心展开。几大块的展开,又都以坚持团结抗战的统一战线、建设党的核心领导为线索展开。我准备近日就动身去云南走一趟,您知道,我曾几次安排去云南就是为了把 1943—1945 年这部分写充分,当时在大后方国共两党交锋的一个焦点,就是滇缅路的内幕,我党要把内幕揭开,而国民党严严实实地捂着,深怕共产党给捅出去,这是很有历史特色的内容。实际上什么走私、毒品、黄金、美钞投机活动,全在这里进行。戴笠系特务控制的所谓缉私署及其税警团,实际就是走私贩毒的大本营。把这一线索写进来,国民党的腐败,戴笠和柏森,以及与云南地方势力的矛盾就尖锐、具体化了。这次我就想把云南这一块写得更充实、更具特色一些。而 1944—

1945年抗战这一段属于战略反攻阶段，材料很充分，也好写。打算7月下旬返渝，即着手重写。由于内容太丰富了，我想把这一部分为两部，即《大转折》(1941—1943)、《大搏斗》(1944—1945年抗战胜利)，不知您觉得如何？”

我给杨益言回信，表示完全赞同，从《大后方》到《大转折》《大搏斗》全面反映了抗日战争时期大后方的整个形势和发展，反映我党在南方局的领导下的重要事件和主要人物的活动。这是一部很有历史意义和历史价值的作品，希望他尽快地去云南，并祝他一路顺风。

1992年8月8日杨益言来信告诉我：“这次去云南，跑了滇缅路全程，一个县一个县地了解情况，深入采访，受益不少。但由于交通不畅，也多花费了一些时间。县里十分热情，保山提供了一百二十万字材料，德宏提供了一百万字材料……一路上听了不少故事，花了一个月时间，才基本上完成了预计只花半个月时间的工作量。不过，这个心愿了了，心里也踏实多了。”杨益言立即进入创作前的准备，到1992年底，他已经写出了大半部分。这时他忽然感到还有潜力可挖，还有不少地方可以“突破”，于是他又在人物、情节、结构上下功夫，有的地方再次重写，他计划1993年三四月间将《大转折》定稿，之后就进入《大搏斗》的创作，力争1993年年底拿出个初稿来。

但事情的变化就是那么不可预测，就在杨益言埋头创作《大转折》《大搏斗》这两部长篇小说的时候，他蓦然发现：围绕《红岩》的作者署名和创作出版问题，已经在大江南北闹得沸沸扬扬，在媒体上炒得火热，成了国内文学界、出版界、新闻界关注的热点。

1999年5月，我去重庆参加一个学术研讨会，得知杨益言因心脏病突然发作住进医院，幸亏市委领导十分重视，亲自出面讲话，院方采取有力措施，才使杨益言转危为安，病情逐步稳定下来。当我在病房紧握着杨益言的手时，他说了一席让我十分痛心，又心酸不已的话，他说：“老王啊！抗战才八年，我的官司至今已经打了六年多了，打掉了我两部长篇小说的创作计划！损失太大太大啦！”望着瘦弱不堪的杨益言，听着他那有气无力的话语，我几乎要掉下泪来！此刻我能说什么呢？我只能含糊地说：“暂时先把这一切放下吧！当今最重要的是身体，治好病，养好身体比什么都重要。”

这场从1992年开始，到2001年结束的官司，让杨益言从六十多岁打到七十多岁，“文革”剥夺了他十年宝贵时间，而今这场官司，又消耗了九年多时间和精力，虽然在“署名”问题上最终维护了他和罗广斌著作权人的地位和权益，虽然在《红岩》的创作历程上最终还原历史的本来面目，但他高兴不起来，心情十分沉重。因为他失去了最最宝贵的时间和健康，失去了当年肯定可以完成的两部长篇小说——《大搏斗》《大转折》的时机，这是无法弥补的损失。而今留下来的是什么呢？是一摞高高的让人无比烦恼又十分无奈的答辩词和申诉的信件！对一个责任心、事业心都很强的作家来说，他的笔、他的精力和时间，没有花在写作上、书稿中，这是让他最伤心、痛心的事！杨本泉说的好，他说：“如果没有‘文革’那场浩劫，如果罗广斌健在，如果1979年的改革开放提前十年到

1991年6月在重庆作者和杨益言研究《大转折》《大搏斗》两部长篇的写作计划时合影

来，罗广斌、杨益言和他们的‘红岩创作集体’这朵新花，不知会开得多么灿烂鲜艳！‘文革’改变了他们的命运，也使他们的计划彻底破产。‘文革’后杨益言一心要实现他们原来拟定的创作计划，最后全落在他一个人的身上。对杨益言来说，完成这样的任务，是十分吃力的！罗广斌的才气和灵气都强于杨益言。他与罗广斌不同之处，就是默默地去写，持之以恒、日以继夜，不懈地去写，一年不行两年，三年不行五年，十年八年地长期坚持，下功夫，下大功夫去奋斗，去写作，他的《大后方》《秘密世界》就是这样写成出版的。他的《大转折》《大搏斗》也计划沿着这样的路子走下去，可他怎么也没有想到，在《红岩》出版三十年后，竟因署名打起官司来，而且一打就是九年！待他胜诉后，腾出手来，正准备大干一场时，又被一场突如其来的重病击倒，使他很难再挥笔上阵……”2005年的春节，杨益言的小女儿小谊打电话告诉我，父亲杨益言突发重症脑梗塞，一下进入神志不清的昏迷状态。经医生及时抢救，虽从死亡线上拉了回来，度过了危险期，但思维和语言表达的能力已不能恢复到正常水平。当杨益言发现自己失去了说话表达和继续写作的自主能力时，他号啕大哭，拍着身子说：“我不能写作了，还活着干什么？”小谊对我说：“爸爸活了七十多岁，我们从没有见

杨益言和他的小女儿杨小谊

他哭过，这次可把我们吓坏了。”听了这一切，让我一阵眩晕，好一阵子缓不过劲来，我最最担心的事，最最怕听到的话，终于发生了。对于手边放着未完成的巨制，胸中怀有宏大抱负的杨益言来说，这样惨痛的现实，简直是毁灭性的一击。放下小谊的电话，我想了许多许多……杨益言这一生简直就是为弘扬红岩精神而生的，不谈他在上海参加学运，仅从重庆 1949 年 12 月 9 日解放这天说起，当时他二十四岁，重庆解放的第四天，他就开始在《国民公报》上连载他连夜赶写出来的报告文学《我从集中营出来》，以此悼念在“中美合作所”渣滓洞监狱大屠杀中死难的烈士，成为重庆解放后控诉“中美合作所”的第一篇檄文。由此开始，他就与红岩精神结下了情缘。1950 年 2 月他写的《血腥的记忆》收进《如此中美特种技术合作所》一书中；1951 年 7 月他写的《圣洁的血花》以罗广斌、刘德彬、杨益言三人的名义发表在重庆《大众文艺》杂志上，并获奖；1956 年他和罗广斌、刘德彬一起写出了长篇纪实文学《锢禁的世界》；1958 年 11 月由他执笔、罗广斌修改的《在烈火中永生》单行本，以罗广斌、刘德彬、杨益言三人名义出版；1959 年 2 月他和罗一起创作了长篇小说《红岩》，自 1961 年出版，至今整整五十年，叫红了半个世纪；1982 年他完成了长篇小说《大后方》，与刘德彬联名出版；1987 年他又写出了《红岩》前续《秘密世界》；1992 年他写出了《大搏斗》《大转折》两部长篇小说的草稿……在这里我很难用语言描绘他写作中的坚韧的意志，坚定的信仰，坚强的毅力，就是在他被署名官司搞得心力交瘁、身神疲惫不堪之时，就是在他心脏病刚刚开始平稳之时，他应中国青年出版社和花山文艺出版社之约，还先后写了《红岩的故事》《红岩之光》《红岩逸文》《红岩九烈士》《江竹筠的故事》《红岩烈士传》《雾都空劫》等七本弘扬红岩精神的小册子。说是小册子，最长的一本有十二万字，加起来也六七十万字……这些都是从他那双有力而枯瘦的手中完成的！这些书成为 20 世纪 90 年代，不忘革命历史，不忘中华民族感情，弘扬崇高的阳刚之气，感受悲壮之美的精神食粮。

如今杨益言已经是八十六岁高龄老人了，他笔耕了半个世纪，把毕生精力都献给了他钟情的文学，献给了弘扬红岩精神的伟大事业。他一生的遭遇，是一个作家少有的、难以都经历过的祸福荣辱的历程，这里边包括生与死、灵与肉、血与泪、浩劫与磨难、冲突与误会、打压与中伤……但他始终矢志不渝，一直到重病缠身，仍不忘他未完成的两部长篇小说的夙愿，不忘他对文学、对写作的难以割舍的强烈眷恋。但残酷的事实，让这一切都变成了梦想。2005 年 12 月 15 日，我意外地收到杨益言一封六百字的亲笔信，这封信给予我的不是兴奋和激动，而是巨大的苦痛和难以忍受的悲哀！信中除了抄录 2004 年 7 月 1 日重庆市委书记黄镇东看望他时的公开报道文字清清楚楚以外，其他的文字，让我不知所云，一点都摸不到头脑，我边看边猜，边猜边想，看着看着，我的泪水就下来了，这哪里是那个思维清晰敏捷、文字清新流畅的杨益言写的信啊！我的心在哭泣！

从这封信开始，我改为与杨益言的女儿们电话联系，每次我都一再嘱咐小谊，不要再让你父亲写信给我，我也是一个被疾病困扰的老人，精神上受不了这样的伤害！从这件事让我想到，杨益言从事文学创作的时间六十年了，不算短了，但他从不追求时尚作家那样火热的名气，也不仰慕文坛上十分红火的作家，他耐得住寂寞，扎扎实实地按照自己的计划写作。在创作上，他从不抱任何幻想和侥幸心理，就是苦干、实干、脚踏实地干，从一点一滴做起，如同一匹奔马，六十年如一日，始终驰而不息。就这样他真的干出来了，他留给我们的长篇、中篇、短篇，从中都能让我们感受到，这些作品即是历史的，又是现实的；即丰富厚重，又真实自然；即在回味中汲取了无尽的精神营养，又得到难以言喻的精神享受。这是为什么呢？我想最主要的就是他写的这些作品，与他的血肉灵魂融合在一起。他为人朴实、为文也朴实，人文一致，文如其人，这是杨氏作品的风格，也是杨氏作品的生命力。

一个历经了沧桑风雨的人，才能吸纳百川。杨益言的经历，就是这样，欢乐与愉快、痛苦与悲怆、曲折与坎坷、诽谤与中伤，什么样的经历，他都品尝过。熟悉杨益言的人都知道，他是一个深沉、含蓄、内在的人，一个有情有义的人，一个把友情、人情看得很重很重的人。他常说，友情是最难得的，感情是最难忘的。细细品味杨益言的一生，同样也让我感受到是那么的不寻常。杨益言一生都在写书，他留下了许多有血有肉，让人永难忘怀的人物形象，可不知道他想没想到过，他自己的人生路，也是一本跌宕起伏、充满了悲壮之美的书。

如果不是疾病，使他失去自主思维能力，以他谦和、俭朴、勤劳、刻苦的立身准则，他的晚年一定过得生气勃勃、很充实的。如今这场病，让他又一次经历了一场生与死的搏斗，虽然没有把他彻底击垮，虽然他又站起来了，但却受到永难康复的重创。他原是一条远航的大船，而今只是条小舟了。小舟是不能远航的，只能在大海中荡漾。听小谊说，杨益言每天都独自一个人出去锻炼身体，坚持长时间散步，走很远很远的路，天天如此，风雨无阻。孩子们怕他走丢了，劝他少走一点，他不听，每天都保持着大运动量……他不能说，不能写，不能表达，他这是为什么？他还是对自己的身体寄予希望，希望精神不衰，身体复原，有一天还能东山再起，创造奇迹，能重新拿起笔来，完成他心中的重负——两部长篇小说的创作。所以我说，从事业上说，杨益言的工作质量已经不能和以前相比了，但在精神上，他仍保持着乐观豁达的生活态度。乐观是什么？是信心，是力量，是精神不衰的原动力。所以我说，重病后的杨益言，依然是个强者，尽管有些惨淡，但他的形象，始终是完美的。

现在讲述这一切，好似在叙说一个不该发生的悲剧故事。但悲剧已经发生，现在说什么都晚了。我一直在想如何把杨益言写出的那两部长篇小说的草稿抢救出来，即使不完美，也是一块未竣工的丰碑！一件有历史意义的大事！如果真的把这件事做成了，不仅了却了杨益言晚年心头上的一件头等大事，也给杨益言献身文学事业，一生播种红岩情，画上了一个圆满的句号！于是我又想

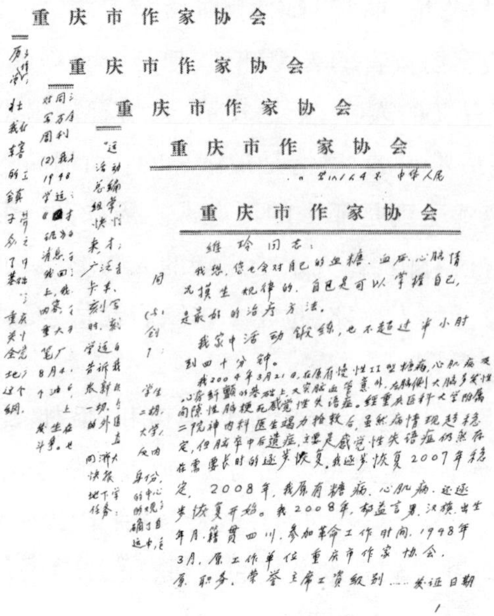
重庆市作家协会

维玲同志：

我想，您也会对自己的血糖、血压、心脏情况摸出规律的，自己是可以掌握自己，是最好的治疗方法。

我家中活动锻炼，也不超过半小时到四十分钟。

我2004年3月21日，在原有慢性II型糖病、心肌病及心房纤颤的基础上，又突发脑血管意外，左脑侧大脑多发性间隙性脑梗死感觉性失语症。经重庆医科大学附属二院神内科医生竭力抢救后，虽然病情现趋稳定，但脑卒中后遗症，主要是感觉性失语症仍然存在需要长时的逐步恢复，我逐步恢复2007年稳定。2008年，我原有糖病、心肌病、还逐步恢复开始。我2008年，杨益言男，汉族，出生年月，籍贯四川，参加革命工作时间，1948年3月，原工作单位重庆市作家协会，原职务，荣誉主席工资级别……发证日期

2008年6月15日杨益言给王维玲的信

到了杨本泉。从杨益言开始写《我从集中营出来》(1949年)到《圣洁的血花》(1950年)，到《锢禁的世界》(1956年)，到《大后方》(1981年)，到《秘密世界》(1987年)，到《雾都空劫》(1998年)，到《大搏斗》《大转折》草稿(1992年)……杨益言一路走来，杨本泉始终守护其间，他不仅十分熟悉自己的弟弟，而且熟悉他的作品。所以我写信，建议由他牵头，找两个合适可靠的助手，完成杨益言未完成的两部作品，但本泉在回信中拒绝了，他写道："用意甚佳，惜86岁(而今已87岁了)，不但无此能力，亦无此精力，碍难从命。"信在我手中抖动，心中有说不出的苦痛，是啊，本泉已不是当年的本泉，岁月不饶人，而今本泉也老矣！

三年过去了，老天爷终于向坚强的杨益言让了一步，杨益言终于以他的坚强的意志得到一点回报，他的病终于趋向稳定并有了一定好转。2008年6月15日，我收到他写来的一封长达九页的来信，无论是文字表达，还是所涉及的内容，简直让我不敢相信是他写的，与2005年读他那封让我手颤抖、心哭泣的信简直完全是另一个天地、另一种情景了。这封信不仅叫我无比欣慰，也让我

有说不出的愉悦。在这封信里，从他生病开始，到今天恢复的情况，写得详详细细，他清晰明白地告诉我，“我是在2004年3月2日，在原有慢性二型糖尿病、心肌病和心房纤颤的基础上，突发脑血管意外左侧大脑多发性间隙性梗塞，造成感觉性失语症。经过四年的治疗、调整、锻炼，现在不仅病情稳定，还开始逐步恢复语言功能。”信中还告诉我，“昨日上午市委常委、宣传部长何事忠同志来家看望我，何事忠部长紧握着我的手说：‘《红岩》记录下的我党最悲壮的一段历程，《红岩》中的英雄形象给我们留下了刻骨铭心的记忆。《红岩》教育了几代人，我们都是看着这部小说长大的。感谢您创作了《红岩》，祝您身体健康。’”除了向我通报这些情况外，他在信的最后还写了一句：“我们俩相识相交五十多年了，能保持半个世纪的友谊，实在少有。”在这封信里，他还附上2008年6月26日《重庆日报》专访报道，以“杨益言那抹永远清晰的《红岩》记忆”为题，花了一个整版篇幅介绍他的一生，在采访结束时，杨益言对记者说：“民族魂是国家最基本的凝聚力，民族精神永远不能忘。红岩精神是中华民族自强不息、百折不挠的奋斗精神的体现，要让后代永远记住它，让红岩精神在人们脑海中永远清晰……”2011年6月3日的《文艺报》报道了中国作家协会党组书记李冰同志在重庆市三次文代会、作代会上讲话，讲话中有一

2010年4月，中国作协七届五次全委会在重庆召开，其间，中国作协党组书记李冰看望《红岩》作者之一八十五岁老作家杨益言

段讲《红岩》的。他说："重庆的地名往往与一本小说联系在一起，那就是《红岩》。当年我们是把《红岩》当成人生教科书去读的，到书中学习革命历史、学习理论信念、学习英雄气概。《红岩》是重庆的文化名片，是我们心中的文学偶像，它教育和影响了一代又一代人。"我觉得他把《红岩》与重庆联系在一起，把《红岩》说成是"重庆的文化名片"，这是《红岩》出版五十年来最鲜活形象、最准确恰当的概括。五十年前还是重庆市委第一书记任白戈拍板定下叫《红岩》的，他说："叫《红岩》好，一听这名字就想到重庆，就知道是写重庆的事！"在经历了五十年的检验后，《红岩》的社会影响之广、之深、之大、之久，真的是叫红了半个世纪，使人们谈起了《红岩》，就想起了重庆，想起了红岩村，想起了红岩革命博物馆，想起了牺牲在渣滓洞、白公馆里的永垂不朽的烈士们，《红岩》与重庆市已经是难解难分了。所以我看到李冰同志说它是"重庆的文化名片"特别兴奋。想到此，我便拿起电话，打给杨益言，把李冰这段讲话读给他听。益言没有参加会，也没有听到李冰的讲话，他在电话里和我一样，非常兴奋，不断地问我："真的吗？""这个概括好！"让我惊奇的是他竟和我在电话中讲了十多分钟的话，而且句句清楚，这是他生病以来，让我最惊讶、最高兴的一次通话，他的身体，他的病痛，确实稳定了，真的在朝着好的方面发展，我衷心地祝福他，战胜病魔，再创一个人间奇迹！

2011 年是《红岩》出版五十年的日子，也是杨益言步入八十六岁耄耋之年的可喜可贺的日子。这是因为杨益言的一生，让我对他充满了敬意。可以说，为弘扬红岩精神，他无私无畏，无怨无悔，坚持不懈，坚定不移，竭尽全力，奉献了一切，无论是在什么样的条件下，他始终是一位弘扬红岩精神的巨人，始终高扬红岩精神的大旗，一生播种红岩情！

编后余录

《红岩》的写作和特色

（一）

《红岩》是一部有着丰富的思想内容，又饱含强烈的艺术感染力的长篇小说。几年来，描写狱中斗争的小说已出版了不少，但似《红岩》所具有的这样广阔画幅、巨大规模的作品，还不多见。《红岩》是反映1948年重庆“中美合作所”渣滓洞与白公馆狱中斗争的事迹，但反映的幅度却比同一内容的回忆录《在烈火中永生》大多了。《红岩》在广阔的时代背景和社会背景下，写了两条线索：一条写渣滓洞与白公馆的狱中斗争，一条写敌人特务活动。在这两条线索的下面，又各分为无数支线、虚线。在写渣滓洞与白公馆狱中斗争的这条线索下面，写了山城地下党的活动，写了工人、学生反美反蒋的怒潮，写了农民的武装斗争，这些都有机地与渣滓洞和白公馆的斗争联结在一起。而监狱斗争，写了渣滓洞里的斗争，又写了白公馆里的斗争，写了狱内的活动，又写了狱外的支援与策应，互为映衬，互为烘托，乳水交融在一起，组成了一幅遒劲浑厚、壮丽多彩的画幅。在写美蒋特务活动的这条线索下面，又分为两条线：一条是实写的，特务头子毛人凤、徐鹏飞、严醉等人的公开活动和特务郑克昌、黎纪纲的秘密活动；一条是虚写的，那就是毛人凤、徐鹏飞、严醉的幕后指挥者、“中美合作所”的主子——美国特务。这条虚线贯穿到底，把敌我之间的冲突矛盾引向更尖锐、更复杂的顶端。

《红岩》的线索如此纷繁，规模如此浩大，布局如此复杂，但是作者却处理得井井有条，繁而不乱，广而不散，层次分明，步步深入，这是长篇小说《红岩》在艺术结构上非常突出而又显著的特点。《红岩》的作者罗广斌、杨益言两位同志都是刚刚从事创作的新作者，创作对于他们本来是十分陌生的，而他们却出色地完成了处女作长篇小说《红岩》的创作任务。不可否认这与他们付出的艰苦劳动分不开,但是最重要的乃是他们有着深厚的生活根基和长期的创作准备。罗广斌、杨益言两同志都是从这场生与死、血与火的斗争之中生活过来的,他们对当时的斗争生活有着深刻的了解和掌握,对当年的战友——在渣滓洞与白公馆牺牲的烈士们,有着深厚的情感。他们曾同在一起生活过、谈笑过,肩并肩地与敌人战斗过,真乃是同生死共患难。解放后,由于他们从事"中美合作所"敌特罪行的调查工作,又使他们对当时斗争生活的认识水平有了进一步的提高,对敌人的罪恶活动有了更多的了解。再加上他们在青年中做过几百次关于狱中斗争的报告,也使这一段斗争生活不断地在他们的头脑中翻腾、深化、发展。从1949—1958年,经过了这样一个长时期的酝酿、准备的过程,到了1959年动笔创作长篇小说的时候,他们已经能够选择运用生活素材,恰当地掌握分量、安排比例、合理地布局了,使《红岩》在浩如烟海的文学作品中,独树一帜,不同的人物和不同的故事情节都闪烁着个性化的光辉。

丰富的生活为《红岩》的作者开辟了广阔的写作天地,然而原始的生活毕竟还是粗糙的、庞杂的。怎样精当地选择生活中这样与那样的冲突与矛盾,为作品的主题服务,这就需要作者在艺术上进行反复的琢磨,刻苦的钻研,对生活进行认真的提炼。《红岩》的作者在这个问题上是颇费了一番心血的。我想,《红岩》中关于工运、学运的描写,如果不是从侧面来写,而付予它更多的情节,就必然要占去很大的篇幅,就会与作品的中心——渣滓洞与白公馆的斗争发生矛盾,发生冲突,影响作品的主题和中心情节的充分发挥。以美国特务来说,如果是正面描写,就容易脸谱化,不深不透。现在虚写,把他们作为幕后指挥者和牵线人,这就比较深刻地透露出他们是罪魁、是祸首。

《红岩》的情节像是层峰叠浪一样,一波未平,一波又起,无比纷繁。然而所有这些情节,又都不是孤立的,都是有助于人物性格的发展，都是与整个作品矛盾冲突的展开紧密相连的！以许云峰来说，在展示他的性格上，作者就极为注意利用情节来表现和发展他的性格。从书店暴露、茶园被捕、狱中受审、赴宴拒降、黑牢就义这一系列情节的选择，没有一处使人感觉是多余的，反而觉得缺少了其中任何一个情节，都会使许云峰的性格受到损害。

将复杂而庞大的生活内容，与众多的人物形象，有机地结构在一起，前后勾连，互相呼应，而没有一点臃肿、庞杂、游离的痕迹，这是《红岩》艺术结构上的显著特点。作者在解决这个问题上常常借助于人物形象"联结"的帮助，而达到结构上的完整性。通过陈松林、余新江写出了地下党与工运、学运的有机联系，通过江姐、成岗又反映了农运与地下党的活动，而通过刘思扬入狱——出狱——再入狱，把"渣滓洞"与"白公馆"两个监狱的活动与斗争勾连起来。随着人物的活动，情节有了发展，人物的性格也有了发展，整个作品的矛盾冲突也一步紧似一步地走向高潮。

（二）

别林斯基说："对艺术来说，比人更高贵、更崇高的对象是不存在的。"《红岩》的成就，就在于作者塑造了一系列不同类型、不同性格、不同表现的正面人物的英雄形象。《红岩》中的正面人物形象，不下二十多个，其中包括那些只在书中露了一二次面、活动的范围十分狭窄、活动的时间十分短促的人物在内，都带有个性化的特征。如：那个一直默默无闻地为地下党做后台工作——负责《挺进报》的刻写与印刷工作——饱含着革命激情和充沛的革命精力的成岗；那个对党无比忠诚，在严峻的敌我斗争中，严格地、自觉地要求自己，与敌人战斗到底的刘思扬；那个装聋装疯，八年如一日，甘受冷淡、寂寞、辱骂、鄙视，忍辱负重、卧薪尝胆的华子良；那个戎装整齐，爱得深，也恨得深，天不怕，地不怕，明知是火坑，也肯往下跳，有着强烈反抗性格和行动的龙光华；那个憎在脸上,恨在心里,爽朗明快,有着农民气息的丁长发;那个高瞻远瞩,纵观全局,经得起困难,担得起重担,有过人的胆量与智慧的齐晓轩,以及那个无辜被囚禁了九年,在狱中才找到真正的生活道路,满怀仇恨、满腔怒火而英勇牺牲的革命群众胡浩。这些都是光彩夺目、各显奇光、含意深刻、耐人寻味的动人形象。为什么《红岩》能在人物塑造上取得这样好的艺术效果呢?我觉得这与作者注意挖掘符合人物性格发展的内在思想感情分不开。作者常常非常技巧地抓住了人物思想感情一瞬间的起伏、变化的情景,深入地发掘下去,以此来展示人物的精神面貌和性格特征。

在突然转折之中,创造一个新的境界,来展示人物的精神面貌,使人物性格得到飞跃发展,这是《红岩》在人物塑造上十分见长的手法。如江姐奔赴川北路上的描写,开始作者以轻快的笔触,写出了江姐对华蓥山游击区的崇敬与向往,对将担负起的新的战斗任务的兴奋心情,对即将与老彭及游击队的许多战友会见的热烈场面的向往……这些做了细腻的渲染,使江姐一路上充满了欢欣喜悦的心情。但就在这个时候,江姐突然发现了被反动派屠杀的革命者的首级悬挂在城楼之上,愤怒的感情立时塞满胸怀,她万万没有想到眼前这个惨遭杀害的烈士就是她的丈夫——彭松涛同志。真是一个晴天霹雳!突然的打击,使她难以控制自己的感情,但身负重任,又绝不允许她暴露身份。此时此地,泪,只能往肚子里流;悲痛,只能强压在心里。作者在这里显然完全是通过外露的东西,却异常深刻地传达出了人物内在的感情,通过一起一抑,把江姐忍痛律己的高尚精神、坚韧倔犟的性格,感人地展现了出来。

对一个作家来说,理论和知识的水平高低,思想和精神境界的高低,直接关系到他们对自己经历过的生活的理解、概括和表现的高低、优劣、是否准确和典型。20世纪40年代末期的斗争,与二三十年代不同,这时的革命形势,正如毛泽东指出的:到了1948年就不同了,“中国人民解放军已经在中国这一块土地上扭转了美帝国主义及其走狗蒋介石匪帮的反革命车轮,使之走向覆灭的道路,推进自己的革命车轮,使之走向胜利的道路。"许云峰被囚禁在与世隔绝的地牢之内，人们对许云峰即将困死在这里，是深信不疑的。但是就在这个见不到一丝阳光、呼不到一点新鲜空气的地牢之中,许云峰却以自己的血肉,挖出了一条暗道,令人意想不到的是,他自己并不从这条暗道逃脱,而是把它留给狱中同志突围时使用。这个突然的转折,简直是飞来一笔!在许云峰牺牲的前夕,在这个"英雄无用武之地",许云峰却大有可为,在完成这个重大任务之后,他迎着黎明前的曙光,离开了人间,壮烈牺牲了。这个情节,不仅使许云峰形象最后完成,而且含意之深,让人思之不尽！上述这些人物都不是一眼可以望穿的,他们那高尚的革命气节,勇敢无畏的革命精神,强烈的战斗意志,坚定的胜利信心,以及各自不同的丰富的内心世界,都是通过各自不同的丰富、生动的情节展现出来的。茅盾说过:"英雄人物的性格,总是从斗争中间发展的。没有斗争,也就不会产生英雄。凡是不能或不大胆去表现革命与反革命,进步与落后力量的斗争的,不是把英雄人物放在斗争的中心去描写的,就不可能创造出鲜明生动,使群众激动鼓舞的形象。"《红岩》的作者敢于把自己的人物放在尖锐的冲突与矛盾的顶端,在革命与反革命、正义与邪恶、英雄与魔鬼、生与死、灵与肉、血与火的斗争之中,展示人物的智慧和力量,才使得他(她)们产生了如此巨大的艺术力量!不能不认为,这是《红岩》创作上的一个重要的飞跃。

恨得深,挖得也深,这是《红岩》对反面人物塑造得成功的重要原因。作者在写作中曾说过这样的话:"我们总不甘心一下就把他们(指敌人)写死,总想不断地骂他们,不断地揭露他们,不断地鞭挞他们。把他们写透、写深,要他们认输,彻底地投降!因为我们太恨他们了"。这段话是耐人寻味的！我想正是因为作者"太恨他们了",充满了强烈的恨,才使他们在写作的时候,无法克制自己的感情,很自然地就把书中的反面人物形象作为真正的敌人来写了。这样,才使得出现在他们笔下的一系列反面人物形象富有鲜明的个性特征。以毛人凤、徐鹏飞、严醉、沈养斋这四个大特务头子的形象来说,他们虽都具有反动阶级的共性,但却各有其貌、各有其独特的个性。徐鹏飞气势张扬,内毒外狠,是个凶恶狂妄的人物,而严醉又是一个“狠在心中,笑在脸上”的含而不露的人物。沈养斋八面玲珑,老奸巨猾,有突出的表现,而毛人凤装腔作势,外强中干,也是入木三分的!这些人物都不是笨头笨脑、口出恶言、凶相毕露、一目了然的人物,他们都是反动营垒里的精锐。

自然他们又都是复杂人物,以徐鹏飞来说,一方面面临着势如破竹般的解放军进军形势和国民党一溃千里、狼狈逃窜的惨相,面对着动荡不安的社会局面和工人、学生如火如荼的反美反蒋斗争,他预感到自身的毁灭前景,因而焦急不安。但是另一方面,对暂时还处在地下的共产党的力量还抱有蔑视的心理,对他个人的才能和势力还十分自信。他竭力想扭转历史车轮,不甘心失败。这种矛盾的心情在他的心里冲击着,因而表现得异常暴躁和疯狂,而他这种暴躁和疯狂的心情,又是通过他那阴险而毒辣的手段表现出来的。如和严醉的钩心斗角,对黎纪纲的软硬兼施,破坏地下党的迅速行动,对美国主子的谄媚迎合,屠杀革命者的兽性……总之作者没有简单化地处理他,而是显示了他的反革命“才能”,完成了一个反动透顶的刁顽人物的形象。别林斯基说:“忠实地描写精神上的丑恶,比一切攻击他们的话,要有力得多。”我觉得《红岩》正是沿着这样的道路来挖掘、来塑造反面人物形象的。比如,飞机场一节,徐鹏飞乘车去接美国顾问,误以为飞机已经到了,推开车门,急忙向前走去,不觉把一支刚刚点燃的香烟当作烟头撒手丢了!这个小小的细节,把主子和奴才的关系刻画得入木三分。接着从飞机上走下来的并不是美国顾问,而是美国顾问的心腹干将,升了官的严醉。从严醉口中说出的六个字“提前——分批——密裁”多么露骨,又多么形象地揭露了美国主子的权威身份和美蒋特务的疯狂和狠毒。在这里,美国顾问没有出场,但比正面出场还有力，还形象，同时也把大特务严醉的嘴脸完整地暴露了出来，从垂头丧气，寄人篱下，到气势汹汹，不可一世，向徐鹏飞指挥一切。徐鹏飞的恼恨与妒忌、不满与忍耐的复杂心理，也通过了这个小小场面反映出来。真是举一反三，回味无穷。我们在和作者议论这个情节时，曾谈到这样一个问题：写敌人也不能自然主义。《红岩》的前几稿，反映的全是历史真实，严醉到手的“功绩”，转眼间被徐鹏飞抢走。这样，严就成了敌特营垒中一个能干的失意者。失意者是容易引起人们的同情和惋惜的，不利于认识敌人的面目和罪恶。现在严醉在吃了哑巴亏以后，立即被他的主子送到美国去考察、升官，这样严也使人憎恨。敌人内部矛盾重重，四分五裂，这是规律。不写敌人内部的矛盾，客观上便是加强了敌人。无论是徐鹏飞，还是严醉，听美蒋的话，是有条件的，因为美蒋之间也有深刻的矛盾。但在《红岩》里作者集中描写的却不是美蒋之间的矛盾，而是强调奴才与奴才之间的矛盾。

（三）

含蓄，是《红岩》艺术手法上一个显著的特点。《红岩》中的人物塑造、情节发展都不是一览无余的，而是极为含蓄内在的。以白公馆来说，作者先写白公馆的环境，衬托出一种低沉、阴森的气氛，以至使人有透不过气来的感觉。开始读这些篇章的时候，几乎使我们不相信这里还会有斗争，有党！及至继续读下去，才恍然大悟，原来这平静的下面，却隐藏着更尖锐、更剧烈的斗争！这里不仅有党，而且较之渣滓洞，这里有着更高水平的领导艺术与斗争艺术。这种从表及里的艺术手法，恰恰与渣滓洞轰轰烈烈的斗争气氛的描写形成强烈的对比，使作品更富有特色。

小说在人物塑造上，常常一句话容量很大，含意很深，使人永远难忘。如，成岗给那个不知名姓，从未见过面的与他并肩作战、负责收记新华社广播稿的同志的那封信，只写了一句话：“致以革命的敬礼！”回信也是一句话：“紧紧地握你的手！”一来一往只是两句话，但那写不完道不尽的千言万语都包含在里边了。齐晓轩为解救胡浩挺身而出，当陆清威胁他的时候，他“随眼望着远处油绿的青山”，郑重地说：“告诉你们，我永远是共产党员！”一句多么普通、多么简短的话，却包含着多么强烈的革命激情啊！一句话，把蕴藏在齐晓轩内心深处的革命感情源源不断引流了出来；一句话，却又是何等强烈地打动着我们的心！许云峰“赴宴”，颇有几分鸿门宴的味道，读到这些地方，仿佛连呼吸都忘记似的。但是作者的笔墨却用得非常经济，几乎是不可能再省了，然而在艺术上却构成了强烈的效果。

“嘟嘟”长鸣一声，轿车停下了。车上跳下两个持枪的警卫，押出一衣着简朴的人。

徐鹏飞含蓄地微笑着，迎上前去，“哎，许先生！这几天，照顾不周，生活清苦一些，嘻嘻。”

朱介的手伸向厅门，笑容可掬地连声道：“请，请，请！”

金发女人大胆地迎上前去，娇声娇气作了自我介绍：“中央社特派记者——”

矮胖子又是笑，又是点头，“兄弟是长官公署新闻处长，今天特地代表朱长官表示——”

老有经验的沈养斋，搭上了话头：“呵，许先生，听说你快要脱离缧绁之苦了，可喜可贺！”

许云峰一时没有答话。除了徐鹏飞，这些人他都没有见过，可是一看这场面，特殊隆重的气氛，颇有几分鸿门宴的味道，卑躬屈节的逢迎之中，隐隐透出一片杀机。许云峰冷冷地笑了笑，坦然放开脚步，跨进了响着掌声的大厅。

这里许云峰没有说一句话，只是渲染周围的环境，写妖魔鬼魅们媚声媚气的活动，但却无比深刻地把许云峰的敏锐嗅觉和观察力,赴汤蹈火行而不畏,斧锯鼎镬死而不惧的英雄气概表现出来。

通过人物的行动,人物的对话,人物的动作,来描绘人物的音容笑貌,来渲染人物的风度,来显示人物的性格特征,这是《红岩》在人物塑造上运用最普遍的手法。如,江姐的出场,作者并没有细腻地描写她的肖像,读者读完这一段落也未必能够十分清楚地了解她到底是什么样子,但是她那富有浓厚的生活情趣的谈吐与表现,爽快而又清脆的语言,却一下子就让你感觉到了她那安详而又坦率、亲切而又稳重的神态。身受酷刑的许云峰,被抬进楼八室时,满身血水,几乎奄奄一息,才过了几天,许云峰竟在一个拂晓的早晨,迎着黎明,迎着红日,拖着满身的刑具,从容地在囚室中散步。这是一幅多么富有色彩的画面!怎样描绘出这位无比坚强、用最大意志克制自身痛苦的共产党员呢?作者只是选择了一个行动——许云峰在水泥地上来回走动,那副沉重的铁镣发出的“当啷——当啷”声音。作者在这里描绘的虽然只是“当啷——当啷”脚镣拖地的声音,但在人们的心目之中,却成了踏碎牢门的轰击的声音,成了共产党人发起冲锋的号角声!这种简练的手法,也同样表现在对甫志高的刻画上。对这个叛徒作者只是通过几个生活场景和一两个细节描写,就把他那卑鄙肮脏、低级丑恶的精神世界显示出来。咖啡馆内自斟自酌,深刻地揭示了他精神上空虚与恐惧;到“老四川”牛肉摊上买了一包麻辣牛肉,送给妻子的举动,一下就把他灵魂深处的东西全部抖搂出来了。被捕的时刻,当特务也要把他老婆带走时,他不由得慌作一团,自己说了三个字:“她不是——”仅这三个字,顶上一篇大文章,对甫志高的叛变,三个字已经盖棺论定,无须再多写一个字,再写一个字都是多余的!《红岩》选择了一系列很有生活特征和性格特征的细节和情节,这些对揭示人物的性格特征,对勾画人物的形象,起了画龙点睛的作用。

罗广斌、杨益言他们写《红岩》的时候,不仅充满了激情和干劲,而且有着无比鲜明而强烈的爱与恨。就在他们进入《红岩》最后润色的时候,赫鲁晓夫不顾全世界人民的反对,把斯大林的遗体从红场上的陵墓里抬出来，烧毁了。赫鲁晓夫的这一行径，激起了《红岩》作者无比的愤慨，他们写不下去了。罗广斌谈起了狱中一段难忘的记忆。那是1949年，重庆临近解放的前夕，敌人要对许晓轩同志下毒手。当时许晓轩的身体已经很弱，他走出牢门，和同志们一一握手告别，最后，走到了罗广斌的牢门前，握着罗广斌的手，郑重地说："胜利以后，请转告党：希望我们党注意不断地整党整风，清除我们队伍里的蜕化变质分子、机会主义分子，把革命进行到底。"刘国志烈士就义的时候，解放重庆的白马山战斗已经打响了，集中营里，已清晰地听到我军的隆隆炮声，刘国志烈士心潮激奋，大步跨出牢门，高声朗诵道："同志们，听吧！像春雷爆炸的，是人民解放军的炮声。人民胜利了，我们没有玷污党的荣誉，我们死而无愧！"回忆着革命烈士壮烈牺牲时的情景，罗广斌、杨益言激动地说："十月革命的胜利果实，无数革命烈士的鲜血和生命，绝不能够白白地葬送掉！我们要和这些机会主义的叛徒斗争到底！"正是在这样的背景下，他们在《红岩》里通过许云峰和毛人凤斗争的情节，让许云峰喊出了"斯大林还活着"！"马列主义永远不会过时"！警示后人，不要忘记过去。

（四）

《红岩》的作者从1949年开始搜集、研究、整理生活素材，到1959年动笔写小说，到1961年小说《红岩》定稿、出版，这中间，重写了三遍，大改了两遍，全稿虽然只有四十万字，但他们写下的文字不下三百万字，出版社也是两次重排，两次部分重排。这是一件巨大的工程，工程之大，在长篇小说的出版中是少有的。当时罗广斌、杨益言二人都身负着繁重的行政工作任务，为写这部书坚持了三年，这对他们来说可不是件容易的事。鲁迅把创作比为"韧性的战斗"，《红岩》的作者如果没有这个"韧"字，是写不出这部作品的。

作者这种坚韧不拔的创作毅力，还表现在他们对自己的作品一字不苟、字字推敲、句句推敲、严肃认真的写作态度上。他们从不怕推翻重写，只要是有利于小说质量的提高，再大的改动，也不吝惜。正因为他们从这样的考虑出发，总是一遍又一遍地修改润色，润色修改，终于使《红岩》的主题思想越来越深刻，而在艺术描写上，也更加精巧和细腻了。一次我看到作者写下的一段手记："自己还不清楚的东西，绝不可能写得深透，这样东西怎能让别人感动、别人信服！要人家看这样的文章，是一种痛苦，使人不敢相信这是小说！不，这是不知所云的，毫无逻辑的紊乱，给人以焦急不安的痛苦！"看过《红岩》小说的读者，看到了这段文字，是不能不激动的！从小说《红岩》的创作实践中，我们具体地看到《红岩》的作者努力使自己的作品为社会主义服务、为人民服务。他们以自己的行动，真正做到了为革命而写作，问心无愧。无论是在写作中，还是在小说出版后，他们一直说，小说的真正作者，是那些在"中美合作所"里为革命献身的许多先烈，而他们只不过是做了一些概括、叙述的工作。如果没有烈士的斗争事迹，这本书是不会出现的。这是他们出自内心的话！为写这本书，他们煞费了苦心，耗费了大量的精力，说他们是用自己的心血和汗水写成的，是一点也不过分的！

（原载《光明日报》1962 年 3 月 24 日、27 日"东风"副刊）

《红岩》的人物创造

（一）

作家的本领，就在于他所创造的艺术世界，使你觉得不是现实生活表面现象的简单复制，而是对生活的本质，对人物的心理、性格、命运的深刻发掘，对根植在现实生活土壤之中的人与事的复杂的艺术再现。这个被作家所创造出来的艺术世界，你一接触它，就有一股吸引力，就仿佛身入其境，使你有所感，有所悟，有所奋发。这样的艺术构思才算是有生命力的作品，才算是真正的艺术品。《红岩》所以能受到广大读者的欢迎，我想这是一个很重要的原因。

任何具有艺术生命的作品，都是典型创造的结晶。我这里说的典型创造，不单是人物的典型创造，还包括了背景的展开，气氛的渲染，人物的布局，细节的选择，全局的牵引……所有这些都达到了典型化的要求时，作家才有可能创造出自己所独有的艺术境界。

围绕着拆迁与反拆迁，护厂与反护厂，迫害与反迫害，抓丁征粮与抗丁抗粮等一系列的冲突与矛盾，表现了敌人所统治的那个即将崩溃的世界的动荡不安，表现了敌人对汹涌澎湃、气壮山河的革命风暴束手无策，表现了革命形势的迅猛发展和山城人民面临着黎明和胜利的曙光。这里小说所给予读者的那种强烈的时代感和环境气氛，使我们立时就回忆起了那个令人诅咒、祸国殃民的国民党反动派统治的日子，使我们不知不觉地就进入了作者所创造的艺术世界。但也正是在这黎明到来之前，地下党沙滋区委委员甫志高的机会主义思想和极端个人主义的行动，给党带来了巨大的损失，使匪特有机可乘，使处在胜利前夕的地下党遇到了最猛烈的风暴。《红岩》以开头六章的篇幅，拉开了敌我之间即将展开的一场尖锐斗争的序幕。

环境和气氛的创造，尖锐的冲突与矛盾的提出，为小说主要人物的出场打下了良好基础。许云峰是《红岩》里的栋梁，但是这个人物是在小说的第七章才出场的。他一出场，通过对沙坪书店的观察，对郑克昌的判断，对陈松林的提示，对甫志高的警告，对面临的险恶形势的迅速、果断的处理，立时就使读者感觉到，如果甫志高遵照许云峰的布置去行动的话，地下党面临的这场风暴是完全可以躲避过去的。仅仅十几页的篇幅,四五处的描写,立时就把许云峰推向斗争的最前哨,显示了这是《红岩》里的一个举足轻重的人物。许云峰出场后,所以能够取得这样良好的效果,与小说的前六章能够成功地创造出来的典型环境的艺术效果分不开。如果小说的前六章未能反映出如此众多的生活与斗争中事物,未能描绘出如此丰富的详情细节的话,那么许云峰也是一下子很难站立起来的。有了这一点,就为人物在以后的一系列冲突矛盾之中的活动和表现开辟了宽阔的天地,提供了坚实可信的基础。

(二)

《红岩》的可贵之处,就是作者没有回避生活中、斗争中的重大的尖锐的冲突,敢于正面地、不断地让自己的人物在激烈的斗争中打恶仗,而且是越打越好,越打越强,越打越有风格。做到这一点,不是容易的。但是如果做不到这一点,则《红岩》中一系列的人物形象都是很难站立起来的。

《红岩》中的尖锐的矛盾冲突的展开,都是通过异常紧张的情节表现出来的,而所有的情节,又都是与人物的性格发展和形象塑造,与整个作品的矛盾冲突的展开紧密相连的。如《红岩》的第七章,特务团团地把茶园围住,叛徒甫志高四处寻找许云峰,而许云峰此时又恰恰与地下党的领导人李敬原在一起,就在这瞬息万变的紧急时刻,许云峰挺身而出,直呼甫志高,打乱了敌人的部署,使李敬原安全脱险。在这里作者成功地刻画出了许云峰顾全局,识大体,有胆有识,临危应变,勇敢果断的精神与气质。正因为作者敢于把许云峰放在复杂、尖锐、曲折、多变的斗争生活之中来表现他的性格,才使许云峰的形象越来越富有血肉,富有个性的光彩。黑牢就义就是这样的章节,它使许云峰的形象最后完成,使共产党人的精神、理想、智慧,以及那颗决心摧毁旧世界的心,得到了充分的展示。这个情节,本来很容易写得神秘离奇,但是现在在艺术效果上却丝毫也没有这样的感觉。作者通过了这个曲折的情节,合情合理地表现了许云峰面对艰难时沉着冷静及洞察事物的胆识,表现了许云峰一心为党、舍己为人、英勇就义、自觉献身的高贵品质。从书店露面到黑牢就义,围绕许云峰的这一系列情节,既是情节的延续与发展,也是许云峰的思想与性格的延续与发展。从这一系列的情节安排可以看出,作者既没有追求情节而忽略了形象的塑造,也没有孤立地刻画形象而忽略了情节的连续性的发展,所有的情节都是为许云峰的性格塑造而存在的,而许云峰性格的发展,又推动了情节发展。《红岩》情节的曲折性和复杂性,不单是由所描写的斗争生活的复杂性所产生的,主要还是由这些事件与人物性格的紧密联系所产生的,有了这一点才使情节与人物血肉相连,而没有给人一点游离的感觉。

围绕着一个人物的命运,贯彻始终,并把一切情节都用来表现这个中心人物的性格,这是不少优秀的文学作品所运用的形式与手法,但是《红岩》却没有完全运用这样的形式与手法,他们另辟了一条新路。

细心的读者,读过《红岩》会深刻地感觉到,作者努力表现的与首先要塑造的不是一个人物的命运,而是一个战斗的集体,一个坚持狱中斗争的地下党支部的生活与斗争。正是这样,作者把作品的生活面没有局限在狭隘的天地里,而是在广阔的生活天地之中,在各种不同的、有别于一般的、特殊的生活与斗争环境之内,展示自己的艺术风格和特殊的生活画面。

《红岩》塑造了众多的英雄形象,人物多,这是由《红岩》的题材决定的。《红岩》的人物虽多,但在人物的布局上,却先后有序,主次分明,有了这一点,人物的穿插与活动,位置与作用,就不显得乱,就不显得散,就都能集中在作者的思想要求与艺术要求的范畴之内。

人物典型化的强弱,并不是完全取决于人物的多少、虚构的大小、笔墨的浓淡,而重要的因素,乃是看作者在人物性格的典型概括上，是使人物高了，还是使人物低了，在于出现在作者笔下的人物有没有只适于自己，而又有别于他人的个性特征。从这样的角度来理解，我觉得《红岩》的作者，在人物创造上是做得很出色的。《红岩》里出现的一系列人物形象，都是有着鲜明的个性特征的。龙光华从出场到牺牲，前后只有二十余面的篇幅，但是从表到里，从形到神，从那“整齐的军装”到“褪色的军帽”，从“一双火一样热情豪爽的眼睛”到“黝黑的手臂”，从一罐又一罐为同志们舀水的迅速动作到面对特务火冒三丈、厉声申斥的表情，从每早在铁窗边“徒手练习着劈刺的战斗动作”到“一只手紧抓牢门，一只手伸向前面”，“给我一支枪”的牺牲时的情景，你能说出他与哪一个人物有一丝共同之处吗？他性格突出，色彩鲜明，他就是他，他与任何一个人也不会混同起来。只不过作者对这些人物的塑造，常常只是择取生活中那些最闪光、最宝贵的精华，在非常触目的地方，技巧地抓住那些最能展示人物的性格特征的详情细节，或人物思想感情一瞬间的起伏、变化的情景，深入发掘，细致雕琢，来传达人物的思想感情，展示人物精神世界的美，达到典型化的要求。这是作者在塑造这一类人物上常用的手法，如对丁长发，作者只选择了两个细节，一个是在雷雨交集的深夜，敌人屠杀我们同志的时刻，丁长发用抖动而又有力的手，在粉墙上划下了一记印痕，暗中记下了这笔血债。另一个是丁长发那支时刻不离嘴的烟斗，可是到了他掩护同志们突围越狱的时刻，“敌人越冲越近了”，就在“眼看到丁长发身边的”一瞬间，他“抽出嘴里的烟斗，朝地上一丢——”这两个强烈的小动作，把这个憎在脸上、恨在心里，坚强有力的人物生动地表现了出来。李青竹在《红岩》里，占极少的篇幅，一瞬间就牺牲了。但是这个人物却有着自己的性格特点，她被特务打断了腿，但是宁折不弯。就义的时刻到了，她“苍白的脸上”“浮起一阵愤激的红晕”，“怒声呵斥着”，丢开特务递给她的手杖，昂首阔步，走向刑场。这一切表明这是一个倔犟的、外露的、视死如归的英雄人物。她与江姐那深沉内涵的性格，那从容就义的种种举动，不正好是互映互衬，多方面地表现了共产党人的精神世界吗？不是更强有力地表现出了这两个共产党员的共同本质和不同性格与作风吗？还有华子良、老袁、老病号等人物，他们都是有声有色、有血有肉的人物，他们在《红岩》里都起着这样或那样的、为别人所不能代替的或大或小的作用。然而这些人物，又都不是被作者所着力描写的重要人物。《红岩》里起着栋梁式作用的人物，乃是许云峰、齐晓轩和江姐。特别是对许云峰，作者是用浓墨重染的手法来描写他的，竭力想把他塑造成为一个光辉有力的形象。但是同时作者也非常严格地掌握了这样的分寸：无论是在渣滓洞，或是在白公馆，许云峰只是组织斗争和计划行动的领导成员之一。在这样的前提下，作者把许云峰可以做的，能够做的，应该做的，几乎都发掘了出来。深厚的生活基础，严格尊重客观现实的态度，使《红岩》里围绕着许云峰的一系列情节都发展得是那么合情合理，与许云峰的身份、性格和当时整个斗争的发展形势十分吻合。许云峰被捕，虽使敌人如获至宝，但敌人却未能从这个具有强大的号召力的共产党领导人的身上榨出油水来。许云峰与毛人凤的交锋，使敌人最后的一线希望终成了泡影。至此，许云峰最困难的处境、最严峻的考验跟踪而来了。此时，对许云峰来说，任何一点超出自身斗争需要的举动，都会对党、对同志、对自己造成难以宽恕的过错。对许云峰这样的人物来说，这是绝不允许的！作者很好地表现出了这一点：不是许云峰不能成为《红岩》里组织斗争和计划行动的帅才，也不是不愿意让这个人物延续到大突围，而是那复杂的斗争，使许云峰只能单独作战。我想，恐怕正是因为作者真实地、历史地写出了这一点，黑牢就义才显得那么真实可信，那么符合许云峰性格的发展逻辑和当时敌我斗争的发展逻辑。任何失掉了历史真实感的作品，都是很难发出强烈感人的艺术力量的！

许云峰与齐晓轩是并列一组的人物，为了突出这两个人物的不同性格，作者把他们置于两个完全不同的环境里，来表现他们各自不同的性格特征，使这两个人物都有充分的活动天地和突出表现的场合，从书店露面到黑牢就义，使许云峰的性格最后完成。但却在这个更恐怖、更严密的白公馆内引出了齐晓轩，把这个战斗在这里的领导人推向了斗争的最前哨。由此，又引出了一系列的情节，来表现齐晓轩的领导才干，使他的性格也得到了集中刻画和表现的机会。一个退向后场，一个走向前台，我想作者这样安排绝非偶然，这里似乎有着很深的寓意。为保卫狱中的党组织，胡浩甘受苦刑；为了解救胡浩，齐晓轩挺身而出，担起全部重担。这是白公馆敌我斗争中最精彩的章节，也是对齐晓轩塑造上最关键的章节。如果说，许云峰挺身而出，茶园被捕，显示了共产党员赴汤蹈火、死而不惧的英雄气概的话，那么齐晓轩挺身而出，解救胡浩，则表现他纵观全局、卓识远见、大智大勇的天才与气质。在这场斗争中作者也没有把敌人简单化，齐晓轩挺身而出，很有经验的陆清立时就感觉到这是“有意把事情引向一个错误的结论”，敌人不单看出了这一点，而且还准备利用这点，来揭穿齐晓轩。人们读到这里，无不为齐晓轩的安危而担心，但齐晓轩却胸有成竹，他说出了一个使敌人完全没有设想到的答案：在特务杨进兴办公室的报纸上，看到这则“中共中央召开七届二中全会”的消息。到此，书里有着一段非常精彩的对答：

“哼，你说得好流利！”陆清又一次冷笑。

“怎么？你敢随便进我的管理室？”杨进兴大叫一声，脸色突然变得灰白，他感到自己有重大的责任。

“没有锁门，当然可以进去”。齐晓轩不动声色地回答了杨进兴。杨进兴忍不住声音发抖地狂吼起来：

“绝不可能！我们的报纸，会登你们共产党的消息？”

“你们把报纸拿来翻翻看。”齐晓轩并没有流露出丝毫异样的神情。敌人再一次冷笑，下命令搬来了一些报纸，齐晓轩慢慢地翻阅着——

“还没有找到吗？根本没有登！”杨进兴得意地说。

“让他翻吧。”陆清嘴里咬着烟斗，冷冷地嘲讽。

“你们看看这里。”齐晓轩最后才指了指一张报纸。

报上的标题清楚地印着：

中共中央召开七届二中全会

两个特务同时吃了一惊，他们久久地望着报纸——

齐晓轩从容地抬起眼睛，微微带笑地瞧着面前两张尴尬的脸。

多么好的描写，多么形象又多么深刻的发掘啊！齐晓轩沉着有力的回答，句句都是当作子弹发射的，颗颗都打在敌人的痛处。陆清从失意中得意，从得意中又失意，从不信到信，从毫不介意的举止谈吐，到事态突然转折，精神状态迅速瘫痪的表现。以及杨进兴从兴奋、得意、猖狂的高峰，一落千丈，跌进恐惧、惊慌的深渊的心理，被描绘得淋漓尽致。这里从事件到人物、从情节到语言都是惊心动魄的！值得特别称赞的是作者的巧妙的艺术构思，妙在这突然一击，使敌人瞠目结舌，不知所措。妙在齐晓轩把敌人装进了“管理不善”“失职”“泄密”的罗网之中，还不自知。妙在敌人明知是“错误的结论”，却不得不硬着头皮默认下来。这里事件的发生、发展及转换，给人很大的回味！

齐晓轩这个异常深刻而又生动的领导形象，出场得很晚，占的篇幅也不多，然而却是一个容量很大、分量很重、使人难以忘怀的人物。从小说里可以看出，作者是以最大的热情，来描绘这个人物的。为了烘托这个人物，在他出场之前，作者先从白公馆写起，白公馆表面上平平静静，似一潭死水，沉闷的空气，几乎给人一种透不过气来的感觉。然而这里的每一个微波细浪，都会掀起一场凶猛的大浪，实际上是外松内紧，貌似平静，而里面却充满着惊涛骇浪。这里对白公馆的环境气氛的描写，不单把战斗在这个异常艰难、异常险恶的岗位上的领导人齐晓轩的形象烘托得很高，而更重要的是与齐晓轩的性格十分吻合。在胡浩失落《挺进报》的关头，在图书馆地下室的秘密会议上，在判断渣滓洞的突围，决定白公馆行动的时间上,以及最后以自身的强大号召力吸引敌人全部火力,掩护同志们冲出重围的壮举——一系列的场景,使齐晓轩的形象变得异常高大,异常鲜明,而又十分新颖,十分深刻,特别是把他与许云峰并列起来,就成了地下党的领导人物中一对永难忘怀的、生动感人的艺术形象。

为革命、为同志勇于献身,不惜生,不怕死,不畏艰难,这是许云峰与齐晓轩所共有的品质,但是许云峰与齐晓轩又是两个不同性格、不同风格的领导形象。许云峰虽也非常机智多谋,勇敢果断,但较之齐晓轩,他却是比较外露的,他笑在脸上,也恨在脸上,他坚定而勇敢,在敌人面前,敢于斗争,敢于打硬仗、打恶战。而齐晓轩比许云峰就更老练,更深沉一些,他经常是不露声色地与敌人周旋,是隐蔽式的人物。作者把这两个人物分别置于渣滓洞与白公馆两个不同的监狱里来表现他们的性格特征,这绝不是偶然的。渣滓洞轰轰烈烈,与敌人正面冲锋陷阵,那尖锐的斗争是露在外面的。而白公馆像一座将要爆发的火山似的,恨在胸中,燃在心里,不爆发则已,一爆发就将使敌人土崩瓦解,粉骨碎身。这两个不同风格、不同面貌的监狱生活与斗争,恰对许云峰与齐晓轩的性格起了烘云托月的作用。

(三)

任敌人有多么残暴,任敌人有多么毒狠,在逮捕,在威胁,在诱惑,在刑讯,在监禁,在屠杀的面前,真正的革命者永远是坚守节操的。许云峰是这样,齐晓轩是这样,江姐也是这样,渣滓洞与白公馆里的每一个革命者都是这样。“毒刑拷打是太小的考验,竹签子是竹做的,共产党员的意志是钢铁!”“用刺刀来切剖胸腹吧,挖出来的——也只有又热又红的心肝。”“对着死亡我放声大笑——高唱凯歌埋葬蒋家王朝。”这是江姐的心声,这是成岗的心声,也是渣滓洞和白公馆里的每一个革命者的伟大心声。特别是江姐,她给我们留下了深刻的印象。我读《红岩》始终有这样的感觉,作者似乎是企图通过江姐这个人物塑造一个集中一切优秀共产党员特质的典型形象,企图表现一个对党、对同志、对未来具有热烈的感情、坚定的信念、忠诚的赤心、崇高的人格的普通的共产党员的代表人物。

江姐具有一切可歌可泣的地下共产党员所具有的共同特质,但是江姐也有自己的鲜明的个性特征,而江姐的个性特征,又是通过她特有的生活道路与斗争道路,在尖锐的冲突与斗争之中,通过那些最能够展示人物的性格特征和内心世界的场面、事件、情节和细节的描绘表现出来的。在满怀喜悦奔赴华蓥山游击区的时候,迎接她的却是那颗高挂在城楼之上的心爱丈夫的头颅,一瞬间,就在这欢乐与悲痛,战斗与挫折的错综情感之中,把江姐忍痛律己,坚忍倔犟的精神全貌全部展示了出来。在狱中,江姐受尽酷刑折磨,其痛苦的程度,是超过了人的生理所能承受的程度,但江姐却以她的坚强意志走过来了。在囚室中,她对孙明霞的亲切教诲,对"监狱之花"倾心的爱护,表现了江姐对同志的那种炽烈的革命情感和丰富的内心世界。在最后的时刻到来的时候,江姐依然是那么从容,那么镇静,带着胜利的微笑,走向刑场英勇就义。在这里作者展开的心理上的和行动上的描写深深地打动着人们,把一个共产党员的形象和她的精神世界,升华到了一个新的高度。这是《红岩》人物塑造上最成功,也是最难得之处。革命者的情感原本是最纯真、最丰富的、最神圣的,但是这纯真、丰富、神圣的感情又是与他们的高尚情操、可贵品质、坚定信仰联系在一起的。《红岩》的作者塑造的江姐就是这样的一个成功的典型形象。

写到这里,我不由得想起了一位读过《红岩》的同志说过的一句话,他说:"《红岩》的作者给每一个正面人物都设下了几道严峻的关卡。"这句话是中肯的。正是这些关卡使《红岩》如此众多的艺术形象光彩四射地站立在人们的面前。

（原载 1962 年《北京文学》第 10 期）

《红岩》艺术谈

什么是艺术美?这是我在编辑《红岩》一书时经常思考的一个问题。我以为,艺术美,就是看能不能在自己的作品里,把生活的美准确地、生动地、鲜明地、有血有肉地反映出来,用生活本身的美来感染人、激动人、教育人——《红岩》塑造的都是英勇坚定、壮烈牺牲的革命烈士的形象。如果不是从“中美合作所”集中营内的斗争生活出发,如果没有丰富的生活内容,无论堆砌多少华丽的词藻,采用什么高明的手法,也是难以打动读者的心的。相反,《红岩》的作者以亲身的感受、自然而朴素的描写,真切地抒发自己对烈士的怀念、敬佩之情,这一切刻意经营,没有一点斧凿痕迹,这就能给人以美的享受。烈士们在狱中的心理活动,是很丰富、很细致、很微妙的。这细微之处,在艺术上极为可贵,它反映出的内心活动,是别人想不出来的,也讲不出来的,只有他——作家自己,才能想到、写到。把这一切化为艺术,又把艺术化为感情,感情在小说中起作用,这就是美。王国维说过这样的话:“以自然之眼观物,以自然之舌言情。”就是说,无论是描写事物,还是抒发感情,都要自然。就是华丽与鲜艳,也要自然。《红岩》在艺术描写上,具有这样的特点,表面上也许十分冷静,但读作品时,却很激动,似一股强烈的激情冲击着,这就是艺术之美。自然,并不排斥激情,也不排斥想象。相反,文学没有激情是不行的,没有想象也是不行的。没有激情,就没有感情的起伏;完全在平面上下功夫,那不是艺术品!而想象是对现实生活的真接反映或曲折反映,没有想象就没有小说艺术,是艺术描写中少不了的!江姐与甫志高在江边的一段描写,就是这样。双方对话,十分精彩。写甫志高为了表现自己,卖弄自己,可以说,把他描绘得淋漓尽致。江姐出于同志的关心，对他有批评，有关怀，有担心。在这里作者没有写甫志高对革命的失望、动摇、意志的衰退，恰恰相反，甫志高不仅承认革命要胜利，而且比一般革命者们表现更为突出和强烈。罗广斌、杨益言写得真实、细腻，就在这朴实、细腻之中，把甫志高的个人主义与历史的、现实的具体性结合了起来。尽管江姐没有挑明了批评他，但我们读到这里，完全能做出判断，甫志高是一个没有完全献身于革命的人。江姐与他在江边的短短几句对话，有多么深刻的含意，多么丰富的内容，写出了许多潜台词，像一个高明的外科医生手中的解剖刀似的，把甫志高的正面和侧面、表皮和内脏，剖析得清清楚楚。这里有许多根线，明的和暗的，每根线都深入了下去。人们读到这里，会理解这一切的，让人沉思默想，受到感染和启示，这就是艺术上的成功！这就是作家的苦心！

江姐的形象是美的，美的形象，美的心灵，但她是革命者。这是很重要的，是《红岩》的成功之处。革命者并不是苦行僧。罗广斌、杨益言笔下的江姐，有血有肉，有情有味，这一切不是削弱了江姐的形象，而是使她更丰满、更感人。她劝成岗"找个好媳妇"，她批评成岗太偏激，她告诉成岗革命和个人生活不是水火不容的对立事物，"我是女同志，我有个可爱的孩子，他并没有妨碍我的工作呀！"当她发现丈夫彭松涛牺牲时，罗广斌、杨益言也没有回避革命者应有的"内心的痛苦"，她满脸"热泪"，在双枪老太婆面前，放声"痛哭"，这一切符合生活真实，又是艺术上不可少的，没有这样的描写，江姐的形象，就难以深入人心，令人难以忘怀！

对江姐的形象塑造，对她的出场、退场，以及总体的设计上，作者是在不断的推敲、润色的。江姐的肖像和性格，也不是一下子就让我们感觉到的。而是通过和成岗的谈心，对甫志高的批评，对老彭的怀念，对华为、孙明霞的教诲，对"监狱之花"的爱，一步步地把她的音容笑貌，她的安详、坦率、亲切、稳重的作风，光明磊落又坚强不屈的性格展示出来的。江姐牺牲时，作者精雕细刻，她理头发、整衣褶、拭鞋灰，亲吻"监狱之花"，和战友一一握别，之后，扶着断腿的战友走出牢房，又向同志们一一挥手……带着胜利的、永恒的笑容，走向刑场，表现她的从容、镇静，一如平常的英雄气概，看似寻常却不寻常，这样的描写有多好！

《红岩》出版后，文艺界的前辈读过之后，曾十分高兴地说，《红岩》给人以“美的享受”。前辈们说的这个“美”，指的是什么呢？

美，不是添油加醋，不是滑稽，不是装腔作势，不是矫揉造作。美，是生活，是人情美、人性美的自然流露。像生活那样，习惯了怎样，就怎么样；应该怎样，就怎么样。

《红岩》写许云峰被捕后赴宴，和毛人凤、徐鹏飞一场斗智斗勇的对话，就是这样，显得多么有气势。许云峰从“要犯”，一下子变成了“贵宾”，他双手摆在桌面上，目光炯炯地望着满座的“陪客”，威严而平静，缓缓而有力地说：

“今天这桌盛筵，使我想起了一件事。从前，我当工人的时候，厂长总想请我吃饭。也像你们这样，摆满了山珍海味。厂长为什么要恭维我这个工人呢？因为我是工人代表。厂长想用油水来糊住我的嘴巴！当时我看了看满桌酒菜，摇摇头说酒席办得太少。厂长给闹糊涂了。我就告诉他：‘一桌酒菜只能塞住一个人的嘴巴，可是塞不住全厂工人的嘴巴！’”

这后两句话，说得多么好啊！给整个段落增加了声色、音响、气氛和力量，可以断定徐鹏飞、毛人凤设下的鸿门宴必然以失败而告终。

许云峰的精神、气质、个性是通过他的语言表现出来的，言为心声，语言使他成为一个立体形象！当那个不识好歹的新闻处长想阻挠许云峰讲话时，许云峰脸色一沉，挺身而起，手臂当众一挥，说道：“要我不讲话很容易，你们有的是武力嘛！要我对你们这批人讲话，倒要看看我有没有兴趣！”

敌人愣了，全都站起来，满脸堆笑，磕磕巴巴地说：“许先生，有话尽管说，说——”宁死不屈，宁折不弯，这就是许云峰的性格！许云峰的气节！敌人已经到了图穷匕见的地步，低劣的对手，再也抵挡不住许云峰的进攻了。到了此刻，他们的大老板毛人凤出场了。不要看毛人凤气势汹汹，几个回合斗下来，就乱了方寸。当他发觉自己立时就要败下阵的时候，他使出了最后一招，“我们放你！立刻放你到兵工厂去，还要举行欢迎会，张贴公报，让工人看见你和我们站在一起。”许云峰不屑地冷冷地说：“随你的便吧！除非蒙住我的嘴巴，否则，我一开口就真相大白。你们最好蒙住我的嘴巴，再让我和工人见面吧！可惜这样一来，你们的‘释放’，岂不又成了一件掩耳盗铃的笑话？”

许云峰的语言，全都是革命者的语言，生活的语言，斗争场合上常用的语言，但在这里，却全都变成了许云峰的“个性”语言，这就是艺术的魅力！这就是小说之美！

许云峰被捕以后，身处豺狼满目、鬼魅横行的魔窟之中，对可能发生的一切做好了充分的思想准备。但是另一方面，作者也并没有把许云峰写成是一个“未卜先知的仙人”，对敌人所设计的一切阴谋诡计，都“了如指掌”“胸有成竹”。比如在审讯室里，许云峰原来很沉着冷静，他能够一眼就看穿徐鹏飞渴望扩大线索的焦急心情，他能够一下就刺中徐鹏飞的痛处，使敌人瘫软下去。但是徐鹏飞安排的突然与身受酷刑、血肉模糊的成岗见面，却是他没有想到的。看到成岗，他激动、愤慨，怒火胸中烧，心如刀绞，难以忍受，他不由得奔了过去——但是当他看到徐鹏飞那挑战般的神情时，他立刻就冷静下来，只一句话：“怎能用廉价的感情代替斗争！”是廉价的感情吗？不是，而是用在现在，用在敌我斗争这关键时刻，这种感情就要为理智所克制，为斗争而收敛起来！这里把许云峰与一般党员之间的那种血肉般的不可分割的感情，把他那刚毅坚强的精神和气质，做了多么深刻的描绘，引起读者多么强烈的共鸣！通过冷静—激动—冷静，把普通的——老许和每一个革命者所共有的品质——对敌人的恨，对同志的爱，与特殊的——在审讯室里看到身受酷刑的自己的同志，有机地融合在一起，从而达到了一个新的强烈感人的境界，深刻地反映了许云峰在斗争中如何要求自己，克制自己。我想，如果作者没有抓住这复杂斗争中感情的转折来挖掘人物的心理和起伏，如果没有抓住既能概括，又能反映人物的思想本质和思想力量的典型情节的话，要想写出许云峰的智与勇，写出他的性格发展，那将是很困难的。而现在恰恰是因为作者把握住了这一点，才使许云峰的形象在千变万化的复杂斗争中，不断丰富，不断发展，不断地增添新的内容，随着斗争形势的发展，使许云峰的精神面貌达到了一个全新的感人境界。

形式含蓄，但内容却无比的丰富，同样，这也是小说之美的一个方面。这种美，不仅包含了革命者最优美的情操，也包含了对人的巨大的震撼和感染。在《红岩》中最成功的描写，就是狱中新年大联欢中革命者写下的那许许多多的对联。

女牢的对联：洞中才数月
世上已千年
横额：扭转乾坤

楼一室的对联：歌乐山下悟道
渣滓洞中参禅
横额：极乐世界

楼二室的对联：看洞中依然旧景
望窗外已是新春
横额：苦尽甜来

楼三室的对联：满园春色关不住
一枝红杏出墙来
横额：大地回春

每次读到这一副副春联时，总是难以压抑内心的激动，常常由不得自己，激动得热泪盈眶，在这生与死、血与火的人间魔窟之中，有着这样乐观，这样诙谐，洋溢着人世间少有的欢乐、坚定、勇敢的精神和高尚的情趣！真使人为有这样的共产党人而感到光荣、自豪！同时，也为罗广斌、杨益言他们写出这样的场面而高兴和感叹！谁读这些春联时，心能平静，眼中能不闪动着泪珠！这是因为通过这些春联，写出了许许多多没有写出的丰富内容。我们在议论文学创作时，不是常常议论如何写得含蓄吗？什么叫含蓄？这就是含蓄！含蓄就是掌握分寸，用有限的文字，展示无限的内容。那种不留余地，一览无余之作，不会给人们留下任何想象的东西，先不说这样的东西，算不算文学作品，单就这种表现手法，也是文学创作的大忌。

《红岩》出版后，曾有同志提出，把成瑶写得太幼稚了。我不赞成这样的看法，幼稚不是缺点，也不是坏事，正说明成瑶在成长。成瑶的基本一面是爱憎分明，忠心耿耿，她从来不会，也不想把事情做坏；她不畏艰难险阻，不拈轻怕重，总是千方百计地想多做事情，把事情做好。写她的不足也好，写教训也好，都是为了写她的成长、成熟的过程。单纯与复杂、幼稚与老练是对立的，也是统一的，没有单纯就没有复杂，没有幼稚就没有老练，单纯不是单调，单调就是缺点了。

《红岩》中描写的人和事，都是在特定的生活环境之中。如何在特定的生活环境下，把一般的东西写得不一般，这是罗广斌、杨益言在写作中要认真对待和用心思考的课题。比如，说梦话是一般的现象，但在龙光华重刑之后，临终时刻说的梦话，就不一般。“给我一支枪”虽是梦话，但这话说得真实，可信！含意十分深刻！

对刘思扬的假释放，是很不好写的。写得不够，便肤浅；构思一般，既反映不出斗争的复杂性、尖锐性，又容易给人以假象。写得过于复杂，既不真实，也不容易转弯。罗广斌、杨益言他们考虑来考虑去，最后集中在一点上下笔墨，那就是在释放以后，抓住刘思扬的思想、情绪、心理、行动——深入发掘，展开描写。他怎么想？怎么办？怎么行动？如何做出判断？最后采取什么措施？把这一切写出来，虽然很难，但是他们处理得很有分寸，恰到好处。他们一面提出问题，一面回答问题，最后既完成了对刘思扬的塑造，也回答了一个革命者处在困难时，对待革命事业应采取的态度。对于这个根本问题,他们不是一下子提出来的,而是化整为零,围绕着刘思扬面临的复杂斗争和思想起伏,一个问题一个问题地写,正面写,侧面写,虚写,实写,围绕着这个根本问题写,把它写透了写活了。

作品的革命性表现在革命者们行动之中,从行动上,理解革命者的高贵品质、思想行为、情操,让人物的历史——情节去说话,让形象本身去说话,这比作者本人出来解释一番不知要高明多少倍。在白公馆的图书馆里,老袁朗诵唐诗有多么生动!朴素含蓄和生活的丰富性,斗争的复杂性,全都结合在一起,谁能想到背唐诗还有那么多的名堂!来人了!自己人?外人?多么细致,多有味道,不管是对生活的推敲,还是对艺术的推敲,都经得起推敲。就像现实生活本身那样合情合理。艺术技巧是很简单的,本来并不复杂,常常几句话,就抓住了生活的具体性,艺术的真实性也就出来了。兴奋、激动,常常不是用语言表现出来的,而是朴素的行动的结果。但表现行动却是要通过语言的,所以语言十分重要,人们把文学作品称为语言的艺术,并不过分。语言的运用是要付出代价的,不仅需要用生活、用汗水、用艰苦的劳动来换取,甚至要用鲜血和生命来换取的!语言是对艺术的概括,而艺术的概括,永远离不开生活的具体性——人物的行动、情绪、举止、言论等等,组成不同人物的形象、性格和特征——这就是艺术的特征!而语言正是要表现这样的特征,展示它的艺术感染力!描写烈士们送别难友就义时,有的说:“先走一步。”有的说:“我们就来!”有的说:“这是全国解放的信号。”描写墙外响起了枪声、口号声,墙内各牢房不约而同地唱起了《国际歌》。这是向黑暗势力挑战的进行曲!这是迎接黎明前的交响乐!这是人类最先进、最悲壮的组歌!刽子手们听了发抖打战,同志们听了激情满怀!谁读到这里,心不激动,血不沸腾!这不就是语言艺术的感染力吗!

抓住生活的具体性,还不能放过一瞬间人物的心理表现。罗广斌、杨益言他们很注意这一点,在刻画人物的精神气质和性格特征时，他们从来不是死板地拘泥于外形的描写，而是抓住关键，刻画几笔，这就写出了深度。有深度，才耐人回味，才使人经久不忘。然而，做到这一点是不容易的，写出有一定深度的内容是很难的，必须深入领会描写对象的特征和精神气质，才能形神兼备，精巧入微。《红岩》最后几稿修改、润色时，很注意这一点，不仅在许云峰、江姐这样的人物身上下功夫，而且对其他人物也不放过，包括那些在书中仅露过一二次面，活动范围十分狭窄，活动时间十分短促的人物，比如在渣滓洞断水斗争高潮中出场的老大哥；在白公馆《挺进报》被特务发现的危急时刻，挺身而出的齐晓轩；在渣滓洞突围越狱的关键时刻，"抽出嘴里的烟斗，朝地上一丢"，冲了上去的丁长发；还有老袁、龙光华、胡浩、小萝卜头、华子良等等，都在他们的形象气概、举止动作、音容笑貌、心理活动、精神世界等方面，做了加强。不仅使人物更加有血有肉，扣人心弦，更主要的是写出了内在的思想感情和灵魂的美。这些人物在初稿里还只觉得一般，但在最后定稿时，一个个的神情、举止、行为、作风无不跃然纸上，叫人看了不禁拍案叫绝。

随着罗广斌、杨益言在创作实践中不断地追求和探索，小说所着重表现的主题思想和众多的革命者的形象，也就更加鲜明和完整了起来。《红岩》写的不是一二个英雄人物的斗争，而是着力塑造了一批敢于斗争，善于斗争，前仆后继，艰苦战斗，直至胜利的我们党的战斗集体。在这光彩四射的雕塑群中，有站在斗争最前线的、无比坚强勇敢的许云峰、江雪琴、成岗，还有站在斗争第二线、有着丰富斗争经验的老一代革命者齐晓轩、老大哥、华子良，还有各方面的代表人物，青年工人余新江、农民干部丁长发、新四军战士龙光华、知识分子刘思扬、新一代的大学生和小萝卜头等等。就是这些人，在国统区，在"中美合作所"集中营里，形成了一条和我解放战场的斗争相配合的第二条战线。它从一个侧面，典型地概括、描写了解放战争时期我党的整体斗争，并使它具有鲜明的特色，这是《红岩》能在老少不同的读者层中引起强烈共鸣的重要原因。

《红岩》线索纷繁，密布全书，全都正面表现不知要花多少笔墨，才能把突围越狱从酝酿到行动充分地表现出来。现在罗广斌、杨益言以山呼海啸之势，以遒劲有力的笔锋，精当而简练地处理了小说的最后章节。表面上地下党与狱中的党组织断了线，狱中同志面对艰难，英勇斗争，独立作战，但从整个斗争的迅速发展看，线并未断，无论是地下党，还是白公馆、渣滓洞，都有机而紧密地联系在一起，互相策应，互相配合，互相支援。李敬原、双枪老太婆、华为在狱外紧张筹划，组织行动，积极策应。白公馆抓住时机，配合行动，支援渣滓洞的突围。而渣滓洞又以洪水下山之势，猛冲猛打，与敌人的大批武装进行了你死我活的殊死斗争，又为白公馆的突围创造了机会。所有这些都血肉般地交织在一起，有声有色地反映了这场惊天地、泣鬼神的英雄壮举。在这里罗广斌、杨益言把共产党人的那种敢于牺牲，勇敢战斗，以战斗求生存，以战斗迎黎明，以战斗夺取胜利，战斗到底，战斗到死，死而不惧的精神和意志，再一次突出、强调、展示出来，给人们留下了深刻印象，引导人们去沉思，去默想，去从中接受教育。《红岩》的结尾，在完成整个作品的艺术结构上，在进一步揭示作品的主题思想和完成人物形象的塑造上，起到了锦上添花的作用。曾有同志抱怨作者没有在最后的章节里写明敌人的下场，因而愤愤不平。我因读过作者的几次手稿，知道作者对敌人最后的结局与下场的反复考虑，对小说的结尾，他们曾设计过多种方案。比如，在敌人逃亡中被解放军击毙；比如，将敌人活捉；比如，让敌人逃跑了。但这些方案都一一被否定了。活捉与击毙，虽大快人心，但缺少回味的余地。让敌人跑了，又嫌处理上太轻松了，感情上也通不过。总之，敌人是毁灭了，敌人所统治的那个时代也是一去不复返了，但是敌人是死、是活、是逃跑了，让读者去设想，去回味……小说只突出我方不畏艰险，不怕强敌，不惜生，不怕死，前仆后继，勇敢突围的描写。我始终觉得，这样的结尾是明智的，响亮、精当、深远，给读者的情思留下了无限驰骋的天地,这也是小说的含蓄之美!

(原载1983年《百柳》第一期)

《红岩》——党领导文学创作的成功范例

——为《红岩》出版五十年而作

2011年是长篇小说《红岩》出版五十周年的日子,这部叫红了半个世纪的长篇小说,年年再版,有时一年再版几次,是建国以来中国当代革命历史题材的长篇小说中,影响最大、最深远的一部。

为什么小说《红岩》的影响持续的时间这么长?这么深远?为什么五十年长销不衰?

我想最主要的原因是六十多年前,发生在重庆"中美合作所"集中营里的这场血与火、生与死、革命与反革命的狱中斗争,实在是太残酷、太壮烈、太激动人心、太可歌可泣了。革命烈士用自己的热血和生命写下的这辉煌的一页,是那么鲜明而深刻、形象而具体地告诉人们,什么是共产党人的高尚情操,什么是共产党人的崇高气节,什么是党的光荣传统。可以这么说,没有"中美合作所"集中营里的共产党人可歌可泣的感人事迹,没有革命烈士大义凛然、大无畏的英雄气概和无比壮烈、视死如归的牺牲精神,就没有《红岩》!《红岩》就谱写不出这曲震撼人心的共产党人的正气歌!

《红岩》出版于1961年年底,也正是三年经济困难时期(1960—1962),一问世,书中革命先烈的形象和事迹就深深地感染着、激励着青少年读者,引导广大读者以革命烈士的光辉形象为榜样,以坚定的信心和高昂的斗志,从饥饿的困境中,从低迷消沉的状态中走出来,勇敢地去克服困难、战胜困难。1962年的中秋节，全国青联在北海公园举行联谊活动，当时《红岩》作者之一、全国青联委员罗广斌正在北京，应邀参加联谊会，我作为中国青年出版社的代表陪同他前往。在白塔下优美壮丽的漪澜堂内，团中央第一书记胡耀邦紧紧地握着罗广斌的手，亲切地对他说："你们写了一部《红岩》小说，我不说你们写了一部好书，因为用好书这两个字，已经不能概括它的意义了。在当前经济困难时期，你们出版的《红岩》，以出色的描写，感人的事迹，吸引了广大的青年读者，以革命烈士崇高的牺牲精神，成功地进行了一场革命理想和革命气节的教育，使人们从关心自身的热量，到树立乐观的信心，保持高昂的革命精神境界去战胜困难。《红岩》的社会贡献，已经远远超过了一部好小说的作用。"耀邦在讲这段话时，是很动情的，他的估计是对的，到 1966 年"文革"前，《红岩》已经印了三百多万册。

"文革"中林彪、"四人帮"破坏了党的形象、党的传统，使党的威望和影响受到致命的伤害。"文革"后，在人们的信仰一度发生动摇时，人们想起了《红岩》，于是《红岩》不断地再版，又一次发挥了坚定信仰，坚定信念，树立革命的人生观、道德观的作用。

在改革开放、市场经济蓬勃发展的今天，面对许多新情况、新问题，包括贪腐和社会上的一些丑恶现象，人们又一次认识到崇尚崇高，崇尚理想，崇尚气节，呼唤革命的崇高精神再现，企盼革命的传统美德回归是多么的重要！这时又一次把《红岩》提到日程上来，《红岩》因此一次又一次再版。

在以后的日子里，《红岩》以它的重大题材，严肃主题，深刻思想，丰富内容，让人们认识到这部向几代人进行了爱国主义和革命传统教育的长篇小说，在振奋民族精神，激发爱国热情，培育人们对党、对社会主义制度的信任和热爱上，在促进人们的思想道德素质的提高上，仍然有着巨大的潜力。于是《红岩》长年摆在书店的柜台上，《红岩》的作者之一杨益言，一次又一次在北京、在重庆、在上海、在杭州、在石家庄等地，应邀参加各种庆祝活动和读书活动。

五十年来，从《红岩》的存在和发展来看，《红岩》是和革命先烈的气节和情操、形象和事迹，和党的战斗精神和光荣传统紧紧地联系在一起的。正因此，无论是三年经济困难时期，还是“文革”后拨乱反正的新时期，无论是对内改革、对外开放，实行市场经济时期，还是为实现全面建设小康社会奋斗目标的今天，《红岩》一直在有效地发挥着扶正祛邪，弘扬浩然正气，保持革命气节，爱党、爱国、爱我中华的先进文化的潜移默化的作用。五十年来，《红岩》始终是树立在社会主义文学阵地上一面不倒的旗帜，一代代，不同职业，不同年龄的老少读者，始终在阅读《红岩》，《红岩》在读者群中牢牢地扎下了根。这说明《红岩》的创作是成功的，而《红岩》的成功，其意义不仅仅是一本书的成功，重要的经验，是它给我们提供了一个党领导文学创作的成功范例！

小说《红岩》从一开始创作，就是在党的领导下进行的。党的领导，贯彻在整个《红岩》创作的全过程之中。

首先我要说的是朱语今，朱语今同志1936年上大学时参加民先总队，1938年在延安入党，1939—1946年在重庆中共中央南方局青年组工作，参与领导党在国民党统治区的青年工作和学生工作，他在重庆红岩村工作了七年，对重庆方方面面的情况都很熟悉。解放后他是团中央常委，中国青年出版社党组书记、社长、总编，可以说他大半生都是从事党的青年工作，对青年和青年工作有很深的感情。1958年10月我跟随他到重庆调研，一接触到“中美合作所”集中营狱中斗争这个题材，他就敏锐地感觉到这是一个向青少年进行革命传统教育的大题材，于是他果断拍板决定，要约罗广斌、杨益言他们写长篇小说。当时罗广斌、杨益言都是重庆团市委的常委，一个是统战部部长，一个是办公室主任，他俩在感情上朱对语今同志有一种亲切感，现在朱语今同志要他们写长篇小说，他们不曾想过，也没有写过长篇小说，深怕完不成任务，不敢接受。朱语今同志针对他俩的思想顾虑和畏难情绪，有针对性地对他们说："你们都是共产党员，都是团的干部，天天教育团员、青年要响应毛主席'破除迷信，解放思想'的号召，现在轮到你们了，就不能带个头?！你们没有写过小说，为什么不能学着写?！你们写小说，目的很明确，不为名，不为利，就是为了教育青年一代，就是为了完成狱中烈士的希望和嘱托，完成一个狱中幸存者、一个共产党员应尽的义务，不要犹疑了，写吧！"当时朱语今这一番话，既是一个老青年工作者发自内心的殷切希望，又是上级团委下达的工作任务，同时也是中国青年出版社向作者的约稿。在语今同志的鼓励下，罗广斌、杨益言开始应允，但明确表示："这事还要听市委的，市委要我们写，我们就写，市委不让我们写，我们想写也写不成！"朱语今明白，罗广斌、杨益言都是市委组织部管理的干部，他们不是从事文学创作的专业作家，写《红岩》这样规模的长篇小说，不脱产、不集中精力、不全力以赴，是写不出来了，于是朱语今出面给罗广斌、杨益言请创作假，他向市委常委、组织部长肖泽宽提出让罗广斌、杨益言脱产出来写长篇小说《红岩》的建议。肖泽宽对语今的建议是很重视的，语今在南方局工作时，肖泽宽担任过重庆巴县县委书记、川东工委书记等职，他俩早就相识，而且从事地下工作时还有过联系，是老战友了。在我们离开重庆后，肖泽宽立即向市委第一书记任白戈、书记李唐彬汇报了，肖泽宽、李唐彬都很重视朱语今提出的写长篇小说的建议，但任白戈没立时表态。白戈是三十年代的老作家，他对文学创作是很在行的，他也知道罗广斌、杨益言有"中美合作所"狱中斗争的经历，但经历是一回事，写作又是一回事。罗广斌、杨益言没有写过长篇小说，能担当得起写长篇小说的任务吗?万一写不好，怎么向团中央、向热心的朱语今交代?！白戈的考虑是有道理的。这时肖泽宽的作用就体现出来了，他对白戈说："朱语今是我的老战友了，万一写不好，只要我们尽力了，团中央也不会说什么的，而且朱还向我表示，中国青年出版社也会帮助他们的。"在肖说明这一切后，白戈才表态："好，我支持。"为此，任白戈、李唐彬、肖泽宽还在常委会上提出来，决定要把写长篇小说《红岩》的创作，当作一项严肃的政治任务来考虑，指定肖泽宽代表市委负责组织领导小说《红岩》的创作。任白戈考虑得很具体，他对肖泽宽说："写'中美合作所'狱中斗争这样题材的小说，作品的主题思想，应该是'表彰先烈，揭露敌人'。"五十年过去了，现在回过头来看，任白戈提出的这八个大字，是抓住了小说《红岩》的核心。

几十年后，在追忆这些往事时，我就感到，1958年10月我们的重庆之行，如果不是朱语今，是很难取得这样成效的。朱语今的经历和威望，胆识和智慧，不仅解脱了罗广斌、杨益言写长篇小说的重重顾虑，促使《红岩》创作上马，更重要的是取得了重庆市委的支持和重视，得到他的老战友肖泽宽的有力配合，使重庆市委自始至终是小说《红岩》创作的组织者，领导者，这是《红岩》走向成功最重要的保证。

肖泽宽在《红岩》的创作中正确而有效地发挥了党的领导的作用。首先他与市委组织部把罗广斌、杨益言从各自工作岗位上抽出来，给他们足够的时间，让他们集中精力，专心写作。在与罗广斌、杨益言交谈中，他发现罗广斌、杨益言对狱中的革命烈士的思想和事迹比较熟悉，而对国民党的敌特人员了解不多，也理解不深。要写好《红岩》，就要对敌我双方都有深入的了解、深刻的理解才行，为此在他的建议下，经市委同意，准许罗广斌、杨益言到公安部门查看有关的敌特档案，提审在押的敌特分子。肖泽宽这个重要决策，对罗广斌、杨益言来说太重要了。为了摸清敌特内部的情况和特务与特务之间的复杂关系和他们之间的矛盾，罗广斌、杨益言一次又一次翻阅有关特务交代的档案。功夫不负有心人，罗广斌、杨益言终于在众多的敌特档案中，发现了一整套跨度长达十五年之久的特务日记，使罗广斌、杨益言对特务内部的倾轧，尖锐矛盾，发展变化，以及不同人物的面貌，心理特点，有了更深刻、更具体的了解，不仅进一步提升了、丰富了罗广斌、杨益言已掌握的素材，而且加深了罗广斌、杨益言对敌特人员的感性认识和具体感受，这为罗广斌、杨益言后来成功地塑造几个高层的军统大特务的形象，创造了新的条件，新的视角，新的深度。正如杨益言后来说的："仅凭我们掌握的敌特人员的材料，是塑造不出徐鹏飞、毛人凤、严醉、沈养斋那样高级的军统特务形象的，也很难表现出他们各自不同性格特征和不同时期的内心活动和心理变化。"

小说《红岩》的"征求意见本"写出后，由于罗广斌、杨益言受真人真事的束缚，又因为怀着悼念烈士的心情过重，整个作品格调不够高昂，感伤、压抑的内容比较多。任白戈看过后，尖锐地指出："小说的精神状态要翻身。"怎么样表现革命烈士高昂的英雄气概和大无畏的牺牲精神？怎么样反映重庆解放前夕敌溃我胜的全国形势？怎么样跳出真人真事的束缚，站在更高的角度反映"中美合作所"渣滓洞、白公馆监狱里面的斗争？这是肖泽宽当时考虑的最主要的问题。为此，他亲自出面，主持召开了三次座谈会，邀请四川、重庆地下党的老同志参加，给"征求意见本"提意见，给作者提供史实、史料、背景材料。正是在这样一些座谈会上，使罗广斌、杨益言在已掌握的素材中，不断地得到充实和丰富。比如《红岩》中的"红旗特务"郑克昌这个人物，就是在老同志座谈会上提供的线索。原军统渝站站长李克昌，专门搞"红旗特务"那一套，重庆解放后，很久才在黔江抓获他，后押回重庆。肖泽宽立即叫罗广斌、杨益言去翻看李的全部供词记录，使罗广斌、杨益言对特务的狡猾、阴险、罪恶行径，有了较深刻、较具体的理解，为后来在《红岩》中塑造郑克昌这个军统特务的复杂形象提供了有效的借鉴。当时文学界的朋友针对罗广斌、杨益言从没有写过长篇小说的实际情况，有的建议他们不要写渣滓洞、白公馆两个监狱的斗争，集中笔墨写好一个监狱斗争就很好了。有的建议他们只写狱中的斗争，不要铺展开来，写狱外地下党的活动。罗广斌、杨益言处于彷徨之中，不知如何决断才好，思想曾一度比较沉闷，主要是对市委领导和老同志们提出的希望和建议，能否完成得好，没有信心。肖

1991 年 6 月在纪念《红岩》出版三十周年的时候，恰好肖泽宽夫妇在重庆，这是王维玲(右)拜访肖泽宽时的合影

泽宽在主持过这三次座谈会和听了大家的意见后，他也深深地感觉到能否成功地塑造好许云峰、江姐等一批狱中的共产党员的形象，是《红岩》成败的关键。而罗广斌、杨益言坐牢时，不过是二十出头的年轻人，要求他们深刻理解，生动刻画，塑造一批共产党员的形象，是有相当大的难度的，肖泽宽感到对罗广斌、杨益言的要求，要一步步来，欲速则不达。肖泽宽的可贵之处就在这里，他不仅准确地把握罗广斌、杨益言当时的思想脉搏，心理想法，实际困难，而且他还看到两个年轻人高度的责任心和可贵的朝气、干劲和巨大的潜能。他对罗广斌、杨益言始终抱有信心，就是在罗广斌、杨益言自己信心不足之时，他也没有灰心。肖泽宽在一个深秋的晚上，来到团市委宿舍，他把罗广斌、杨益言找了来，满怀悲壮之情，向罗广斌、杨益言介绍了他的战友、重庆地下党工运书记许建业烈士，生前从事地下工作时的感人事迹和牺牲前游街示众时表现出的视死如归、大义凛然的浩然正气，以及他牺牲后在国统区重庆市人民群众中产生的巨大影响。原来罗广斌、杨益言只了解许建业烈士狱中斗争的一些片段，而对他被捕前和牺牲时的事迹，以及牺牲后在公众中产生的影响是不了解的，后来他们在肖泽宽提供的有关许建业烈士的第一手珍贵材料的基础上，又糅进了许晓轩烈士一些事迹，成功地塑造了许云峰的形象。

针对“征求意见本”中存在的问题，肖泽宽向罗广斌、杨益言指出：“‘中美合作所’狱中的生活，确实是非常黑暗、非常残酷的，所以人们才说它是座人间魔窟。但在这里,共产党人用自己的热血和生命、气节和情操,写下了不朽的一页。你们写小说,不能仅仅停留在写一个、抓一个、死一个,要通过烈士的事迹,写出烈士的精神和本质。”对于是写一个监狱,还是写两个监狱,肖泽宽说:“如果你们能够写好两个监狱的斗争,又能写出特色,为什么不可以写呢?如果没有那么多内容可写,或写不出特色,也可以不受生活的限制,集中写好一个监狱的斗争。总之,一切从你们的实际出发,从内容出发,形式服从内容。”关于写不写狱外地下党的活动,肖泽宽肯定地说:“‘中美合作所’狱中的斗争,与重庆市地下党的工作和活动,都是与反抗国民党暴虐统治的斗争分不开的。你们在写小说时,一定要掌握好重庆地下党的工作、活动,是紧密地配合全国解放战争这个大形势的。解放战争的发展越迅速,第二条战线的斗争就越深入,一切都不是孤立的,是互相配合、互相影响的。”肖泽宽还语重心长地对罗广斌、杨益言说:“三个座谈会开下来,听了不少意见和建议,你们还是要独立思考的,自己负责,放开思想,大胆创作,才能进步。在文学上你们是生手,这没什么,不懂就学嘛!搞文化工作得有知识,你们半路出家,更要下功夫补上这一课,边学边写,不要急躁,要有长期思想准备,一年不行两年,三年不行五年,为党争气,为死难烈士争气,也为自己争气,一定要把小说写好。”《红岩》出版后,罗广斌、杨益言曾说过这样的话:“当时肖泽宽部长的这些话,既温暖了我们的心,又鼓起我们继续创作的信心,同时也使我们对小说创作的长期性、艰巨性有了充分的思想准备和进一步的认识。”

肖泽宽对罗广斌、杨益言并没有仅仅停留在口头说教上,他也在想办法。他提了一个很好的建议,要罗广斌、杨益言依靠专家的指点,拜沙汀为师,以打开思想上的难题和艺术上的突破口。在肖泽宽的建议下,市委向沙汀发出了邀请函。沙汀愉快地接受邀请,从成都来到重庆,在和罗广斌、杨益言充分交流后,他很同意任白戈提出的“小说精神状态要翻身”的意见。他进一步提出:“你们现在还是关在牢房里,戴着手铐脚镣写这场斗争。要从牢房里走出来,把手铐脚镣全丢掉,以胜利者的姿态,眉飞色舞地写这场斗争。”这“眉飞色舞”四个字,让罗广斌、杨益言当时听了感到眼前一亮,很新鲜、很振奋、很受启示。为了开阔罗广斌、杨益言的思想和视野,解决好局部与全局的关系,沙汀向肖泽宽提了一个非常好的建议,要罗广斌、杨益言到北京参观学习。当时北京刚刚建立的革命历史博物馆和军事博物馆,正在内部展出,其中就有1947—1949年党中央、中央军委、毛泽东主席指挥解放战争的电报、指示、文件、社论等历史档案的原件。肖泽宽立即拍板同意,批准罗广斌、杨益言来京参观学习。事后我们发现,沙汀的建议和肖泽宽的决定,是个关键性的举措,是《红岩》创作走向成功的一个重要的转折点。北京之行,使罗广斌、杨益言对解放战争的全局发展,从过去朦朦胧胧的认识中走了出来,思想豁然开朗,对许多问题都有了新的认识,对于怎么样塑造好革命烈士的形象,他们找到了新的感觉、新的亮点、有了新的构思、新的突破。很快他们就进入小说创作的最佳状态,这之后一稿比一稿好,《红岩》是五稿定稿,北京之行后,罗广斌、杨益言写出的是三稿,三稿是大转折、大翻身的一稿,无论是思想内容上,还是艺术技巧上,都有明显提高。众多正面人物形象加强了,许云峰、江姐的塑造有很大进展。通过许云峰、成岗、刘思扬,把渣滓洞和白公馆的斗争互为依据,交融在一起;通过江姐,把城市地下斗争和山区的武装斗争联系在一起;通过李敬原,又把狱外活动和狱内斗争互相呼应,看过三稿的人对《红岩》成功充满了信心。

但无论是作者罗广斌、杨益言,还是中国青年出版社,对三稿都不满足,都觉得作品还有很大的开掘天地。经重庆市委批准,他们又一次来京,听意见,改作品,在中国青年出版社的指导下,他们奋斗了三个月,写出了《红岩》四稿。他们携带四搞清样,在返川的途中,先在成都下车,把四稿清样送给沙汀,沙汀正在省委开会,专门请了假,赶着看完了。沙汀认为:“四稿可以了,作品的精神状态较过去翻了身,作品的结构基本组织起来了,再加工一下,即可出版,不必再放了。”沙汀要他们在听取重庆市委和各方面的意见后,再一次来成都,他和他们逐章地研究作品的修改问题。罗广斌、杨益言回到重庆,立即向肖泽宽做了汇报,肖泽宽很高兴,当即做了安排:第一,请宣传部部长黄友凡,文艺处王觉、冯旭、市委党校余时亮,团市委书记廖伯康,组织部副部长高兰戈看四稿,在半个月内提出意见。第二,之后汇集大家意见,向任白戈汇报,请他把个舵。第三,再去成都,向沙汀汇报,并在他的指导下进行修改。第四,之后,再去北京,在中国青年出版社的指导下,最后定稿。一切都是按照肖泽宽的部署进行。1961年10月,罗广斌、杨益言又一次来京,苦苦地进行了两个多月的修改,才在1961年12月定稿,同年年底出版。

在《红岩》整个创作过程中,市委对罗广斌、杨益言的要求一直是很严格的。在《红岩》没有定稿前,市委要他们集中精力写作,不定稿,不准拿出去发表,以免分散精力,放松对自己的要求。但市委也并不是总那么严格、严厉的。《红岩》第一版的稿费6000元,扣除罗广斌、杨益言因生活和写作需要预支4000元外,尚有2000元,罗广斌、杨益言商量后,决定全部交党费。杨益言带着2000元稿费去见肖泽宽,肖泽宽听了杨的汇报后,满怀深情地说:“为了写《红岩》,你们熬更守夜,辛苦了三年,现在又是困难时期,这钱就不要交党费了,拿回去,补助一下生活,照顾一下孩子吧!”肖泽宽这番话入情入理,温暖着罗广斌、杨益言的心,也体现了党组织对他们和他们家庭的关怀。但他俩商量后,还是决定交党费,但也不能辜负肖泽宽的一番心意,他们一家留下400元,把剩下的1200元交了党费。

《红岩》出版后,在社会各界一片叫好声中,又是市委向他们提出:要正确对待赞扬。肖泽宽向他们提出三点建议:“第一,冷静下来,倾听意见,反复思考,暂不表态。第二,摆脱《红岩》的具体内容,站在更高的角度,进一步认识当时的斗争,以此检查《红

2001 年 6 月 12 日在北京中国现代文学馆举行《红岩》手稿捐献仪式暨《红岩》出版四十周年座谈会，图为杨益言讲话

岩》已经达到的和尚未达到的要求；第三，在此基础上，总结写作中的经验教训，使自己得到提高，以便今后更好前进。”从《红岩》出版这五十年的社会效果来看，可以盖棺论定了，当年重庆市委和肖泽宽同志正确地贯彻了党的文艺方针和文艺政策，成功地组织领导小说《红岩》的创作，为我们党领导文学创作提供了一个成功的范例。

2003 年 4 月李长春同志在重庆考察思想文化工作时，对红岩精神给予了高度评价。他说：“一本小说《红岩》，一曲《红梅赞》，教育了几代人，对许多人的世界观、人生观、价值观产生了深刻的影响，红岩精神和井冈山精神、长征精神、延安精神一样，是我们党的精神财富，是激励我们自强不息的强大精神动力。”“是新时期全面建设小康社会征程上激励人、鼓舞人的重要精神力量。”当我收到杨益言寄来的这张《重庆日报》时，我立时就想到，若让正在住院的泽宽老人知道李长春讲话的这些精神，一定非常高兴。于是我就往他的病房打电话，正如我预料的那样，病中的泽宽老无比兴奋，他在电话中不断地说：“太好了，太好了，这不仅会切实加强重庆市的精神文明建设，也会有效地促进重庆市的经济建设发展，讲话的精神不仅适用于重庆市，也适用于全中国，你要赶快把这个精神告诉团中央和中国青年出版社。”我在电话里感到肖泽宽老精气神都非常好，怎能想到，他竟在一个月后突发心脏病猝死，享年八十五岁。

当年组织领导《红岩》创作的任白戈、肖泽宽、朱语今、沙汀、边春光都一一先后离开了我们，但红岩精神会世代相传,《红岩》小说中的人物形象,会永留人间。

（原载 2011 年《中华儿女》第 12 期）

附录（一）

一对黄金搭档的十八封亲笔信

1993年10月30日重庆《联合参考报》刊出《历史是昨天写成的,不是今天编定的——〈红岩〉档案》一文,本文从中选了罗广斌、杨益言十八封亲笔信和相关的文字说明,可以让广大读者从中了解五十年前罗广斌、杨益言二人创作这部享誉全国的长篇小说《红岩》的全过程。为体现本文的主旨,我在摘编时增加了五封信,即1961年4月5日中国青年出版社给重庆市委组织部肖泽宽、雷雨田二位部长的信和1961年4月13日,4月20日重庆市委组织部分别给中国青年出版社和罗广斌、杨益言的信和罗广斌、杨益言1961年7月21日、8月9日给中青社文学编辑室的两封信。在1959—1961年小说《红岩》编辑过程中罗广斌、杨益言写给中青社的十八封亲笔信中,有十封的抬头是"维玲同志",有五封是"文学编辑室并维玲同志",有一封是"中国青年出版社第二编辑室",有两封是"文学编辑室",无论是什么样的抬头,全都是工作函件,不是写给私人的、个人的信件。这十八封信全部都是署名"罗广斌,杨益言",全都是杨益言执笔写的,说明罗广斌、杨益言在《红岩》创作中是一对谁也离不开谁的黄金搭档、合作伙伴,是一个整体。这是我所以要转录这十八封信的主旨。标题改为"一对黄金搭档的十八封亲笔信",特此说明。

1958年12月初,《红岩》档案开始悄悄留下了第一张纸页:那是1958年11月随同团中央常委、中国青年出版社社长、总编辑朱语今前往重庆,和重庆市委,和罗广斌、刘德彬、杨益言会面,约他们三人写了一部反映重庆"中美合作所"狱中斗争的长篇小说的编辑王维玲,回京后写给罗广斌、刘德彬、杨益言的第一封信。

广斌、德彬、益言:

我们已在十八日回到北京……语今同志回社之后,就召集了二编室的同志,对你们这部创作做了具体安排,编辑部指定我经常与你们联系,并确定明年三四月到你们那里做这部稿件的编辑工作,这样做的目的是为了能保证这部长篇明年国庆前出版。

王维玲

一九五八年十二月

从此,王维玲和作者之间的信件往返不断,构成了《红岩》越积越厚的卷宗。这些信件真实地、历史地记录了小说《红岩》的写作过程,反映了罗广斌、杨益言两位作者在小说创作中付出的心血和劳动。作者方面的信,都是罗广斌、杨益言写的。这些说明历史真实进程的信件,几乎都完整无缺地保存在中国青年出版社的《红岩》案宗里。开始王维玲给罗广斌、刘德彬、杨益言三人写的信,为什么后来只有罗广斌、杨益言二人的回信?原因是重庆市委只批准罗广斌、杨益言二人,没同意刘德彬参加小说创作。

1959年2月,罗广斌、杨益言全力投入了这部小说创作。两人从重新学习毛泽东《在延安文艺座谈会上讲话》开始,一面继续搜集材料,一面以极大热情投入写作,以每人日写万字的进度,迅速写出了一百几十万字。但他们那时给中国青年出版社的信,却是这样写的。

维玲同志;

目前,初稿已写出近三十万字。其中,有二十万字已可作为初稿交出。现在看来,全稿写出,可能在五十万字左右,大约六月中旬可以完成。因此,就考虑到一个新的问题。这就是,如何把初稿拿出来,请组织审查,请一些有修养的同志看看,较广泛认真地征求一些意见,以便修改、定稿。我们觉得,这个做法是必要的,不可少的。因为书中反映的内容,比我们自己设想的要复杂得多,有必要严肃对待，认真征求意见，修改后再出版，更为合适。所以我们希望，能先将初稿打印或排印几十份。打印省一些，但打印五十万字，时间会拖得很久。排印，清晰，时间也快，一些工作较忙，或年纪大的同志读起来方便一些，但花钱较多，这样做可以争取时间，如果顺利，七月可望定稿。对此，不知出版社意见如何？是否同意印出来？请告知。

罗广斌　杨益言

一九五九年五月五日

（见中国青年出版社《红岩》档案 020—021 页）

王维玲请示了中国青年出版社领导，同意罗广斌、杨益言的意见，委托他们在重庆以中国青年出版社名义排印，费用由中国青年出版社负担。罗广斌、杨益言感到创作已进入困境，组织给的三个月创作假已延过一次（三个月），不便再延了，因此，只得日夜赶写，加快速度。

维玲同志：

初稿在六月就写成了，五十余万字，原打算七月就印出来，征求意见。后来，为了慎重起见，请市委宣传部、组织部看了一部分稿子，他们都提了些意见，我们考虑和讨论了这些意见以后，决定部分重写，再行排印。题材范围，做了压缩（主要减少狱外面的斗争），另行起草了新的提纲，于七月开始写第二稿，全稿约三十万字，根据原先的安排，现已将写成的二稿开排了十五万字，八月中旬可全部发排完。印出后，即将二稿寄上，待你们看了以后，再决定如何修改，和在哪里修改。

罗广斌　杨益言

一九五九年七月三十一日

（见中国青年出版社《红岩》档案 007 页）

维玲同志：

一、《锢禁的世界》二稿于八月中旬写完,随即排印,作为“征求意见稿”印出,现寄上五本,请查收。

二、“征求意见稿”共印了五十本,分送范围,一是市委书记处和有关部门(包括市委宣传部要送给省委宣传部、省文联、沙汀和邵荃麟等的),十六本;二是作协,三本;三是团市委常委会,十二本;四是重庆市美协,五本;五是原地下党的一些负责同志和公安部门的同志(包括曾德林),五本。其余的,我们留下了。

三、写作期间,市委宣传部介绍我们到市美协住了些时候,并谈过插图问题,美协同志也乐意插图。

四、送书以后,我们准备争取市的有关方面及时提出意见,收到意见后,再将提的意见,另信汇报。

五、关于稿件的处理问题。写了很久,但质量如何,自己没有把握。我们估计,以现有稿件质量看,如何处理有两个可能:一是质量很差,二是可以修改出版。我们觉得,如果是前一种情况,那就该放下来,以后再行处理,因为脱产写作已好几个月了,不好意思再耽搁下去;如果是第二种情况,则希望争取一些时间,在出版社的帮助下,尽快修改。我们迫切希望出版社将审稿的意见告诉我们,以便决定今后工作。

罗广斌　杨益言

一九五九年八月二十九日

(见中国青年出版社《红岩》档案 032—034 页)

罗广斌、杨益言为什么经过几个月昼夜奋笔疾书之后,要提出将小说二稿排印出来征求意见?接着,为什么又提出如“质量很差”,就“放下来”? 罗广斌 1963 年曾写过这样一段话,那次“写作并不像我们原来想象的那么容易……稿子写得很不好,既未掌握长篇小说的规律和技巧,基调又低沉压抑……缺乏革命的时代精神,未能表现出先烈们壮烈的斗争”。

杨益言1993年说得更透彻些，“就在我们以跃进精神向前奋斗之时，我们忽地强烈感到：创作愿望和创作实践之间的矛盾越来越大，创作已遭到严重挫折和失败”，他们正思考怎样“在失败和挫折中奋起。”

罗广斌、杨益言在“征求意见稿”排出后，便又各自回到原工作单位去了。下面的信，就是这时匆匆写出的。

维玲同志：

寄上的稿件和信想已收到。

送市委领导审阅的稿件，因市委工作甚忙，估计在最近都难于抽出时间审阅和给我们指示。

目前有几个同志看了以后，提出了一些意见：(一)感觉不够完整，显得零散，还需要更加集中，着重刻画几个人物，使结构更加严谨，并删去一些冗节；(二)调子过于低沉，应该进一步突破历史事件的拘束，写得更开朗一些，斗争更主动一些，使狱中斗争步步开展，到最后发展到以突围为中心，形成全书的高潮；(三)两个监狱或者合为一个，或者加强两处之间的联系，使成为一个有机体；(四)对敌人的描写，文字上避免客观主义和自然主义的倾向，并加强美国特务的现行罪恶(侧写，美国特务不出场)。

现在，我们正根据这些意见，和我们现阶段的一些认识，考虑进一步改写某些部分。至于整个改写的方案，还要得到市委和出版社的意见，才能定得下来。不知你们看了意见如何？希望及时告诉我们。

罗广斌　杨益言

一九五九年九月十六日

(见中国青年出版社《红岩》档案083—084页)

罗广斌、杨益言期盼中国青年出版社的回信，终于到了重庆，但此时罗广斌、杨益言均已分配做其他工作去了。1959年2月，罗广斌从长寿湖农场调出时,曾是农场下属的渔场场长,这时已被派去做农场场长,杨益言已被调去市委党刊。于是由王维玲执笔,经江晓天审阅签字,以中国青年出版社第二编辑室名义于1959年10月22日给罗广斌、杨益言回信(原信略,详见《话说〈红岩〉》第18页)。

但那时候,重庆正开展反右倾政治运动,罗广斌、杨益言已难以脱身,看了中国青年出版社的来信后,杨益言立即回信,

中国青年出版社第二编辑室:

十月二十二日来信收到了,为免悬念,特先回这封信。前信和这次来信所提到北京修改稿件的意见,已分别向市委组织部和宣传部做了汇报。

这段时间没有写信报告工作,主要是因为工作进展不大,同时也因参加反右倾学习,时间紧张。《锢禁的世界》二稿寄出后,根据收集到的部分意见(其中主要的已在给维玲同志的信中汇报),曾酝酿过重写和改写的章节的意见,但由于反右倾斗争和工作任务紧,加上领导同志都很忙,没有时间审阅,也没有收到你们的指示,提纲没有定下来,十月参加反右倾学习之后,工作较紧,就没有改写下去了。

今后怎么改(来否?)何时来?待组织决定后,另行汇报。上月中旬,广斌同志已回长寿湖农场党委工作去了(来信已转他看过),所以这封信是我一个人写的。

杨益言

一九五九年十一月七日

(见中国青年出版社《红岩》档案012页)

这时候,中国青年出版社也正在开展反右倾的整风学习。编辑部在研究庆祝党诞生四十年献礼计划时,又想到了这部曾想在建国十周年时推出的作品。1960年1月19日,王维玲写信告诉罗广斌、杨益言:“我们还是希望你们来北京修改……这部小说无

论如何要争取在庆祝党成立四十年时拿出来,不可再拖。”2 月 1 日,杨益言给王维玲的回信中写道:“看来,要完成这个任务,需要相当的时间,只好留待以后再说了。”

就在罗广斌、杨益言被创作中的无数难题弄得焦头烂额,根本没有可能聚在一起商议,而又被新的工作重担压得喘不过气来的时候,市委经过慎重考虑,突然通知罗广斌、杨益言再次脱产继续进行这一创作。这一突然的变化,使罗广斌、杨益言甚至以为刘德彬也有可能出来参加这一创作,所以,在他们给王维玲的信中,再次提到“老刘是否出来”的事,但这件事一点变化也没有。罗广斌、杨益言的信是这样写的。

维玲同志:

由于市委的大力支持,二月份起,我们两人已抽出来写。但是老刘是否出来,尚不能定,要看市委宣传部最后确定。我们正搜集材料,准备提纲,尚未正式动笔。估计三月可开始写,交稿时间大约将在六七月份了。

重庆作协对我们材料的讨论会,是在上月下旬开的。市委组织部负责同志,宣传部文艺处负责同志和作协有关同志均参加。会上,传达了市委书记任白戈同志的意见,组织部雷副部长讲了解放前地下斗争的许多史实和当时对形势的估计,会后还给了许多资料。大家给了我们很多鼓励,督促我们尽力完成这次写作任务。

这次讨论对我们来说,收获是很大的。特别是有些我们原来考虑不够的,启发较大。如(1)充分估计解放前夕敌溃我胜的形势,因此在描写监狱斗争时,色彩宜更加鲜明有力一些;(2) 适当地反映当时地下党的坚强领导,以及狱中党的领导活动;(3)要注意描写群众斗争的场面,通过群众斗争来反映党的领导。

关于下一步怎样改,一致的意见倾向于:人物和事

件需要进一步概括,在历史事实的基础上,加以适当开展和提高,使之更能感人,因此在形式上更应带有小说的味道。根据这些意见,目前除搜集材料外,正在草拟提纲,拟好后即寄上。

罗广斌　杨益言

一九六〇年二月十六日

(见中国青年出版社《红岩》档案 017~018 页)

小说《红岩》自 1959 年开始创作以来,先后得到重庆市委和各部门,许多老同志和作家的帮助。这封信反映的情况,就是一个例证。

维玲同志:

沙汀同志前几天已到重庆来,和我们谈了修改意见。

关于《锢禁的世界》的修改,他认为,修改时要着重考虑的是使贯穿全书的精神面貌,写得更开朗、更意气风发些,要通过几个主要人物突出反映党的传统精神,以便更好地起到鼓舞、教育群众的作用。人物、事件要以此出发考虑安排,许云峰、江姐、齐晓轩、成岗宜大大发展,水的斗争,突围越狱斗争等要大大展开。为了更好完成这个任务,他建议我们到北京来认真听取和领会出版社的修改意见,看看几个革命纪念馆,到档案馆读读 1947—1949 年的一些有关档案,敞开思想,研究好修改提纲,再回到重庆来改写。

沙汀同志提出的意见,已向肖部长做了汇报。已决定老罗和我来京研究和学习,几天内可动身。但不知这样安排在时间上现在是否合适?如行,盼即电示,以便起程。

上面提到沙汀同志的意见,只是他们的主要精神。他专门到老罗工作的长寿湖农场,和我们一道谈了两三天，还说了不少具体意见，只好等来时，连同其他同志的意见，一并汇报了。

杨益言

一九六〇年五月二十七日

（见中国青年出版社《红岩》档案 029 页）

重庆市委及时批准和安排罗广斌、杨益言来京扩大视野，是关系小说《红岩》成败的一个重要决定。这个决定的形成，有沙汀的建议，更主要的是直接领导这一创作的市委组织部对罗广斌、杨益言创作情况的了解。

当罗广斌、杨益言 1959 年在创作上遇到严重困难时，市委就从思想、生活、创作这几方面加强了帮助。市委鼓励他们："不要灰心，不懂就学，一年不行两年，三年不行五年……认真消化材料，冷静思考各方面意见，埋头苦干，努力提高自己的艺术水平。"在创作过程中，市委为他们提供了许多重要的材料。为帮助罗广斌、杨益言扩大视野，开拓思路，以使他们从真人真事的束缚中冲出来，于 1960 年 6 月又毅然派罗广斌、杨益言去北京参观十大建筑，并听取中国青年出版社对初稿的意见。

1960 年 6 月上旬，罗广斌、杨益言到京，那时候，朱语今已调离，在中国青年出版社继任社长兼总编辑边春光主持的座谈会上，有第二编辑室主任江晓天，编辑王维玲、陈碧芳参加，罗广斌、杨益言和编辑部同志交换了意见。特别使罗广斌、杨益言难忘的是共青团中央和中国青年出版社边春光、王维玲特意重点组织他们参观中国革命历史博物馆的展览。展览馆正在内部展出的是毛泽东指挥解放战争的全部电报手稿，使罗广斌、杨益言激动不已，思想上豁然开朗。罗广斌、杨益言曾不止一次地说：他们仿佛是在大海中航行时，在迷雾中忽然看见了灯塔，觉得创作中面临的矛盾都可迎刃而解了。

罗广斌、杨益言回到重庆后，又回到各自的工作岗位上去了。中国青年出版社眼见三个月过去了，创作又放下了，就又派王维玲专程来渝,他持中国青年出版社的正式函件,向市委为罗广斌、杨益言请创作假,得到市委的支持赞同。另方面就是和罗广斌、杨益言一起商定下一步的修改计划,以便尽快进入修改工作。

王维玲在重庆和罗广斌、杨益言以一周时间,深入讨论和拟定了三稿的修改计划,于是,这一创作活动便又迅速开展起来。

王维玲刚回到北京,便收到杨益言的来信。

维玲同志:

你走以后,我们又议了两天。后来,组织部叫抽出更多时间整理修改提纲,大体搞了三十四节,有长有短,有好几万字。想全抄,一来时间不许可,二来提纲有详有略,全抄也不一定清楚。加之,想你完全了解现在结构的来龙去脉,所以采取了写要点的办法。不知这样看来,是否清楚。书名想了不少,但都不满意。《地下的烈火》《红岩破晓》《红岩巨浪》《万山红遍》等等,都觉得不行。所以,现在仍然无名。

杨益言

一九六〇年十一月十日

(见中国青年出版社《红岩》档案044页)

王维玲收到杨益言的信后,立刻回信。王将编辑部的同志看了他们的修改提纲之后,大家都比较满意的情况转告他们,希望他们早日按计划将作品写出来。但王维玲还不知道,他写这封信时,罗广斌、杨益言早已行动起来了。

维玲同志:

我们在十一月中旬都出来了,二十号起即按寄给你的提纲开始写作,现已写了几万字。我们估算了一下,这次新编章节约占一半,总计约四十万字左右。过去写过的现在改写起来比较快一些,完全新编的结构部分较慢一些,而且写了以后,还需要修改整理。年底可望寄出一批稿子，即一半左右。

杨益言

一九六〇年十一月二十八日

（见中国青年出版社《红岩》档案044页）

罗广斌、杨益言再次给中国青年出版社写信报告情况时，已开始分批将修改后的稿子寄往北京。下面是有关的几封寄稿信。

罗广斌、杨益言1961年1月15日给王维玲的信。

维玲同志：

来信收到了。

关于修改中的情况，有几件需要告诉你。

（一）修改稿的第一部分（一章至八章），共十万字，已于十四日航挂寄上，得信时可能收到。第二部分（九章至十六章），也是十万字，现已写完，我们想略加整理以后，于本月二十日寄给你们。第三部分，本月十七日开始动笔，下月初即可寄上。根据这个进度，如果没有其他事情耽搁，可望在春节前后将第四部分写完。这就是说，全部稿件可望在二月中旬左右改写完毕，你来重庆时与我们安排的进度和完成时间（春节前写完）基本上可按原计划完成。时间虽说紧一点，但我们也力争尽快向前赶。

（二）我们对写好和已寄出的稿件，在人物、情节、描写、文字以及个别结构上，都感到还需要做很大的加工、修改。如第一章，现在仅表现了我们想写的内容，但并不满意，尚需反复修改，才能使这本书有一个较好的开头。

我们所以尽快向前赶，一来是便于出版社早些看到稿子，早些审查，早些安排和进行加工；二来是我们也想早些听到意见，以便再修改。如果最近能听到对已寄出部分的意见，对我们正在写的后半截会更有帮助。

（三）这次寄的稿件和以后陆续寄的稿件，市委都没

有审查,肖部长说,出版以前市委再看一次,并要市文联进行讨论,以便集思广益,把任务完成得更好一些。

(四)你上次告诉我们,这次改写告一段落后,要我们到北京来,一道定稿。为了把这本书改得更好,这样安排是有好处的,也是我们应尽的责任。如前所说,这次改写的工作我们将在二月中旬完成,你们看了稿子,如果认为不行,我们当然就没有来北京的必要,如果需要修改加工,我们也愿意来北京。但是,此事不能由我们决定。请你们考虑决定以后,如果要我们来,则请你们直接和市委组织部联系。没有组织的决定和指示,我们不能自己安排。如果不来北京的话,改完之后,我们就该分别回到各自的工作岗位上去了。

致以

敬礼

罗广斌　杨益言

一九六一年一月十五日

(见中国青年出版社《红岩》档案 048—049 页)

罗广斌、杨益言 1961 年 1 月 23 日给王维玲的信。

维玲同志:

第二批稿(九章至十六章),十万字,已于二十一日寄上,谅已收到。看了以后,印象如何?请告诉我们。

我们现正在写第三部分,同时正在酝酿第四部分。在酝酿中,感到有一个问题,想请你帮助一下。为了更正确地反映一九四九年秋人民解放军向西南进军时的形势,需要一些背景材料,《毛泽东选集》上没有选刊这一部分,我们到市委有关部门也未查到这方面的材料,因此想请你设法找一些材料:第一,中央进军西南的方针;第二,人民解放军进军路线与作战部署;第三,对西南形势与敌人意图的估计。如果无法找到这些材料,就算了;

如能找到，希望能尽快寄给我们（抄件，或摘录均可）。

握手！

罗广斌、杨益言

一九六一年一月二十三日

（见中国青年出版社《红岩》档案054页）

罗广斌、杨益言1961年1月31日给文学编辑室并王维玲的信：

文学编辑室并维玲同志：

二十日、二十八日两封信都收到了。我们很高兴地看到了你们对一章至八章的意见，这对我们正在写的章节很有帮助，我们还希望看到更多的意见，和你们看了九章至十六章的意见。你们的意见愈严格，对我们的帮助愈大，在出版社的指导之下，能够把这本书改得更好，就更能鲜明地反映先烈的光辉品质，就更有教育意义，我们当然也就更高兴。

第三部分，十七章至二十六章共十章，十二万字，现已写完，略加整理，即可寄上。为了让你们在春节前看到这批稿件——这是本书的主要部分，包括白公馆、渣滓洞监狱，地下党、敌特双方的主要人物及斗争错综复杂的展开……我们认为，这部分是全书进入高潮的章节，希望你们早点看，也希望你们早点提出意见，所以这批稿件我们将在二月五日航挂寄上。

你们收到这三批稿件之后，全书的面貌就看得出来了，也就便于你们提前研究，进一步确定修改问题。

定稿前是否散篇发表问题，市委前年对我们早有指示，未审查定稿以前，一律不发。我们一直是照市委指示办事的，过去和现在都有不少报刊等单位要稿，我们都谢绝了。最近《中国青年报》来信联系，因出版社前曾谈过，让我们回信要他们和你们直接联系。我们希望在定稿前，出版社不介绍发表，原稿未留底稿，也希望不外传。

张羽同志来信要的照片,加印后即寄上。

敬礼

罗广斌　杨益言

一九六一年一月三十一日

(见中国青年出版社《红岩》档案 055 页)

罗广斌、杨益言 1961 年 2 月 4 日给文学编辑室并王维玲的信:

文学编辑室并维玲同志:

修改稿十七章至二十六章,共十二万字,已于今日提前一天航挂寄上,得信时当可收到。我们希望很快就能看到你们对这批稿子的意见。

有一个问题要说明一下——余新江的父亲,我们原来说他是“二七”罢工牺牲的,现在改为“二七”受伤,一九四六年才在重庆工动中牺牲,所以,余新江的身世的交代,就和前面几处简单提到的不同,应以二十二章的叙述为准。前两天,《中国青年》总编辑徐经武同志来过,又谈及选用问题。我们意见,还是等定稿以后再说。

截至这批稿为止,共已寄上三十二万字,占全稿百分之八十,剩下的最后一部分,很快就可以写完了。写完以后,我们要回到工作岗位,还是留下来修改,请你们尽快确定,如需我们来北京修改,也请你们尽快和市委组织部联系。

祝

春节愉快

罗广斌、杨益言

一九六一年二月四日

(见中国青年出版社《红岩》档案 058 页)

罗广斌、杨益言 1961 年 2 月 8 日给文学编辑室并王维玲的信:

文学编辑室并维玲同志：

三日来信收到。对第二部分（九章至十六章）所提意见，我们联系你们前次对第一部分（一章至八章）的意见，详细研究了。我们觉得，这些意见对我们的帮助、鼓舞很大，并且启发了我们对已写部分做了回顾。现在初步觉得，这次改写的稿件还有不少缺点和毛病，如果好好地纠正一番，还可以使稿件的质量更高一些，因此，我们认为，有必要对已写完的稿件，再做一次修改。这种修改最好是在编辑部的直接帮助下进行，才可能收到事半功倍的效果。

第四部分我们正在赶写，所遗章节不多，春节前后即可写完。

你们看了第三部分（十七章至二十六章）联系一二部分，已可能对全书面貌有所了解，提出的意见必然对我们帮助更大。

有一件事情，前几次信已提过，我们觉得还有必要再说一下，这就是我们今后的工作安排问题。

维玲同志去年十月来渝时，当时要求我们二月中旬改写完毕（现已照此计划进行，并可基本按时完成了），之后，即到北京和编辑室研究修改意见，并进行修改、加工。这个意见，维玲同志曾向市委组织部负责同志谈过。

现在是否照原计划安排，我们就不知道了。因为决定是否来京修改，根本在于稿件的质量，如果稿件的质量不合要求，当然就不考虑来京问题，如果需要加工，则我们有责任继续完成未完成的任务，这点，希望你们尽快决定。

因为第四部分写完，我们就没事了。如果你们在看完第三部分尚不能决定下一步的工作，而要等到第四部分寄到，看了，再提意见，那时我们就可能各自返回工作岗位上去了。我们之所以再一次提到这个问题,完全是从工作出发,希望集中精力早日完成任务,我们才好回到工作岗位。

致以

敬礼

附上张羽同志要的照片两张

罗广斌　杨益言

一九六一年二月八日

(见中国青年出版社《红岩》档案059—060页)

罗广斌、杨益言1961年2月18日给文学编辑室并王维玲的信:

文学编辑室并维玲同志:

来信及电报,均已收到。

在收到信电之前,组织部正在考虑我们的工作,肖部长见到我们时说过,在春节左右写完以后,即去参加农村整社工作。所以你们来信及电报时,组织部正重新考虑中,我们未便及时回复。后来组织部通知我们,同意来京,我们才先用电报答复。

第四部分已经写了一部分。但后来,听了一些同志的好意见,我们反复考虑后,修改了原计划的写作提纲,因此,第四部分现需重写,字数较前减少了一些,预计本月二十五日左右可写好寄出。之后,我们即起程来京。这次修改第四部分的出发点,是企图使书中已经展开的斗争维持到全书的结束,使几个主要英雄人物得到进一步的反映,而将敌人的篇幅尽量集中、减少。这样一来,书中前已写到的一个人物的处理需要先说明一下。这个人,就是带有传奇色彩的方晓初的描写,原来准备在第四部分充分发挥作用,使他在敌我斗争中有必要出现,而现在则改为,活动保留,人物不出场;他在前几章出场之处，以后应作修改。我们想，这样做有两个好处：第一，减少了前稿带有过多传奇色彩的东西；第二，减少人物、字数，反而增加了地下党活动的丰富内容。

我们动身时，当另函奉告。

致以

敬礼

罗广斌、杨益言

一九六一年二月十八日

（见中国青年出版社《红岩》档案069~070页）

罗广斌、杨益言1961年2月27日给文学编辑室并王维玲的信：

文学编辑室并维玲同志：

第四部分稿（共五章，由二十七章至三十一章）共五万字，现已写好，于二十八日航挂寄上。这部分稿件，如上次信所说，写时较原来提纲做了较大的改动，涉及到以前章节需要变动的，除方晓初改为不出场外，渣滓洞联系方法也做了改变，用一个“看守员”代替了原写的矿工活动，这部分稿，我们觉得不满意，先寄给你们看了再说。

我们已决定乘船到汉口，再由汉口乘车来京。已购三月一日船票，预计三月三日晚上到汉口，赓即买火车票来京，四五日可到。在汉口买了车票，我们再给你们发个电报。

二十二日来的电报收到，因为在这之前，我们已写信，谈过电报所询内容，故未回电。

我们到京后的工作，希望及早安排。

敬礼

罗广斌　杨益言

一九六一年二月二十七日

（见中国青年出版社《红岩》档案065页）

罗广斌、杨益言赴京时携带的介绍信：

中国青年出版社:

兹介绍团市委常委罗广斌、杨益言同志前来研究修改《锢禁的世界》及有关工作,请予接洽。

共青团重庆市委

一九六一年二月二十七日

(见中国青年出版社《红岩》档案 064 页)

短短一页介绍信,依然标志着它的历史烙印,这就是“组织团干部写作”之意,因为这时罗广斌、杨益言均已不在共青团工作了。

在这期间,罗广斌、杨益言连续接到三封署名文学编辑室的回信,对罗广斌、杨益言已修改出的这一稿的评价,一次比一次高,比如,第一封信说,“它较原稿有显著的提高,在思想内容上和艺术表现上,都更加充实、丰满和完整。”第二封信说,“读完书稿第三部分,给人一种抑制不住的喜悦。”这三封信同时也指出了一些不足之处和对它的希望,还谈到罗广斌、杨益言请假来京修改、定稿的事。

1961 年 3 月初,罗广斌、杨益言到了北京。3 月 8—9 日,中国青年出版社第二编辑室(已改称文学编辑室),由时任编辑室主任阙道隆和编辑王维玲、张羽一道,与罗广斌、杨益言座谈,交换进一步修改的意见。中国青年出版社现尚完整保存的《红岩》档案中,就有这个座谈会的记录。这个记录是提纲式的记法,一条一条的。记录是用圆珠笔写的,三十多年过去,笔迹显得有些模糊,但还看得清楚,是由刚参加这一编辑工作的张羽亲笔记录的。记录纸页共有十三页都有编号,没有缺页。

记录的第一行,标明是“锢禁的世界”讨论、“阙王张”(即阙道隆、王维玲、张羽三人参加)“张记”(指张羽记录), 时间写明是 1961 年 3 月。

应该认定,这就是 1961 年 3 月 8—9 日,阙、王、张和罗广斌、杨益言座谈的记录。尽管是提纲式的记录,但每人大体讲了什么,还是记下来了。十三页记录中,罗广斌占了三页(也代表杨益言意见),杨益言一页(又做了补充),王维玲占了三页,阙道隆占了三页,其余是发表零星意见的综合记录。

罗广斌、杨益言这次来京,重庆市委组织部只给一个月的假,显然是不够的。实际上,座谈会一结束,罗广斌、杨益言就在中国青年出版社住下来,进入四稿的修改。根据四稿的进展情况,由张羽拟稿,向重庆市委组织部肖泽宽、雷雨田两位部长汇报罗广斌、杨益言在京修改四稿的情况,并为罗广斌、杨益言延长留京请创作假。这封信经阙道隆审阅签字后,盖上文学编辑室章发出。

肖部长、雷部长:

您处罗广斌、杨益言同志,于上月初离渝来京,我们就长篇小说的修改问题,共同进行了几次研究,认为修改的重点是:加强主要人物许云峰的形象塑造;重写开头部分(主要是第一章、第二三章进行部分修改);第四部分基本要重新写过;其他部分,做些必要的增删。方案确定后,罗广斌、杨益言二同志就着手修改。一月以来,他们都在日以继夜,埋头写作。目前,第一部,业已改完;二三两部,月半前后,也可完成;主要是完稿第四部,因为修改工程较大,需时可能较多,估计全稿完成,尚需一个月左右的时间,这样就和原来预计的日期有了出入,为了更好地完成这个作品,希望您处能延长该同志的假期,让他们继续留京修改,待全稿完成后返渝,不知您以为如何?

对书稿的修改工作,您还有什么意见,请随时告诉我们。

致以

敬礼

文学编辑室

一九六一年四月五日

(见中国青年出版社《红岩》档案 066 页)

与此同时,罗广斌、杨益言也写信向组织部做了汇报。不久,中国青年出版社和罗广斌、杨益言先后收到重庆市委组织部的回信。

中国青年出版社文学编辑室:

四月五日给肖、雷部长的来信已悉。经部里研究,同意罗广斌、杨益言同志继续留京,待全稿修改好后返渝。并望转告他们加倍努力,更好更快地完成这部作品的创作工作。

致以

敬礼

中共重庆市委组织部

一九六一年四月十三日

(见中国青年出版社《红岩》档案067页)

广斌
益言 同志:

四月十五日的来信,肖、雷部长都已看过了,对于你们修改稿件工作所取得的成绩,部里的同志感到很高兴,大家都希望你们加倍努力,认真把书写好。

续假问题,部里已同意出版社的安排,此前并已给文学编辑室写了回信,你们可以把稿件修改完成后再回来。

特此转告、并致

敬礼

重庆市委组织部办公室

一九六一年四月二十日

从3—6月,罗广斌、杨益言又改了一次。中国青年出版社决定再排印一次,即:四稿送审稿,再次向重庆市委、共青团中央和有关方面征求意见。

中国青年出版社长、总编辑边春光对排出的四稿清样进行终审。边春光审读后，充分肯定四稿的成就，同时也提出一系列重要的修改意见（其中也包括团中央主管书记杨海波的意见）。他让王维玲以文学编辑室的名义，给罗广斌、杨益言写了一封二千五百字的长信，详细地叙述了他对四稿的良好评价和进一步修改的重点、要求和建议。这是《红岩》定稿前的一封十分重要，又十分完整和系统的信件，既指出了《红岩》最后一稿尚需进一步充实、加强的主要方面，又对下一步修改、突出的重点，提出了有益的、启示性的建议。这封工作信函，经阙道隆审阅签字后，盖上文学编辑室的章后，于7月12日发出（原信略，详见《话说〈红岩〉》77页）。

罗广斌、杨益言收到这封信后，并在听取了成、渝两地的领导、专家意见后，经过认真思考、围绕下一步的修改重点和行动安排先后写给中国青年出版社两封信。

文学编辑室：

七月十二日来信收到了，春光同志审阅了稿件，并且和你们进行了讨论，提出了许多宝贵的意见，我们非常高兴，也非常感谢。我们现在正在认真考虑这些意见，力求消化，以便修改。

六月二十九日晚上，我们到达成都。马识途同志到车站来接了我们，并和我们谈了好几次，对稿子提了许多重要意见。沙汀同志当时正在省委开会，专门请了假，赶看完了，给我们做了两次指示。他们认为：这次修改得可以，再加工一下，即可出版，不必再改了。如沙汀同志所说，稿子的精神状态较过去翻了身，稿子的结构组织起来了。七月七日，我们回到重庆，向肖部长、高部长，宣传部汇报了工作。肖部长看了出版社和沙汀同志给他的信，很高兴，完全同意出版社和沙汀同志的安排，并且由肖部长向白戈同志做了汇报。肖部长给我们做了一下安排：(1)指定宣传部黄部长，宣传部文艺处王觉、冯旭，市委党校余时亮,团市委廖伯康,组织部高部长等同志看校样,并于二十日左右提出意见;(2)在汇集了各方面意见后,将主要问题向白戈同志汇报,请白戈同志掌个舵;(3)七月底再去成都,在沙汀同志的指导下进行修改(这是沙汀同志主动提出的);(4)修改之后,可再次到北京,在出版社的指导下,最后定稿;(5)插图应该也可以在重庆办到,已指定美协在八月底交稿。

现在已有几位同志审阅过了,和我们谈过几次,总的认为满意,政治上可以通过。至于具体意见,以后再综合起来告诉你们。

插图问题,美协由李少言同志做了安排,正在读稿。他们说,时间很紧,但八月底一定完成插图和封面等设计工作,并且表示力争做到高质量。

以后定稿时,是否需要我们再来北京,请来信告知,我们好早做安排。我们约于二十五号左右去成都,来信请寄成都四川省文联沙汀同志转。

春光、张宇同志处请代致意。

致以

敬礼

罗广斌　杨益言

一九六一年七月二十一日

(见中国青年出版社《红岩》档案 078—079 页)

文学编辑室:

我们是在七月三十日到成都的(作者注:罗广斌、杨益言六月底去过一次成都。返回重庆后,在听取了各方面对四稿的意见后,肖泽宽部长要他们去北京之前,再次去成都听取沙汀的意见,之后再去北京,在中国青年出版社指导下定稿),在重庆、成都已听了不少意见。马识途、廖伯康等同志给我们具体谈了地下党的工作方针、路线问题；沙汀、王觉等同志反复看了稿子，出了许多好主意。现在看来，首要修改的，主要是：(1)开头两章，改写，使之成为全书的有机部分，而不是游离的人物出场和背景的介绍；(2)结尾两章修改；(3)地下党活动的加强——把李敬原写好；(4)主要人物——许云峰、江雪琴的加强；(5)叛徒部分的改写；(6)后两次“红旗特务”的改写;(7)加强全书人物之间、事件之间、章节之间的有机联系。总的来说，根据这些意见来修改，对全书的质量提高大有好处，我们受到的启发鼓舞很大。虽然，全书的结构、人物、事件都没有太大的改动，但是需要动笔的地方还是不少，我们初步估计，约在十万字左右。目前，沙汀同志从八月二日起，就根据以上这些问题，和我们逐章研究，估计要到月中才能谈完。所以，到现在我们还在酝酿、消化各方面的意见，尚未动笔修改。

关于插图，我们和美协李少言、牛文等同志在成都研究过了，约定他们在九月十日前交稿，美协对插图很重视，也早有酝酿，拟由李少言、牛文、吴凡、李焕民、正威等六位同志集体创作，都用木刻，搞八至十幅，风格由他们自行统一。他们表示，有信心把这工作搞好，使插图不限于对作品的介释，成为独立的艺术品，初稿设计出来以后，他们准备拍成照片，立即寄给我们研究。

我们原来准备在成都修改，现在考虑到，改的地方较多，有些问题跟你们多研究，并在出版社的指导之下进行修改，更稳当一些，还是准备听完意见以后，就到北京先和你们交换意见。当然，我们再来北京，又会给你们增加很多麻烦，但我们觉得，对稿子质量更有把握些。来的时间约八月中旬，动身时当另行告知。

春光、张宇同志请代致意。

致以

敬礼

罗广斌　杨益言

一九六一年八月九日

(见中国青年出版社《红岩》档案 081—082 页)

阙道隆看过这封信后,立即复电给他们,“请于 9 月初来京。”罗广斌、杨益言于 9 月中旬兴致勃勃地又一次来到北京,住进中国青年出版社九号院职工宿舍内,开始了定稿前最后一次冲刺,这一稿随写随排,于 12 月 10 日改成,历经三年的苦斗,三次来京,三次重写,两次大改,现在终于定稿了。1961 年 12 月底《红岩》出版。

《红岩》档案中保存下来的罗广斌、杨益言二人联名的十八封亲笔信,真实地、历史地记录了《红岩》的创作历程。小说《红岩》创作于始 1958 年 11 月,作者是罗广斌、杨益言,1959 年 2 月动笔,1961 年 12 月 10 日定稿。1959 年先写出一稿,后又推翻写出二稿,1960 年又写了一稿,1961 年改了两稿。它的书名,罗广斌、杨益言在 1960 年 11 月就提出了,1961 年 3 月,作者和中国青年出版社交流过,未定。同年 5 月,作者和重庆市委书记任白戈商量后才定名为《红岩》。

附录(二)

关于《红岩》的艺术评价及参考材料

《红岩》,有人说是“无产阶级的英雄谱”,有人说是“最生动的共产主义教科书”,有人说是“冲击、涤荡灵魂的好作品”,说得更恰当更响亮的则说它是“共产党人的《正气歌》”。

评论者之中,有些人试图用几句话来概括它的内容和估计它的价值。

罗荪说:“《红岩》是一本用生命写下来的书,是一本杰出的共产党员的最生动的教科书,是一本惊心动魄的革命与反革命、光明与黑暗、美与丑的搏斗的书,是一本具有很大的艺术与思想容量的书。”

阎纲说:“作者以他们高亢的革命音调和现实主义真切动人的力量,讴歌马克思主义者震惊古今的博大胸襟,伸张了共产党人的浩然正气,激发起人们向一切反动派做殊死斗争的意志,而使他们这部作品成为1961年长篇小说中突出的一部佳作。”

马铁丁说:《红岩》是有关监狱斗争的文艺作品中“最充实、最丰满、最成功的一部”,“它生动地体现了共产党人临危不惧,临难不苟,宁折不屈的革命风格;共产党人的勇敢机智——如何组织与发展自己的力量,如何利用与加深敌人的矛盾,从而争取的胜利”,“它是一本很有吸引力的文学作品,也是教育读者‘为什么人’、‘如何为人’的生活教科书。”

自然,评论者并不只停留在这种抽象的概括和评论上,我们现在试图从以下各方面把我们看到的一些评论做一些粗浅简单的介绍。

时代、环境、精神

很多评论者都指出,作品深刻地反映了黎明前的时代面貌,我们这个时代伟大的革命精神力量。

作品所描写的是特殊环境,正如林亚光所说,作品是“通过敌人占绝对优势的特殊环境,来反映敌人大势已去的时代环境,通过革命者局部失败的处境,来反映整个革命节节胜利的大局”的。“作者站在时代的先进高度上,”“对特殊的一点进行深刻透视和精细解剖”,从而“发现并描绘出这表面上与全局相矛盾的一点与全局之间的千丝万缕的、内在的统一和联系。”黄玉把作品所反映的说成是由“广阔的历史生活背景,浓郁的时代气息,惊心动魄的斗争,构成了一幅祖国黎明前战斗的图画。”它反映了“一个特定的历史时代的面貌。”

作品所表现的是特殊斗争,正如罗荪所说,作品是在这个斗争里给我们“打开了革命者与反革命者两种完全不同的精神世界”的,“这是在黎明前进行的一场激烈的搏斗,”“是两种精神、两种力量的搏斗。”王子野说,在这里“每一分钟,每一秒钟,一举手、一张口,每一动作都是搏斗,是生与死、人与兽、真理与虚伪、光明与黑暗的搏斗。”但是,正如李希凡所说,作者却“使每一个斗争生活的音符,都能汇集到整个监狱斗争以至整个时代胜利进军的高昂精神的歌唱里”,从而“具体地反映了革命和反革命的最后决战。”

是的,很多评论者都说,作品没有局限于这个特殊环境中的特殊斗争,而是把它扩展开来,深入下去,把具体环境和整个时代联系起来,把具体斗争放到整个时代的阶级斗争的全貌中去,从而创造了作品成功的条件。

例如,侯金镜就说:“人物、事件的发展和历史背景、生活场景多方面的展开,力求作品达到深度和广度的统一,将作品组成一个深厚、丰富、又和谐完整的艺术整体。对我们当前长篇小说创造来说,还是一个很值得研究探讨的问题。”《红岩》“不局限于窄小的监狱事件斗争本身,而是扩展开,紧紧地把握住历史脉搏的跳动,”是一种“值得赞许”的“创造意图。”它不但“加深了书中主要人物性格的深度”，而且使读者看到“重庆山城拂晓时期的历史图画。”

阎纲说:“和现实生活的真实情景一样，作为一部文学作品，不论它如何把生活加工、集中和典型化,它本身呈现在读者面前,总应该承认它是具体的、真实的、生动的现实生活的一部分,使读者,尤其是熟悉这部分生活的人,在接触到它的时候,相信这是真的,然后走了进去,产生身临其境的感觉,这是艺术一切特点赖以存在的基础。”《红岩》作者“忠实于生活的真实描写,忠实于人物形象以及人物与环境关系的真实描写,把这作为自己作品的命意和艺术创造的出发点”,把重庆集中营“放置在大西南和全国革命形势广阔的时代背景上,”“让狱中斗争、人物性格在与时代环境互相联系之中,彼此作用,彼此烘托,彼此深化。”“一个小小的、与世隔绝的集中营,居然打开了整个大时代的帷幕,概括了风云变幻、翻天覆地的时代精神和特点,这是一部小说难得的成就。”

不仅这样,很多评论者还指出,作者还善于从斗争生活里捕捉最富有特征的事物,以撼动人心的艺术力量,丰富而广泛地揭示处于这种特殊环境里的共产党人的灵魂世界,从而体现出共产主义者的高度乐观主义精神。

王子野说:“响彻全书的主调是革命乐观主义。”“这是英雄的乐章和革命的史诗。”“斗争愈艰苦,革命乐观主义的精神愈是高扬。读了这样的书丝毫不使人沮丧,而是感到精神奋发,斗志昂扬。尽管结局是悲剧的,但是这些永不向敌人低头的英雄,才是真正的胜利者,他们顽强不屈、气壮山河的斗争精神和对崇高理想的坚定信心,深深地感染了读者。”

侯金镜说:“共产主义品格在生活和斗争里不是抽象的、刻板化的。在特定的斗争环境里,有它不同的特殊表现,而且只要是真实,又经过了艺术概括的,那么,它就能够发生普遍的教育意义。”在《红岩》里面,最突出的思想有两点:“其一,是在艰苦环境中人们的坚定、自我牺牲精神和革命乐观主义的高度融合。其二,勇敢和坚定又通过烈士们的智慧和灵活的策略性表现出来。”

罗荪也说:“贯穿全书的”是“强烈的革命乐观主义精神”,“这种革命乐观主义精神,正是革命者一切行动的力量的源泉。这种力量,从(书中)每一个革命者的精神世界里都可以见到,也正是这种力量使他们成为真正的共产主义的伟大战士。”正是这种“对于革命的坚强信念,对于共产主义的坚定不移的理想和怀着饱满的革命乐观主义精神,”才使这些革命者“能有这样巨大的坚毅的忍耐。”

揭示出共产党人这样的灵魂世界,正如李希凡所说,“应当说是《红岩》对我国革命文学的突出的贡献。”

人物、性格、形象

几乎所有评论者都指出,形象刻画的鲜明深刻,是作品最大的成就。

作品塑造了众多的不同性格、不同出身、不同觉悟程度、不同发展阶段的革命者形象,而这些形象,正如阎纲所说,作者刻画的“大都深沉感人。他总是在生死攸关的严重时刻让人物表现出他们身上最宝贵的品质,并且刻意加以烘托,无不激动人心。”

作品的突出表现是,用王子野的话来说,塑造的“都是一些好样的共产党员,他们都具有真正革命者的崇高品质:忠诚、坚定、机智、勇敢;同时各人又有各人的性格特点,有共性又有个性,有血有肉,因而这不是浮雕式的而是立体的人物。”用罗荪、晓立的话来说,这些不同的形象,都“为一个目的而斗争,他们的性格、品质相互补充,共同构成了一个最光辉、最伟大的名字,这就是‘共产党员’”!

我们这里不能列举所有的形象,只能选许云峰、江姐、刘思扬来做例子。

虽然有一些不同的说法,但是一般评论者都认为,许云峰是书中最丰满的形象。谢挺飞用几句极简单的话来歌颂许云峰:“许云峰笑着去迎接战斗,笑着去承受考验,笑着诀别人生,笑着宣判了敌人的灭亡。”王维玲说,作者把许云峰“作为组织斗争和计划行动领导成员之一,”已经把他“可以做的,能够做的,几乎都发掘了出来。”这里所说发掘出来的就是谭洛非、谭兴国所说的“无论在任何情况下都找到发射自己火力的阵地、主动向敌人展开冲击”;就是马铁丁所说的“勇敢、坚定、机智、老练、饱有经验的党的骨干,”“一刻也不放弃斗争,一刻也不停止斗争”的“顽强毅力”;就是罗荪、晓立所说的“善于分析情况,判断情况,善于在瞬息万变的错综复杂情势下做出对党、对革命最有利的对策”的马克思列宁主义者具有的特质,“为同志,为组织,毫不犹豫地献出自己的生命的共产主义者的伟大胸怀。”也许,正因为如此,李希凡才说,“许云峰是小说塑造得最突出的英雄性格。”

可以说所有的评论者都认为,江姐的形象是刻画得十分深刻的,作者在她身上一方面表现出一个优美的女性性格,一方面又表现出一个坚强的无产阶级战士的形象。谢挺飞说:“如果说,作者刻画许云峰时采取的是镂金凿玉般凝重的笔触,那么对江姐施用的却是细腻亲切的抒情笔调,”这种笔调“既适合江姐这种优美的女性性格,也适宜于表现江姐关心人、爱护人的革命感情。”谭洛非、谭兴国也同样认为,作者把江姐“放在许多尖锐的斗争中表现她政治上的坚定和成熟”,同时也没有忽略她“对于生活的热爱和向往,她平易近人的态度,对同志像大姐姐一样的关怀、体贴和深沉的阶级友爱。”他们说:“这些并不是互相矛盾的性格,唯有最坚强的无产阶级战士,才有最丰富最充沛的感情,江姐正是这样完美性格的体现。”

很多评论者都注意到刘思扬的形象,因为他是全书中性格最有发展的人。谭洛非、谭兴国认为,作者是“抓住了刘思扬由于出身、教养给他思想带来的局限,和勇于追求真理认真改造这两个特点,写出了一个青年知识分子在革命的熔炉里锻炼成熟的过程”。罗荪、晓立也认为,“小说细致入微地接触到了刘思扬的内心世界和他在斗争中艰苦的、一步一步自觉地改造过程。”史过认为,可以“把革命者的崇高品质归结为一句话,就是‘不管如何要革命!’”刘思扬所以那般坚韧卓绝,就是他全心全意奉行这句话。也许,正因为如此,罗荪、晓立才说,“刘思扬是一个很有典型意义的人物。”

作者所以能塑造这么多英雄形象,评论者是很有一些看法的。

余音说,这是由于“作者善于把他的英雄人物全部放在严酷的现实斗争中,同时以光辉的革命理想照着他们的道路。”

王维玲说,这是由于“作者敢于正面地、不断地让自己的人物在剧烈的斗争中打硬仗,而且是越打越好,越打越强,越打越有风格。”

艺术特色、艺术方法

有的评论者把《红岩》的情节结构的安排,作为它的艺术特色之一。

王维玲认为:“将复杂而庞大的生活内容与众多的人物形象有机地结构在一起,前后勾连,互相呼应,而没有一点臃肿、庞杂、游离的痕迹,这是《红岩》艺术结构上显著的特点。”

罗荪、晓立也认为:“这部小说所表现的规模是如此的宏大,人物是如此众多,矛盾冲突又是如此复杂,剪裁起来是颇不容易的,而作者在结构上却安排得十分妥帖。”本来“由于它所表现的内容的特殊需要,”“主要人物都是坚贞不屈的共产党员,主要环境都是监狱,”“处理不好,很容易流于重复雷同。”但是,“作者在描写上很下了一番苦心”,“几个主要人物的介绍,作者安排得各有不同,”“情节处理上,作者特别注意了抑扬顿挫、有起有伏,常常有出乎意料之外却在情理之中的转折之笔,避免了单调,”“正是由于这些精心安排,所以小说的篇幅虽然浩繁,却始终具有强大的艺术吸引力,毫无冗长累赘之感。”

也有的评论者把《红岩》的内心世界的描写作为它的特色之一。

王朝闻认为,“革命者崇高的精神世界,反革命者丑恶的精神世界,在这一部史诗般的长篇小说中得到了深刻的反映。无论是革命者的坚定、乐观和机警,不论是反革命者的恐惧、狡猾和残暴,表现在小说的心理过程的描写中,微妙得很,深刻得很,动人得很。这种描写在这部小说中占了很重要的地位,假设把它删掉,不能设想它还有这样强烈的感人力量。”王朝闻还说,“人的精神面貌应当在行动中显示出来,”“但是内心状态本身的直接描写,也可以表现人的品质。”《红岩》中,“一些可敬可爱的革命者的精神,在不同条件下有各式各样的表现。”“如果缺乏内心状态的描写,不仅在艺术上有缺憾,思想的深度也会很不足。”王朝闻并且说,有些地方,“心理活动对时间事件的发展还起决定性的作用,各种不同的深入的心理描写,是多方面刻画人物性格的有效方式,它使得作品的形式活泼而多变化,内容深厚而丰富。”《红岩》的“可贵之处,在于写英雄的精神世界不靠豪言壮语,写敌人丑恶灵魂不靠漫画化手法。”“它的内心描写方面提供了可贵的新经验。”

罗荪、晓立认为,《红岩》“在人物刻画上,由于人物活动的环境和进行的斗争都比较特殊,因而也就要求作者探索相应的、不同一般的表现方法,”“在这种特殊条件下,深入的心理刻画显得特别重要。”“作者以捕捉最富于特征的细微动作来表现人物特定的精神状态,收到了很大效果。小说中,一举手,一投足,一句话,一个眼神,都能构成惊心动魄的场面。”他们说:《红岩》“在深入开掘人物的内心世界上,有很好的创造。”

林亚光认为,“《红岩》中丰富深刻的心理描写、心理现实主义手法的成功运用,”是由于“精雕细刻地剖视敌我精神世界”的“必然要求”,“不能看成可有可无的技巧与特定内容和典型环境无关的偶然艺术成就。”

还有评论者把“气氛的烘托”、“含蓄”、一些人物的“出场和结局”的多样化等等,分别作为《红岩》的艺术特点之一来看待。

有的评论者肯定《红岩》的创作方法是革命的现实主义和革命的浪漫主义相结合的方法。

李希凡认为,“《红岩》的作者,在这样尖锐而复杂的斗争环境里,开辟出如此丰富的斗争生活,如此广阔的精神天地,”“使得那残酷的斗争,没有带来丝毫的消极色彩,而是以它的渗透着革命乐观主义精神的战斗生命,以它的融合着理想威力的生活真实,荡漾着读者的心灵。”它“从生活概括到作品结构、人物创造,都为革命的现实主义和革命的浪漫主义相结合的艺术方法,提供了创造性运用的新的范例。”罗荪、晓立也说,“《红岩》所采取的正是革命现实主义和革命浪漫主义相结合的创作方法。”

“中心人物”问题、“真实事件的束缚”问题

评论者之中也有在充分肯定《红岩》成就的同时,附带提到它一些“不足之处”的,但是,各人的持论并不完全相同。

最主要的分析是在人物描写的成就的估价上,这又集中在以下两点。

一是所谓“中心人物”问题。李希凡首先提出这个问题,但他自己又立刻推翻了它。他说:“作为一部长篇小说,人们一般总是要求它有贯穿到底的中心人物,而《红岩》却不是这样,许云峰、江姐的形象虽然有一些用笔集中的地方,看来也还不能构成所谓中心人物的条件。”但是,他又认为,“不能这样要求《红岩》,”“不能用一些固定的条条框框来要求它,《红岩》是按照它的内容需要,采取它特有的艺术手法和艺术形式的。”阎纲却认为,这“毕竟是个不足”,他在最初的文章中还只是不完全确定地认为,《红岩》缺少一个“典型化较高、个性化较强的主要人物”来把作品中的人物

从“群星灿烂”推进到“众星拱月”的地步。后来的文章，在做了详细分析之后，他就明确认为：《红岩》中人物的个性、丰富性和形象的完整性没有赶上共性、鲜明性和思想性的需要，它们之间还未能达到尽可能完美统一的程度。他觉得“个性化不足”、“丰富性不足”的原因是“写的人物多了”，“在人物取、舍、轻、重、缓、急的布局上，”“人多了，驾驭不了，”“结果，人物描写不集中，主要人物不突出。”但是也有人不这么看，例如，王维玲认为，“人物多，是由《红岩》的题材决定的。”“而且，人物典型化的强弱，并不完全取决于人物的多少，虚构的大小，笔墨的浓淡，重要的因素，乃是看作者在人物性格的典型概括上，是使人物高了，还是使人物低了，在于出现在作者笔下的有没有只适于自己，而又有别于他人的个性特征。”

再一点是它是不是受着真实事件的“束缚”的问题。一般来说，大家都承认，从《在烈火中永生》到《红岩》的发展，作者的成就是巨大的。侯金镜就曾指出，由于小说的时代背景写得很突出，从而“人物的心理状态和感情状态也就显得更真实，可感触性更强，也更深沉，”再加上“人物思想的感情的深化，在最尖锐最残酷的斗争中显示了烈士们的共产主义胸怀、博大的共产主义理想和信念。”这就使得从回忆录发展到小说获得重大成就。但是，也有人有一些不同看法。例如，王子野就认为：“一些人物（如许云峰、渣滓洞的老大哥、齐晓轩）的性格还没有充分展开，还写得不够饱满，”可能是“作者由于过分拘泥于真人真事而不敢放开笔墨去淋漓尽致地描写。”他还说：“作者写作态度的严肃性是可取的，但是艺术反映生活突破真人真事的约束并不一定损害写作的严肃性。”阎纲也认为，“作者对几个主要人物描写时，不愿离开实有的事迹，以免失真。这就必然地造成一种束缚：束缚作者对人物典型化程度很高的追求。因而，《红岩》的成功虽然是很突出的，但在某些方面，还带着革命回忆录的痕迹。”

在人物描写的估价上，除上述两点之外，还有一些个别意见。

例如,马铁丁认为,“对甫志高灵魂的解剖和揭露,不能说是很深刻的,仍然有一般化的通病。”黄沫认为:“一般来说,《红岩》中的人物在出场的时候写得很好,而在以后缺乏深入一步的刻画,因而形象上显得不够丰满,完整。”林亚光认为,“作者在刻画同类型的人物的不同个性特征时,成果不如勾勒不同类型的人物及其不同类型特征;”“作者善于生动描写已经定型的性格,但刻画尚未定型的、变化着的性格时,深度和生动性就要差一些。”

此外,王朝闻也曾概括地说:“某些章节在结构上、语言上,以至个性化方面(例如第二十四章下半部分)还有应当加工的地方。”王子野还说:“人物对话有些还嫌板滞,离开语言的个性化还有相当距离。”阎纲也认为,“语言个性化不强,是《红岩》刻画人物的一个显著弱点。”

参考材料

罗荪:《最生动的共产主义教科书》,《文艺报》1962 年第 3 期。

罗荪、晓立:《黎明时刻的一首悲壮史诗》,《文学评论》1962 年第3 期。

李希凡:《一部冲击、涤荡灵魂的好作品》,《文艺报》1962 年第 3期。

李希凡:《生活真实和理想威力的高度融合》,《上海文学》1962 年第 6 期。

李希凡:《开掘灵魂世界的艺术》,《新港》1962 年第 7 期。

阎纲:《共产党人的〈正气歌〉》,《人民日报》1962 年 3 月 2 日。

阎纲:《〈红岩〉的人物描写》,《四川文学》1962 年第 7 期。

王维玲:《〈红岩〉的写作特色》,《光明日报》1962 年 3 月 24、27 日。

王维玲:《谈〈红岩〉的人物创造》,《北京文艺》1962年第10期。

侯金境:《从〈在烈火中永生〉到〈红岩〉》,《文艺报》1962年第3期。

王子野:《震撼心灵的最强音》,《文艺报》1962年第3期。

王朝闻:《战斗型的心理描写》,《文艺报》1962年第3期。

谭洛非、谭兴国:《悲壮激越的英雄颂歌》,《四川文学》1962年第4期。

谢挺飞:《青松千秋屹红岩》,《文艺红旗》1962年第9期。

史过:《不管如何要革命》,《人民日报》1962年6月12日。

马铁丁:《红岩苍松》,《工人日报》1962年3月3日。

余音:《红岩松》,《四川日报》1962年7月29日。

殷白:《读〈红岩〉》,《四川日报》1962年8月29日。

林亚光:《革命志士的艺术纪念碑》,《重庆日报》1962年5月4日、5日。

黄沫:《革命的教科书》,《文艺报》1962年5月16日。

方村:《无产阶级的英雄谱》,《四川日报》1962年3月11日。

刘也兵:《碧血丹心照千秋》,《解放军报》1962年3月20日。

朱汝瞳:《略论小说〈红岩〉中人物出场和结局》,《解放日报》1962年11月13日。

黄玉:《伟大共产主义战士灵魂颂》,《甘肃日报》1962年6月15日。

刘延年:《顶天立地》,《黑龙江日报》1962年6月30日。

(原载1962年12月中国青年出版社资料室编辑的《学术讨论情况汇集》第12期)

后记

在《红岩》出版三十年的时候，重庆作家协会和中国青年出版社联合在重庆隆重召开座谈会，总编辑阙道隆和副总编辑王维玲代表中国青年出版社参加，并在会上做了发言。时任重庆市委书记肖秧亲自到会，并做了讲话。杨益言和胡蜀兴(罗广斌夫人)也到会讲话。京蓉两地的老同志、老作家或写来贺信，或发来贺电，表示祝贺。座谈会开了一天，气氛热烈，发言踊跃，会后京渝两地的媒体做了报道。

在《红岩》出版四十年的时候，就更隆重了。那次不仅仅是纪念《红岩》出版四十年，还有一件更为隆重的活动，就是《红岩》作者把《红岩》全部手稿捐献给中国现代文学馆。中国作协、团中央、重庆市委、重庆作协等相关部门的领导和中国青年出版社、中国现代文学馆的领导都来参加这一隆重的仪式，作者杨益言和罗广斌夫人胡蜀兴在主席台就座。当年被囚禁在“中美合作所”监狱中的脱险同志，以及烈士的亲属和生前友好也赶来参加，特别是新中国成立前重庆地下党川东特委书记、新中国成立后任重庆市委常委、组织部长、《红岩》小说创作的组织者、领导者肖泽宽老人也赶来参加，大家济济一堂，发言踊跃，将座谈会的热烈气氛推向高潮。转眼间十年过去了，而今迎来了《红岩》出版五十年。

《红岩》出版五十年畅销不衰，整整红了半个世纪，在当前革命历史题材的长篇小说中，实在是一件不寻常的可喜可贺的事。其意义不仅仅是为我们提供了一部高格调、高水平、高质量的小说，一部影响了几代人的人生观、价值观的小说，一部意义深远，为广大读者喜爱的小说，还因为《红岩》的创作和出版的过程，为我们提供了许多有价值的经验。总结这些经验，对我们繁荣文学创作，壮大创作队伍，发展出版事业，其意义就更大、更深远了。

在《红岩》出版五十年的时候，让我感到遗憾的是，我敬重的革命前辈、助《红岩》走上成功之路的肖泽宽、文学前辈沙汀，两位先后担任过中国青年出版社社长兼总编辑的朱语今、边春光和两位编辑室主任江晓天、阙道隆都已离开了我们。他们在《红岩》的创作和出版上表现出的远见卓识、丰富经验和他们提出的意见、建议、部署、举措，以及在实践中他们付出的精力和扎实深入的工作作风，都让我永远难忘。每每想到他们，我就觉得有一种神圣庄严、沉重的政治责任感，要把他们的所作所为整理出来，提供一份真实的、具体的、有根有据、有价值的史实材料，以此回答人们提出的：为什么两个从没有写过长篇小说的年轻人能写出《红岩》这样优秀的、影响始终不衰的作品？重庆市委、团中央、中国青年出版社都给作者提供了什么样的创作条件和创作环境？又是如何发掘作者的创作潜能，调动他们创作的积极性的？而作者在创作过程中，又经历了怎样的艰难历程，不断地提高自己的思想和素质，不断地出新创新，不断地增强自身创作的决心和毅力，最终走上成功之路的？

对罗广斌、杨益言来说，“中美合作所”的狱中生活是铭心刻骨的，高度的历史使命感和社会责任感，让他俩担当起传播红岩精神和红岩文化的崇高使命。从一开始创作，表彰先烈、揭露敌人；歌颂真善美，鞭挞假丑恶；弘扬人间正气，扫荡精神垃圾的文化内涵，就是小说《红岩》的核心内容。在坚守和创新中，他俩写出了共产党人的理想情操和道德力量，人格操守和精神信仰，真实而形象、生动而深刻地谱写了一曲共产党人的正气歌。《红岩》正是以这样的文化力量和艺术魅力，征服读者、感染读者，启迪读者的。正因为这样，才使它成为一部为广大读者认可、五十年不衰的大作品。对我们编辑部来说，做了很多启发和引导作者的工作，在《红岩》成书的过程中，与作者的合作是十分融洽的。首先我们尊重作者，并千方百计地给他们提供方便条件，调动他们写作的积极性。而作者对编辑部提出的任何意见、建议，哪怕是十分细小的，也都认真考虑，不厌其烦地一次又一次进行写作和修改。记得当时我们对这部书稿提出修改意见，和作者谈我们审读的感受，特别是对那些感觉还不充分、不满足的地方时，就如何向作者提出来，而又不挫伤他们的自信心和积极性，常常是反复斟酌，很慎重的。我们提出的建议和意见，即使很明显是好的，也从不强迫他们全盘接受，而是由他们自己消化后，创造性地融入到书稿中去。有时我们在他们的书稿上改过的字句，他们又改过来了，或者涂去了，或者后来在清样上改了，我们都尊重作者的选择，因为他们毕竟比我们更熟悉自己作品所描写的生活，更了解自己想在作品中表达什么，以及如何去表达。正是这样一种选择，使作者的自觉性和自信心越来越强，对自己的要求越来越严格。在三年的艰苦创作过程中，他们付出了巨大的心血和汗水、才华和智慧，他们重写了三遍，大改了两遍，写下了三百多万字，最后保留了这四十一万字的作品，作者的艰苦劳动的历程，给我们留下了许多值得总结的经验。

1958年开始从事《红岩》编辑工作时，我二十六岁，到如今五十三年过去了。回想起来，我就感到，对一个编辑来说，最大的幸福，就是抓到了一部优秀的书稿。读《红岩》的一稿到五稿时，就给我这样的享受，这种美的享受，难以言表。二是我从《红岩》成书的过程中认识到，任何优秀的作家和优秀作品的诞生，不完全是个人奋斗的结果，或是任何个人培养出来的，编辑的最大贡献之处，在于发现人才和发现作品，但人才和作品，却是我们的时代、我们的人民、我们的社会制度造就出来的。编辑这个职业，既是一个光荣的职业，又是一个高尚的职业，光荣在于无条件地奉献了一切，高尚在于无声无息地完成了这一切。所以我说，《红岩》是我们时代造就出来的作品，是上上下下、方方面面集体智慧的结晶，是罗广斌、杨益言三年艰苦奋斗的成果。这是我编写本书时最主要的出发点。

本书收进的《话说〈红岩〉》，是十二年前花山文艺出版社社长李世琦先生向我约的稿，早在2000年就出版了，这次我又进行了增补和修订。《杨益言——一生播种红岩情》是我在杨益言重病后，写的一篇长文。还是那句话，“人之相识，贵在相知；人之相知，贵在知心”。这篇长文既是记录杨益言八十六年的文学梦、红岩情，也是记录我与杨益言五十年真挚交往，沉淀在心中的感言。

最后，我要感谢我的母社，感谢中国青年出版社这块沃土，没有中国青年出版社，就没有《红岩》，也就没有发生在《红岩》身上的这五十年的故事。感谢中国青年出版社的领导对本书稿的重视，使这本书稿得以在纪念《红岩》出版五十年时出版，特别是副总编辑韩亚君、责任编辑彭迎，他们认真审读，细心加工，这种严肃的态度，严谨的作风，让我十分敬佩，由衷地感谢他们。

王维玲

2011 年 12 月